ТАИНСТВЕННОЕ ПРОИСШЕСТВИЕ В СТАЙЛЗ. РАССКАЗЫ.

Агата Кристи

Таинственное происшествие в Стайлз. Рассказы.

Агата Кристи

Перевод А. Д. Смолянский

Усатый бельгиец Эркюль Пуаро по праву занимает место в первой шеренге великих литературных сыщиков. Он был придуман великой английской писательницей Агатой Кристи в 1920 г. Именно тогда вышел ее первый роман «Таинственное происшествие в Стайлз», в котором сыщик расследует преступление, основываясь на фактах, известных всем собравшимся.

В книгу также вошел сборник рассказов «Пуаро ведет следствие».

ISBN: 978-1-7637956-3-1

ТАИНСТВЕННОЕ ПРОИСШЕСТВИЕ В СТАЙЛЗ

1. Я приезжаю в Стайлз

Необычайный интерес, вызванный нашумевшим в свое время «убийством в Стайлз», сегодня уже заметно поутих. Однако вся история получила в те дни такую широкую огласку, что мой друг Пуаро и сами участники драмы попросили меня подробно изложить обстоятельства этого дела. Надеемся, что это положит конец скандальным слухам, до сих пор витающим вокруг этой истории.

Постараюсь коротко изложить обстоятельства, благодаря которым я стал свидетелем тех событий.

Я был ранен на фронте и отправлен в тыл, где провел несколько месяцев в довольно неприглядном госпитале, после чего получил месячный отпуск. И вот, когда я раздумывал, где его провести (поскольку не имел ни друзей, ни близких знакомых), случай свел меня с Джоном Кавендишем. Виделся я с ним крайне редко, да мы никогда не были особыми друзьями. Он на добрых пятнадцать лет старше меня, хотя выглядел гораздо моложе своих сорока пяти. В детстве я часто бывал в Стайлз, в поместье его матери в Эссексе, и мы долго болтали, вспоминая то далекое время. Разговор закончился тем, что Джон предложил мне провести отпуск в Стайлз.

— Это будет просто великолепно, если ты снова приедешь к нам. Ведь прошло столько лет! — воскликнул он.

— А как поживает твоя мать? — спросил я.

— Прекрасно. Надеюсь, ты знаешь, что она снова вышла замуж?

Боюсь, что я не сумел скрыть своего удивления. Отец Джона, после смерти первой жены, оказался один с двумя детьми, и миссис Кавендиш, которая вышла за него замуж, была, насколько я помню, женщиной хотя и привлекательной, но уже в возрасте. Сейчас ей, видимо, было не меньше семидесяти. Я помнил, что она была натурой энергичной, властной, но весьма щедрой и к тому же обладала довольно большим личным состоянием. Постоянная помощь бедным и участие в многочисленных благотворительных базарах даже принесли ей определенную известность.

Усадьбу Стайлз Корт мистер Кавендиш приобрел еще в самом начале их совместной жизни. Находясь полностью под влиянием жены, он перед смертью завещал ей поместье и большую часть состояния, что было весьма несправедливо по отношению к двум его сыновьям. Впрочем, мачеха была исключительно добра к ним, и братья всегда считали ее родной матерью. К тому же они были еще совсем детьми, когда мистер Кавендиш женился вторично.

Младший из братьев, Лоуренс, был чувствительным юношей. Он получил медицинское образование, но вскоре оставил практику и поселился в поместье. Лоуренс решил посвятить себя литературе, хотя его стихи не имели ни малейшего успеха.

Джон занимался некоторое время адвокатской практикой, но жизнь сельского сквайра была ему больше по нутру, и вскоре он тоже поселился под родительским кровом. Два года назад он женился и теперь жил в Стайлз вместе с супругой, хотя я сильно подозреваю, что он предпочел бы получить от матери большее содержание и обзавестись собственным домом. Однако миссис Кавендиш была из породы людей, которые строят жизненные планы не только для себя, но и для окружающих, и имела все основания предполагать, что не встретит с их стороны никаких возражений: ведь у нее был самый сильный аргумент — деньги.

Джон заметил мое удивление по поводу замужества матери и уныло усмехнулся.

— На редкость гнусный проходимец, — резко выпалил он. — Поверь мне, Хастингс, наша жизнь стала просто невыносимой. Что же касается Эви… Ты ведь помнишь ее?

— Нет.

— Да, видимо, ее еще тогда у нас не было. Она компаньонка матери, скорее, даже ее советчица во всех делах. Все знает, все умеет! Эта Эви для нас просто находка. Конечно, не красавица и не первой молодости, но в доме она буквально незаменима.

— Ты говорил о...

— Да, я говорил об этом типе. В один прекрасный день он неожиданно свалился к нам на голову и заявил, что он троюродный брат Эви или что-то в этом роде. Она не выглядела особенно счастливой от встречи с родственничком. Было сразу видно, что этот тип ей абсолютно чужд. У него, кстати, огромная черная борода, и в любую погоду он носит одни и те же кожаные ботинки! Но мамаша сразу почувствовала к нему симпатию и сделала своим секретарем. Ты ведь знаешь, она всегда состоит в доброй сотне благотворительных обществ.

Я кивнул.

— Вот, вот. А война превратила сотни в тысячи! Естественно, этот тип был ей весьма полезен, но когда через три месяца она объявила о своей помолвке с Альфредом, это было для нас как гром среди ясного неба. Он же лет на двадцать моложе ее! Это просто откровенная охота за наследством. Но что поделаешь... она никого и слушать не хотела — вышла за него замуж, и все тут!

— Да, ситуация у вас не из приятных...

— Не из приятных? Да это просто кошмар!

Вот так случайная встреча и привела к тому, что тремя днями позже я сошел с поезда в Стайлз Сент-Мэри. Это был маленький, нелепый полустанок, непонятно для чего затерявшийся среди сельских проселочных дорог и зелени окрестных полей. Джон Кавендиш встретил меня на перроне и пригласил в автомобиль.

— Из-за маминых разъездов у нас почти не осталось бензина, — сказал он.

От станции надо было ехать две мили до деревушки Стайлз Сент-Мэри и оттуда еще милю до Стайлз Корт. Стоял тихий июльский день. Глядя на эти спокойные поля Эссекса, зеленеющие под ласковым полуденным солнцем, было трудно представить, что где-то недалеко шла страшная война. Мне казалось, что я вдруг перенесся в другой мир. Когда мы свернули в садовые ворота, Джон сказал: «Брось, Хастингс, для тебя это слишком тихое место».

— Знаешь, дружище, больше всего на свете мне сейчас нужна именно тишина.

— Ну и отлично. У нас тут все условия для праздного существования. Я иногда вожусь на ферме и дважды в неделю занимаюсь с добровольцами. Зато моя жена бывает на ферме постоянно. Каждый день с пяти утра и до самого завтрака она доит коров. Да, и наша жизнь была бы прекрасна, если бы не этот чертов Альфред Инглторп.

Неожиданно он затормозил и взглянул на часы.

— Попробуем заехать за Цинцией. Хотя нет, не успеем: она, видимо, уже ушла из госпиталя.

— Разве твою жену зовут Цинция?

— Нет, это протеже моей матери. Мать Цинции была ее старой школьной подругой. Она вышла замуж за адвоката, занимавшегося какими-то темными делишками. Он разорился, и Цинция оказалась без гроша в кармане. Моя мать решила ей помочь, и вот уже почти два года она живет у нас. Она работает в Тэдминстерском госпитале Красного Креста в семи милях отсюда.

Пока Джон говорил, мы подъехали к прекрасному старинному особняку. Какая-то женщина в толстой твидовой юбке возилась у цветочной клумбы. Едва заметив нас, она выпрямилась.

— Привет, Эви! Знакомьтесь с нашим израненным героем. Мистер Хастингс. Мисс Ховард.

Рукопожатие мисс Ховард было сильным, почти болезненным. Она выглядела лет на сорок и обладала весьма приятной наружностью — загорелое лицо с удивительно голубыми глазами, крупная, стройная фигура. Мисс Ховард была обута в довольно большие ботинки на толстой добротной подошве. Говорила она в какой-то телеграфной манере:

— С сорняками прямо беда. Не успеваешь выполоть, появляются новые.

— Я буду рад принести хоть какую-то пользу, — сказал я.

— Не говорите так. Никогда. Не хочу этого слышать.

— Вы слишком нетерпимы, Эви, — с улыбкой сказал Джон. — Где будем пить чай, в доме или на воздухе?

— На воздухе. В такой день грех сидеть взаперти.

— Хорошо, пошли. Хватит возиться в саду. Вы уже наверняка отработали свое жалованье. Пора отдыхать.

— Согласна, — сказала Эви, и, стянув садовые перчатки, повела нас за дом, где в тени большого платана был накрыт стол. С одного из плетеных кресел поднялась женщина и пошла нам навстречу.

Джон представил нас: «Моя жена, Хастингс».

Я никогда не забуду первую встречу с Мэри Кавендиш: ее высокую стройную фигуру, освещенную ярким солнцем, тот готовый в любую секунду вспыхнуть огонь, мерцавший в неповторимых ореховых глазах, то излучаемое ею спокойствие, за которым, однако, чувствовалась необузданная страсть, дремавшая в этой утонченной женщине.

Она приветствовала меня красивым низким голосом, и я уселся в плетеное кресло, вдвойне довольный, что принял приглашение Джона. Несколько слов, сказанных Мэри за чаем, сделали эту женщину еще прекрасней в моих глазах. К тому же она была еще и внимательным слушателем, а это всегда побуждает к рассказам, и я принялся вспоминать смешные случаи, происходившие в госпитале.

Вдруг рядом из-за приоткрытой стеклянной двери раздался хорошо знакомый голос: «Альфред, после чая не забудь написать княгине. Насчет второго дня я сама напишу лэди Тэдминстер. Или лучше дождаться ответа от княгини? Если она откажется, лэди Тэдминстер могла бы быть на открытии в первый день, а мисс Кросби во второй. И надо не забыть ответить герцогине по поводу школьного праздника». В ответ послышался тихий мужской голос и затем снова голос миссис Инглторп: «Да, да, Альфред, конечно, мы успеем это и после чая. Милый мой, ты такой заботливый».

Стеклянная дверь распахнулась, и на лужайку вышла красивая седая женщина с властным лицом. За ней почтительно следовал мужчина. Миссис Инглторп бурно приветствовала меня: «Дорогой мистер Хастингс, как чудесно, что через столько лет вы снова приехали к нам. Альфред, милый мой, познакомься. Мистер Хастингс. Мой муж».

Я взглянул на «милого Альфреда». С первого же взгляда меня поразил контраст между супругами. Не удивительно, что Джон с таким негодованием говорил о его бороде: длиннее и чернее я в жизни не видел. У него было такое неподвижное лицо, что даже пенсне в золотой оправе не могло его оживить. Я подумал, что подобный человек смотрелся бы на театральных подмостках, но в реальной жизни выглядел диковато. Его рукопожатие было неестественно вялым, а голос тихим и вкрадчивым: «Очень приятно, мистер Хастингс». Затем, повернувшись к жене: «Эмили, дорогая, боюсь, что подушечка немного влажная».

Пока он с подчеркнутой заботливостью менял подушечку, на которой сидела миссис Инглторп, она не сводила с него восторженных глаз. Подобное открытое проявление эмоций было довольно странным для этой весьма сдержанной женщины.

С появлением мистера Инглторпа в поведении всех присутствующих появилась какая-то скованность и скрытая недоброжелательность, а мисс Ховард даже и не пыталась ее скрывать. Однако миссис Инглторп, казалось, ничего не замечала. За все эти годы ее словоохотливости нисколько не поубавилось. Она беспрестанно говорила, главным образом, об организации предстоящих благотворительных базаров, уточняя у мужа числа и дни недели. Отвечая, он всячески подчеркивал свою заботливость по отношению к жене. С самого начала этот человек был мне очень неприятен, и тот факт, что теперь первое впечатление подтвердилось (я редко ошибаюсь в людях!), весьма тешил мое самолюбие.

В то время, как миссис Инглторп, повернувшись к мисс Ховард, говорила о каких-то письмах, ее муж обратился ко мне своим вкрадчивым голосом:

— Вы что, профессиональный военный, мистер Хастингс?

— Нет, до войны я служил в агентстве Ллойда.

— И вы собираетесь туда вернуться, когда закончится война?

— Не исключено. А может, возьму и начну все сначала.

Мэри Кавендиш склонилась ко мне и спросила:

— А чем бы вы хотели заняться, если бы вам был предоставлен полный выбор?

— На такой вопрос сразу не ответишь.

— Что, никаких тайных увлечений? У каждого ведь есть свое маленькое хобби, иногда даже весьма нелепое.

— Боюсь, вы будете надо мной смеяться.

Она улыбнулась.

— Возможно.

— Что ж, я скажу. У меня всегда была тайная мечта заняться поимкой преступников.

— По-настоящему, как в Скотланд-Ярде, или как Шерлок Холмс?

— Да, да, как Шерлок Холмс! Нет, правда, меня все это очень привлекает.

Однажды в Бельгии я познакомился с одним знаменитым сыщиком и благодаря ему буквально воспылал страстью к расследованиям. Я искренне восхищался этим славным человеком. Он всегда говорил, что самое главное — это выбрать правильный метод расследования.

Кстати, моя система базируется на его методах, но я их, конечно, развил и дополнил. Да, это был забавный коротышка, страшный щеголь, однако на редкость сообразительный.

— Люблю хорошие детективы, — сказала мисс Ховард. — Хотя написано много чепухи. Убийцу разоблачают в последней главе. Все поражены. А в жизни преступник известен сразу.

— Однако много преступлений так и остались нераскрытыми, — возразил я.

— Я говорю не о полиции, а о свидетелях преступлений. Об их семьях. Этих не одурачить. Они все знают.

— Вы хотите сказать, — с улыбкой проговорил я, — что если бы рядом с вами произошло преступление, скажем, убийство, то вы могли бы сразу определить, убийцу?

— Конечно! Как только он окажется возле меня, я это мгновенно почувствую.

— А вдруг это будет «она»?

— Возможно. Но для убийства нужна ужасная жестокость. Это больше похоже на мужчину.

— Однако не в случае отравления, — неожиданно раздался звонкий голос миссис Кавендиш. — Доктор Бауэрстайн говорил вчера, что, поскольку большинство врачей ничего не знают о мало-мальски редких ядах, то, возможно, сотни случаев отравления вообще прошли незамеченными.

— Ладно, Мэри, хватит. Что за ужасная тема для разговора, — воскликнула миссис Инглторп. — Мне кажется, что я уже в могиле. А, вот и Цинция!

К нам весело бежала девушка в форме добровольного корпуса медицинской помощи.

— Что-то, Цинция, ты сегодня позднее обычного. Знакомьтесь, мистер Хастингс — мисс Мердок.

Цинция Мердок была цветущей юной девушкой, полной жизни и задора. Она сняла свою маленькую форменную шапочку, и я был восхищен золотисто-каштановыми волнистыми локонами, упавшими ей на плечи. Цинция потянулась за чашкой, и белизна ее маленькой ручки тоже показалась мне очаровательной. Будь у нее темные глаза и ресницы, девушка была бы просто красавицей. Она уселась на траву рядом с Джоном. Я протянул ей блюдо с бутербродами и получил в ответ пленительную улыбку:

— Садитесь тоже на траву, так гораздо приятней.

Я послушно сполз со стула-и уселся рядом.

— Мисс Мердок, вы работаете в Тэдминстере?

Она кивнула.

— Да, в наказание за грехи.

— Что, там с вами недостаточно учтивы? — спросил я с улыбкой.

— Хотела бы я тогда на них посмотреть, — с достоинством ответила Цинция.

— Моя двоюродная сестра работает сиделкой, и она просто в ужасе от медсестер.

— Неудивительно. Они действительно кошмарны, мистер Хастингс, вы даже себе не представляете, какие они противные. Слава богу, что я работаю в амбулаторном пункте, а не сиделкой.

— И сколько же людей вы отравили? — спросил я со смехом.

Цинция тоже улыбнулась.

— О, многие сотни, мистер Хастингс.

— Цинция, — обратилась к ней миссис Инглторп, — не могла бы ты помочь мне написать несколько писем?

— Конечно, тетя Эмили.

Она немедленно вскочила, и ее поспешность сразу напомнила мне, насколько эта девушка зависела от миссис Инглторп, которая, хотя и была чрезвычайно добра к Цинции, но не позволяла ей забывать о своем положении.

Мэри повернулась ко мне.

— Джон вам покажет вашу комнату. Ужин у нас в половине восьмого. В такое время, как сейчас, не пристало устраивать поздние трапезы. Член нашего общества лэди Тэдминстер, дочь покойного лорда Абботсбэри, придерживается того же мнения. Она согласна со мной, что сейчас следует экономить во всем. Мы так организовали хозяйство в поместье, что ничего не пропадает зря, даже мелкие клочки исписанной бумаги собираются в мешки и отправляются на переработку.

Я выразил свое одобрение, и Джон повел меня в дом. Мы поднялись по широкой лестнице, которая, разветвляясь, вела в правое и левое крыло здания. Моя комната была в левом крыле и выходила окнами в парк.

Джон вышел, и через несколько минут я увидел, как он медленно шел по лужайке под руку с Цинцией Мердок. Было слышно, как миссис Инглторп позвала ее, и девушка, вздрогнув, стремглав бросилась назад. В ту же секунду из-за деревьев вышел какой-то человек и неторопливо направился к дому. Это был мужчина лет сорока со смуглым гладко выбритым лицом, производившим довольно угрюмое впечатление. Казалось, его одолевали мрачные мысли. Проходя мимо моего окна, он взглянул наверх, и я узнал его, хотя он очень изменился за те пятнадцать лет, что мы не виделись. Это был младший брат Джона Лоуренс Кавендиш. Я терялся в догадках, почему он выглядел таким угрюмым. Однако вскоре я вернулся к мыслям о своих собственных делах.

Я провел замечательный вечер, и всю ночь мне снилась загадочная и прекрасная Мэри Кавендиш.

Следующее утро было светлым и солнечным. Предвкушение новой встречи переполняло все мое существо. — Утром Мэри не появлялась, но после обеда она пригласила меня на прогулку. Несколько часов мы бродили по лесу и возвратились примерно к пяти.

Едва мы зашли в большой холл, как Джон сразу позвал нас в курительную комнату. По выражению его лица я сразу понял: что-то стряслось. Мы последовали за ним, и он плотно закрыл дверь.

— Мэри, произошла очень неприятная история. Эви здорово повздорила с Альфредом Инглторпом и собирается уехать.

— Эви? Уехать?

Джон мрачно кивнул.

— Да. Она пошла к матери и… А вот и она сама.

Мисс Ховард вошла в комнату с небольшим чемоданом в руках. У нее был взволнованный и решительный вид. Губы плотно сжаты, и казалось, что она собирается от кого-то защищаться.

— По крайней мере я сказала все, что думаю, — выпалила она.

— Эвелин, милая, этого не может быть! — воскликнула Мэри.

Мисс Ховард мрачно кивнула.

— Все может быть! Думаю, Эмили никогда не забудет все, что я ей сказала. По крайней мере простит мне это не скоро. Пускай. До нее хоть что-то дошло. Хотя и в этом я не уверена. Я ей прямо сказала: «Вы старая женщина, Эмили, а нет ничего хуже старых дур. Они еще дурнее молодых. Он же на двадцать лет моложе вас. Хватит вам в любовь играть. И так понятно, что он женился только из-за денег. Не давайте ему много. У фермера Райкеса хорошенькая молодая женушка. Спросите-ка своего Альфреда, сколько он на нее тратит?» Ух, как она разозлилась! Понятное дело! А я свое гну: «Я вас, Эмили, предупреждаю, хотите вы этого или нет, он вас придушит прямо в постели, как только рассмотрит хорошенько. Зря вы вышли за этого мерзавца. Можете говорить мне что угодно, но запомните мои слова: ваш муж — мерзавец!»

— А она что?

Мисс Ховард сделала язвительную гримасу.

— «Милый Альфред», «бесценный Альфред», «мерзкая клевета», «мерзкая ложь», «мерзкая женщина обвиняет ее бесценного мужа». Нет, чем раньше я покину этот дом, тем лучше. Словом, я уезжаю.

— Ну, не надо так сразу! Неужели вы уедете прямо сейчас?

— Да, сию же минуту.

Несколько секунд мы сидели, молча уставившись на нее. Наконец Джон решил, что дальнейшие уговоры бесполезны, и пошел справиться о поезде. За ним последовала его жена, продолжая что-то бормотать насчет миссис Инглторп и что надо бы ее убедить прислушаться к словам Эви.

Когда она вышла из комнаты, выражение лица мисс Ховард изменилось, и она быстро наклонилась ко мне.

— Мистер Хастингс, вы честный человек. Я могу быть откровенной с вами?

Я был несколько обескуражен. Она взяла меня за руку и снизила голос до шепота.

— Присматривайте за ней, мистер Хастингс. Бедная моя Эмили. Ее окружает целая стая акул. Все без гроша в кармане. Все тянут из нее деньги. Я защищала, пока могла. Теперь меня не будет рядом. Они все начнут водить ее за нос.

— Не беспокойтесь, мисс Ховард, естественно, я сделаю все, что в моих силах, хотя уверен, что вы просто переутомились и чересчур возбуждены.

— Молодой человек, поверьте мне. Я живу на свете немножко больше вашего. Прошу вас только об одном — не спускайте с нее глаз. Скоро вы поймете, что я имею в виду.

Через открытое окно донеслось тарахтение автомобиля. Мисс Ховард встала и направилась к двери. Снаружи послышался голос Джона. Уже взявшись за ручку двери, она обернулась и снова сказала:

— Прежде всего, мистер Хастингс, присматривайте за этим ублюдком, ее мужем.

Больше она не сказала ни слова. Вскоре ее голос потонул в громком хоре протестов и прощаний. Четы Инглторпов среди провожающих не было.

Когда автомобиль отъехал, миссис Кавендиш внезапно отделилась от остальных, и перейдя дорогу, направилась к лужайке навстречу высокому бородатому человеку, шедшему в сторону усадьбы. Протягивая ему руку, она слегка покраснела.

— Кто это? — спросил я. Человек этот показался мне чем-то подозрителен.

— Это доктор Бауэрстайн, — буркнул Джон.

— А кто он такой, этот доктор Бауэрстайн?

— Он живет тут в деревне, отдыхает после тяжелого нервного расстройства. Сам он из Лондона. Умнейший человек. Кажется, один из самых крупных в мире специалистов по ядам.

— Большой друг Мэри, — добавила неугомонная Цинция. Джон Кавендиш нахмурился и перевел разговор на другую тему.

— Пойдем прогуляемся, Хастингс. Все это ужасно неприятно. Конечно, язычок был у нее довольно резкий, но нигде в Англии не найти друга более преданного, чем мисс Ховард.

В лесок, окаймлявший поместье с одной стороны, уходила тропинка, и мы двинулись по ней в сторону деревни.

На обратном пути возле калитки я увидел симпатичную, похожую на цыганку женщину, которая шла нам навстречу. Она кивнула и улыбнулась.

— Какая прелесть, — сказал я восхищенно.

— Это миссис Райкес.

— Та самая, о которой мисс Ховард…

— Та самая, — резко перебил меня Джон.

Я подумал о седой старушке, затерянной в огромном доме, о миловидном и порочном личике, только что улыбнувшемся нам, и меня наполнило смутное предчувствие чего-то ужасного. Я попытался отогнать эти мысли.

— Действительно, Стайлз — чудесное место, — сказал я Джону.

Он мрачно кивнул.

— Да, отличное приобретение, когда-нибудь оно станет моим, и я выберусь из этой проклятой нищеты. Я бы уже сейчас мог владеть усадьбой, если бы отец составил справедливое завещание.

— Ты на самом деле сильно нуждаешься?

— Милый мой Хастингс, скажу тебе откровенно — я просто с ног сбился в поисках денег.

— А что, брат не может тебе помочь?

— Лоуренс? Да он же все деньги потратил на печатание своих бездарных стишков в экстравагантных переплетах. Мы с ним действительно в бедственном положении. Я не хочу показаться несправедливым: Мать всегда была очень добра к нам, вплоть до самого последнего времени. Однако после замужества… — Он нахмурился и замолчал.

В первый раз я почувствовал, что вместе с Эвелин Ховард что-то неуловимо исчезло из атмосферы дома. Ее присутствие создавало ощущение надежности. Теперь же, казалось, сам воздух наполнился подозрительностью. Перед моими глазами опять проплыло зловещее лицо доктора Бауэрстайна. Внезапно все вокруг стало внушать мне смутное беспокойство, и на мгновение меня охватило предчувствие чего-то ужасного.

2. 16 и 17 июля

Я приехал в Стайлз пятого июля. Теперь речь пойдет о том, что случилось шестнадцатого и семнадцатого. Чтобы сделать свой рассказ по возможности более убедительным, я постараюсь изложить события максимально подробно, не упуская ни малейшей мелочи. Во время следствия все эти детали выявлялись одна за другой с помощью долгих и скучных показаний свидетелей.

Через пару дней после отъезда Эвелин Ховард я получил от нее письмо, в котором она сообщила, что работает медсестрой в большом госпитале в городке Миддинхэм, расположенном милях в пятнадцати от Стайлз. Она очень просила сообщить, проявляет ли миссис Инглторп хоть малейшее желание уладить ссору.

Единственное, что отравляло мое безоблачное существование, было постоянное, и для меня необъяснимое, желание миссис Кавендиш видеть Бауэрстайна. Ума не приложу, что можно было в нем найти, но она все время приглашала его в дом, и они часто совершали длительные совместные прогулки. Должен признаться, что я не находил в нем ничего привлекательного.

Понедельник, шестнадцатого июля, был очень суматошным днем. В субботу состоялся большой благотворительный базар, а в понедельник вечером в честь его завершения планировался концерт, на котором миссис Инглторп собиралась прочесть стихотворение о войне. Целое утро мы провели в большом деревенском зале, оформляя и подготавливая его к вечернему концерту. Пообедав позднее обычного, мы до вечера отдыхали в саду. Я заметил, что Джон в тот день выглядел странно. Он был очень возбужден и, казалось, не мог найти себе места.

После чая миссис Инглторп решила прилечь перед своим вечерним выступлением, а я предложил миссис Кавендиш партию в теннис.

Примерно без четверти семь миссис Инглторп крикнула нам, что мы рискуем опоздать на ужин, который был раньше обычного.

Все очень торопились, и еще до того, как ужин завершился, к дверям подали автомобиль.

Концерт имел большой успех, а выступление миссис Инглторп вызвало настоящую бурю оваций. Было показано также несколько сценок, в них была занята и Цинция. Подруги, с которыми она участвовала в представлении, пригласили ее на ужин, и она осталась ночевать в деревне.

На следующее утро миссис Инглторп не вставала до самого завтрака, отдыхая после вчерашнего концерта, но уже в 12.30 она появилась в прекрасном настроении и потребовала, чтобы мы с Лоуренсом сопровождали ее на званый обед.

— Это весьма почетно, что миссис Роллстон приглашает нас к себе. Она ведь сестра леди Тэдминстер, ни больше, ни меньше. Род Роллстонов один из старейших в Англии, о них упоминается уже во время Вильгельма Завоевателя.

Мэри с нами не поехала, поскольку должна была встретиться с доктором Бауэрстайном.

Обед удался на славу, и, когда мы возвращались домой, Лоуренс предложил заехать к Цинции в Тэдминстер, тем более что госпиталь был всего в миле от нас. Миссис Инглторп нашла эту идею замечательной и предложила подбросить нас до госпиталя. Ей, однако, надо было написать еще несколько писем, поэтому она сразу уехала, а мы решили дождаться, когда Цинция освободится, и возвратиться в экипаже.

Охранник в госпитале наотрез отказался впустить посторонних, пока не появилась Цинция и не провела нас под свою ответственность. В белом халате она выглядела еще свежей и прелестней! Мы проследовали за девушкой в ее комнату, и она познакомила нас со своей коллегой, довольно величественной дамой, которую, смеясь, представила как «наше светило».

— Господи, сколько здесь склянок! — воскликнул я, оглядывая комнату. — Неужели вы знаете содержание каждой?

— Ну придумайте вы что-нибудь поновее, — сказала Цинция, вздыхая. — Каждый, кто сюда заходит, произносит именно эти слова. Мы собираемся присудить приз первому, кто не воскликнет: «Сколько здесь склянок!» Я даже знаю, что вы скажете дальше: «И сколько же народа вы отравили?»

Я улыбнулся, признавая свое поражение.

— Если бы вы все только знали, как легко по ошибке отравить человека, то не шутили бы над этим. Ладно, давайте лучше выпьем чаю. У нас тут в шкафу припрятано множество разных лакомств. Нет, не здесь, Лоуренс, это шкаф с ядами. Я имела в виду вот тот большой шкаф.

Чаепитие прошло очень весело, после чего мы помогли Цинции вымыть посуду. Едва были убраны чайные принадлежности, как в дверь постучали. Лица хозяек сразу сделались строгими и непроницаемыми.

— Войдите, — сказала Цинция резким официальным голосом.

На пороге появилась молоденькая, немного испуганная медсестра, которая протянула, «светилу» какую-то бутылочку. Та, однако, переадресовала ее Цинции, сказав при этом довольно загадочную фразу: «На самом деле меня сегодня нет в госпитале». Цинция взяла бутылочку и со строгостью судьи начала ее рассматривать.

— Это лекарство должны были отправить еще утром.

— Старшая медсестра просит извинить ее, но она забыла.

— Скажите ей, что надо внимательнее читать правила, вывешенные на дверях.

По лицу медсестры было видно, что она не испытывает ни малейшего желания передавать эти слова старшей медсестре, которую она явно побаивалась.

— Теперь препарат не отправить раньше завтрашнего дня, — добавила Цинция.

— Может быть, вы попытаетесь приготовить его до вечера?

— Ладно, попробуем, — милостиво согласилась Цинция, — хотя мы ужасно заняты, и я не уверена, что у нас будет на это время.

Цинция подождала, пока медсестра вышла, затем взяла с полки большую бутыль, наполнила из нее склянку и поставила ее на стол в коридоре. Я рассмеялся: «Дисциплина прежде всего?»

— Вот именно. А теперь прошу на балкон, оттуда видно весь госпиталь.

Я проследовал за Цинцией и ее подругой, и они показали мне расположение всех корпусов. Лоуренс остался было в комнате, но Цинция сразу же позвала его на балкон, затем она взглянула на часы.

— Ну что, «светило», есть еще работа на сегодня?

— Нет.

— Ладно, тогда запираем двери и пошли.

В то утро я впервые по-настоящему разглядел Лоуренса. По сравнению с Джоном разобраться в нем было куда труднее. Застенчивый и замкнутый, он почти во всем являлся полной противоположностью брата.

Однако в его манерах чувствовалось внутреннее благородство, и мне казалось, что тот, кто может действительно хорошо узнать Лоуренса, должен испытывать к нему глубокую привязанность. Я не мог отделаться от впечатления, что в его отношении к Цинции чувствовалась сдержанность и что она тоже в присутствии Лоуренса выглядит немного смущенной. Но в то утро они были веселыми и беспрестанно болтали между собой.

Когда мы проезжали через деревню, я вспомнил, что собирался купить несколько марок, и мы заехали на почту.

Выходя, я столкнулся в дверях с каким-то маленьким человечком и начал было извиняться, как вдруг он радостно вскрикнул и, заключив меня в объятия, жарко расцеловал:

— Хастингс, друг мой, — воскликнул он, — неужели это вы?

— Пуаро! — вырвалось у меня. Мы пошли к экипажу.

— Представляете, мисс Цинция, я только что случайно встретил своего старого друга мсье Пуаро, с которым мы не виделись уже много лет.

— Надо же, а ведь мы хорошо знаем мсье Пуаро, но мне и в голову не приходило, что вы с ним друзья.

— Да, — серьезно произнес Пуаро, — мы с мадемуазель Цинцией действительно знакомы. Ведь я оказался в этих краях лишь благодаря исключительной доброте миссис Инглторп.

Я удивленно взглянул на него.

— Да, друг мой, она великодушно пригласила сюда семь моих соотечественников, которые, увы, вынуждены были покинуть пределы своей страны. Мы, бельгийцы, всегда будем вспоминать о ней с благодарностью.

Пуаро обладал весьма необычной внешностью. Ростом он был не выше пяти футов и четырех дюймов, однако держался всегда с огромным достоинством. Свою яйцеобразную голову он обычно клонил немного набок, а пышные усы придавали ему довольно воинственный облик. Внешний вид Пуаро был абсолютно безупречен; казалось, заметь и пятнышко на костюме, оно причинит ему больше страданий, чем пулевое ранение. И в то же время этот изысканный щеголь (который, как я с сожалением отметил, теперь сильно прихрамывал), считался в свое время одним из лучших детективов в бельгийской полиции. Благодаря своему невероятному чутью он блестяще распутывал самые загадочные преступления.

Он показал мне маленький дом, в котором жили все бельгийцы, и я обещал навестить его в самое ближайшее время. Пуаро изящно приподнял свою шляпу, прощаясь с Цинцией, и мы тронулись в путь.

— Какой он милый, этот Пуаро, — сказала Цинция. — Надо же, я и не думала, что вы знакомы.

— Да, Цинция, а вы, значит, сами того не подозревая, общаетесь со знаменитостью! — И весь остаток пути я рассказывал им о былых подвигах моего друга.

В прекрасном настроении мы возвратились домой. На пороге спальни показалась миссис Инглторп. Она была чем-то очень взволнована.

— А, это вы!

— Что-нибудь случилось, тетя Эмилия? — спросила Цинция.

— Нет, все в порядке, — сухо ответила миссис Инглторп, — что у нас может случиться?

Увидев экономку Доркас, которая шла в столовую, она попросила занести ей несколько почтовых марок.

— Слушаюсь, мадам.

Затем, чуть помедлив, Доркас неуверенно добавила: «Может быть, вам лучше не вставать с кровати: вы выглядите очень усталой».

— Возможно, ты и права, впрочем нет, мне все-таки надо успеть написать несколько писем до прихода почтальона. Кстати, ты не забыла, что я просила разжечь камин в моей комнате?

— Все сделано, мадам.

— Хорошо. Значит, после ужина я смогу сразу лечь. Она затворила дверь в спальню, и Цинция в недоумении посмотрела на Лоуренса.

— Ничего не понимаю. Что здесь происходит? Казалось, он не слышал ее слов. Не проронив ни звука, развернулся и вышел из дома.

Я предложил Цинции поиграть немного в теннис перед ужином. Она согласилась, и я побежал наверх за ракеткой. Навстречу мне спускалась миссис Кавендиш. Возможно, это были мои фантазии, но похоже, и она выглядела необычайно взволнованной.

— Прогулка с доктором была приятной? — спросил я с наигранной беспечностью.

— Я никуда не ходила, — ответила она резко. — Где миссис Инглторп?

— В своей комнате.

Ее рука стиснула перила, она чуть помедлила, словно собираясь с силами, и, быстро спустившись, прошла через холл в комнату миссис Инглторп, плотно закрыв за собой дверь.

На пути к теннисному корту я проходил мимо окна в спальне Эмили Инглторп, оно было открыто и, помимо своей воли, я стал свидетелем короткого обрывка их разговора.

— Итак, вы не хотите мне его показать? — спросила Мэри, тщетно пытаясь сохранить спокойный тон.

— Милая Мэри, оно не имеет никакого отношения к тому, о чем ты говоришь, — раздалось в ответ.

— Тогда покажите мне его.

— Да говорю тебе, это совсем не то, что ты думаешь. Ты здесь вообще ни при чем.

На это Мэри воскликнула с растущим раздражением: «Конечно, я и сама должна была догадаться, что вы будете его защищать».

Цинция с нетерпением дожидалась моего прихода.

— Вот видите, я была права! Доркас говорит, что был ужасный скандал.

— Какой скандал?

— Между ним и тетей Эмили. Надеюсь, она его наконец-то, вывела на чистую воду.

— Вы хотите сказать, что Доркас была свидетелем ссоры?

— Нет, конечно! Просто она будто бы совершенно случайно оказалась под дверью. Доркас утверждает, что там творилось нечто ужасное. Любопытно, что же все-таки произошло?

Я вспомнил о миссис Райкес и о предостережении мисс Ховард, но на всякий случай промолчал, в то время как Цинция, перебрав все мыслимые варианты, весело заключила:

— Тетя Эмили просто вышвырнет его вон и никогда больше не вспомнит.

Я решил поговорить с Джоном, но он куда-то исчез. Было ясно, что днем произошло что-то весьма серьезное. Мне хотелось забыть тот случайно услышанный разговор, но напрасно: я все время невольно возвращался к нему, пытаясь понять, какое отношение ко всему этому имела Мэри Кавендиш.

Когда я спустился к ужину, мистер Инглторп сидел в гостиной. Лицо Альфреда, как и всегда, было совершенно непроницаемым, и меня вновь поразил его странный отсутствующий вид. Миссис Инглторп вошла последней. Она была по-прежнему чем-то взволнована. Весь ужин за столом царила тишина. Обычно мистер Инглторп постоянно суетился вокруг своей жены, поправлял подушечку и вообще изображал из себя чрезвычайно заботливого мужа. На этот раз он сидел совершенно отрешенный. Сразу после ужина миссис Инглторп снова пошла к себе.

— Мэри, пришли мой кофе сюда. Через пять минут придет почтальон, а я еще не закончила письма, — крикнула она из своей комнаты.

Мы с Цинцией пересели поближе к окну. Мэри подала нам кофе. Она явно нервничала.

— Ну, что, молодежь, включить вам свет, или вы предпочитаете полумрак? — спросила Мэри. — Цинция, я налью кофе для миссис Инглторп, а ты отнеси его, пожалуйста, сама.

— Не беспокойтесь, Мэри, я все сделаю, — послышался голос Альфреда.

Он налил кофе и, осторожно держа чашечку, вышел из комнаты. За ним последовал Лоуренс, а Мэри присела рядом с нами.

Некоторое время мы сидели молча. Обмахиваясь пальмовым листом, миссис Кавендиш словно вслушивалась в этот теплый безмятежный вечер.

— Слишком душно. Наверное, будет гроза, — сказала она. Увы, эти райские мгновения длились недолго — из холла неожиданно послышался знакомый и ненавистный мне голос.

— Доктор Бауэрстайн! — воскликнула Цинция. — Что за странное время для визитов?

Я ревниво взглянул на Мэри, она казалась совершенно безучастной.

Через несколько секунд Альфред Инглторп привел доктора в гостиную, хотя тот шутливо отбивался, говоря, что его внешний вид не подходит для визитов. И в самом деле, он был весь вымазан грязью и представлял собой довольно жалкое зрелище.

— Что случилось, доктор? — воскликнула миссис Кавендиш.

— Приношу тысячу извинений за свой наряд, но я не собирался к вам заходить, — ответил тот. — Мистер Инглторп буквально затащил меня в дом.

— Да, доктор, видок у вас замечательный, — произнес Джон, заходя в гостиную. — Выпейте кофе и поведайте нам, что же произошло.

— Благодарю вас.

И доктор принялся весело рассказывать, как он обнаружил редкий вид папоротника, росшего в каком-то труднодоступном месте, и как, пытаясь сорвать его, поскользнулся и свалился в грязную лужу.

— Грязь вскоре высохла на солнце, — добавил он, — однако вид мой по-прежнему ужасен.

В этот момент миссис Инглторп позвала Цинцию в холл.

— Милая, отнеси мою розовую папку в спальню. Я уже собираюсь ложиться.

Дверь в прихожую была широко распахнута, к тому же я встал вместе с Цинцией. Джон тоже стоял рядом со мной. Таким образом, как минимум мы трое были свидетелями того, что миссис Инглторп сама несла свою чашку с кофе, не сделав к тому моменту еще ни одного глотка.

Присутствие доктора Бауэрстайна полностью испортило мне весь вечер. Казалось, что этот человек никогда не уйдет. Наконец он встал.

— Я пойду с вами вместе в деревню, — сказал мистер Инглторп. — Мне надо уладить кое-какие хозяйственные вопросы с нашим посредником.

Повернувшись к Джону, он добавил: «Дожидаться меня не надо: я возьму ключи с собой».

3. Ночная трагедия

Чтобы сделать дальнейшее изложение более понятным, я прилагаю план первого этажа поместья Стайлз.

Дверь Т ведет в комнаты прислуги. Они не соединены с правым крылом, где расположены комнаты Инглторпов.

Около полуночи меня разбудил Лоуренс Кавендиш. Он держал в руке свечу, и по его лицу было сразу видно, что произошло нечто страшное.

— Что случилось? — спросил я, приподнимаясь и пробуя сосредоточиться.

— Маме очень плохо. У нее, похоже, какой-то припадок. И, как назло, она заперлась изнутри.

Спрыгнув с кровати и натянув халат, я прошел вслед за Лоуренсом через коридор в правое крыло дома. К нам подошли Джон и несколько до смерти перепуганных служанок. Лоуренс посмотрел на брата.

— Что будем делать?

Никогда еще его нерешительность не проявлялась столь явно, подумал я. Джон несколько раз сильно дернул дверную ручку. Все было напрасно: дверь заперли изнутри. К этому моменту все обитатели дома были уже на ногах. Из комнаты доносились ужасные звуки. Надо было срочно что-то предпринять.

— Сэр, попытайтесь пройти через комнату мистера Инглторпа, — предложила Доркас. — Боже мой, как она мучается, бедняжка!

Похоже, что среди всех обитателей дома, столпившихся в коридоре, не было видно только Альфреда Инглторпа.

Джон вошел в его комнату. Сначала в темноте ничего нельзя было разобрать, затем на пороге появился Лоуренс, и в тусклом свете свечи нашему взору предстала пустая комната и кровать, в которой явно не спали в ту ночь. Бросившись к двери в комнату миссис

Инглторп, мы увидели, что она тоже заперта или закрыта на засов. Положение было отчаянное.

— Господи, что же нам делать, сэр? — воскликнула Доркас.

— Надо взламывать дверь. И вот что — пусть кто-нибудь спустится и разбудит Бэйли, чтобы он срочно бежал за доктором Уилкинсом. Давайте ломать дверь. Нет, постойте. Есть же еще дверь из комнаты Цинции.

— Да, сэр, но она заперта на засов. Ее никогда не открывают.

— Надо все-таки проверить.

Пробежав по коридору, Джон влетел в комнату Цинции, где увидел Мэри Кавендиш. Она пыталась растолкать девушку, но та, однако, спала чрезвычайно крепко. Через несколько секунд он пробежал обратно в комнату Инглторпа.

— Бесполезно, она тоже заперта на засов. Будем ломать эту дверь, она, кажется, потоньше, чем дверь в коридоре.

Все навалились на эту проклятую дверь. Наконец она поддалась, и мы с оглушительным грохотом влетели в комнату. При свете свечи, которая по-прежнему была в руках у Лоуренса, мы увидели на кровати бьющуюся в конвульсиях миссис Инглторп. Рядом валялся маленький столик, который она, видимо, перевернула во время приступа. С нашим появлением ей стало немного легче, и несчастная опустилась на подушки.

Джон зажег газовую лампу и приказал горничной Анни принести из столовой брэнди. Я открыл засов на двери, ведущей в коридор, а он тем временем побежал к матери. Понимая, что моя помощь больше не понадобится, я повернулся к Лоуренсу и хотел было предложить оставить их. Но слова замерли у меня на устах. Никогда в жизни я не видел более страшного человеческого лица. Свеча дрожала в его трясущейся руке, и воск капал прямо на ковер. Лоуренс был белый как мел, его неподвижный, полный смертельного ужаса взгляд был устремлен куда-то мимо меня на противоположную стену. Он словно оцепенел. Я тоже посмотрел туда, но ничего не заметил.

Миссис Инглторп стало, видимо, немного лучше, превозмогая удушье, она прошептала: «Теперь лучше… совершенно внезапно… как глупо… закрывать комнату…»

На кровать упала тень. Я поднял глаза и увидел в дверях Мэри Кавендиш, которая одной рукой поддерживала Цинцию. Лицо девушки было очень красным, она все время зевала и вообще выглядела довольно странно.

— Бедняжка Цинция, она так испугалась, — сказала Мэри тихо.

На миссис Кавендиш был белый халат, в котором она работала на ферме. Это означало, что приближался рассвет. И действительно, тусклый утренний свет уже слегка пробивался сквозь шторы. Часы на камине показывали около пяти.

Удушливый хрип заставил меня вздрогнуть. Было невыносимо видеть, как бедная миссис Инглторп опять начала биться в страшных конвульсиях. Мы стояли возле кровати несчастной не в силах ничем помочь. Тщетно Мэри и Джон пытались влить в нее немного брэнди. В этот момент в комнату уверенной походкой вошел доктор Бауэрстайн. На какое-то мгновение он застыл, пораженный кошмарным зрелищем, а миссис Инглторп, глядя прямо на него прохрипела: «Альфред! Альфред» — и, упав на подушки, затихла.

Доктор подбежал к кровати, схватил руки умирающей и начал делать искусственное дыхание. Дав несколько приказаний прислуге, он властным жестом попросил всех отойти. Затаив дыхание, мы ловили каждое его движение, хотя в глубине души каждый из нас догадывался, что состояние миссис Инглторп безнадежно. По лицу доктора я понял — спасти умирающую он не в силах.

Наконец он выпрямился и тяжело вздохнул. В это время в коридоре раздались шаги, и в комнату суетливо вбежал небольшого роста толстенький человечек, которого я сразу узнал. Это был доктор Уилкинс, лечащий врач миссис Инглторп.

В нескольких скупых фразах доктор Бауэрстайн рассказал, как он случайно проходил мимо садовых ворот в тот момент, когда оттуда выезжала машина, посланная за доктором, и как, узнав о случившемся, со всех ног бросился в дом. Он грустно взглянул на усопшую.

— Да, печально, весьма печально, — пробормотал доктор Уилкинс, — она всегда так перенапрягалась... несмотря на мои предупреждения, так перенапрягалась... Говорил же я ей: «У вас миссис Инглторп, сердечко пошаливает, поберегите вы себя...» Да, именно так ей и говорил: «Поберегите вы себя», — но нет, ее желание сделать добро было слишком велико, да, слишком велико. Вот организм и не выдержал... просто не выдержал...

Я заметил, что Бауэрстайн очень внимательно смотрел на доктора Уилкинса. Пристально глядя ему в глаза, он сказал:

— Характер конвульсий был весьма странным. Жаль, что вы опоздали и не видели. Это было похоже на столбняк. Я бы хотел поговорить с вами наедине, — сказал Бауэрстайн. — Он повернулся к Джону:

— Вы не возражаете?

— Конечно, нет.

Все вышли в коридор, оставив их вдвоем. Было слышно, как изнутри заперли дверь. Мы медленно спустились вниз. Я был очень взбудоражен: от моего пытливого взора не ускользнула странность поведения доктора Бауэрстайна, и это породило в моей разгоряченной голове множество догадок. Мэри Кавендиш взяла меня за руку.

— Что происходит? Почему доктор Бауэрстайн ведет себя так необычно?

Я посмотрел ей в глаза.

— Знаете, что я думаю?

— Что?

— Слушайте. — Я понизил голос до шепота и, убедившись, что рядом никого нет, продолжал:

— Я уверен, что ее отравили. Не сомневаюсь, что доктор Бауэрстайн подозревает именно это.

— Что?! — Глаза Мэри округлились от ужаса. Она попятилась к стене и вдруг издала страшный вопль:

— Нет! Нет! Нет!!! Этого не может быть!

От неожиданности я вздрогнул. Мэри бросилась вверх по лестнице, я побежал следом, боясь, что она лишится чувств. Когда я догнал ее, миссис Кавендиш стояла прислонившись к перилам. Лицо ее покрывала смертельная бледность. Отстранившись от меня, она произнесла: «Нет, нет, прошу вас, оставьте меня. Мне надо немного побыть одной и успокоиться. Идите вниз».

Нехотя я подчинился. Спустившись, увидел в столовой Джона и Лоуренса. Некоторое время мы молчали, затем я сказал то, что было, наверное, у всех на уме:

— Где мистер Инглторп?

Джон пожал плечами: «В доме его нет».

Наши глаза встретились. Где был Альфред Инглторп? Его отсутствие было очень странным. Я вспомнил последние слова миссис Инглторп. Что они означали? Что бы она сказала, если бы умерла несколькими минутами позже?

Наконец сверху послышались шаги. Оба доктора спустились вниз. Доктор Уилкинс был очень взволнован, хотя и пытался скрыть это. Он обратился к Джону с необычайно торжественным и важным видом: «Мистер Кавендиш, мне требуется ваше разрешение на вскрытие».

— Неужели это необходимо? — с дрожью в голосе спросил Джон, и его лицо передернулось.

— Абсолютно необходимо, — сказал Бауэрстайн.

— Вы хотите сказать...

— Что ни я, ни доктор Уилкинс не можем дать заключения о смерти без вскрытия.

Джон опустил голову.

— В таком случае у меня нет другого выбора, как дать согласие.

— Спасибо, — быстро сказал доктор Уилкинс. — Мы предлагаем провести вскрытие завтра или даже лучше сегодня вечером. — Он посмотрел в окно. Боюсь, что при сложившихся обстоятельствах официальное освидетельствование трупа неизбежно. Но не беспокойтесь: это всего лишь необходимая формальность.

Все замолчали, и доктор Бауэрстайн, вынув из кармана два ключа, протянул их Джону.

— Это ключи от комнат Инглторпов. Я их запер и думаю, что лучше пока туда никого не пускать.

Раскланявшись, оба доктора удалились.

Уже некоторое время я обдумывал одну идею и теперь решил, что пришло время поделиться ею с Джоном. Мне, однако, следовало делать это крайне осторожно, так как Джон до смерти боялся огласки и вообще принадлежал к тому типу беззаботных оптимистов, которые не любят готовиться к несчастью заранее. Его будет нелегко убедить в разумности моего предложения. С другой стороны, вопросы светского приличия куда меньше волновали Лоуренса, и я мог рассчитывать на его поддержку. Настал момент, когда надо было брать бразды правления в свои руки.

— Джон, — сказал я, мне хочется кое-что предложить тебе.

— Я весь внимание.

— Помнишь, я рассказывал о моем друге Пуаро? Это тот самый бывший знаменитый бельгийский сыщик, который сейчас живет в Стайлз Сент-Мэри.

— Конечно, помню.

— Так вот, я прошу твоего согласия, чтобы он занялся этим делом.

— Прямо сейчас, до результатов вскрытия?

— Да, нельзя терять ни минуты, если… Если, конечно, здесь что-то нечисто.

— Чепуха! — негодующе воскликнул Лоуренс. — Все это сплошная выдумка Бауэрстайна. Уилкинсу и в голову это не приходило, пока Бауэрстайн не поговорил с ним. Каждый ученый на чем-нибудь помешан. Этот занимается ядами, вот и видит повсюду отравителей.

Признаться, меня удивила эта тирада Лоуренса: он весьма редко проявлял эмоции. Что касается Джона, то он явно колебался. Наконец он сказал:

— Я не согласен с тобой, Лоуренс. Думаю, Хастингс прав, хотя я хотел бы немного подождать с расследованием. Надо во что бы то ни стало избежать огласки.

— Что ты, Джон, — запротестовал я. — Никакой огласки не будет. Пуаро — это сама деликатность.

— В таком случае поступай как знаешь.

Часы пробили шесть. Я решил не терять времени, хотя и позволил себе на пять минут задержаться в библиотеке, где отыскал в медицинском справочнике симптомы отравления стрихнином.

4. Пуаро начинает действовать

Дом, в котором жили бельгийцы, находился недалеко от входа в парк. Чтобы сэкономить время, я пошел наикратчайшим путем, не по основной дороге в деревню, которая слишком петляла, а по тропинке через парк. Я уже почти достиг выхода, как вдруг увидел, что навстречу мне кто-то идет. Это был мистер Инглторп. Где он был? Как он собирается объяснить свое отсутствие? Увидев меня, он сразу воскликнул: «Боже мой, какое несчастье! Моя бедная жена! Я только что узнал!»

— Где вы были?

— Я вчера задержался у Денби. Когда мы закончили все дела, было уже около часа. Оказалось, я забыл дома ключи, чтобы не будить вас среди ночи, решил остаться у него.

— Как же вы узнали о случившемся? — спросил я.

— Уилкинс заехал к Денби и все ему рассказал. Бедная моя Эмили... в ней было столько самопожертвования, столько благородства! Она совсем себя не щадила!

Волна отвращения буквально захлестнула меня. Как можно так изощренно лицемерить? Извинившись, я сказал, что спешу, и был очень доволен, что он не спросил, куда я направлялся.

Через несколько минут я постучался в дверь коттеджа, где жили бельгийцы. Никто не открывал. Я снова нетерпеливо постучал. На этот раз наверху осторожно приоткрылось окно и оттуда выглянул Пуаро.

Он был явно удивлен моему визиту.

Подождите, друг мой, сейчас я вас впущу, и, пока буду одеваться, вы все расскажете.

Через несколько секунд Пуаро открыл дверь, и мы поднялись в его комнату. Я очень подробно рассказал ему о том, что случилось ночью, стараясь не упустить ни малейшей детали. Пуаро тем временем с необыкновенной тщательностью приводил в порядок свой туалет. Я рассказал ему, как меня разбудили, о последних словах миссис Инглторп, о ее ссоре с Мэри, свидетелем которой я случайно стал, о ссоре между миссис Инглторп и мисс Ховард и о нашем с ней разговоре. Пытаясь припомнить каждую мелочь, я поминутно повторялся.

Пуаро добродушно улыбнулся.

— Друг мой, вы очень взволнованы. Успокойтесь и давайте вместе проанализируем имеющиеся факты. Попробуем выстроить их в определенном порядке. Те, что важны для нас, следует запомнить, а те, что нет, — он надул щеки и комично фыркнул, — п-у-у-ф... Мы сразу отбросим.

— Все это звучит прекрасно, но как мы узнаем, какие факты отбрасывать? По-моему, в этом и заключается главная трудность.

Но у Пуаро было другое мнение. Задумчиво поглаживая усы, он произнес:

— Отнюдь нет, друг мой. Судите сами: один факт ведет к другому, получается цепочка, в которой каждое-звено связано с предыдущим. Если какой-то факт не связывается с предыдущим, это означает, что надо искать потерянное звено. Может быть, оно окажется какой-то незначительной деталью, но мы обязательно находим ее, восстанавливаем обрыв в цепочке и идем дальше. — Он многозначительно поднял палец. — Вот в этом, друг мой, и заключается главная трудность.

— Д-да, вы правы...

Пуаро, погрозив пальцем, добавил: «И горе тому детективу, который отбрасывает факты, пусть самые ничтожные, если они не связываются с другими. Подобный путь ведет в тупик. Помните, любая мелочь имеет значение!»

— Да-да, вы всегда говорили мне об этом. Вот почему я и старался припомнить все до малейшей детали, хотя некоторые из них не имеют, по-моему, отношения к делу.

— И я доволен вами! У вас хорошая память, и вы действительно рассказали все, что помните. Не будем говорить о достойном сожаления беспорядке, в котором были изложены события. Я это прощаю: вы слишком возбуждены. Прощаю я и то, что не была упомянута одна, чрезвычайно важная деталь.

— Какая?

— Вы не сказали, много ли съела миссис Инглторп вчера за ужином.

Я посмотрел с сожалением на своего друга. Война для него не прошла даром: бедняга явно немного тронулся. Пуаро тем временем с величайшей тщательностью чистил пальто и, казалось, был всецело поглощен этим занятием.

— Не помню, — пробормотал я, — и вообще, я не понимаю...

— Вы не понимаете? Это же очень важно.

— Не вижу здесь ничего важного — сказал я с раздражением. — Мне кажется, она ела совсем немного, ведь миссис Инглторп была сильно расстроена и ей было, видимо, не до еды.

— Да, — задумчиво произнес Пуаро, — ей было не до еды.

Он вынул из бюро небольшой чемоданчик и сказал: «Теперь все готово, и я хотел бы немедленно отправиться в усадьбу, чтобы увидеть все своими глазами... Простите, друг мой, вы одевались в спешке и небрежно завязали галстук. Вот так! Теперь можно идти».

Пройдя через деревню, мы свернули в парк, Пуаро остановился и печально взглянул на тихо покачивающиеся деревья, на траву, в которой еще блестели последние капли росы, и со вздохом сказал. «Здесь все так тихо, так обворожительно, а где-то совсем рядом...»

Пуаро внимательно посмотрел на меня, и я покраснел под его долгим взглядом. Так ли уж близкие миссис Инглторп оплакивают ее кончину? Так ли уж они убиты горем? Нельзя сказать, что окружающие обожали миссис Инглторп. Ее смерть была скорее, происшествием, которое всех потрясло, выбило из колеи, но не причинило подлинного страдания. Пуаро как будто прочел мои мысли:

он мрачно кивнул и сказал: «Да, вы правы, и чувствуется, что между ними не было кровного родства. Она была очень добра к братьям Кавендишам, но все же она не была для них родной матерью, а главное — это кровь, запомните, друг мой, главное — это кровь».

— Пуаро, мне хотелось бы все-таки узнать, почему вы так заинтересовались аппетитом миссис Инглторп? Я все время думаю об этом и не могу донять, почему это вас так волнует?

Несколько минут Пуаро шел молча. Наконец он сказал:

— Вы знаете, что не в моих правилах что-либо объяснять, пока дело не закончилось, но на этот раз я сделаю исключение. Итак, на данный момент предполагается, что миссис Инглторп была отравлена стрихнином, который подмешали ей в кофе.

— Да.

— Хорошо, в какое время подали кофе?

— Около восьми.

— Следовательно, она выпила кофе между восемью и половиной девятого, не позже. Но стрихнин ведь действует очень быстро, примерно через час. А у миссис Инглторп симптомы отравления появились в пять утра, то есть через девять-часов! Однако, если в момент отравления человек плотно поел, то это может отсрочить действие яда, хотя вряд ли так надолго. Вы утверждаете, что она съела за ужином очень мало, а симптомы тем не менее проявляются лишь утром. Все, это, друг мой, довольно странно. Возможно, вскрытие что-нибудь и прояснит, а пока запомним этот факт.

Когда мы подошли к усадьбе, Джон вышел нам навстречу. Он выглядел очень утомленным.

— Это ужасно неприятная история, мсье Пуаро. Надеюсь, Хастингс сказал вам, что мы хотели бы избежать скандала?

— Я вас прекрасно понимаю.

— Видите ли, пока у нас нет никаких фактов, одни только подозрения.

— Вот именно. Но на всякий случай будем осторожны.

Джон достал из портсигара сигарету и посмотрел на меня.

— Ты знаешь, что этот тип вернулся?

— Да, я встретил его по дороге.

Он бросил спичку в ближайшую клумбу, но Пуаро, который не мог вынести подобного зрелища, нагнулся и тщательно закопал ее.

— Никто не знает, как себя с ним вести.

— Скоро узнаете, — тихо пробормотал Пуаро. Джон удивленно взглянул на него, не совсем понимая смысл этой загадочной фразы.

Он протянул мне два ключа, которые получил от доктора Бауэрстайна.

— Покажи мсье Пуаро все, что его интересует.

— Разве комнаты заперты?

— Да, доктор Бауэрстайн считал, что это необходимо.

Пуаро задумчиво кивнул.

— Он весьма предусмотрителен. Что ж, это сильно облегчает нашу задачу.

Мы пошли в комнату миссис Инглторп. Для удобства я прилагаю ее план, на котором также помечены основные предметы обстановки.

— A — дверь в коридор.

— B — дверь в комнату Альфреда Инглторпа.

— C — дверь в комнату Цинции.

Пуаро открыл дверь и приступил к тщательному осмотру комнаты. Словно кузнечик, он перепрыгивал от предмета к предмету, а я топтался у двери, боясь случайно уничтожить какие-нибудь улики. Пуаро, однако, совершенно не оценил мою предусмотрительность.

— Друг мой, что вы там застыли как изваяние?

Я объяснил ему, что боюсь уничтожить улики, например, следы на полу.

— Следы?! Вот так улика! Здесь же побывала целая толпа народа, а вы говорите про следы. Лучше идите сюда и помогите мне. Так, чемоданчик пока не нужен, отложим его на время.

Он положил чемоданчик на круглый стол возле окна, но тот оказался плохо закрепленным на ножке и наклонился под тяжестью сокровищ Пуаро. Чемоданчик заскользил и свалился на пол.

— Ну и столик! — воскликнул Пуаро. — Вот так, Хастингс, оказывается, можно не иметь комфорта, живя даже в очень большом доме.

Отпустив это глубокомысленное замечание, мой друг продолжал осмотр комнаты. Его внимание привлекла лежащая на письменном столе небольшая розовая папка. Из ее замочка торчал ключ. Пуаро вынул его и многозначительно передал мне. Я не нашел в нем ничего достойного внимания: это был вполне обыкновенный ключ, надетый на небольшое проволочное кольцо.

Затем мой друг осмотрел раму выломанной двери, дабы убедиться, что она была действительно заперта на засов. Затем он подошел к двери, ведущей в комнату Цинции. Как я уже говорил, она была тоже заперта. Пуаро отодвинул засов и несколько раз осторожно открыл и закрыл дверь, стараясь не произвести при этом ни малейшего шума. Неожиданно что-то привлекло его внимание на самом засове. Мой друг тщательно осмотрел его, затем быстро вынул из своего чемоданчика маленький пинцет и, ловко подцепив какой-то волосок, аккуратно положил его в небольшой конверт.

На комоде стоял поднос со спиртовкой и ковшиком, в котором виднелись остатки коричневой жидкости.

Поразительно, как я не заметил их раньше! Это ведь настоящая улика!

Пуаро обмакнул кончик пальца в коричневую жидкость и осторожно лизнул его. Поморщившись, он сказал:

— Какао… смешанное с ромом.

Теперь Пуаро принялся осматривать осколки, валявшиеся возле перевернутого столика. Рядом с разбитой вдребезги кофейной чашкой валялись спички, книги, связка ключей и настольная лампа.

— Однако это довольно странно, — сказал Пуаро.

— Должен признаться, что не вижу здесь ничего странного.

— Неужели? Посмотрите-ка на лампу… — она раскололась на две части, и обе лежат рядом. С другой стороны, чашка раздроблена на сотни маленьких осколков.

— Ну и что? Наверное, кто-то наступил на нее.

— Вот именно, — как-то странно протянул Пуаро. — Кто-то наступил на нее.

Он встал с колен, подошел к камину и стал что-то обдумывать, машинально поправляя безделушки и выстраивая их в прямую линию — верный признак того, что он очень взволнован.

— Друг мой, — произнес он наконец, — кто-то намеренно наступил на эту чашку, потому что в ней был стрихнин или, и это еще важнее, потому что в ней не было стрихнина!

Я был заинтригован, но хорошо зная своего друга, решил пока ничего не спрашивать. Пуаро потребовалась еще пара минут, чтобы успокоиться и снова приступить к делу. Подняв с пола связку ключей, он тщательно осмотрел их, затем выбрал один, выглядевший новее других, и вставил его в замок розовой папки. Ключ подошел, но, едва приоткрыв папку, Пуаро тотчас же захлопнул ее и снова запер на ключ. Положив связку и ключ в карман, он сказал:

— Пока я не имею права читать эти бумаги, но это должно быть сделано как можно скорее.

Теперь мой друг приступил к осмотру шкафчика над умывальником, после чего подошел к левому окну и склонился над круглым пятном, которое на темно-коричневом ковре было едва различимо. Он скрупулезно осматривал пятно с разных сторон и под конец даже понюхал его.

Закончив с пятном, он налил несколько капель какао в пробирку и плотно закрыл пробку. Затем Пуаро вынул записную книжку и, что-то быстро записав, произнес:

— Таким образом, мы сделали в этой комнате шесть интересных находок. Перечислить их или вы сделаете это сами?

— Нет, лучше вы, — ответил я, не задумываясь.

— Хорошо. Итак, первая находка — это кофейная чашка, буквально растертая в порошок, вторая — папка с торчащим из нее ключом, третья — пятно на ковре.

— Возможно, оно уже здесь давно, — перебил я своего друга.

— Нет, оно до сих пор влажное и еще пахнет кофе. Дальше, крошечный кусочек зеленой материи, всего пара ниток, но по ним можно восстановить целое.

— А, так вот что вы положили в конверт! — воскликнул я.

— Да, хотя эти нитки могут оказаться от платья самой миссис Инглторп и в этом случае потеряют для нас интерес. Находка пятая — прошу вас… — и театральным жестом Пуаро указал на большое восковое пятно около письменного стола. — Вчера его еще не было, в противном случае служанка наверняка бы его удалила, прогладив горячим утюгом через промокательную бумагу. Однажды такая же история приключилась с моей лучшей шляпой. Я вам как-нибудь расскажу об этом.

— Видимо, пятно появилось минувшей ночью. Все были так взволнованы! А может быть, свечу уронила сама миссис Инглторп.

— Ночью у вас была с собой только одна свеча?

— Да, у Лоуренса Кавендиша, но он был совершенно невменяем. Бедняга что-то увидел на камине или рядом с ним и буквально оцепенел от этого.

— Очень интересно. — Пуаро внимательно осмотрел всю стену. — Любопытно, любопытно. Однако этот воск не от его свечи, ведь он белый, а свеча мсье Кавендиша была из розового воска. Взгляните, она до сих пор стоит на туалетном столике. Между тем в комнате вообще нет ни одного подсвечника: миссис Инглторп пользовалась лампой.

— Что же вы хотите сказать?

Вместо ответа Пуаро раздраженно пробормотал что-то насчет моих извилин.

— Ну а шестая находка — это, по-видимому, остатки какао?

— Нет, — задумчиво проговорил Пуаро. — Пока я ничего не хочу говорить о номере шесть.

Он еще раз оглядел комнату. «Думаю, здесь больше нет ничего интересного, хотя...» — Пуаро несколько мгновений пристально смотрел на тлеющие в камине угольки, затем медленно произнес: «Огонь еще горит... да, все уничтожено. Однако лучше проверить — вдруг что-то уцелело».

Он встал на четвереньки и начал с величайшей осторожностью выгребать из камина золу. Внезапно воскликнул: «Хастингс, пинцет!»

Я протянул своему другу пинцет, и он бережно вытащил из пепла наполовину обуглившийся клочок бумаги.

— Получите, друг мой! — и он протянул мне свою находку. — Что вы об этом думаете?

Я внимательно посмотрел на листок. Вот как он выглядел:

Но главное — бумага была необыкновенно плотная. Внезапно мне в голову пришла идея:

— Пуаро! Это же остаток завещания!

— Естественно!

Я изумленно взглянул на него.

— И вас это не удивляет?

— Нисколько. Я предвидел это.

Взяв у меня листок, Пуаро положил его в чемоданчик. У меня голова шла кругом: что означало это сожженное завещание?... Кто его уничтожил? Неизвестный, оставивший на полу восковое пятно? Да, это не вызывает сомнений. Но как он проник в комнату?... Ведь все двери были заперты изнутри.

— Что ж, пойдемте, друг мой, — сказал Пуаро, — я хотел бы задать несколько вопросов экономке. Э-э-э... Доркас. Так ее, кажется зовут.

Мы перешли в комнату Альфреда Инглторпа, где Пуаро задержался и внимательно все осмотрел. Затем он запер дверь в комнату миссис Инглторп, а когда мы вышли, запер также и дверь в коридор.

Я провел Пуаро в будуар и отправился на поиски Доркас. Возвратившись вместе с ней, я увидел, что будуар пуст.

— Пуаро! — закричал я. — Где вы?

— Я здесь, друг мой.

Он стоял на балконе и восхищенно смотрел вниз на прекрасные цветочные клумбы.

— Какая красота! Вы только взгляните, Хастингс, какая симметрия! Посмотрите на ту клумбу в форме полумесяца, или вот на эту, в виде ромба. А как аккуратно и с каким вкусом высажены цветы! Наверное, эти клумбы разбиты недавно.

— Да, кажется, вчера днем. Однако Доркас ждет вас, Пуаро. Идите сюда.

— Иду, друг мой, иду. Дайте мне только еще мгновение насладиться этим совершенством.

— Но время не терпит. К тому же здесь вас ждут дела поважнее.

— Как знать, как знать. Может быть, эти чудные бегонии представляют для нас не меньший интерес. Я пожал плечами: Пуаро вел себя подобным образом, спорить с ним было бесполезно.

— Вы не согласны? Напрасно, всякое бывает... Ладно, давайте поговорим с нашей славной Доркас.

Экономка слушала нас скрестив руки на груди, ее аккуратно уложенные седые волосы покрывала белоснежная шапочка, и весь облик Доркас являл собой образец идеальной служанки, которую уже редко найдешь в наши дни.

Поначалу в глазах Доркас была некоторая подозрительность, но очень скоро Пуаро сумел завоевать ее расположение. Пододвинув ей стул, мой друг сказал:

— Прошу вас, садитесь, мадемуазель.

— Благодарю вас, сэр.

— Если не ошибаюсь, вы служили у миссис Инглторп много лет?

— Десять лет, сэр.

— О, это немалый срок! Вы были к ней весьма привязаны, не так ли?

— Она была ко мне очень добра, сэр.

— Тогда, думаю, вы согласитесь ответить на несколько моих вопросов. Естественно, я задаю их с полного одобрения мистера Кавендиша.

— Да, сэр, конечно.

— Тогда начнем с того, что произошло вчера днем. Кажется, здесь был какой-то скандал?

— Да, сэр. Однако не знаю, есть ли у меня право… — Доркас запнулась.

— Милая Доркас, мне совершенно необходимо знать, что произошло, причем в мельчайших подробностях. И не думайте, что вы выдаете секреты вашей хозяйки: она мертва, и ничто уже не вернет ее к жизни. С другой стороны, если в этой смерти кто-то виновен, то наш долг привлечь преступника к суду. Но для этого мне надо знать все.

— И да поможет вам господь — торжественно добавила Доркас. — Хорошо. Не называя никого по имени, я скажу, что среди обитателей усадьбы есть человек, которого мы все ненавидим. Будь проклят тот день, когда он переступил порог нашего дома!

Пуаро выждал, пока негодование Доркас стихнет, и спокойно сказал:

— Но вернемся ко вчерашней ссоре, Доркас. С чего все началось?

— Видите ли, сэр, я совершенно случайно проходила в этот момент через холл…

— Во сколько это было?

— Точно не скажу, сэр, часа в четыре или чуть позже, во всяком случае, до чая было еще далеко. И вот, значит, я проходила через холл, как вдруг услыхала крики из-за двери. Я не собиралась, конечно, подслушивать, но как-то само собой получилось, что я задержалась. Дверь была закрыта, однако хозяйка говорила так громко, что я слышала каждое слово. Она крикнула: «Ты лгал, бессовестно лгал мне!» Я не разобрала, что ответил мистер Инглторп, он говорил гораздо тише хозяйки, но ее слова я слышала отчетливо: «Да как ты мог? Я отдала тебе свой дом, кормила тебя, одевала, всем, что у тебя есть, ты обязан только мне! И вот она, благодарность! Это же позор и бесчестье для всей семьи»! Я снова не расслышала, что он сказал, а хозяйка продолжала: «Меня не интересует, что ты скажешь. Все решено, и ничто, даже страх перед публичным скандалом, не остановит меня!» Мне показалось, что они подошли к двери, и я выбежала из холла.

— Вы уверены, что это был голос Инглторпа?

— Конечно, сэр, чей же еще?

— Ладно. Что было дальше?

— Позже я еще раз зашла в холл, но все было тихо. В пять часов я услышала звон колокольчика, и хозяйка попросила принести ей чай, только чай, без всякой еды. Миссис Инглторп была ужасно бледна. «Доркас, — сказала она, — у меня большие неприятности». «Мне больно это слышать, мадам», — ответила я. — «Надеюсь, после чашки хорошего чая вам станет получше». Она что-то держала в руке, я не разглядела, письмо это или просто листок бумаги. Но там было что-то написано, и хозяйка все время рассматривала его, словно не могла поверить собственным глазам. Позабыв, что я рядом, она прошептала: «Всего несколько слов, а перевернули всю мою жизнь». Затем она посмотрела на меня и добавила: «Доркас, никогда не доверяйте мужчинам, они не стоят этого». Я побежала за чаем, а когда вернулась, миссис Инглторп сказала, что после хорошего крепкого чая наверняка будет чувствовать себя получше. «Не знаю, что и делать, — добавила она. — Скандал между мужем и женой — это всегда позор. Может быть, попробовать все замять...» Она замолчала, потому что в этот момент в комнату вошла миссис Кавендиш.

— Хозяйка по-прежнему держала этот листок?

— Да, сэр.

— Как вы думаете, что она собиралась с ним делать?

— Право, не знаю, сэр. Возможно, она положила его в свою розовую папку.

— Что, она обычно хранила там важные бумаги?

— Да, каждое утро она спускалась к завтраку с этой папкой и вечером уносила ее с собой.

— Когда был потерян ключ от папки?

— Вчера, до обеда или сразу после. Хозяйка была очень расстроена и просила меня обязательно найти его.

— Но у нее же был дубликат?

— Да, сэр.

Доркас удивленно уставилась на Пуаро. Пуаро улыбнулся.

— Нечего удивляться, Доркас, это моя работа — знать то, чего не знают другие. Вы искали этот ключ? — и Пуаро достал из кармана ключ, который он вынул из замка розовой папки. Доркас была крайне поражена.

— Да, сэр! Но где вы его нашли? Я же обыскала весь дом!

— В том-то и дело, что вчера ключ был совсем не там, где я нашел его сегодня. Ладно, перейдем теперь к другому вопросу. Скажите, имелось ли в гардеробе хозяйки темно-зеленое платье?

Доркас была удивлена неожиданным вопросом.

— Нет, сэр.

— Вы уверены?

— Да, сэр, вполне.

— А у кого в доме есть зеленое платье?

Доркас немного подумала.

— У мисс Цинции есть зеленое вечернее платье.

— Темно-зеленое?

— Нет, сэр, светло-зеленое.

— Нет, это не то… И что же, больше ни у кого в доме нет зеленого платья?

— Насколько я знаю, нет, сэр.

По лицу Пуаро нельзя было понять, огорчил его ответ Доркас или, наоборот, обрадовал.

— Ладно, оставим это и двинемся дальше. Есть ли у вас основание предполагать, что миссис Инглторп принимала вчера снотворное?

— Нет, вчера она не принимала, я это точно знаю, сэр.

— Откуда у вас такая уверенность?

— Потому что снотворное у нее кончилось. Два дня назад она приняла последний порошок.

— Вы это точно знаете?

— Да, сэр.

— Что же, ситуация проясняется. Кстати, хозяйка не просила вас вчера подписать какую-нибудь бумагу?

— Подписать бумагу? Нет, сэр.

— Мистер Хастингс утверждает, что, когда он возвратился вчера домой, миссис Инглторп писала какие-то письма. Может быть, вы знаете, кому они были адресованы?

— Не знаю, сэр. Меня здесь вчера вечером не было. Возможно, Анни знает. Хотя она так небрежно ко всему относится! Вчера вот даже забыла убрать кофейные чашки. Стоит мне ненадолго отлучиться, как все в доме начинает идти шиворот навыворот.

Нетерпеливым жестом Пуаро остановил излияния Доркас.

— Пожалуйста, не убирайте ничего, пока я не осмотрю чашки.

— Хорошо, сэр.

— Когда вы вчера ушли из дома?

— Около шести, сэр.

— Спасибо, Доркас, это все, что я хотел спросить у вас.

Он встал и подошел к окну.

— Эти прекрасные клумбы восхищают меня! Сколько у вас, интересно, садовников?

— Только трое, сэр. Вот когда-то, до войны, у нас было пять. В то время эту усадьбу еще содержали так, как подобает месту, в котором живут джентльмены. Здесь действительно было чем похвалиться, жаль, что вы не приехали к нам тогда. А что теперь?.. Теперь у нас остались только старый Манинг, мальчишка Вильям и еще эта новая садовница — ходит, знаете, вся расфуфыренная, — бриджи и все такое. Господи, что за времена настали!

— Ничего, Доркас, когда-нибудь опять придут старые добрые времена, по крайней мере я надеюсь на это. А теперь пришлите мне, пожалуйста, Анни.

— Да, сэр. Благодарю вас, сэр.

Я сгорал от любопытства и, как только Доркас вышла, сразу воскликнул:

— Как вы узнали, что миссис Инглторп принимала снотворное? И что это за история с ключом и дубликатом?

— Не все сразу, друг мой. Что касается снотворного, то взгляните на это… — и Пуаро показал мне небольшую коробку, в которой обычно продаются порошки.

— Где вы ее взяли?

— В шкафчике над умывальником. Это как раз и был номер шесть.

— Думается мне, что это не очень ценная находка, так как последний порошок был принят два дня назад.

— Возможно, однако вам тут ничего не кажется странным?

Я тщательно осмотрел «номер шесть».

— Да нет, коробка как коробка.

— Взгляните на этикетку.

Я старательно прочел ее вслух: «Принимать по назначению врача. Один порошок перед сном. Миссис Инглторп». Все как полагается!

— Нет, друг мой, полагается еще имя аптекаря.

— Гм, это действительно странно.

— Вы видели когда-нибудь, чтобы аптекарь продавал лекарство и не указывал при этом свою фамилию?

— Нет.

Я был заинтригован, но Пуаро быстро охладил мой пыл, бросив небрежно:

— Успокойтесь, этот забавный факт объясняется очень просто.

Послышались шаги, возвещавшие приход Анни, и я не успел достойно возразить своему другу.

Анни была красивой, рослой девушкой. Я сразу заметил в ее глазах испуг, смешанный, однако, с каким-то радостным возбуждением.

Пуаро тотчас приступил к делу.

— Послал за вами, так как надеялся, что вы что-нибудь знаете о письмах, которые вчера вечером писала миссис Инглторп. Может быть, вы помните, сколько их было и кому они предназначались?

Немного подумав, Анни сказала:

— Было четыре письма, сэр. Одно для мисс Ховард, Другое для нотариуса Уэллса, а про оставшиеся два я не помню, хотя, одну минуту... Да, третье письмо было адресовано Россу в Тэдминстер, он нам поставляет продукты. А вот кому было четвертое письмо — хоть убейте — не помню.

— Постарайтесь вспомнить, Анни.

Девушка наморщила лоб и попыталась сосредоточиться.

— Нет, сэр. Я, кажется, и не успела рассмотреть адрес на последнем письме.

— Ладно, не расстраивайтесь. Это не имеет большого значения, — сказал Пуаро, и в его голосе я не заметил ни тени разочарования. — Теперь я хочу вас спросить по поводу ковшика с какао, который стоял в комнате миссис Инглторп. Она пила какао каждый вечер?

— Да, сэр, какао ей подавалось ежедневно, и хозяйка сама его подогревала ночью, когда хотела пить.

— Это было обычное какао?

— Да, сэр, обыкновенное — молоко, ложка сахара и две ложки рома.

— Кто приносил какао в ее комнату?

— Я, сэр.

— Всегда?

— Да, сэр.

— В какое время?

— Обычно, когда я поднималась наверх, чтобы задернуть шторы.

— Вы брали какао на кухне?

— Нет, сэр. Кухарка заранее делала какао. Я ставила какао на столик возле двери и после ужина относила его хозяйке.

— Вы имеете в виду дверь в левом крыле?

— Да, сэр.

— А столик находится с этой стороны двери или в коридоре, на половине прислуги?

— С этой стороны, сэр.

— Когда вы вчера поставили какао на столик?

— Примерно в четверть восьмого, сэр.

— А когда отнесли его наверх?

— Около восьми. Миссис Инглторп легла в кровать еще до того, как я успела задернуть все шторы.

— Таким образом, с четверти восьмого до восьми чашка стояла на столике возле двери?

— Да, сэр. — Анни сильно покраснела и неожиданно выпалила:

— А если там была соль, то извините — это не моя вина. Я никогда не ставлю соль даже рядом с подносом.

— С чего вы взяли, что там была соль?

— Я видела ее на подносе.

— На подносе была рассыпана соль?

— Да, сэр, такая крупная, грубого помола. Я ее не видела, когда забирала поднос с кухни, но когда понесла его наверх, сразу заметила соль и даже хотела вернуться, чтобы кухарка сварила новое какао, но я очень торопилась. Доркас же куда-то ушла. Вот и я решила, что само какао в порядке, а соль попала только на поднос. Поэтому я смахнула ее передником и отнесла какао хозяйке.

С большим трудом мне удалось сдерживать свое волнение: ведь сама того не подозревая, Анни сообщила нам ценнейшие сведения. Хотел бы я на нее посмотреть, если бы она узнала, что «соль грубого помола» была на самом деле стрихнином, одним из самых страшных ядов, известных людям! Я восхищался самообладанием Пуаро, ну и выдержка у моего друга! Я с нетерпением ожидал, какой же будет следующий вопрос, но он разочаровал меня: «Когда вы зашли в комнату миссис Инглторп, дверь в комнату мисс Цинции была заперта на засов?»

— Да, сэр, как обычно. Ее ведь никогда не открывают.

— А дверь в комнату мистера Инглторпа? Вы уверены, что и она была заперта на засов?

Анни задумалась.

— Не могу точно сказать, сэр. Она была заперта, но на засов или на ключ — этого я не помню.

— Когда вы вышли из комнаты, миссис Инглторп закрыла дверь на засов?

— Нет, сэр, но потом, наверное, закрыла, — обычно на ночь она запирала дверь в коридор.

— Когда вы вчера убирали комнату, на ковре было большое восковое пятно?

— Нет, сэр. Да в комнате и не было никаких свечей, миссис Инглторп пользовалась лампой.

— Вы хотите сказать, что, если бы на полу было большое восковое пятно, вы бы его обязательно заметили?

— Да, сэр. Я бы непременно его удалила, прогладив горячим утюгом через промокательную бумагу.

— Затем Пуаро задал Анни тот же вопрос, что и Доркас: «У вашей хозяйки имелось зеленое платье?»

— Нет, сэр.

— Может быть, какая-нибудь накидка, или плащ, или э-э... как это у вас называется... куртка?

— Нет, сэр. Ничего зеленого у нее не было.

— А у кого из обитателей дома было?

— Ни у кого, сэр, — ответила Анни, немного подумав.

— Вы уверены в этом?

— Да, вполне, сэр.

— Хорошо. Это все, что я хотел узнать. Весьма вам признателен.

Анни поклонилась и с каким-то странным нервным смешком вышла из комнаты. Мое ликование вырвалось наконец наружу:

— Пуаро, поздравляю! Это меняет все дело!

— Что вы имеете в виду, Хастингс?

— Как это — что? То, что яд был не в кофе, а в какао! Теперь ясно, почему яд подействовал так поздно: ведь миссис Инглторп пила какао уже под утро.

— Итак, Хастингс, вы считаете, что в какао — будьте внимательны! — в какао содержался стрихнин?

— Без сомнения? Что же, по-вашему, если не стрихнин, было рассыпано на подносе?

— Это могла быть обычная соль, — спокойно ответил Пуаро.

Я пожал плечами. Когда Пуаро говорил в таком тоне, спорить с ним было бесполезно. Уже не в первый раз я подумал о том, что мой друг, увы, стареет. Какое счастье, что рядом с ним находился человек, способный трезво оценить факты!

Пуаро лукаво взглянул на меня.

— Хастингс, вы считаете, что я не прав?

— Дорогой Пуаро, — сказал я довольно холодно, — не мне вас учить. Вы имеете право думать все, что вам угодно. Равно как и я.

— Прекрасно сказано, Хастингс! — воскликнул Пуаро, вставая. — В этой комнате нам делать больше нечего. Кстати, чье это бюро в углу?

— Мистера Инглторпа.

— Ах, вот как! — Он подергал верхнюю крышку. — Закрыто. Может быть, подойдет какой-нибудь ключ из связки?

После нескольких безуспешных попыток открыть бюро Пуаро торжествующе воскликнул:

— Подходит! Этот ключ, конечно, не отсюда, но он все-таки подходит.

Крышка легко скользнула вверх, но Пуаро, бегло взглянув на аккуратные стопки бумаг, сразу закрыл бюро и задумчиво пробормотал:

— А он любит порядок, этот мистер Инглторп.

Я знал, что в устах Пуаро это был самый большой комплимент. «Он даже не посмотрел бумаги, — подумал я. — Да, это, безусловно, старость». Следующие слова Пуаро только подтвердили мои грустные мысли:

— В бюро не было почтовых марок, но они могли там быть. Как вы думаете, друг мой, они же могли там быть, правда? — Он еще раз обвел глазами будуар:

— Больше здесь делать нечего. Да, немного нам дала эта комната. Только вот это. — Он вынул из кармана смятый конверт и протянул его мне. Это был довольно странный документ. Старый грязный конверт, на котором были криво нацарапаны несколько слов. Вот как он выглядел:

— Где вы это нашли? — спросил я, сгорая от любопытства.

— В корзине для бумаг. Вы узнаете почерк?

— Да, это рука миссис Инглторп. Но что все это значит?

— Пока точно не знаю, но у меня есть одно предположение.

Неожиданно мне в голову пришло оригинальное объяснение — а вдруг миссис Инглторп была не в своем уме? Вдруг ее преследовали фантастические видения и она верила, что ее близкие или даже она сама обладают возможностью общаться с потусторонним миром? А если это так, то вполне можно допустить, что она могла добровольно уйти из этого мира. Слова Пуаро прервали ход моих мыслей. Как раз в тот момент, когда я уже собирался поделиться с ним своей догадкой, он сказал:

— Пойдемте, друг мой, надо осмотреть кофейные чашки.

— Господи, Пуаро, на что они нам сдались, если установлено, что яд был подмешан в какао?

— Ох уже это злополучное какао!

Он рассмеялся и шутливо воздел руки к небу. Раньше я не замечал за моим другом склонности к подобному фиглярству.

— Раз миссис Инглторп взяла свой кофе наверх, — сказал я раздраженно, — то непонятно, что вы ожидаете найти в этих чашках? Может быть, пакетик стрихнина, услужливо оставленный на подносе.

— Полноте, друг мой. Не надо дуться. Дайте мне удовлетворить мое любопытство и посмотреть кофейные чашки, а я обязуюсь впредь уважать ваши интересы, связанные с какао. По рукам?

Все это прозвучало в устах Пуаро настолько забавно, что я невольно рассмеялся. Мы направились в гостиную, где на подносе увидели неубранные вчерашние чашки.

Пуаро попросил меня подробно описать, что происходило накануне в этой комнате, и педантично проверил местоположение всех чашек.

— Значит, миссис Кавендиш стояла около подноса и разливала. Так. Потом она подошла к окну и села рядом с мадемуазель Цинцией. Так. Вот эти три чашки. А из той чашки на камине, должно быть, пил мистер Лоуренс Кавендиш. Там даже еще остался кофе. А чья чашка стоит на подносе?

— Джона Кавендиша. Я видел, как он ее сюда поставил.

— Хорошо. Вот все пять чашек, а где же чашка мистера Инглторпа?

— Он не пил кофе.

— В таком случае кое-что становится понятным. Одну минутку, Хастингс, — и он аккуратно налил из каждой чашки по несколько капель в пробирки. Выражение его лица было несколько странным: с одной стороны, мой друг освободился от каких-то подозрений, а с другой — был явно чем-то озадачен.

— Да, да именно так, — наконец произнес Пуаро, — безусловно, я ошибался, да, все именно так и происходило... Однако это весьма забавно... Ладно, разберемся.

И в одно мгновение он словно выбросил из головы все, что его смущало. Ох, как мне хотелось в эту минуту сказать, что все произошло точь-в-точь, как я ему подсказал, и что нечего было суетиться вокруг этих чашек, все и так ясно. Однако я сдержался: грешно смеяться над стареющей знаменитостью, ведь он действительно был когда-то совсем неплох и пользовался заслуженной славой.

— Завтрак готов, — сказал Джон Кавендиш, входя в холл, — вы с нами позавтракаете, мсье Пуаро?

Пуаро согласился, хотя и без энтузиазма. Я взглянул на Джона. Видимо, вчерашнее событие ненадолго выбило его из колеи, и он уже успел обрести свою обычную невозмутимость. В отличие от своего брата Джон не страдал излишней возбудимостью.

С самого утра он был весь в делах — не слишком веселых, но неизбежных для всякого, кто потерял близкого человека, — давал объявления в газеты, улаживал необходимые формальности и рассылал телеграммы, причем одна из первых была адресована Эвелин Ховард.

— Я хотел бы узнать, как продвигаются ваши дела, — спросил Джон, — расследование подтвердило, что моя мать умерла естественной смертью, или… или мы должны быть готовы к худшему?

— Мистер Кавендиш, — печально ответил Пуаро, — боюсь, что вам не следует себя слишком обнадеживать. А что думают по этому поводу другие члены семьи?

— Мой брат Лоуренс уверен, что мы попусту тратим время. Он утверждает, что это был сердечный приступ.

— Вот как, он действительно так считает? Это очень интересно, — пробормотал Пуаро. — А что говорит миссис Кавендиш?

Джон нахмурился.

— Не имею понятия, что думает об этом моя жена.

Вслед за этим наступило долгое неестественное молчание, которое Джон попытался разрядить, спросив: «Не помню, говорил ли я вам, что приехал мистер Инглторп?»

Пуаро кивнул.

— Это создало очень неприятную ситуацию. Мы, конечно, должны вести себя с ним, как обычно, но черт возьми, нам придется сидеть за одним столом с предполагаемым убийцей, всех просто тошнит от этого.

Пуаро понимающе покивал головой.

— Да, я вам сочувствую, мистер Кавендиш, ситуация не из приятных. Но все-таки я хочу задать один вопрос. Мистер Инглторп объяснил свое решение остаться ночевать в деревне тем, что забыл ключ от входной двери, не так ли?

— Да.

— Надеюсь, вы проверили, что он действительно забыл его?

— Н-нет... мне это не пришло в голову. Ключ обычно лежит в шкафчике в холле. Сейчас я сбегаю и посмотрю, на месте ли он.

Пуаро взял его за руку и улыбнулся.

— Поздно, сейчас ключ наверняка там. Даже если у мистера Инглторпа и был с собой ключ, я уверен, что он уже положил его на место.

— Вы так думаете...

— Я ничего не думаю, просто если бы кто-то до его прихода потрудился проверить, что ключ действительно на месте, это было бы сильным аргументом в пользу мистера Инглторпа. Вот и все.

Джон был совершенно сбит с толку.

— Не беспокойтесь, — мягко сказал Пуаро, — мы можем обойтись и без этого. И вообще, раз уж вы меня пригласили, пойдемте лучше завтракать.

В столовой собрались все обитатели дома. При сложившихся обстоятельствах мы, конечно, представляли из себя не слишком веселое общество. Люди всегда мучительно переживают подобные события. Естественно, правила приличия требовали, чтобы внешне все выглядело, как всегда, благопристойно, но я несколько раз спрашивал себя: «Так ли уж трудно собравшимся сохранять спокойствие»? Что-то не видно было ни заплаканных глаз, ни особо тяжелых вздохов. Да, видимо, я был прав, сильнее всех переживает кончину миссис Инглторп ее служанка Доркас.

Когда я проходил мимо Альфреда Инглторпа, меня вновь охватило чувство омерзения от того лицемерия, с которым он разыгрывал из себя безутешного вдовца. Интересно, знал ли Инглторп, что мы его подозреваем? Он, конечно, должен был догадаться, даже если бы мы скрывали свои чувства более тщательно. Что же испытывал этот человек?.. Тайный страх перед разоблачением или уверенность в собственной безнаказанности? Во всяком случае, витавшая в воздухе подозрительность должна была его насторожить.

Однако все ли подозревали мистера Инглторпа? Например, миссис Кавендиш? Я взглянул на Мэри — она сидела во главе стола, как всегда величественная, спокойная и таинственная. В этом нежно-сером платье с белыми сборками, наполовину прикрывавшими ее тонкие кисти, она была удивительно красива. Но стоило ей только захотеть, и ее лицо становилось загадочным и непроницаемым, как у древнего сфинкса. За весь завтрак Мэри произнесла лишь несколько слов, однако чувствовалось, что одним своим присутствием она подавляет собравшихся.

А юная Цинция? Подозревает ли она Альфреда? Девушка выглядела очень усталой и болезненной, ее слабость сразу бросалась в глаза. Я спросил мисс Мердок, не заболела ли она.

— Да, возможно, у меня страшная головная боль, — откровенно призналась Цинция.

— Может быть, налить вам еще чашечку кофе, мадемуазель, — галантно предложил Пуаро. — Он вернет вас к жизни. Нет лучшего средства от головной боли, чем чашечка хорошего кофе. — Он встал, взял ее чашку и потянулся за сахарными щипцами.

— Не надо, я пью без сахара.

— Без сахара? Это что, тоже режим военного времени?

— Что вы, я и раньше никогда не пила кофе с сахаром.

— Черт побери, — тихо пробормотал Пуаро, наполняя чашечку Цинции.

Никто больше не слышал этих слов моего друга; он старался не выдать своего волнения, но я заметил, что его глаза, как обычно в такие минуты, сделались зелеными, словно у кошки. Несомненно, он увидел или услышал что-то экстраординарное, но что же?

Обычно мне трудно отказать в сообразительности, но признаюсь, что в данном случае я просто терялся в догадках.

В это время в столовую вошла Доркас.

— Сэр, вас хочет видеть мистер Уэллс, — сказала она Джону.

Я вспомнил, что это был тот самый нотариус, которому миссис Инглторп писала накануне вечером. Джон немедленно встал из-за стола и сказал: «Пусть он пройдет ко мне в кабинет», — затем, повернувшись к нам с Пуаро, он добавил:

— Это нотариус моей матери и... и местный следователь. Может быть, вы хотите пойти со мной?

Мы вышли из столовой вслед за Джоном. Он шел немного впереди, и я успел шепнуть Пуаро:

— Это означает, что все-таки будет следствие?

Он рассеянно кивнул. Мой друг был всецело погружен в какие-то мысли, что еще больше подстегнуло мое любопытство.

— Что с вами, Пуаро? Вы, кажется, сильно взволнованы?

— Да, меня беспокоит один факт.

— Какой же?

— Мне очень не нравится, что мадемуазель Цинция пьет кофе без сахара.

— Что?! Вы шутите?

— Нисколько. Я более чем серьезен. Что-то здесь не так, и интуиция меня не подвела.

— В чем?

— В том, что я настоял на осмотре кофейных чашек. Но ни слова больше.

Мы зашли в кабинет Джона, и он запер дверь.

Мистер Уэллс был человеком средних лет с приятным лицом и умными проницательными глазами. Джон представил нас, пояснив, что мы помогаем расследованию.

— Вы, конечно, понимаете, мистер Уэллс, что мы не хотим лишнего шума, так как все еще надеемся избежать следствия.

— Я понимаю, — мягко произнес мистер Уэллс, — и хотел бы избавить вас от неприятностей, связанных с официальным дознанием. Боюсь, однако, что оно стало неизбежным, ведь у нас нет медицинского заключения.

— Увы, я так и думал.

— Какая умница доктор Бауэрстайн, к тому же, говорят, крупнейший токсиколог.

— Да, — сухо подтвердил Джон. Затем он неуверенно спросил:

— Вы думаете, всем нам придется выступить в качестве свидетелей?

— Во всяком случае вам и… э-э… мистеру Инглторпу.

Возникла небольшая пауза, и мистер Уэллс мягко добавил: «Показания остальных свидетелей будут просто небольшой формальностью».

— Да, я понимаю.

Мне показалось, что Джон облегченно вздохнул, что было странно, так как в словах мистера Уэллса я не услышал ничего обнадеживающего.

— Если вы не против, — продолжал юрист, — я хотел бы назначить дознание на пятницу. Мы уже будем знать результаты вскрытия, ведь оно состоится, кажется, сегодня вечером?

— Да.

— Итак, вы не возражаете против пятницы?

— Нет, нисколько.

— Думаю, нет нужды говорить вам, дорогой мистер Кавендиш, как тяжело я сам переживаю эту трагедию.

— В таком случае, мсье, я уверен, что вы поможете нам в расследовании. — Это были первые слова, произнесенные Пуаро с момента, как мы зашли в кабинет. — Я?

— Да, мы слышали, что миссис Инглторп написала вам вчера вечером письмо. Вы должны были его получить сегодня утром.

— Так и есть, но вряд ли оно вам поможет. Это обыкновенная записка, в которой миссис Инглторп просила меня зайти сегодня утром, чтобы посоветоваться по поводу какого-то очень важного дела.

— А она не намекнула, что это за дело?

— К сожалению, нет.

— Жаль, очень жаль, — мрачно согласился Пуаро. Мой друг о чем-то задумался, и наступила долгая пауза. Наконец он взглянул на нотариуса и сказал:

— Мистер Уэллс, я хотел бы задать вам один вопрос, конечно, если это позволительно с точки зрения профессиональной этики. Словом, кто является наследником миссис Инглторп?

Немного помедлив, мистер Уэллс произнес:

— Это все равно будет скоро официально объявлено, поэтому, если мистер Кавендиш не возражает…

— Нет, нет, я не против.

— …то я не вижу причин скрывать имя наследника. Согласно последнему завещанию миссис Кавендиш, датированному августом прошлого года, все состояние, за вычетом небольшой суммы в пользу прислуги, наследуется ее приемным сыном мистером Джоном Кавендишем.

— Не считаете ли вы, — простите мой бестактный вопрос, мистер Кавендиш, — что это несправедливо по отношению к ее другому приемному сыну, мистеру Лоуренсу Кавендишу?

— Не думаю. Видите ли, согласно завещанию их отца, в случае смерти миссис Инглторп Джон наследует всю недвижимость, в то время как Лоуренс получает весьма крупную сумму денег. Зная, что мистер Джон Кавендиш должен будет содержать поместье, миссис Инглторп оставила свое состояние ему. На мой взгляд, это справедливое и мудрое решение.

Пуаро задумчиво кивнул.

— Согласен, но мне кажется, что по вашим английским законам это завещание было автоматически аннулировано, когда миссис Кавендиш вторично вышла замуж и стала зваться миссис Инглторп.

— Да, я как раз собирался сказать, что оно теперь не имеет силы.

— Вот так! — Пуаро на мгновение задумался и спросил:

— А миссис Инглторп знала об этом?

— Точно утверждать не могу.

— Зато я могу точно утверждать, что она знала. Только вчера мы обсуждали с ней условия завещания, аннулированного замужеством, — неожиданно произнес Джон.

— Еще один вопрос, мистер Уэллс. Вы говорили о ее «последнем завещании». Означает ли это, что до него миссис Инглторп составила еще несколько?

— В среднем каждый год она составляла по крайней мере одно новое завещание, — спокойно ответил мистер Уэллс. — Она часто меняла свои пристрастия и составляла завещания попеременно то в пользу одного, то в пользу другого члена семьи.

— Предположим, что, не ставя вас в известность, она составила завещание в пользу лица, вообще не являющегося членом этой семьи, ну, например, в пользу мисс Ховард. Вас бы это удивило?

— Нисколько.

— Так, так. — Кажется, у Пуаро больше не было вопросов.

Пока Джон обсуждал с юристом что-то по поводу просмотра бумаг покойной, я наклонился к Пуаро и тихо спросил:

— Вы думаете, миссис Инглторп составила новое завещание в пользу мисс Ховард?

Пуаро улыбнулся.

— Нет.

— Тогда зачем же вы спрашивали об этом?

— Тише!

Джон повернулся в нашу сторону.

— Мсье Пуаро, мы собираемся немедленно заняться разбором маминых бумаг. Не хотите ли вы присутствовать при этом? Мистер Инглторп поручил это нам, так что его не будет.

— Что значительно облегчает дело, — пробормотал мистер Уэллс. — Хотя формально он, конечно, должен был… — он не закончил фразу, а Джон тем временем сказал Пуаро:

— Прежде всего мы осмотрим письменный стол в будуаре, а затем поднимемся в мамину спальню. Самые важные бумаги она обычно держала в розовой папке, поэтому ее надо просмотреть с особой тщательностью.

— Да, — подтвердил мистер Уэллс, — возможно, там обнаружится завещание более позднее, чем то, которое хранится у меня.

— Там действительно есть более позднее завещание, — произнес Пуаро.

— Что?! — хором воскликнули Джон и мистер Уэллс.

— Точнее, оно там было, — невозмутимо добавил мой друг.

— Что вы имеете в виду? Где оно сейчас?

— Оно сожжено.

— Сожжено?

— Да. Вот, взгляните, — и Пуаро показал им обуглившийся клочок бумаги, найденный в камине спальни миссис Инглторп, и в двух словах рассказал, как он попал к нему.

— Но может быть, это старое завещание? — Не думаю. Более того, я уверен, что оно составлено вчера.

— Что?! Это невозможно, — снова хором воскликнули наши собеседники.

Пуаро повернулся к Джону.

— Если вы позовете садовника, я смогу это доказать.

— Да, конечно, но я не понимаю при чем тут…

— Сделайте то, что я говорю, а потом я отвечу на все ваши вопросы, — перебил его Пуаро.

— Хорошо.

Он позвонил в колокольчик, и в дверях появилась Доркас.

— Доркас, мне надо поговорить с Манингом, пусть он зайдет сюда.

— Да, сэр, — ответила Доркас и вышла. Наступила напряженная тишина, один лишь Пуаро сохранял полное спокойствие. Он обнаружил островок пыли на стекле книжного шкафа и рассеянно стирал его. Вскоре за окном послышался скрип гравия под тяжелыми подбитыми гвоздями сапогами. Это был Манинг. Джон взглянул на Пуаро, тот кивнул.

— Заходи, Манинг, я хочу с тобой поговорить. Садовник медленно зашел в комнату и нерешительно остановился у двери. Сняв шапку, он нервно мял ее в руках. Спина у Манинга была сгорбленная, и поэтому он выглядел старше, чем был на самом деле, зато умные живые глаза никак не вязались с его неуклюжей речью.

— Манинг, я хочу, чтобы ты ответил на несколько вопросов, которые задаст этот джентльмен.

— Ясно, сэр. Пуаро шагнул вперед, и садовник смерил его с головы до ног несколько презрительным взглядом.

— Вчера вы сажали бегонии с южной стороны дома не так ли, Манинг?

— Точно, сэр, еще Вильям мне помогал.

— И миссис Инглторп позвала вас из окна, так?

— Верно, хозяйка нас звала.

— Расскажите, что произошло потом.

— Так ничего особенного не произошло, сэр. Хозяйка первым делом попросила Вильяма, чтобы он сгонял на велосипеде в деревню и купил, знаете, такую форму для завещания, бланк, что ли, не знаю точно, как называется, она все на листке записала.

— И что же?

— Ну, он, понятное дело, привез что нужно.

— И что было дальше?

— А дальше, сэр, мы опять занялись бегониями.

— Потом миссис Инглторп позвала вас еще раз? Так?

— Верно, сэр. Хозяйка опять позвала нас с Вильямом.

— Зачем?

— Она велела подняться к ней и дала подписать какую-то длиннющую бумагу, под которой уже стояла ее подпись.

— Вы видели, что там было написано? — резко спросил Пуаро.

— Нет, сэр, на ней промокашка лежала и ничего было не увидать.

— И вы подписали где она велела?

— Да, сэр, сперва я, потом Вильям.

— Что она сделала с этой бумагой?

— Положила в большой конверт и засунула его в такую розовую папку, которая лежала у нее на столе.

— Во сколько она вас позвала в первый раз?

— Да где-то около четырех, сэр.

— Может, раньше? Это не могло быть в половине четвертого?

— Нет, сэр, скорее, даже после четырех.

— Спасибо, Манинг, можете идти.

Садовник взглянул на своего хозяина, тот кивнул, и Манинг попятился из комнаты.

— Господи, — пробормотал Джон, — что за странное совпадение.

— Какое совпадение?

— Странно, что мама решила составить новое завещание как раз в день смерти!

Мистер Уэллс откашлялся и сухо спросил:

— А вы уверены, что это просто совпадение, мистер Кавендиш?

— Что вы имеете в виду?

— Вы говорили, что вчера днем у вашей матери был крупный скандал с… с одним из обитателей дома.

— Вы хотите сказать — Джон запнулся на полуслове и страшно побледнел.

— Вследствие этого скандала ваша мать в спешке составляет новое завещание, причем его содержание мы так никогда и не узнаем.

Она никому не сообщает об этом. Сегодня она, без сомнения, собиралась проконсультироваться со мной по поводу этого документа… собиралась, но не смогла. Завещание исчезает, и она уносит его тайну в могилу. Мистер Кавендиш, боюсь, что все это мало похоже на цепь случайностей. Мсье Пуаро, думаю, вы согласитесь со мной, что все эти факты наводят на определенные мысли.

— Наводят ли не наводят, — перебил его Джон, — но надо поблагодарить мсье Пуаро за то, что он нам помог. Если бы не он, мы бы не подозревали, что существовало еще одно завещание. Мсье Пуаро, позвольте спросить, что натолкнуло вас на эту мысль?

Пуаро улыбнулся и сказал:

— Старый исписанный конверт и засеянная вчера клумба бегоний.

Похоже, Джон был не совсем удовлетворен таким ответом и собирался задать следующий вопрос, но в этот момент послышался звук подъехавшего автомобиля, и мы подошли к окну.

— Эви! — воскликнул Джон. — Простите меня, мистер Уэллс, я сейчас вернусь, — и Джон торопливо выбежал из комнаты.

Пуаро вопросительно взглянул на меня.

— Это мисс Ховард, — пояснил я.

— Чудесно. Я рад, что она вернулась. Эта женщина, Хастингс, обладает двумя редкими качествами — у нее светлая голова и доброе сердце, но, увы, бог не дал ей красоты.

Я вышел в холл и увидел мисс Ховард, пытавшуюся выпутаться из доброй дюжины вуалей, которые покрывали ее лицо. Когда наши глаза встретились, я ощутил острое и мучительное чувство вины, ведь эта женщина предупреждала меня о приближающейся трагедии, а я, так легкомысленно отнесся к ее словам. Как быстро я забыл наш последний разговор! Теперь, когда ее правота подтвердилась, я ощутил и свою долю вины в том, что произошло это страшное событие. Лишь она одна до конца понимала, на что способен Альфред Инглторп. Кто знает, останься мисс Ховард в Стайлз, возможно, Инглторп испугался бы ее всевидящего ока и несчастная миссис Инглторп была бы сейчас жива.

Она пожала мне руку (как хорошо я помню это сильное мужское рукопожатие!) и у меня немного отлегло от сердца. Ее опухшие от слез глаза были печальны, но они не смотрели на меня укоризненно. Нет, мисс Ховард говорила в своей обычной грубоватой и немного резкой манере.

— Выехала, как только получила телеграмму. Как раз вернулась с ночной смены. Наняла автомобиль. Быстрее сюда не доберешься.

— Вы что-нибудь ели сегодня? — спросил Джон.

— Нет.

— Так я и думал. Пойдемте в столовую, завтрак еще не убрали, вас накормят и принесут свежий чай.

Он повернулся ко мне.

— Хастингс, пожалуйста, позаботьтесь о ней. Меня ждет Уэллс... А, вот и мсье Пуаро. Знаете, Эви, он помогает нам в этом деле.

Мисс Ховард обменялась с Пуаро рукопожатием, но подозрительно спросила у Джона:

— Что значит «помогает»?

— Мсье Пуаро помогает нам разобраться в том, что произошло.

— Нечего тут разбираться! Его разве еще не упекли в тюрьму?

— Кого?

— То есть, как это — кого? Альфреда Инглторпа!

— Милая Эви, не надо торопить события. Лоуренс, например, уверен, что мама умерла от сердечного приступа.

— Ну и дурень! Нет никакого сомнения, что бедная Эмили была отравлена Альфредом. Я вас давно об этом предупреждала!

— Эви, ну не надо так кричать. Что бы мы ни предполагали, лучше пока об этом не говорить вслух. Дознание назначено на пятницу и до этого...

— Какой вздор! — взвизгнула мисс Ховард — Вы тут все с ума посходили! До пятницы Инглторп преспокойно улизнет из Англии. Он же не идиот, чтобы сидеть и дожидаться, пока его повесят!

Джон Кавендиш беспомощно посмотрел на Эви.

— Знаю я, в чем дело, — воскликнула она, — вы больше доктора слушайте! Что они понимают? Ни черта! То есть ровно столько, чтобы их стоило опасаться. Уж я-то знаю: мой собственный отец был врачом. Большего болвана, чем этот коротышка Уилкинс, я в жизни не видывала! Сердечный приступ! Да он же больше ничего и не знает! А любому, у кого на плечах голова, а не репа, сразу ясно — Эмили отравил ее муженек. Я же всегда говорила, что он ее, бедняжку, прикончит прямо в постели. Так и произошло. И даже теперь вы несете какую-то околесицу. Сердечный приступ! Следствие, назначенное на пятницу! Стыдно, Джон Кавендиш, стыдно!

— А что я, по-вашему, должен делать? Я же не могу отвести его за шиворот в полицию, — сказал Джон и чуть заметно улыбнулся.

— Надо все-таки что-то предпринять. Выясните, как он ее отравил. Этот Инглторп — хитрая бестия. Всякое мог придумать. Узнайте у кухарки, не пропало ли что-нибудь с кухни.

Я подумал, что Джону сейчас не позавидуешь: приютить под одной крышей Альфреда и Эви, да еще сохранить при этом мир в доме — такое под силу не каждому. По лицу Джона было видно, что и он это прекрасно понимает.

Доркас внесла свежий чай. Пуаро, который на протяжении всего разговора стоял в дверях, дождался, пока она вышла в сад, и сел напротив мисс Ховард.

— Мадемуазель, — печально начал Пуаро, — я хотел бы вас кое о чем спросить.

— Спрашивайте, — ответила Эви довольно сухо. — Я очень надеюсь на вашу помощь.

— Я сделаю все, что смогу, чтобы «милого Альфреда» отправили на виселицу, — сказала она резко. — Это для него даже слишком большая честь. Таких надо топить или четвертовать, как в добрые старые времена.

— Значит, мы заодно. Я тоже хочу повесить убийцу.

— Альфреда Инглторпа?

— Его или кого-то другого.

— Какого еще другого? Бедная Эмили была бы сейчас жива, не появись он в этом доме. Ее окружали акулы. Но они интересовались только ее кошельком. Жизнь Эмили была вне опасности. Но появляется мистер Инглторп и вот, пожалуйста, не проходит и двух месяцев, как она мертва!

— Поверьте, мисс Ховард, — твердо сказал Пуаро, — если мистер Инглторп убийца, то он не ускользнет от меня. Уж кто-кто, а я-то обеспечу ему виселицу не ниже, чем у Амана.[1]

— Так-то лучше, — сказала Эви, несколько успокоившись.

— Но я хочу, чтобы вы мне доверяли. Ваше содействие для меня просто незаменимо. И я скажу почему: во всем этом доме, погруженном в траур, только один человек искренне оплакивает усопшую. Это вы!

Мисс Ховард опустила глаза, и в ее голосе появились новые нотки.

— Вы хотите сказать, что я ее любила? Да, это так. Знаете, Эмили была большая эгоистка. Она, конечно, делала людям много добра. Но не бескорыстно: всегда требовала благодарность. Она никому не позволяла забывать, как его облагодетельствовала. Поэтому ее не очень любили. Но, кажется, она этого не чувствовала. Со мной — другое дело. Я с самого начала все поставила на свои места. Вы мне платите столько-то фунтов в неделю, и все. Никаких подарков мне не надо — ни перчаток, ни театральных билетов. Она это не понимала. Даже иногда обижалась. Говорила, что я слишком горда. Я ей пыталась объяснить, но без толку. Зато совесть моя была чиста. Думаю, из всего ее окружения привязана к Эмили была только я. Присматривала за ней, сохраняла ее деньги. Но вот появляется этот

---

[1] Согласно Библии, Аман, визирь персидского царя Артаксеркса, готовил заговор против своего повелителя. Царь, предупрежденный женой Эсфирью, разоблачил Амана и построил для него виселицу высотой в 50 локтей.

бойкий проходимец, и в одно мгновение все мои многолетние старания оказываются напрасными.

Пуаро сочувственно кивнул.

— Мадемуазель, я прекрасно понимаю ваши чувства, но вы напрасно думаете, что мы лениво топчемся на месте. Уверяю, что это не так.

В этот момент появился Джон и, сообщив, что осмотр бумаг в будуаре закончен, пригласил меня с Пуаро в комнату миссис Инглторп.

Поднимаясь по лестнице, он оглянулся и тихо сказал:

— Даже не представляю, что произойдет, когда они встретятся.

Я беспомощно развел руками.

— Я просил Мэри, чтобы она постаралась держать их подальше друг от друга.

— Но как это сделать?

— Не знаю. В одном лишь я уверен — Инглторп не испытывает особого желания показываться ей на глаза.

Когда мы подошли к дверям комнаты миссис Инглторп, я спросил:

— Пуаро, ключи все еще у вас?

Взяв у него ключи Джон открыл дверь, и мы зашли в комнату. Мистер Уилкинс и Джон сразу направились к письменному столу.

— Обычно мама держала самые важные бумаги в этой папке, — сказал Джон. Пуаро вынул небольшую связку ключей.

— Разрешите мне. Утром я ее на всякий случай закрыл на замок.

— Но она открыта!

— Не может быть!

— Взгляните, — и Джон раскрыл папку.

— Черт побери! — воскликнул пораженный Пуаро. — Как это случилось? Ведь оба ключа у меня!

Он наклонился и начал рассматривать замок. Вдруг снова воскликнул:

— Ну и дела! Даже замок взломали!

— Что?!

Пуаро показал нам сломанный замок.

— Но кто это сделал? Зачем? Когда? Дверь же была закрыта! — выпалили мы, перебивая друг друга.

Пуаро уверенно и спокойно ответил нам:

— Кто? Пока неизвестно. Зачем? Я тоже хотел бы это знать! Когда? После того как я покинул эту комнату час назад. Что касается закрытой двери, то и это не проблема: к такому незамысловатому замку подходит, наверное, ключ от любой двери в коридоре.

Мы тупо уставились друг на друга. Пуаро подошел к камину и стал машинально выравнивать стоявшие на нем безделушки. Внешне он был совершенно спокоен, но я-то сразу заметил, как у него дрожали руки.

— Слушайте, — произнес он наконец, — вот как это произошло: в папке находилась какая-то улика, возможно, совсем незначительная, но достаточная, чтобы навести нас на след преступника. Для него было чрезвычайно важно успеть уничтожить эту улику до того, как мы ее обнаружим. Поэтому он пошел на огромный риск и проник в комнату. Обнаружив, что папка заперта, преступник вынужден был взломать замок, тем самым выдав свой приход. Он сильно рисковал, следовательно, улика казалась убийце очень важной.

— Но что это было?

— Откуда я знаю! — раздраженно воскликнул Пуаро. — Без сомнения, какой-то документ. Может быть, листок, который Доркас видела в руках у миссис Инглторп. Но я-то хорош! — с настоящим бешенством прокричал Пуаро. — Старый кретин! Ни о чем не подозревал! Как последний идиот оставил папку здесь вместо того, чтобы забрать ее с собой! И вот результат — документ украден и уничтожен… хотя, может быть, у нас пока есть шанс… вдруг документ еще цел? Надо перерыть весь дом!

Словно безумный, мой друг выскочил из комнаты. Я был слишком потрясен случившимся, и прошло несколько секунд, пока я пришел в себя и бросился вслед за Пуаро, но он уже исчез.

На площадке, от которой лестница разветвлялась на две, стояла миссис Кавендиш и удивленно смотрела вниз.

— Что стряслось с вашим другом, мистер Хастингс? Он пронесся мимо меня как сумасшедший.

— Он чем-то сильно взволнован, — ответил я уклончиво, поскольку не знал, до какой степени можно было посвящать Мэри в наши дела.

Заметив легкую усмешку на устах миссис Кавендиш, я попытался перевести разговор на другую тему.

— Они еще не видели друг друга?

— Кто?

— Мистер Инглторп и мисс Ховард.

Мэри на секунду задумалась и сказала:

— А так ли уж плохо, если они встретятся?

Я даже опешил.

— Конечно! Неужели вы сомневаетесь в этом?

Она спокойно улыбнулась.

— А я бы не прочь устроить небольшой скандал. Это разрядит атмосферу. Пока что мы слишком много думаем и слишком мало говорим вслух.

— Джон считает иначе. Он хотел бы избежать стычки.

— Так ведь это Джон!

Мне не понравилось, как она это сказала, и я запальчиво воскликнул:

— Джон очень разумный и хороший человек! Мэри с любопытством посмотрела на меня и неожиданно сказала:

— Вы мне нравитесь, Хастингс: вы настоящий друг.

— И вы мой настоящий друг!

— Нет, я плохой друг.

— Не говорите так, Мэри.

— Но это правда. Сегодня я влюблена в своих друзей, завтра я о них забываю.

Меня больно задели ее слова, и неожиданно для самого себя я довольно бестактно возразил:

— Однако ваше отношение к доктору Бауэрстайну отличается завидным постоянством.

И сразу же пожалел о сказанном. Лицо Мэри сделалось непроницаемым, словно какая-то завеса скрыла живые черты женщины. Она молча повернулась и быстро пошла наверх.

Снизу послышался шум. Это Пуаро, бегая из комнаты в комнату, громко объяснял каждому встречному, что он разыскивает.

— Выходит, моя осторожность в разговоре с Мэри была излишней, — подумал я раздраженно. — Пуаро поднял на ноги весь дом, и это, на мой взгляд, было не самым разумным решением. Что делать, мой друг в минуты волнения совершенно теряет голову! Я быстро спустился вниз. Едва завидев меня, Пуаро мгновенно успокоился. Отведя его в сторону, я сказал:

— Пуаро, дорогой что вы творите? Весь дом в курсе ваших дел, а следовательно, и убийца тоже!

— Вы считаете, что я не прав?

— Я уверен в этом.

— Что ж, друг мой, впредь присматривайте за мной, чтобы я не наделал чего-нибудь лишнего.

— Ладно. Но боюсь, что сегодня я уже опоздал.

— Увы, это так.

Пуаро выглядел таким смущенным и пристыженным, что мне даже стало его жаль, но я все равно считал, что он заслужил мой справедливый упрек.

— Делать нечего, Хастингс. Пойдемте отсюда.

— Вы уже осмотрели все, что хотели?

— На данный момент да. Вы проводите меня до деревни?

— С удовольствием.

Он взял свой чемоданчик, и мы вышли из дома через открытую дверь в гостиной. Навстречу шла Цинция, и Пуаро, галантно уступив ей дорогу, обратился к девушке:

— Простите, мадемуазель, можно вас на минуту?

— Да, конечно, — ответила она немного удивленно.

— Скажите, вы когда-нибудь изготовляли лекарства для миссис Инглторп?

Цинция слегка покраснела.

— Нет.

В ее голосе чувствовалась какая-то скованность.

— Значит, вы делали для нее только порошки?

— Ах, да! Однажды я действительно приготовила снотворное для тети Эмили.

— Это?

И Пуаро показал ей пустую коробку из-под порошков. Девушка кивнула.

— Не могли бы вы сказать, что здесь было? Сульфонал? Или, может быть, веронал?

— Нет, обычный бромид.

— Спасибо, мадемуазель. Всего хорошего.

Мы быстро двинулись в сторону деревни, и я несколько раз украдкой посматривал на Пуаро. Как я уже неоднократно говорил, в минуты волнения его глаза становились зелеными, как у кошки. Так было и на этот раз.

— Друг мой, — прервал он затянувшееся молчание, — у меня есть одна гипотеза, очень странная, я бы даже сказал, невероятная, но она объясняет все факты.

Я пожал плечами. Мне всегда казалось, что Пуаро питает слабость к различного рода невероятным предположениям. Вот и сейчас он остался верен себе, хотя случай был совершенно ясным.

— Итак, мы знаем, почему на коробке не было фамилии аптекаря, — сказал я. — Действительно, все объясняется очень просто, странно, что мне самому это не пришло в голову.

Пуаро словно не слышал моих слов.

— А ведь там еще кое-что обнаружили, — сказал он, кивнув в сторону усадьбы. — Когда мы поднимались по лестнице, мистер Уэллс сообщил мне об этом.

— И что же?

— Помните письменный стол в будуаре? Так вот, там обнаружилось завещание миссис Инглторп, составленное еще до замужества. По нему наследником объявлялся мистер Инглторп. По-видимому, оно было составлено в период их помолвки и явилось полной неожиданностью для мистера Уэллса, равно как и для Джона Кавендиша. Оно составлено на стандартном бланке для завещаний и засвидетельствовано двумя лицами из числа прислуги. Кстати, подписи Доркас под документом нет. Мистер Инглторп знал об этом завещании?

— Он утверждает, что нет.

— Мне что-то не очень в это верится, — сказал я. — Ну и путаница со всеми этими завещаниями! Кстати, как те несколько слов на измятом конверте подсказали вам, что вчера днем было составлено еще одно завещание?

Пуаро улыбнулся.

— Друг мой, случалось ли вам во время составления какого-нибудь документа сомневаться в правописании того или иного слова?

— Да и весьма часто. Думаю, это свойственно каждому.

— Вот именно. А не пытались ли вы в подобных случаях по-разному написать это слово на клочке бумаги, чтобы на глаз определить, какой из вариантов правильный? Ведь именно так и поступила миссис Инглторп. Вы заметили, что в первый раз она написала слово «обладаю» через «о», а затем через «а» и, чтобы окончательно убедиться в том, что это правильно, посмотрела, как оно выглядит в предложении «я обладаю». Отсюда я сделал вывод, что миссис Инглторп вчера днем хотела написать слово «обладаю» и, помня о клочке бумаги, найденном в камине, я сразу подумал о завещании, в котором почти наверняка должно было встретиться это слово. Мое предположение подтверждал и тот факт, что будуар на следующее утро не подметали — в сложившейся ситуации прислуге было не до этого, — и я обнаружил возле письменного стола крупные следы, причем земля была коричневого цвета и очень рыхлой. В последние дни стояла прекрасная погода, поэтому на обычных ботинках не могло налипнуть столько грязи.

Я подошел к окну и сразу заметил свежие клумбы с бегониями, причем земля была точно такой же, как и та, что я обнаружил в будуаре. Узнав от вас, что клумбы действительно были разбиты вчера, я уже не сомневался, что садовник, а скорее всего оба садовника (поскольку в будуаре было два ряда следов), заходили в комнату. Ясно, что, если бы миссис Инглторп хотела просто с ними поговорить, она могла бы подозвать их к окну, и не приглашать в комнату. У меня уже не осталось никаких, сомнений в том, что она составила новое завещание и просила садовников засвидетельствовать ее подпись. Дальнейшие события доказали, что я был прав.

— Пуаро, вы великолепны! — вырвалось у меня. — Должен признаться, что по поводу исписанного конверта у меня были совсем другие предположения.

Он улыбнулся.

— Вы даете слишком большую волю воображению. Оно хороший попутчик, но плохой проводник. Обычно правильным оказывается самое простое объяснение.

— Еще один вопрос. Как вы узнали, что был потерян ключ от папки?

— Я не был уверен в этом, просто моя догадка подтвердилась. Помните, ключ был с обрывком проволоки? Я сразу заподозрил, что это остаток проволочного кольца, на котором висела вся связка. Однако, если бы миссис Инглторп позже нашла потерянный ключ, она сразу присоединила бы его к остальным ключам, но там, как вы помните, был совершенно новенький, явно запасной. Это навело меня на мысль, что не миссис Инглторп, а кто-то другой открывал папку ключом, который был вставлен в замок.

— Не кто иной, как мистер Инглторп. Пуаро с удивлением взглянул на меня.

— Вы абсолютно уверены, что он убийца?

— Конечно! Все факты свидетельствуют против него.

— Почему же? — тихо проговорил Пуаро. — Есть несколько сильных аргументов в пользу невиновности мистера Инглторпа.

— Вы шутите?!

— Я вполне серьезен.

— Я вижу только один такой аргумент.

— Интересно, какой же?

— То, что в ночь убийства его не было дома. Как говорят у вас в Англии, мимо цели! Вы выбрали как раз тот факт, который говорит против него.

— Почему?

— Потому что, если мистер Инглторп знал, что его жена будет отравлена, он бы непременно ночевал в другом месте, что и было сделано, причем под явно надуманным предлогом. Это может объясняться двояко: либо ему действительно было известно, что должно, случиться, либо у него была своя собственная причина для отсутствия.

— И какая же? — скептически спросил я.

Пуаро пожал плечами.

— Откуда я знаю? Без сомнения, нечто, что не делает ему чести. Этот Инглторп, похоже, порядочный подлец, но это еще не означает, что он убийца.

Я в сомнении покачал головой.

— Вы снова проявляете самостоятельность в суждениях? — спросил Пуаро. — Что же, оставим это. Время покажет, кто из нас прав. Давайте теперь обсудим другие детали этого дела. Как вы объясняете тот факт, что все двери в спальню были заперты изнутри?

— Тут над... — неуверенно начал я, — тут надо привлечь на помощь логику.

— Несомненно.

— Думаю, дело обстояло так: двери действительно были заперты (мы это видели собственными глазами), однако восковое пятно на ковре и уничтоженное завещание говорят о том, что ночью в комнате был еще кто-то. Так?

— Пока все верно. Продолжайте.

— Следовательно, сказал я, приободрившись, — если этот человек не влетел в окно и не проник в комнату с помощью нечистой силы, то остается допустить, что миссис Инглторп сама открыла ему дверь. А кому, как не собственному мужу, могла она открыть? Следовательно подтверждается мое предположение, что ночью в комнате побывал мистер Инглторп!

Пуаро покачал головой.

— Как раз наоборот. С какой стати миссис Инглторп станет впускать своего мужа, если за несколько часов до этого у них был страшный скандал и она сама, вопреки обыкновению, заперла дверь в его комнату? Нет, кого-кого, а уж его она бы не впустила!

— Но вы согласны, что она сама открыла дверь?

— Есть еще одно объяснение. Возможно, она попросту забыла закрыть на засов дверь в коридор, а потом, вспомнив об этом, встала и закрыла ее уже под утро.

— Пуаро, неужели вы действительно так считаете?

— Я не говорил этого, но вполне возможно, что дело происходило именно так. Теперь обратимся еще к одному факту. Что вы думаете об услышанном вами обрывке разговора между миссис Инглторп и ее невесткой?

— А ведь я о нем совсем забыл. Да, это загадка. Непонятно, как сдержанная и гордая Мэри Кавендиш могла столь беспардонно вмешиваться в дела, ее не касающиеся.

— Вот именно. Для женщины ее воспитания это более чем странно.

— Да, странно. Впрочем, это не имеет отношения к делу, и не стоит ломать голову над их разговором.

Пуаро тяжело вздохнул.

— Сколько раз вам надо повторять, что любая мелочь должна иметь свое объяснение. Если какой-то факт не согласуется с нашей гипотезой, то тем хуже для гипотезы.

— Ладно, время покажет, кто из нас прав, — раздраженно проговорил я.

— Да, время покажет.

Между тем мы подошли к коттеджу Листвэйз, и Пуаро пригласил меня подняться к нему в комнату. Он предложил мне одну из тех изысканных русских папирос, которые мой друг иногда позволял себе. Было очень забавно наблюдать, как Пуаро аккуратно опускает горелые спички в маленькую фарфоровую пепельницу, и мое раздражение постепенно исчезло. Пуаро поставил оба наших стула возле открытого окна, выходившего на улицу. Неожиданно я увидел довольно невзрачного на вид молодого человека, торопливо идущего по улице. Сразу бросалось в глаза необычное выражение его лица — странная смесь возбуждения и страха.

— Пуаро, взгляните, — произнес я. Он посмотрел в окно.

— Это мистер Мэйс, помощник аптекаря. Уверен, что он направляется сюда.

Молодой человек остановился возле нашего дома и после некоторого колебания решительно постучал в дверь.

— Одну минуту, — крикнул в окно Пуаро, — я сейчас спущусь.

Он пригласил меня жестом следовать за собой и, быстро сбежав по лестнице, открыл дверь. Прямо с порога мистер Мэйс выпалил:

— Извините за непрошенный визит, мсье Пуаро, но говорят, что вы только что возвратились из Стайлз?

— Да, мы действительно недавно пришли оттуда. Молодой человек нервно облизнул губы. Его лицо выдавало сильное волнение.

— Вся деревня только и говорит о неожиданной смерти миссис Инглторп. Знаете, ходят слухи, — он снизил голос до шепота, — что ее отравили.

На лице Пуаро не дрогнул ни один мускул.

— Это могут сказать только врачи.

— Да, да, конечно... — Юноша помедлил, затем, не в силах справиться с волнением, схватил Пуаро за рукав и прошептал: «Мистер Пуаро, скажите мне только, это был не стрихнин, ведь правда, это был не стрихнин?

Пуаро тихо пробормотал в ответ что-то маловразумительное. Юноша вышел, и мой друг, печально кивая головой, сказал:

— К сожалению, во время судебного разбирательства он даст показания.

Пуаро стал медленно подниматься по лестнице. Увидев, что я собираюсь задать очередной вопрос, он раздраженно махнул рукой.

— Не сейчас, Хастингс, не сейчас. Мне надо сосредоточиться. У меня в голове полная неразбериха, а я терпеть этого не могу.

Минут десять Пуаро сидел совершенно неподвижно. Наконец он глубоко вздохнул.

— Вот так. Теперь все в порядке. У каждого факта есть свое объяснение. Путаницы быть не должно. Конечно, кое-что еще остается непонятным: ведь это очень сложное дело. Сложное даже для меня, Эркюля Пуаро! Итак, есть два обстоятельства, на которые надо обратить особое внимание.

— Какие?

— Во-первых, очень важно, какая погода была вчера. — Пуаро, вчера был чудесный день! — воскликнул я. — Вы просто разыгрываете меня!

— Нисколько! Термометр показывал 27 градусов в тени. Постарайтесь не забывать об этом: тут кроется ключ к разгадке.

— Какое второе обстоятельство?

— Очень важно, что мистер Инглторп одевается крайне необычно, носит очки, и все это в сочетании с черной бородой придает ему довольно экзотический вид.

— Пуаро, я не верю, что вы говорите серьезно.

— Уверяю вас, друг мой, я абсолютно серьезен.

— Но то, что вы говорите, совершенно не относится к делу.

— Напротив, это факты первостепенной важности.

— А если допустить, что присяжные обвинят Альфреда Инглторпа в преднамеренном убийстве, что станет тогда с вашими теориями?

— Если двенадцать ослов совершат ошибку, это еще не значит, что я не прав. К тому же этого не случится. Во-первых, — местные присяжные не будут особо стремиться брать на себя такую ответственность: ведь мистер Инглторп пользуется тут большим влиянием, во-вторых, — добавил он спокойно, — я не позволю им это!

— То есть, как это — не позволите?

— Очень просто, не позволю, и все!

Я взглянул на него со смешанным чувством удивления и раздражения; как можно быть таким самоуверенным!

Словно прочтя мои мысли, Пуаро кивнул и тихо повторил:

Да, друг мой, я не позволю им этого.

Он встал и положил руку мне на плечо. Лицо Пуаро было печально, и в глазах блестели слезы.

— Знаете, я все время думаю о несчастной миссис Инглторп. Она, конечно, не пользовалась всеобщей любовью, но к нам, бельгийцам, покойная была исключительно добра. Я в долгу перед ней.

Я хотел перебить его, но Пуаро продолжал:

— Хастингс, думаю, она не простила бы мне, если я позволил бы арестовать мистера Инглторпа сейчас, когда одно лишь мое слово может спасти его.

5. Дознание

За время, которое оставалось до пятницы, Пуаро успел сделать множество дел. К примеру, он дважды совещался с мистером Уэллсом и несколько раз совершал длительные прогулки в окрестностях Стайлз Сент-Мэри. Я обижался, что мой друг ни разу не взял меня с собой, тем более что я мучился от любопытства, не понимая, что было у него на уме. Мне показалось, что он особенно интересовался фермой Райкеса, поэтому в среду вечером, зайдя в Листвэйз и не обнаружив там Пуаро, я направился через поле в сторону фермы, надеясь встретить его по дороге. Я подошел почти до самой фермы, так и не обнаружив Пуаро, и повернул назад. По пути мне повстречался старый крестьянин, который как-то хитро взглянул на меня и спросил:

— Вы вроде из усадьбы, мистер?

— Да, я ищу своего друга. Он должен был идти по этой тропинке.

— Такого коротышку, который все руками размахивает, когда говорит? Он, кажись, из бельгийцев, которые живут в деревне.

— Да, да! Вы его встречали?

— Встречал, и не раз. Небось друг ваш? Да, много ваших здесь бывает!

И он лукаво подмигнул мне.

— Вы хотите сказать, что здесь часто можно встретить обитателей усадьбы? — спросил я нарочито беспечно.

Он хитро улыбнулся.

— Уж один-то по крайней мере частенько сюда наведывается. Кстати, очень щедрый господин. Но что-то я разболтался. Мне пора, прощайте, сэр.

Я шел по тропинке и думал, что, видимо, Эвелин Ховард была права. Меня переполняло чувство омерзения, когда я представлял, как беззастенчиво Альфред Инглторп транжирил чужие деньги. Неужели он совершил убийство из-за этого милого цыганского личика? Или основной причиной были все-таки деньги? Скорее всего, правда была где-то посередине.

К одному обстоятельству Пуаро проявлял особое внимание. Он несколько раз подчеркивал, что Доркас, наверное, ошибается, утверждая, что ссора между Инглторпами произошла в четыре часа. Мой друг настойчиво пытался ее убедить, что скандал произошел в четыре тридцать.

Однако Доркас настаивала, что с момента, как услышала перебранку, до пяти часов, когда она принесла хозяйке чай, прошел добрый час, а может быть и больше.

Дознание состоялось в пятницу в здании местного суда. Мы с Пуаро сидели рядом, ничем не отличаясь от большинства присутствующих, поскольку от нас не потребовали выступить в качестве свидетелей.

После предварительных формальностей присяжные осмотрели тело покойной, и Джон Кавендиш официально подтвердил, что это была Эмили Инглторп.

Отвечая на дальнейшие вопросы, Джон рассказал о том, как он проснулся среди ночи и о последующих обстоятельствах кончины своей матери.

После этого судья попросил огласить медицинское заключение. В зале воцарилась напряженная тишина, все глаза были устремлены на нашего знаменитого лондонского специалиста, одного из крупнейших экспертов в области токсикологии.

В нескольких скупых фразах он сообщил результаты вскрытия, опуская медицинские термины и технические подробности, скажу, что, по его словам, вскрытие полностью подтвердило факт отравления стрихнином. Согласно результатам лабораторного анализа, в организме миссис Инглторп содержалось от 3/4 до 1 грана[1] яда.

---

[1] 1 гран — 0,65 г.

— Могла ли миссис Инглторп случайно принять яд? — спросил судья.

— Думаю, что крайне маловероятно. В отличие от некоторых других ядов стрихнин не используется в домашнем хозяйстве. К тому же на его продажу наложены некоторые ограничения.

— Можете ли вы теперь, зная результаты вскрытия, определить, каким образом был принят яд?

— Нет.

— Вы, кажется, оказались в Стайлз раньше доктора Уилкинса?

— Да, я встретил автомобиль, выезжавший из садовых ворот, и, узнав о случившемся, со всех ног бросился в усадьбу.

— Не могли бы вы подробно рассказать, что произошло дальше?

— Когда я зашел в комнату, миссис Инглторп билась в конвульсиях. Увидев меня, она прохрипела: «Альфред... Альфред».

— Скажите, мог стрихнин содержаться в кофе, который ей отнес мистер Инглторп?

— Это маловероятно, поскольку стрихнин очень быстродействующий яд. Симптомы отравления обычно проявляются уже через час или два. При некоторых условиях, ни одно из которых в данном случае обнаружено не было, его действие может быть замедлено. Миссис Инглторп выпила кофе примерно в восемь вечера, но признаки отравления появились лишь под утро. Это доказывает, что яд попал в организм гораздо позже восьми часов.

— Миссис Инглторп обычно выпивала каждую ночь чашку какао. Не мог ли стрихнин быть подмешан туда?

— Нет, я лично сделал анализ остатков какао. Никакого стрихнина там не было.

При этих словах Пуаро удовлетворенно улыбнулся.

— Как вы догадались? — спросил я шепотом.

— Слушайте дальше.

— Смею заметить, — продолжал доктор, — что, если бы экспертиза дала иной результат, то я бы очень удивился.

— Почему?

— Потому что у стрихнина чрезвычайно горький вкус. Его можно почувствовать даже в растворе 1 к 70000. Чтобы замаскировать такую горечь, нужна жидкость с очень резким вкусом. Какао для этого совершенно не годится.

Один из присяжных поинтересовался, может ли кофе замаскировать привкус яда.

— Весьма возможно, поскольку у самого кофе чрезвычайно горький вкус.

— Таким образом, вы предполагаете, что яд был подсыпан в кофе, но по каким-то причинам его действие было замедлено.

— Да, но так как кофейная чашка вдребезги разбита, мы не можем сделать анализ ее содержимого.

На этом доктор Бауэрстайн закончил свои показания. Доктор Уилкинс был во всем согласен со своим коллегой.

Он начисто отверг возможности самоубийства, которое предположил один из присяжных. У покойной было больное сердце, — сказал он, — но состояние ее здоровья не внушало опасений. Она обладала уравновешенным характером и поражала всех своей огромной энергией. Нет, миссис Инглторп не могла покончить с собой!

Следующим был вызван Лоуренс Кавендиш. В его выступлении не было ничего нового, он почти слово в слово повторил показания брата. Заканчивая выступление, он смущенно сказал:

— Если можно, я хотел бы высказать одно предположение.

Лоуренс посмотрел на судью, который сразу воскликнул:

— Конечно, мистер Кавендиш, мы здесь для того и собрались, чтобы выслушать все, что поможет узнать правду об этом деле.

— Это только мое предположение, — пояснил Лоуренс, — и оно может оказаться ошибочным, но мне до сих пор кажется, что мама могла умереть естественной смертью.

— Как это возможно, мистер Кавендиш?

— Дело в том, что она уже некоторое время принимала лекарство, в котором содержался стрихнин.

— Вот так новость! — воскликнул судья. Присяжные были явно заинтригованы.

— Известны случаи, — продолжал Лоуренс, — когда происходило постепенное накопление яда в организме больного и это, в конце концов, вызывало смерть. К тому же мама могла по ошибке принять слишком большую дозу лекарства.

— Мы в первый раз слышим, что миссис Инглторп принимала лекарство, содержащее стрихнин. Это весьма ценное свидетельство, и мы вам очень благодарны, мистер Кавендиш.

Выступавший следующим доктор Уилкинс категорически отверг предположение Лоуренса.

— То, что сказал мистер Кавендиш, не выдерживает никакой критики. Любой врач вам скажет то же самое. Стрихнин действительно может накапливаться в организме больного, но при этом исключается такая агония и внезапная смерть, как в данном случае. Когда яд накапливается в организме, это сопровождается длительным хроническим заболеванием, симптомы которого я бы уже давно заметил. Поэтому я считаю предположение мистера Кавендиша совершенно необоснованным.

— А что вы думаете по поводу его второго высказывания? Могла ли миссис Инглторп случайно принять слишком большую дозу лекарства?

— Даже три или четыре дозы не могут вызвать летальный исход. У миссис Инглторп имелся, правда, большой запас этой микстуры, она получала ее из аптеки Кута в Тэдминстере. Но чтобы в организм попало столько стрихнина, сколько было обнаружено при вскрытии, она должна была выпить целую бутыль.

— Итак, вы считаете, что эта микстура не могла явиться причиной смерти миссис Инглторп?

— Несомненно. Подобное предположение просто смехотворно.

Присяжный, задавший предыдущий вопрос, спросил у доктора Уилкинса, не мог ли фармацевт, изготовляющий лекарство, допустить ошибку.

— Это, конечно, возможно, — ответил доктор. Однако Доркас, дававшая показания вслед за Уилкинсом, начисто отвергла это предположение, поскольку лекарство было изготовлено довольно давно, она даже помнила, что в день смерти миссис Инглторп приняла последнюю дозу.

Таким образом, подозрения по поводу лекарства рассеялись, и судья попросил Доркас рассказать все с самого начала. Она сообщила, что проснулась от громкого звона колокольчика и сразу подняла тревогу в доме. Затем ее попросили рассказать о ссоре, случившейся накануне.

Доркас почти дословно повторила то, что уже говорила нам с Пуаро, поэтому я не буду здесь приводить ее показания.

Следующей свидетельницей была Мэри Кавендиш. Гордо подняв голову, она отвечала тихим и уверенным голосом. Мэри рассказала, что она встала, как обычно, в 4.30 и, одеваясь, услышала вдруг какой-то грохот, словно упало что-то очень тяжелое.

— Видимо, это был столик, стоявший около кровати, — предположил судья.

— Я открыла дверь и прислушалась, — продолжала Мэри. — Через несколько мгновений раздался неистовый звон колокольчика. Прибежавшая Доркас разбудила моего мужа, и мы направились в комнату миссис Инглторп, но дверь оказалась запертой изнутри.

На этом месте судья прервал выступление миссис Кавендиш.

— Думаю, не стоит утруждать вас изложением дальнейших событий, поскольку мы неоднократно слышали, что произошло потом. Но я буду вам весьма признателен, если вы расскажите присутствующим все, что касается ссоры, которую вы нечаянно подслушали накануне.

— Я?

В голосе Мэри звучало плохо скрытое высокомерие.

Она неторопливо поправила воротничок платья, и я внезапно подумал: «А ведь она пытается выиграть время!»

— Да. Насколько я понимаю, — осторожно произнес судья, — вы читали книгу, сидя на скамейке рядом с окном в будуар. Не так ли? Для меня это была новость, и, взглянув на Пуаро, я понял, что он тоже не знал об этом.

Чуть-чуть помедлив, Мэри ответила:

— Да, вы правы.

— И окно в будуар было открыто?

Я заметил, что лицо Мэри слегка побледнело.

— Да.

— В таком случае, вы не могли не слышать голосов, доносившихся из комнаты. К тому же там говорили на повышенных тонах и с вашего места можно было услышать даже лучше, чем из холла.

— Возможно.

— Не могли бы вы рассказать нам, что вы слышали?

— Уверяю вас, что я ничего не слышала.

— Вы хотите сказать, что не слышали никаких голосов?

— Я слышала голоса, но я не вслушивалась в них.

Она слегка покраснела.

— У меня нет привычки подслушивать интимные разговоры!

Однако судья продолжал упорствовать.

— Неужели вы ничего не помните, миссис Кавендиш, ни единого слова Может быть, какую-нибудь фразу, из которой вы поняли, что разговор был действительно интимным.

Оставаясь внешне совершенно спокойной, Мэри задумалась на несколько секунд и затем сказала:

— Я, кажется, припоминаю слова миссис Инглторп по поводу скандала между мужем и женой.

— Прекрасно! — Судья удовлетворительно откинулся в кресле. — Это совпадает с тем, что слышала Доркас. Простите, миссис Кавендиш, но, хотя вы и поняли, что разговор был сугубо личный, тем не менее вы остались сидеть на том же месте возле открытого окна. Не так ли?

Я заметил, как на мгновение вспыхнули ее темные глаза. В ту секунду она, кажется, могла разорвать судью на куски, но, взяв себя в руки, Мэри спокойно ответила:

— Просто там было очень удобно. Я постаралась сосредоточиться на книге.

— Это все, что вы нам можете рассказать?

— Да.

Мэри Кавендиш возвратилась на место. Я взглянул на судью. Вряд ли он был полностью удовлетворен показаниями миссис Кавендиш. Чувствовалось, она чего-то недоговаривала.

Следующей давала показания продавщица Эми Хилл. Она подтвердила, что семнадцатого июля продала бланк для завещания Уильяму Эрлу, помощнику садовника в Стайлз.

Затем выступили Уильям Эрл и Манинг. Они рассказали, что подписались под каким-то документом. Манинг утверждал, что это было в 4.30, Уильям же считал, что это произошло немного раньше.

После них была вызвана Цинция Мердок. Ей почти нечего было добавить к предыдущим показаниям, поскольку до того, как ее разбудила Мэри Кавендиш, девушка вообще не подозревала о случившемся.

— Вы даже не слышали, как упал столик?

— Нет, я спала очень крепко.

Судья улыбнулся.

— Люди с чистой совестью всегда спят крепко. Спасибо, мисс Мердок, у нас больше нет вопросов.

Следующей выступала мисс Ховард Она показала письмо, которое миссис Инглторп послала ей вечером 7 июля. Мы с Пуаро уже видели его раньше. В нем не содержалось ничего нового. Ниже я привожу текст письма.

17 июля

Стайлз Корт Эссекс

Дорогая Эвелин, конечно, трудно забыть все, что Вы наговорили тогда о моем любимом муже, но я стара и очень привязана к Вам, поэтому мне бы хотелось поскорее восстановить наши былые отношения,

С наилучшими пожеланиями — Эмили Инглторп.

Письмо было передано присяжным, которые внимательно прочитали его.

— Боюсь, что пользы от этого документа немного, — со вздохом сказал судья. — Здесь нет даже упоминания о событиях, происходивших в тот день.

— Все и так предельно ясно, — произнесла мисс Ховард. — Из письма видно, что бедняжка Эмили в тот день впервые поняла, что ее водят за нос.

— Но в письме нет ни единого слова об этом, — возразил судья.

— Потому что Эмили была не тем человеком, который может признать себя не правым. Но я-то ее знаю. Она желала моего возвращения. Но признать, что я была права, не могла. Большинство людей страдает этим недостатком. Я сама, например.

Мистер Уэллс и несколько присяжных усмехнулись. Да, безусловно, мисс Ховард умела общаться с людьми.

— Я только не пойму, к чему вся эта канитель? Пустая трата времени, да и только! — сказала мисс Ховард и негодующе посмотрела на присяжных. — Слова, слова, слова, хотя все мы прекрасно знаем, что…

Судья торопливо перебил ее.

— Спасибо, мисс Ховард, спасибо. Вы можете идти. Мне показалось, что он даже облегченно вздохнул, когда Эви села на место.

Теперь настала очередь рассказать о подлинной сенсации, случившейся в тот день.

Судья вызвал Альберта Мэйса, помощника аптекаря. Это был тот самый взволнованный юноша, который приходил к Пуаро. В ответ на первый вопрос судьи молодой человек рассказал, что он дипломированный фармацевт, но в здешней аптеке работает недавно, сменив своего предшественника, которого призвали в армию.

Закончив с предварительными формальностями, судья перешел непосредственно к делу.

— Скажите, мистер Мэйс, в последнее время вы продавали стрихнин кому-нибудь, кто не имел на это специального разрешения?

— Да, сэр.

— Когда это было?

— В понедельник вечером.

— Вы уверены, что в понедельник, а не во вторник?

— Да, сэр, в понедельник, шестнадцатого числа.

— И кому же вы продали стрихнин?

Весь зал замер в напряжении.

— Мистеру Инглторпу.

Словно по команде, все головы повернулись в сторону Альфреда Инглторпа. Он сидел совершенно неподвижно, хотя в тот момент, когда юноша произнес свои убийственные слова, он слегка вздрогнул и, казалось, хотел подняться, однако остался сидеть и только хорошо разыгранное выражение удивления появилось у него на лице.

— Вы уверены в своих словах?

— Да, сэр, абсолютно уверен.

— Скажите, а на старом месте вы тоже продавали стрихнин любому желающему?

Юноша, и без того выглядевший довольно тщедушным, совсем обмяк под строгим судейским взором.

— Нет, нет, что вы, сэр! Я никогда так не поступал! Но это же был сам мистер Инглторп из Стайлз, и я подумал, что ничего не случится, если я продам ему то, что он просит. Мистер Инглторп сказал, что ему надо усыпить собаку.

Я хорошо понимал чувства, которыми руководствовался юноша. Бедняге так хотелось угодить одному из обитателей усадьбы, тем более что это могло помочь ему попасть из захолустной аптеки в лучшее местное общество.

— При продаже яда покупатель обычно расписывался в регистрационном журнале.

— Да, сэр. Мистер Инглторп сделал это.

— Журнал у вас с собой?

— Да, сэр.

Журнал был передан присяжным, затем судья произнес еще несколько грозных слов по поводу безответственности некоторых аптекарей, после чего отпустил до смерти перепуганного мистера Мэйса.

И вот наконец настала очередь Альфреда Инглторпа. Зал замер. «Интересно, — подумал я, — понимает ли Альфред, что находится в двух шагах от виселицы?»

Судья сразу перешел к делу.

— В понедельник вечером вы покупали стрихнин, чтобы усыпить собаку?

— Нет, в усадьбе вообще нет собак, за исключением дворовой овчарки, которая совершенно здорова, — спокойно ответил Инглторп.

— Вы категорически отрицаете, что в понедельник покупали стрихнин у Альберта Мэйса?

— Да.

— Это вы тоже отрицаете?

И судья показал Альфреду регистрационный журнал с его подписью.

— Конечно. Почерк абсолютно непохож на мой, вы можете в этом убедиться сами.

Он вынул из кармана старый конверт, расписался на нем и передал присяжным. Действительно, почерк был совершенно другим.

— В таком случае, как вы объясните показания мистера Мэйса?

— Думаю, он ошибается, невозмутимо ответил Инглторп.

Судья выдержал паузу и спросил:

— Мистер Инглторп, не сочтите за труд, скажите, где вы находились вечером в понедельник шестнадцатого июля?

— Честно говоря, не помню.

— Это звучит неубедительно, мистер Инглторп, — резко сказал судья. — Попытайтесь все-таки вспомнить.

Инглторп пожал плечами.

— Я точно не помню, но, кажется, в тот вечер я вышел прогуляться.

— В каком направлении?

— Этого уж я совсем не помню. Лицо судьи стало еще более хмурым.

— Вы гуляли один?

— Да.

— Кто-нибудь повстречался вам по дороге?

— Нет.

— Жаль, — сухо сказал судья, — я вынужден констатировать, что вы отказываетесь сказать, где находились в то время, когда, согласно показаниям мистера Мэйса, покупали у него стрихнин.

— Как вам будет угодно.

— Вы играете с огнем, мистер Инглторп.

«Черт побери, — пробормотал Пуаро, — он что, хочет чтобы его арестовали?»

Действительно, показания Инглторпа звучали крайне неубедительно. Его словам не поверил бы даже ребенок, однако судья быстро перешел к следующему вопросу, и Пуаро облегченно вздохнул.

— Во вторник утром у вас была ссора с женой?

— Простите, но вас неверно информировали. Никакой ссоры с женой у меня не было. Вся эта история выдумана от начала до конца. В то утро меня вообще не было дома.

— Кто-нибудь может подтвердить ваши слова?

— А что, моих слов вам недостаточно? — заносчиво спросил Инглторп.

Судья промолчал.

— Двое свидетелей утверждают, что слышали скандал между вами и миссис Инглторп.

— Они ошибаются.

Меня поражало, с какой уверенностью держался Инглторп. Я взглянул на Пуаро. Его лицо выдавало крайнее возбуждение, причина которого оставалась для меня загадкой. Неужели он поверил наконец в виновность Альфреда Инглторпа?

— Мистер Инглторп, — обратился к нему судья, — из показаний свидетелей мы знаем предсмертные слова вашей жены. Вы можете их объяснить?

— Конечно, могу.

— Сделайте милость.

— По-моему, все и так понятно. Во-первых, комната была плохо освещена, во-вторых доктор Бауэрстайн примерно такого же роста, как и я, и тоже носит бороду. Моя несчастная жена, находясь в полуобморочном состоянии, просто приняла его за меня.

— Ого! — услышал я голос Пуаро. — А ведь это идея!

— Вы ему верите? — спросил я шепотом.

— Я не говорил этого, но объяснение мистера Инглторпа я нахожу весьма любопытным.

— Вы восприняли последние слова моей жены, — продолжал Инглторп, — как обвинение, а они на самом деле были призывом о помощи.

Судья задумался на несколько минут, затем спросил:

— Мистер Инглторп, правда ли, что это вы наливали кофе в чашку, которую затем, собственноручно отнесли вашей жене?

— Я действительно налил кофе, но не отнес его Эмили, а только собирался это сделать. Как раз в тот момент мне сказали, что кто-то пришел, и я вышел из дома, поставив чашку на столик в холле. Когда через несколько минут я возвратился, ее там уже не было.

— Даже если последние утверждения Инглторпа правда, — подумал я, — это нисколько не облегчает его участи. Все равно у него было достаточно времени, чтобы подсыпать яд.

Пуаро прервал мои размышления, указав на двух незнакомых мне мужчин, сидевших у двери. Один был высокий и светловолосый, другой — небольшого роста подвижный брюнет с лицом, напоминающим мордочку хорька.

Я вопрошающе взглянул на Пуаро.

— Вы знаете, кто этот невысокий господин? — спросил он тихо.

Я показал головой.

— Это инспектор Джеймс Джепп из Скотланд Ярда. Его сосед тоже из полиции. Так-то, друг мой, события развиваются стремительно.

Я внимательно посмотрел на них и подумал, что эти двое совершенно не похожи на полицейских. Трудно было поверить, что они являются представителями власти.

Неожиданно я вздрогнул: судья огласил вердикт присяжных — преднамеренное убийство, совершенное неизвестным лицом или группой лиц.

6. Пуаро платит долги

Когда мы вышли из зала суда, Пуаро отвел меня в сторону. Я сразу понял, что он хочет подождать своих знакомых из Скотланд Ярда. Через несколько минут они вышли, и Пуаро подошел к тому, что был пониже ростом.

— Боюсь, что вы не узнаете меня, инспектор Джепп?

— Это я-то не узнаю мистера Пуаро? — воскликнул Джепп. Он повернулся к своему коллеге. — Помните, я вам рассказывал о нем? В 1904 году мы работали вместе в Брюсселе, там был арестован знаменитый фальшивомонетчик Аберкромби. Да, мсье, славное было время! А помните дело Альтара? Вот это был пройдоха! Половина европейской полиции гонялась за ним, и все без результата. В конце концов мы его схватили в Антверпене, и то лишь благодаря усилиям мсье Пуаро.

Я тем временем подошел ближе, и Пуаро представил меня мистеру Джеппу, который, в свою очередь, познакомил нас со своим спутником, лейтенантом Саммерхэем.

— Джентльмены, думается, нет нужды спрашивать, зачем вы появились в наших краях, — сказал Пуаро.

Джепп хитро подмигнул моему другу.

— Вы правы, однако дело не стоит и выеденного яйца.

— Я не согласен с вами.

— Полноте! — вступил в разговор Саммерхэй. — Дело совершенно ясное: этому Инглторпу и сказать-то нечего. Я только удивляюсь, как можно быть таким ослом.

Джепп взглянул на Пуаро, затем, улыбаясь, обратился к коллеге:

— Умерьте ваш пыл. Саммерхэй. Я работал с мсье Пуаро и знаю, что он слов на ветер не бросает. Почти уверен, что он может поведать нам что-то любопытное. Не так ли, мсье?

Пуаро улыбнулся.

— Да, у меня есть некоторые соображения по поводу этого дела.

Саммерхэй скептически улыбнулся, однако Джепп внимательно смотрел на Пуаро.

— В том-то и состоит наш недостаток в делах подобного рода, — сказал он, — что Скотланд Ярд находится слишком далеко, мы познакомились с обстоятельствами убийства только во время дознания, а очень важно сразу оказаться на месте преступления. Тут мистер Пуаро нас опередил. Мистер Пуаро был здесь с самого начала, и, видимо, он выяснил что-то интересное. Из показаний свидетелей совершенно очевидно, что мистер Инглторп отравил свою жену, и если бы в этом сомневался не мистер Пуаро, а кто-то другой, я бы просто поднял на смех этого человека. Более того, меня удивило, что присяжным понадобилось столько времени, чтобы вынести свой вердикт. Если бы не судья, они это давно бы уже сделали; он, похоже, оттягивал окончательное решение.

— Возможно, — сказал Пуаро, — впрочем, не сомневаюсь, что у вас с собой ордер на арест Инглторпа.

Лицо Джеппа мгновенно сделалось непроницаемым.

— Возможно, — бросил он сухо.

Пуаро задумчиво посмотрел на инспектора.

— Господа, мне очень нужно, чтобы он пока оставался на свободе.

— Ну и запросы у вас, — пробормотал Саммерхэй. Джепп обескуражено посмотрел на Пуаро.

— Мистер Пуаро, может быть, вы нам все-таки что-то расскажете? Ваши сведения сейчас на вес золота. Я очень уважаю ваше мнение, но Скотланд Ярд не любит совершать ошибок, вы же знаете.

Пуаро задумчиво кивнул.

— Так я и думал. Что ж, я предупреждаю, что если даже вы и арестуете мистера Инглторпа, то это ничего вам не даст: на суде его все равно сразу оправдают. Вот так! — и он выразительно щелкнул пальцами.

Джепп мрачно молчал, а его коллега снова скептически усмехнулся. Затем инспектор вынул платок и вытер пот со лба.

— Будь моя воля, мистер Пуаро, я бы выполнил ваше пожелание, но у меня есть начальство, которое потребует объяснения подобных фокусов. Намекните, хотя бы, что вам удалось узнать.

Пуаро на мгновение задумался, затем сказал:

— Хорошо, но признаюсь, что делаю это неохотно — не люблю раньше времени раскрывать карты. Я хотел бы сначала сам довести это дело до конца, но вы, конечно, правы — одного лишь слова бывшего бельгийского полицейского явно недостаточно. Однако Альфред Инглторп должен оставаться на свободе. Я поклялся в этом моему другу Хастингсу, поэтому предлагаю вам, дорогой Джепп, немедленно отправиться в Стайлз.

— Мы пойдем туда через полчаса. А сейчас нам надо встретиться с судьей и с доктором.

— Хорошо. Вы будете проходить мимо моего дома — вот тот, в конце улицы — зайдите за мной, мы вместе отправимся в Стайлз. Там мистер Инглторп даст вам такие сведения, что станет очевидной полная бессмысленность его ареста. Если же он откажется, что вполне вероятно, я это сделаю за него. Договорились?

— Договорились! — воодушевленно проговорил Джепп. — От имени Скотланд Ярда я благодарю вас за помощь, только я лично не вижу в свидетельских показаниях никаких изъянов. Но вы ведь всегда умели творить чудеса! Итак, до скорого, мсье.

Полицейские удалились, причем на лице у Саммерхэя была попрежнему скептическая ухмылка.

— Что вы обо всем этом думаете, друг мой? — спросил Пуаро до того, как я успел промолвить хотя бы слово. — Ну и переволновался я во время дознания. Господи, я и не подозревал, что Инглторп может быть настолько недальновиден, чтобы не сказать вообще ни единого слова. Так ведут себя только сумасшедшие!

— Почему же, его действия становятся понятными, если допустить, что, Инглторп все-таки виновен. В этом случае ему остается только молчать, поскольку сказать он ничего не может.

— Как это не может? Будь я на его месте, я был уже придумал десяток версий, одна убедительнее другой, во всяком случае убедительнее, чем его упрямое молчание!

Я рассмеялся.

— Дорогой Пуаро, я не сомневаюсь, что вы в состоянии придумать и сотню таких версий, но скажите, неужели вы и сейчас продолжаете верить в невиновность Альфреда Инглторпа?

— А почему бы и нет? По-моему, ничего не изменилось.

— Но свидетельские показания были очень убедительными.

— Да, я бы даже сказал, что они слишком убедительны.

— Вот именно — слишком убедительны!

Мы подошли к Листвэйз и поднялись по знакомой лестнице.

— В том-то и дело, что они слишком убедительны, — пробормотал Пуаро. — Настоящие свидетельские показания всегда немного расплывчаты и убедительны не до конца. Их надо скрупулезно изучать, отсеивать лишнее. А в нашем случае эта работа уже проделана, и все факты выстроены в стройном порядке. Нет, друг мой, кто-то здесь тщательно поработал, причем настолько тщательно, что выдал себя этим.

— Чем вы это объясняете?

— Тем, что, если бы показания против него были запутанны и противоречивы, их было бы трудно опровергнуть. Но сейчас, когда преступник уже почти затянул петлю на шее Инглторпа, ее с легкостью можно скинуть.

Я молча слушал своего друга. Пуаро продолжал:

— Давайте рассуждать здраво. Допустим, есть человек, который хочет отравить собственную жену. Он не богат, но ухитряется постоянно обеспечивать себя деньгами. Поэтому надо предположить, что хитрости ему не занимать. И как же он осуществляет свой замысел? Он спокойно идет в ближайшую аптеку, покупает стрихнин, ставит свою подпись в журнале и сочиняет при этом глупейшую историю про несуществующую собаку. Но в этот вечер он не использует яд, нет, он ждет, пока произойдет скандал с женой, о котором знает весь дом, и, следовательно, навлекает на себя еще большее подозрение. Он не пытается защитить себя, не представляет даже мало-мальски правдоподобных алиби, хотя знает, что помощник аптекаря непременно выступит с показаниями... Нет, друг мой, не пытайтесь меня убедить, что на свете существуют подобные идиоты. Только сумасшедший, решивший покончить счеты с жизнью, может вести себя подобным образом.

— Но тогда я не понимаю, — начал я...

— Я тоже не понимаю! Я, Эркюль Пуаро!

— Но если вы уверены, что Инглторп невиновен, скажите, зачем же ему было покупать стрихнин?

— А он его и не покупал!

— Но Мэйс узнал его!

— Простите, друг мой, но Мэйс видел всего лишь человека с черной бородой, как у мистера Инглторпа, в очках, как у мистера Инглторпа, и одетого в экстравагантные наряды мистера Инглторпа. Он при всем желании не мог бы узнать человека, которого ни разу не видел вблизи, ведь он всего две недели, как поселился в Стайлз Сент-Мэри, к тому же миссис Инглторп имела дело в основном с аптекой Кута в Тэдминстере.

— Вы хотите сказать...

— Друг мой, помните те два факта, на которые я просил вас обратить внимание? Первый пока оставим, а какой был второй?

— То, что Альфред Инглторп одевается крайне необычно, имеет черную бороду и носит очки, — процитировал я по памяти.

— Правильно. А теперь предположим, что кто-то хочет, чтобы его приняли за Джона или Лоуренса Кавендиша. Как вы думаете, легко это сделать?

— Н-нет, — пролепетал я удивленно. — Хотя, конечно, актер…

Но Пуаро резко перебил меня.

— А почему это трудно? Да потому, мой друг, что оба они гладко выбриты.

Чтобы среди бела дня кого-нибудь приняли за Лоуренса или Джона, надо быть гениальным актером и обладать при этом определенным природным сходством. Но в случае Альфреда Инглторпа все гораздо проще. Его одежда, борода, очки, скрывающие глаза, — все это легко узнаваемо. А какое первое желание преступника? Отвести от себя подозрения! Как это проще всего сделать? Конечно, заставить подозревать кого-нибудь другого! Мистер Инглторп очень подходил для этой роли. В глазах обитателей дома Альфред Инглторп всегда был человеком, способным на любую подлость. Такое предвзятое отношение и привело к тому, что он сразу попал под подозрение. Но чтобы погубить его наверняка, требовался какой-нибудь неопровержимый факт, скажем, то, что он собственноручно купил стрихнин. Учитывая его характерную внешность, организовать это было совсем нетрудно. Не забывайте, мистер Мэйс никогда по-настоящему не общался с Альфредом Инглторпом, как же он мог догадаться, что человек в одежде мистера Инглторпа, в его очках и с его бородой не был мистером Инглторпом?

— Возможно, это и так, — согласился я, сраженный, красноречием своего друга, — но почему в таком случае Альфред не сказал, где он находился в шесть вечера в понедельник?

— Действительно, почему? — тихо спросил Пуаро. — Наверное, если его арестуют, он скажет это, но я не могу доводить дело до ареста. Мой долг в том, чтобы Инглторп понял, какая над ним нависла угроза. Конечно, молчит он неспроста, наверняка есть какая-то мерзость, которую он хочет скрыть. Хотя Инглторп и не убивал свою жену, он все равно остается негодяем, которому есть что скрывать.

— Что же это может быть? — подумал я, побежденный доводами Пуаро. Однако в глубине души я все еще питал слабую надежду на то, что первоначальная ясная схема, в которую укладывались все свидетельские показания окажется в конце концов верной.

— А вы сами не догадываетесь? — спросил Пуаро, улыбаясь.

— Нет.

— А мне вот недавно пришла в голову одна идея, которая теперь полностью подтвердилась.

— Вы мне не говорили об этом, — сказал я с упреком. Пуаро развел руками.

— Простите, друг мой, но вы сами держали меня на некотором отдалении. Скажите, Хастингс, я убедил вас, что он не должен быть арестован?

— Отчасти, — нерешительно произнес я, будучи совершенно равнодушен к судьбе Инглторпа и полагая, что припугнуть его будет нелишне.

Пуаро внимательно посмотрел на меня и вздохнул.

— Ладно, друг мой, скажите мне лучше, что вы думаете о фактах, которые всплыли во время дознания?

— По-моему, мы не услышали ничего нового.

— Неужели вас ничто не удивило?

Я сразу подумал о показаниях Мэри Кавендиш.

— Что, например?

— Ну, скажем, выступление Лоуренса Кавендиша. У меня стало легче на душе!

— А, вы говорите о Лоуренсе? Но ведь он всегда отличался излишней впечатлительностью.

— И тем не менее вам не показалось странным его предположение, что причиной смерти миссис Инглторп могло быть лекарство, которое она принимала?

— Нет. Хоть врачи и отвергли такую возможность, но для человека неискушенного подобное предположение было вполне естественным.

— Но мсье Лоуренса трудно назвать неискушенным, вы же сами мне говорили, что он изучал медицину и даже имеет врачебный диплом.

— А ведь действительно! Мне это не приходило в голову. В таком случае его слова действительно кажутся странными.

Пуаро кивнул.

— С самого начала в его поведении есть что-то непонятное. Из всех обитателей дома он единственный должен был сразу распознать симптомы отравления стрихнином, но случилось наоборот — лишь он один до сих пор допускает возможность естественной смерти; если бы это предположение выдвинул Джон, я бы не удивился. Он не специалист и к тому же немного тугодум по натуре. Но Лоуренс — это совсем другое дело. Тем не менее он выдвинул предположение, абсурдность которого должен был понимать лучше других. Друг мой, тут есть над чем подумать!

— Да, странно.

— А миссис Кавендиш! Она ведь тоже не рассказывает всего, что знает. Как вы это расцениваете?

— Для меня ее поведение совершенно непонятно. Не может же она выгораживать Инглторпа? Хотя внешне это выглядит именно так...

Пуаро задумчиво кивнул.

— Согласен. В одном я не сомневаюсь. Сидя у раскрытого окна, миссис Кавендиш слышала гораздо больше, чем те несколько фраз, о которых она говорила.

— И в то же время трудно поверить, что Мэри могла намеренно подслушивать чужой разговор.

— Правильно. Но ее показания все-таки дали мне кое-что. Я ошибался, Хастингс, и Доркас была права, ссора действительно произошла около четырех.

Я удивленно взглянул на Пуаро — дались ему эти полчаса!

— Да, сегодня выяснилось много странных фактов, — продолжал мой друг. — К примеру, доктор Бауэрстайн, что он делал среди ночи возле усадьбы? Странно, что никого это не удивляет.

— Может быть, у него бессонница, — предположил я неуверенно.

— Если вы правы, то это только осложнит наше расследование.

— Что еще не понравилось моему другу во время дознания? — спросил я с улыбкой.

— Хастингс, — хмуро ответил Пуаро, — если вы обнаруживаете, что люди говорят не правду, будьте осторожны. Либо я очень сильно заблуждаюсь, либо из всех выступавших лишь один, от силы два человека рассказали все, что они знают.

— Пуаро, вы увлекаетесь! Допустим, что Лоуренс и миссис Кавендиш не были до конца искренни, но уж Джон и миссис Ховард, без сомнения, говорили, только правду.

— Оба? Ошибаетесь, друг мой, только один из них!

Я даже вздрогнул от этих слов. Мисс Ховард хотя и говорила всего пару минут, произвела на меня такое сильное впечатление, что я бы никогда не усомнился в ее искренности. С другой стороны, я очень уважал мнение Пуаро, за исключением, правда, тех случаев, когда он проявлял свое ослиное упрямство.

— Вы так думаете? Странно, мне мисс Ховард всегда казалась на редкость честной и бескомпромиссной, порой даже чересчур.

Пуаро бросил на меня какой-то странный взгляд, значение которого я так и не понял. Он хотел что-то сказать, но передумал.

— А мисс Мердок, — продолжал я, — уверен, что и она ничего не скрывала.

— А вам не кажется странным, что она не слышала, как в соседней комнате с грохотом упал столик, в то время как миссис Кавендиш в другом крыле здания слышала это отчетливо?

— Видимо, она очень крепко спала.

— С такими способностями, Хастингс, надо выступать в цирке!

Я не успел ответить на эту бесцеремонную реплику, поскольку в этот момент во входную дверь постучали и, выглянув в окно, мы увидели, что двое детективов поджидают нас внизу.

Пуаро взял шляпу, лихо завернул кончики усов и смахнул с рукавов несуществующие пылинки, после чего мы спустились вниз и вместе с детективами отправились в Стайлз.

Появление полицейских из Скотланд Ярда вызвало некоторое замешательство среди обитателей усадьбы. Особенно это касалось Джона.

По дороге Пуаро о чем-то тихо беседовал с Джеппом, и, как только мы оказались в усадьбе, инспектор потребовал, чтобы все обитатели дома, за исключением прислуги, собрались в гостиной. Я сразу понял, в чем дело: Пуаро всегда был неравнодушен к внешним эффектам.

Меня мучили сомнения по поводу того, что затеял мой друг — он может сколько угодно утверждать, что Инглторп невиновен, но Саммерхэй не из тех, кто поверит ему на слово, и я опасался, что Пуаро не сможет предоставить достаточно веские доказательства.

Через некоторое время все наконец собрались в гостиной, и Джепп плотно прикрыл дверь. Пуаро суетился, усаживая собравшихся, в то время как в центре внимания были, естественно люди из Скотланд Ярда. Думаю, только сейчас все окончательно поняли, что это был не кошмарный сон, нет, жестокое убийство произошло на самом деле, и мы сами были участниками событий, о которых раньше читали только в книгах. Завтра, наверное, все газеты Англии выйдут с сенсационными заголовками:

ЗАГАДОЧНОЕ УБИЙСТВО В ЭССЕКСЕ!!!

ОТРАВЛЕНИЕ БОГАТОЙ ЛЕДИ!!!

Появятся фотографии Стайлз и родственников, выходящих из зала суда (местный фотограф не терял времени даром). Прошло несколько минут, и мои размышления были прерваны: слово взял Пуаро.

Думаю, все были несколько удивлены, что он, а не представитель Скотланд Ярда будет говорить первым.

— Мадам, месье, — произнес Пуаро, низко поклонившись, как некая знаменитость перед началом публичной лекции, — я созвал вас сюда не случайно. Дело касается мистера Альфреда Инглторпа.

Инглторп сидел немного в стороне: наверное, каждый инстинктивно стремился сесть подальше от предполагаемого убийцы. Альфред чуть заметно вздрогнул, когда Пуаро произнес его имя.

— Мистер Инглторп, — обратился к нему Пуаро, — над этим домом нависла мрачная тень, тень убийства.

Инглторп печально кивнул и пробормотал:

— Моя несчастная жена... бедняжка, как это ужасно!

— Я полагаю, мсье, вы даже не подозреваете, насколько это ужасно для вас!

Инглторп никак не отреагировал на эти слова, и Пуаро продолжал:

— Мистер Инглторп, вы находитесь в большой опасности.

Оба детектива нервно заерзали в своих креслах. Мне казалось, что Саммерхэй уже готов был произнести официальную преамбулу: «Все, что вы скажете, может быть использовано против вас».

Пуаро снова обратился к Инглторпу.

— Вы меня понимаете, мсье?

— Не-т. О какой опасности вы говорите?

— Я говорю о том, — отчетливо произнес Пуаро, — что вы подозреваетесь в убийстве собственной жены.

При этих словах многие из присутствующих нервно вздрогнули.

— Боже мой, — воскликнул Инглторп, — что за чудовищное предположение! Я убил несчастную Эмили!

Мой друг пристально взглянул на него.

— Мне кажется, вы не совсем понимаете, в каком невыгодном свете вы предстали во время дознания. Итак, учитывая то, что я сейчас сказал, вы по-прежнему отказываетесь сказать, где вы находились в шесть часов вечера в понедельник?

Инглторп застонал, опустил голову и закрыл лицо ладонями.

Пуаро подошел к нему вплотную и вдруг угрожающе крикнул:

— Говорите!

Инглторп медленно поднял глаза и отрицательно покачал головой.

— Вы не будете говорить?

— Нет. Я не верю, что меня можно обвинить в таком чудовищном преступлении.

Пуаро задумчиво кивнул, словно решаясь на что-то.

— Будь по-вашему… тогда я скажу это сам!

Инглторп снова вздрогнул.

— Вы?! Откуда вы можете знать? Я же… — он неожиданно замолчал.

Пуаро повернулся к собравшимся.

— Мадам, месье. Говорить буду я. Эркюль Пуаро! Я утверждаю, что человек, покупавший стрихнин в 6 часов вечера в понедельник, не был мистером Инглторпом, так как в это время он провожал домой миссис Райкес, возвращавшуюся с соседней фермы. Есть по меньшей мере пять свидетелей, видевших их вместе в шесть и даже немного позже. Как известно, Эбби Фарм, дом миссис Райкес, расположен в двух милях от Стайлз Сент-Мэри, поэтому алиби мистера Инглторпа сомнений не вызывает.

На мгновение все замерли, потрясенные словами моего друга. Первым нарушил молчание Джепп, видимо, меньше других склонный к эмоциям.

— Потрясающе! Вы просто великолепны, мистер Пуаро, надеюсь, ваши свидетели надежны?

— Конечно. Вот список с их именами. Вы можете встретиться с каждым из них лично. Но, уверяю вас, я отвечаю за свои слова!

— Не сомневаюсь в этом. — Джепп понизил голос. — Весьма благодарен вам, мсье Пуаро. Действительно, арест Инглторпа был бы величайшей глупостью.

Он повернулся к Инглторпу.

— Сэр, почему же вы не могли сказать об этом во время дознания?

— Я вам отвечу почему, — перебил его Пуаро. — Кое-кто распускает слухи, что…

— Все эти слухи — газетная клевета! — возмущенно воскликнул Инглторп.

— Понятно, что мистер Инглторп не хотел сейчас еще и второго скандала. Я прав?

— Вы совершенно правы. Сейчас, когда Эмили еще не предали земле, я делал все возможное, чтобы не дать пищу для этих оскорбительных и лживых слухов.

— Сэр, — сказал Джепп, — честно говоря, я бы предпочитал несправедливые слухи несправедливому аресту по обвинению в убийстве. Уверен, что, будь миссис Инглторп жива, она бы вам сказала то же самое. Не окажись здесь вовремя мсье Пуаро, вас бы наверняка арестовали!

— Да, я вел себя глупо, — пробормотал Инглторп, — но, инспектор, если бы вы только знали, до какой степени оклеветали и опозорили мое честное имя.

И он злобно посмотрел в сторону Эвелин Ховард.

— Сэр, — обратился инспектор к Джону Кавендишу, — я бы хотел осмотреть спальню вашей матери и после этого, если позволите, немного побеседовать с прислугой. Мистер Пуаро проводит меня, так что вы можете заниматься своими делами.

Все вышли из комнаты, и Пуаро кивнул мне, чтобы я следовал за ним наверх. На лестнице он тихо сказал:

— Быстро идите в противоположное крыло. Встаньте возле занавешенной двери и никуда не уходите, пока я не приду.

7. Новые подозрения

Он быстро догнал детективов и начал обсуждать с ними какие-то вопросы.

Я тем временем встал возле двери, недоумевая, зачем это могло понадобиться моему другу.

И почему надо охранять именно эту дверь? Но, кажется, я все-таки догадался, в чем дело: за исключением комнаты Цинции Мердок, все остальные комнаты находились в левом крыле. Видимо, мне надо было следить за теми, кто появится в коридоре. Я бдительно нес свою вахту, но проходила минута за минутой, а в коридоре было пусто.

Примерно через двадцать минут появился Пуаро.

— Вы никуда не отлучались отсюда?

— Нет, я был неподвижен как скала, но ничего так и не произошло.

— Так-так.

Непонятно, был ли Пуаро разочарован или наоборот.

— Значит, вы ничего не видели?

— Нет.

— Может быть, вы что-нибудь слышали, скажем, какой-нибудь шум? Вспомните, Хастингс.

— Нет, все было тихо.

— Странно… Знаете, я так зол на себя: меня ведь нельзя назвать неуклюжим, но на этот раз я сделал неосторожное движение рукой (знаю я эти неосторожные движения своего друга!), и столик, стоявший возле кровати, рухнул на пол.

Пуаро выглядел таким расстроенным, что я поспешил его успокоить.

— Ничего страшного, старина, просто вас немного взбудоражил триумф с Инглторпом. Ведь все буквально опешили от того, что вы сказали. В отношениях Альфреда и миссис Райкес наверняка есть нечто, что заставляет его так упорно молчать. Пуаро, что вы собираетесь предпринять сейчас? И, кстати, где люди из Скотланд Ярда?

— Они спустились вниз, чтобы поговорить с прислугой. Я показал им все наши находки, но Джепп разочаровал меня — в его действиях нет системы.

— Принимайте гостей, — сказал я, взглянув в окно. — Смотрите, доктор Бауэрстайн, собственной персоной. Видимо, вы правы по поводу этого человека, мне он тоже не нравится.

— Однако он умен, — задумчиво произнес мой друг.

— Ну и что с того? Все равно он очень неприятный тип. Признаюсь, то, что произошло с ним во вторник, доставило мне истинное удовольствие. Вы даже не представляете, что это было за зрелище!

Я рассказал Пуаро историю, происшедшую с доктором Бауэрстайном.

— Клянусь, он выглядел как настоящее чучело — весь, с головы до ног, в грязи.

— Так вы видели его?

— Да, сразу после обеда. Он, конечно, не хотел заходить, но мистер Инглторп буквально силой затащил его в дом.

— Что?! — Пуаро порывисто схватил меня за плечи. — Доктор Бауэрстайн был здесь во вторник, и вы мне ничего не сказали?! Почему вы не сказали раньше? Почему?! — Он был совершенно вне себя.

— Пуаро, дорогой, — попытался я успокоить своего друга, — у меня и в мыслях не было, что это может вас заинтересовать. Эпизод казался мне настолько незначительным…

— Незначительным?! Да это же меняет все дело! Ведь доктор Бауэрстайн был здесь во вторник вечером, то есть непосредственно перед убийством. Вы понимаете это, Хастингс, или нет? Как же вы могли не сказать раньше?

Я никогда не видел Пуаро таким расстроенным.

Однако через несколько минут, взяв себя в руки, он пробормотал:

— Да, несомненно, это меняет все дело. Неожиданно ему в голову пришла какая-то мысль.

— Пойдемте. Нельзя терять ни минуты. Где мистер Кавендиш?

Мы нашли Джона в курительной. Пуаро быстро подошел к нему и сказал:

— Мистер Кавендиш, мне срочно нужно в Тэдминстер. Возможно, я обнаружу новые улики. Разрешите воспользоваться вашим автомобилем?

— Конечно. Он вам нужен прямо сейчас?

— Да, если позволите.

Джон позвонил в колокольчик и приказал завести машину.

Через 10 минут мы уже были в пути в Тэдминстер.

— Пуаро, — робко начал я, — может быть, вы объясните мне, что происходит?

— Друг мой, о многом вы можете догадаться сами. Понятно, что теперь, когда мистер Инглторп оказался вне подозрения, положение сильно изменилось. Сейчас перед нами совершенно иная ситуация. Мы выяснили, что он не покупал стрихнин. Мы обнаружили сфабрикованные улики. Теперь надо найти настоящие. В принципе любой из обитателей усадьбы, кроме миссис Кавендиш, игравшей в тот вечер с вами в теннис, мог попытаться выдать себя за мистера Инглторпа. Далее, он утверждает, что оставил кофе в холле. Во время дознания никто не обратил внимания на эти слова, но сейчас они приобрели первостепенное значение. Следует выяснить, кто отнес кофе миссис Инглторп, и кто проходил через холл, пока чашка находилась там. Из ваших слов следует, что только двое были достаточно далеко — миссис Кавендиш и мадемуазель Цинция.

— Совершенно верно.

Я почувствовал глубокое облегчение — миссис Кавендиш выходила из числа подозреваемых.

— Снимая подозрения с Альфреда Инглторпа, я был вынужден раскрыть свои карты раньше, чем хотел бы. Пока я создавал видимость, что подозреваю Инглторпа, преступник, вероятно, не проявлял особой бдительности. Теперь же он будет вдвойне осторожен. Да, да — вдвойне.

Пуаро посмотрел мне в глаза.

— Скажите, Хастингс, вы лично кого-нибудь подозреваете?

Я помедлил, не зная, говорить ли Пуаро об одной необычной мысли, пришедшей мне в голову еще утром. Идея показалась мне совершенно абсурдной, и я попытался забыть о ней, но нет, мысль эта не давала мне покоя.

— Я бы не назвал это подозрением, поскольку мое предположение выглядит очень странно.

— Говорите не стесняясь, — подбодрил меня Пуаро, — надо доверять своему чутью.

— Хорошо, я скажу. Пусть это звучит дико, но я подозреваю, что мисс Ховард не говорит всего, что знает.

— Мисс Ховард?

— Да, вы будете смеяться надо мной, но...

— Почему же я должен смеяться над вами?

— Мне кажется, — сказал я, — что мы автоматически исключаем мисс Ховард из числа подозреваемых лишь на том основании, что ее не было в Стайлз. Но, если разобраться, Эви находилась в каких-то 15 милях отсюда. Это полчаса езды на машине. Можем ли мы с уверенностью утверждать, что в ночь убийства ее здесь не было?

— Да, друг мой, — неожиданно произнес Пуаро, — мы можем это утверждать. Одним из моих первых действий был звонок в госпиталь, где она работала.

— И что вы узнали?

— Я выяснил, что мисс Ховард работала во вторник в вечернюю смену. В конце ее дежурства привезли много раненых, и она благородно предложила остаться и помочь ночной смене. Ее предложение было с благодарностью принято. Так что здесь все чисто, Хастингс.

— Вот как, — растерянно пробормотал я, — честно говоря, именно ненависть, которую она испытывает к Инглторпу, и заставила меня подозревать Эви. Такой человек способен на все. Вот я и подумал, что она может что-то знать по поводу сожженного завещания. Кстати, мисс Ховард сама могла сжечь новое завещание, ошибочно приняв его за то, в котором наследником объявлялся Альфред Инглторп. Ведь она его так ненавидит!

— Вы находите ее ненависть неестественной?

— Да, Эви прямо вся дрожит при виде Альфреда. Боюсь, как бы она вообще не помешалась на этой почве.

Пуаро покачал головой.

— Что вы, друг мой, мисс Ховард прекрасно владеет собой. Для меня она является образцом истинно английской невозмутимости. Поверьте, Хастингс, вы на ложном пути.

— Тем не менее ее ненависть к Инглторпу переходит все границы. Мне в голову пришла мысль — довольно странная, не спорю, — что она собиралась отравить Альфреда, но яд по ошибке попал к миссис Инглторп. Хотя я не представляю, как это случилось. Да, Пуаро, нелегко распутать этот клубок.

— И все же вы правы в одном. Снять подозрение с человека можно лишь тогда, когда вы сами, перед лицом неопровержимых доказательств убедитесь в его невиновности. А какие у нас есть доказательства, что мисс Ховард не могла собственноручно отравить миссис Инглторп?

— Но она же была так ей предана!

— Ну-у, друг мой, — недовольно проворчал Пуаро, — вы рассуждаете как ребенок. Если она могла отравить миссис Инглторп, она, без сомнения, могла инсценировать и безграничную преданность.

Вы совершенно правы, утверждая, что ее ненависть к Альфреду Инглторпу выглядит несколько неестественно, но вы сделали из этого совершенно неверные выводы. Я сделал другие, надеюсь, что правильные, но предпочел бы пока не говорить о них.

Пуаро немного помолчал, потом добавил:

— Есть обстоятельство, заставляющее усомниться в виновности мисс Ховард.

— Какое?

— Я не вижу, что она выигрывает от смерти миссис Инглторп. А убийств без причин не бывает!

Я задумался.

— А не могла миссис Инглторп составить завещание в ее пользу?

Пуаро покачал головой.

— И все же миссис Инглторп могла составить такое завещание. Скажем, ее предсмертное завещание, неизвестно кто…

Мой друг так энергично запротестовал, что я осекся.

— Нет, Хастингс, у меня есть определенные соображения по поводу этого завещания. Уверяю вас, оно было не в пользу мисс Ховард.

Я поверил своему другу, хотя не понимал, как он мог говорить с такой уверенностью.

— Что ж, — сказал я со вздохом, — с мисс Ховард подозрения снимаются. Сказать по правде, я и подозревать-то ее начал благодаря вам. Помните, что вы сказали по поводу ее показаний на дознании?

— Нет, не помню. А что я сказал?

— Неужели забыли? Я еще говорил, что она и Джон вне подозрений, а вы…

— Ах да!

Пуаро немного смутился, но быстро обрел свою обычную невозмутимость.

— Кстати, Хастингс, мне нужна ваша помощь.

— В чем?

— Когда вы окажетесь наедине с Лоуренсом Кавендишем, скажите, что я просил передать ему следующее: «Найдите еще одну кофейную чашку, и все будет нормально». Ни слова меньше, ни слова больше.

— Найдите еще одну кофейную чашку, и все будет нормально? — переспросил я удивленно.

— Совершенно верно.

— Что это означает?

— А это уж догадайтесь сами. Вы знаете все факты. Итак, Хастингс, просто скажите ему эти слова и посмотрите, как он прореагирует.

— Хорошо, я скажу, хотя и не понимаю, что это значит.

Тем временем мы приехали в Тэдминстер, и Пуаро остановился около здания с вывеской «Химическая лаборатория».

Мой друг быстро выскочил из автомобиля и вошел в лабораторию. Через несколько минут он возвратился.

— Все в порядке, Хастингс.

— Что вы там делали?

— Оставил им кое-что для анализа.

Я был весьма заинтригован.

— А вы не можете сказать, что именно?

— Остатки какао, которые мы обнаружили в спальне.

— Но результат этого анализа уже известен! — воскликнул я удивленно. — Доктор Бауэрстайн собственноручно сделал его, и, помнится, вы сами смеялись над предположением, что там может быть стрихнин.

— Да, анализ сделан именно Бауэрстайном, — тихо проговорил Пуаро.

— Так в чем же дело?

— Хастингс, мне бы хотелось повторить его. Пуаро замолчал, и мне больше не удалось вытянуть из него ни слова. Честно говоря, я терялся в догадках, зачем понадобился еще один анализ. Но, как бы то ни было, я верил в интуицию своего друга. А ведь еще совсем недавно мне казалось, что время его прошло, но теперь, когда невиновность Инглторпа блестяще подтвердилась, он снова стал для меня непререкаемым авторитетом.

На следующий день состоялись похороны миссис Инглторп.

В понедельник, когда я спустился к завтраку, Джон отвел меня в сторону и сообщил, что Альфред Инглторп после завтрака уезжает в Стайлз Сент-Мэри, где будет жить, пока не примет решение относительно своих дальнейших планов.

— Сказать по правде, Хастингс, это большое облегчение для всех, — добавил Джон. — Присутствие Инглторпа в доме очень тяготило нас и раньше, когда он подозревался в убийстве, теперь же, как ни странно, оно стало просто невыносимо — нам стыдно взглянуть Альфреду в глаза. Конечно, все улики были против него, и нас трудно упрекнуть в предвзятости, однако Инглторп оказался невиновен, и теперь мы должны как-то загладить свою вину. Это стало настоящей пыткой для всех обитателей дома, поскольку и сейчас особо теплых чувств к Альфреду никто не испытывает. Словом, мы попали в чертовски затруднительное положение. Я рад, что у него хватило такта уехать отсюда. Хорошо, что хоть усадьба нам досталась. Мне даже представить страшно, что этот тип мог стать хозяином Стайлз! Хватит с него маминых денег!

— Надеюсь, у тебя хватит средств на содержание усадьбы?

— Я тоже надеюсь на это. Похороны, конечно, влетят в копеечку, но все-таки мне причитается половина отцовского состояния, да и Лоуренс пока собирается жить здесь, так что я могу рассчитывать на его долю. Сначала, правда, придется вести хозяйство очень экономно, ведь я тебе уже говорил, что мои личные финансовые дела находятся в более плачевном состоянии. Но нас ждут, пойдем, Хастингс.

Весть об отъезде Инглторпа так всех обрадовала, что завтрак получился самым приятным и непринужденным за все время после смерти миссис Инглторп. Цинция вновь обрела былое очарование, и все мы, за исключением Лоуренса, который был по-прежнему мрачен, предавались радужным мечтам о будущем.

Газеты тем временем оживленно обсуждали ход расследования.

Кричащие заголовки и биографии всех без исключения обитателей усадьбы соседствовали рядом с самыми невероятными предположениями. Появились слухи, что полиция уже напала на след убийцы. На фронте наступило временное затишье, и газеты, казалось, целиком переключились на обсуждение «Таинственного происшествия в Стайлз». Словом, мы неожиданно оказались в центре внимания, что было очень тягостно для братьев Кавендишей.

Толпы репортеров, которым было запрещено входить в дом, шныряли вокруг усадьбы, пытаясь сфотографировать какого-нибудь зазевавшегося обитателя Стайлз.

Все это, конечно, очень осложняло наше существование, тем более, что детективы из Скотланд Ярда тоже не сидели на месте — они постоянно что-то осматривали, допрашивали свидетелей и ходили с чрезвычайно загадочным видом. Но напали ли они на след убийцы или преступление так и останется нераскрытым — этого мы не знали: полицейские наотрез отказались отвечать на вопросы.

После завтрака ко мне подошла Доркас и взволнованным голосом сказала, что хочет кое-что сообщить.

— Слушаю вас, Доркас.

— Сэр, я вот по какому делу. Вы сегодня увидите бельгийского джентльмена?

Я утвердительно кивнул.

— Так вот, помните, он спрашивал, у кого есть зеленое платье?

— Конечно, помню! Неужели вы нашли его?!

— Не совсем, сэр. Просто я вдруг вспомнила про сундук, который «молодые хозяева» (Джон и Лоуренс для Доркас были все еще «молодые хозяева») называют «маскарадным». Он на чердаке стоит, большой такой сундук со всяким барахлом. Вот я и подумала, что там может отыскаться какое-нибудь зеленое платье. Поэтому, если вы сможете найти бельгийского джентльмена...

— Я его обязательно найду, Доркас.

— Спасибо, сэр. Он мне так нравится, не то что эти двое из Скотланд Ярда, которые повсюду суют свой нос и пристают с глупыми расспросами. Я не очень-то люблю иностранцев, но этот бельгиец — совсем другое дело. Газеты о нем очень хорошо пишут, да я и сама вижу — он такой вежливый, такой учтивый.

Милая Доркас! Я смотрел на ее открытое честное лицо и с грустью думал, что в старые времена подобную экономку можно было встретить в любом доме, теперь же, увы, их почти не осталось.

Я решил срочно разыскать Пуаро и отправился к нему в Листвэйз, но на полпути встретил своего друга, который как раз шел в усадьбу. Я рассказал ему о предположении Доркас.

— Славная Доркас! — воскликнул Пуаро. — Какая она умница! Может быть, этот сундук преподнесет нам сюрприз. Надо взглянуть, что там находится.

Когда мы зашли в дом, в прихожей никого не было, и мы сразу отправились на чердак. Там действительно, стоял старинный, обитый медными гвоздями сундук, до краев наполненный ненужным хламом.

Пуаро начал аккуратно выкладывать его содержимое на пол. Среди прочего мы увидели два зеленых платья, но моего друга не устроил их цвет. Неторопливо, словно уверовав в безрезультатность наших поисков, Пуаро продолжал рыться в сундуке. Неожиданно он воскликнул:

— А это что такое? Взгляните, Хастингс!

— На дне сундука лежала огромная черная борода!

— Вот это да! — проговорил Пуаро, рассматривая свою находку. — К тому же она совсем новая.

Немного поколебавшись, он положил бороду обратно в сундук, снова наполнил его старьем, валявшимся на полу, и мы быстро спустились вниз.

Мой друг сразу направился в кладовую, где мы увидели Доркас, чистящую столовое серебро.

— Доброе утро, Доркас. Я вам весьма признателен за то, что вы вспомнили о существовании сундука. Мы только что осмотрели его содержимое. Господи, сколько там всякого барахла! Неужели его кто-нибудь надевает?

— Как вам сказать, сэр. Носить мы это не носим, но, знаете, время от времени молодежь устраивает маскарады, и тогда весь этот хлам извлекается на белый свет. Если бы вы только видели, как весело проходят эти вечера! Все так наряжаются, что порой и не узнать друг друга. Особенно мистера Лоуренса, он же настоящий артист! Даже вы бы его не узнали, сэр. Помню, однажды он нарядился персидским шахом, подбежал ко мне с картонным мечом, да как закричит: «Берегись, Доркас! Мой ятаган не знает пощады! В момент отрублю тебе голову, если будешь перечить своему хозяину!» А мисс Цинция! Она нарядилась этим... как его, апашем, знаете, такие разбойники французские? Вы бы ее тоже ни за что не узнали. Кто бы мог подумать, что прекрасная юная леди может выглядеть как заправский головорез!

— Да, я представляю, как это было весело, — сказал Пуаро. — Кстати, когда мистер Лоуренс наряжался персидским шахом, он использовал черную бороду, которую мы нашли в сундуке?

— Конечно, у него была борода, — смеясь, ответила Доркас. — Уж мне-то ее не знать! Ведь, чтобы ее сделать, мистер Лоуренс взял у меня два мотка черной пряжи Клянусь вам, сэр, она издали выглядела точь-в-точь как настоящая Но я не знала, что в сундуке есть еще одна борода Она там, видимо, недавно. Вот рыжий парик я помню, а про бороду так в первый раз слышу. Обычно они разрисовывали лицо жженой пробкой, хотя отмывать ее морока. Мисс Цинция как-то нарядилась негром, так мы потом ее лицо битый час скребли, чтобы она снова превратилась в белую леди.

Когда мы вышли в холл, Пуаро задумчиво произнес:

— Итак, Доркас ничего не знает про бороду.

— Вы думаете, это и есть та самая? — спросил я с надеждой.

Пуаро кивнул.

— Уверен. Вы заметили, что ее подравнивали ножницами?

— Нет.

— А я вот заметил. Она выглядела точь-в-точь как борода мистера Инглторпа. Я даже нашел на дне сундука несколько остриженных волосков. Да, Хастингс, это очень непростое дело.

— Интересно, кто же положил ее в сундук?

— Тот, кто обладает чертовской хитростью, — сухо ответил Пуаро — Обратите внимание, чтобы спрятать бороду, он выбрал самое надежное место во всем доме. Но нам надо быть еще хитрее. Нам надо быть настолько хитрыми, чтобы преступник не заподозрил, что мы вообще можем схитрить.

Я молча согласился.

— И в этом, друг мой, мне очень понадобится ваша помощь.

Я был польщен доверием Пуаро. Сказать по правде, мне всегда казалось, что он не в полной мере использует мои способности.

— Да, — задумчиво добавил Пуаро, глядя мне в глаза, — ваша помощь будет просто неоценима.

Я снисходительно улыбнулся, но следующие слова моего друга оказались не столь приятными.

— Хастингс, мне нужен помощник из числа живущих в усадьбе.

— Но разве я вам не помогаю?

— Помогаете, но мне этого недостаточно.

Увидев, что я обижен его словами, Пуаро поспешно добавил:

— Вы меня не поняли. Все знают, что мы работаем вместе, а мне нужен человек, сотрудничество которого с нами оставалось бы тайной.

— А, понятно! Может быть, Джон?

— Нет, не подходит.

— Да, возможно, он не слишком сообразителен.

— Смотрите, Хастингс, сюда идет мисс Ховард. Она как нельзя лучше подходит для нашей цели. Правда, Эви зла на меня за то, что я снял подозрения с мистера Инглторпа, но все же попробуем.

Пуаро попросил мисс Ховард задержаться на несколько минут, на что она ответила более чем сдержанным кивком.

Мы зашли в небольшую беседку, и Пуаро плотно закрыл дверь.

— Ну, мсье Пуаро, выкладывайте, что там у вас, — нетерпеливо сказала мисс Ховард. — Только быстро, я очень занята.

— Мадемуазель, помните, я как-то обратился к вам за помощью?

— Помню. Я ответила, что с удовольствием помогу вам — повесить Альфреда Инглторпа.

— Да-да, — Пуаро взглянул на Эви. — Мисс Ховард, я хотел бы задать вам один вопрос. Очень прошу вас ответить на него откровенно.

— Не имею привычки врать.

— Я знаю. Тогда скажите, вы до сих пор уверены, что миссис Инглторп была отравлена своим мужем?

— А что, ваши речи должны были убедить меня в обратном? Да, я могу допустить, что стрихнин был куплен не Инглторпом. Ну и что? Я же вас предупреждала, что он хитрая лиса.

— Похоже, что это был не стрихнин, а мышьяк, — тихо произнес Пуаро.

— Какая разница? Бедной Эмили безразлично, мышьяком ее прикончили или стрихнином. Если уж я убеждена, что Инглторп убил ее, мне совершенно наплевать, как он это сделал.

— Вот именно. Весь вопрос в том, насколько вы убеждены в его виновности. Я задам свой вопрос иначе. Неужели в глубине души вы никогда не сомневались, что он отравил миссис Инглторп?

— Боже упаси! — воскликнула мисс Ховард. — Не я ли вам всегда говорила, что он отъявленный негодяй? Не я ли говорила, что он прикончит Эмили прямо в кровати? Я его ненавидела с самого начала.

— То-то и оно. Это как раз подтверждает мою мысль, — сказал Пуаро?

— Какую мысль?

— Мисс Ховард, вы помните разговор, происходивший в день приезда Хастингса в Стайлз? По его словам, вы бросили фразу, которая меня очень заинтересовала. Я имею в виду утверждение, что если бы убили близкого вам человека, то вы бы наверняка почувствовали, кто это сделал, даже не располагая при этом необходимыми уликами.

— Не отрекаюсь от своих слов. Хотя вы, наверное, считаете их пустой болтовней.

— Отнюдь нет, мисс Ховард.

— Почему же вы не доверяете моему чутью в отношении Альфреда Инглторпа?

— Да потому, что интуиция подсказывает вам совсем другое имя.

— Что?

— Вы искренне хотите поверить, что Инглторп убийца. Вы знаете, что он способен на преступление. Но интуиция подсказывает вам, что Альфред невиновен. Более того, вы уверены, что… мне продолжать?

Удивленно глядя на Пуаро, мисс Ховард кивнула.

— Сказать, почему вы так ненавидите мистера Инглторпа? Потому что вы пытаетесь поверить в то, во что хотите верить. Но у вас на уме совсем другое имя, и от этого никуда не деться.

— Нет, нет, нет! — вскрикнула мисс Ховард, заламывая руки. — Замолчите! Ни слова больше! Этого не может быть! Сама не знаю, как я могла даже подумать такое! Боже, какой ужас!

— Значит, я прав? — спросил Пуаро.

— Да, но как вы догадались? В этом есть что-то сверхъестественное!

Миссис Ховард замолчала и вдруг снова воскликнула:

— Нет, не может быть! Подобное предположение слишком чудовищно! Убийцей должен быть Альфред Инглторп!

Пуаро покачал головой.

— Не спрашивайте меня ни о чем, — продолжала мисс Ховард. — Мне даже самой себе страшно признаться в подобной мысли. Господи, наверное, я схожу с ума!

Похоже, Пуаро был удовлетворен тем, что услышал.

— Я ни о чем не буду вас спрашивать. Достаточно того, что моя догадка подтвердилась. Ведь и у меня есть чутье! Мы будем работать вместе.

— Не просите меня о помощи. Я не хочу, чтобы... чтобы...

Эви замолчала.

— Вы поможете мне, даже не желая этого. Хватит и того, что вы будете моим союзником. Я прошу только об одном.

— О чем?

— Внимательно наблюдать за происходящим.

— Я и так только этим и занимаюсь! Сопоставляю, наблюдая, снова сопоставляю и все пытаюсь убедить себя, что я ошибаюсь.

— Если окажется, что мы ошиблись, то никто не обрадуется этому больше, чем я. Но если мы правы, что тогда? На чьей вы будете стороне, мисс Ховард?

— Не знаю.

— И все-таки?

— В таком случае надо будет замять дело.

— Нет, мы не имеем права.

— Но ведь сама Эмили...

Она снова запнулась.

— Мисс Ховард, — мрачно промолвил Пуаро, — я не узнаю вас.

Эви гордо подняла голову и сказала тихим, но уверенным голосом:

— Я сама себя не узнаю, точнее, не узнавала. А теперь перед вами прежняя Эвелин Ховард. — Она еще выше вскинула голову. — А Эвелин Ховард всегда на стороне закона! Чего бы это ни стоило!

С этими словами она вышла из беседки.

— Иметь такого союзника — большая удача, — произнес Пуаро, глядя вслед удаляющейся Эви. — Она очень умна и при этом способна испытывать нормальные человеческие чувства. Уверяю вас, Хастингс, это редкое сочетание.

Я промолчал.

— Странная все-таки вещь — интуиция, — продолжал Пуаро, — и отмахнуться от нее нельзя, и объяснить невозможно.

— Видимо, вы с мисс Ховард прекрасно понимали друг друга, — проворчал я раздраженно, — но не мешало бы и меня, как-никак тоже союзника, ввести в курс дела. Я так и не понял, о ком шла речь.

— Друг мой, неужели?

Я раздраженно молчал.

— Да скажите же наконец, кого вы имели в виду?

Несколько секунд Пуаро внимательно смотрел мне в глаза, затем отрицательно покачал головой.

— Не могу.

— Да почему же, Пуаро?

— Если секрет знают больше, чем двое, то это уже не секрет.

— Я считаю вопиющей несправедливостью скрывать от меня какие-то факты.

— Я ничего от вас не скрываю. Все, что известно мне, — известно и вам. Можете делать свои собственные выводы. В этом и состоит искусство детектива.

— Но я бы хотел услышать и ваши соображения. Пуаро снова внимательно взглянул на меня и покачал головой.

— Хастингс, — грустно сказал мой друг, — к сожалению, у вас нет чутья.

— Но ведь только что вы требовали от меня лишь сообразительности.

— Трудно представить себе одно без другого.

Последняя фраза показалась мне настолько бестактной, что я даже не потрудился на нее ответить. Но про себя решил: если мне удастся сделать какое-нибудь интересное открытие (в отличие от Пуаро, я не сомневался в собственных способностях!), то он ничего об этом не узнает и я сам доведу расследование до конца. Представляю, какая у него будет кислая физиономия!

8. Доктор Бауэрстайн

Я все никак не мог передать Лоуренсу послание Пуаро. Но вот, проходя как-то по лужайке возле дома, я увидел Лоуренса, державшего в руках старый молоток для игры в крокет. Он бесцельно бил по еще более старым шарам. Я подумал, что это очень удобный случай, чтобы передать послание Пуаро (хотя в моей душе все еще пылала обида на бесцеремонного сыщика). Однако я боялся, что он может, чего доброго, освободить меня от этой миссии. Не совсем понимая смысла слов, которые мне надлежало передать, я тешил себя надеждой, что их значение станет понятным из ответа Лоуренса, а также из его реакции на еще несколько вопросов, которые я тщательно подготовил по собственной инициативе.

Обдумав план разговора, я подошел к Лоуренсу.

— А ведь я вас ищу, — произнес я нарочито беспечно.

— Правда? А в чем дело?

— Мне надо передать послание Пуаро.

— Какое послание?

— Он просил выбрать момент, когда мы будем наедине, — сказал я, многозначительно понизив голос, и, прищурившись, наблюдал за своим собеседником. Мне льстила собственная способность создавать нужную атмосферу для разговора.

— И что же?

Печальное выражение лица Лоуренса нисколько не изменилось. Интересно, подозревает ли он, что я собираюсь сказать?

— Пуаро просил передать следующее, — произнес я почти шепотом. — Найдите еще одну кофейную чашку, и все будет нормально.

— Что? Какую еще чашку?

Лоуренс уставился на меня в неподдельном изумлении.

— Неужели вы сами не понимаете?

— Конечно, нет. А вы? Я промолчал.

— О какой кофейной чашке идет речь?

— Честно говоря, не знаю.

— Пусть лучше ваш друг поговорит с Доркас или с другими служанками. Это их дело — следить за посудой. Я чашками не интересуюсь! Знаю только, что у нас есть дорогой старинный кофейный сервиз, которым никогда не пользуются. Если бы вы его видели. Хастингс! Настоящая вустерская работа! Вы любите старинные вещи?

Я пожал плечами.

— О, вы столького себя лишаете! Нет ничего приятней, чем держать в руках старинную фарфоровую чашку! Даже смотреть на нее — наслаждение!

— И все-таки, что мне сказать Пуаро?

— Передайте ему, что я не имею ни малейшего понятия, о чем он говорит.

— Хорошо, я так и скажу.

Попрощавшись, я пошел в сторону дома, как вдруг Лоуренс окликнул меня:

— Подождите, Хастингс! Повторите, пожалуйста, еще конец фразы. Нет, лучше даже всю целиком.

— Найдите еще одну кофейную чашку, и все будет в порядке. Вы по-прежнему не понимаете, о чем идет речь? — спросил я, снова прищурившись.

Лоуренс пожал плечами.

— Нет, но я бы хотел это понять.

Из дома раздался звон колокольчика, возвещающего приближение обеда, и мы с Лоуренсом отправились в усадьбу. Пуаро, которого Джон пригласил остаться на обед, уже сидел за столом.

Во время застольной беседы, все тщательно избегали упоминания о недавней трагедии.

Мы обсуждали ход военных действий и прочие нейтральные темы. Но когда Доркас, подав сыр и бисквит, вышла из комнаты, Пуаро неожиданно обратился к миссис Кавендиш:

— Простите, мадам, что вновь напоминаю о страшном несчастье, постигшем вашу семью, но мне в голову пришла одна небольшая идея (вступление по поводу «небольшой идеи» было излюбленным приемом моего друга!), и я хотел бы задать вам несколько вопросов.

— Мне? Что ж, извольте.

— Благодарю, мадам. Меня интересует следующее: вы утверждаете, что дверь, ведущая в комнату миссис Инглторп из комнаты мадемуазель Цинции, была закрыта на засов, не так ли?

— Да, она действительно была закрыта, — удивленно сказала Мэри. — Я уже говорила об этом на дознании.

— Закрыта на засов?

— Д-да, — произнесла Мэри теперь уже неуверенно.

— Вы точно знаете, что она была закрыта на засов, а не просто заперта?

— Ах, вот о чем вы! Нет, в этом я не уверена. Просто я хотела сказать, что дверь не открывалась. Но, кажется, все двери были заперты на засов. Зайдя в комнату миссис Инглторп, мы это увидели сами.

— И все же, именно эта дверь могла быть просто заперта на ключ?

— Возможно. Я не знаю точно.

— Оказавшись в комнате миссис Инглторп, вы лично не обратили внимания, как она была закрыта?

— Мне кажется… да, мне кажется, она была закрыта на засов.

— Ну, тогда все в порядке.

Несмотря на свою последнюю реплику, Пуаро выглядел несколько обескураженно. Честно говоря, я был даже доволен тем, что одна из его «небольших идей» оказалась ложной.

После обеда Пуаро попросил меня проводить его до дома. Я холодно согласился.

— Вы злитесь на меня? — спросил он, когда мы вошли в парк.

— Нисколько, — процедил я сквозь зубы.

— Вот и хорошо. А то я очень боялся, что ненароком обидел вас.

Я ожидал услышать не это, ведь холодная сдержанность моего ответа была совершенно очевидной. Но дружелюбие и искренность его слов сделали свое дело, и мое раздражение вскоре прошло.

— Я передал Лоуренсу то, что вы просили.

— И что он сказал? Наверное, был очень удивлен?

— Да. Я уверен, что он даже не понял, о чем идет речь.

Я ожидал, что Пуаро будет разочарован, но он, напротив, очень обрадовался моим словам и сказал, что надеялся именно на такую реакцию Лоуренса.

Гордость не позволяла мне задавать никаких вопросов, а Пуаро тем временем переключился на другую тему.

— Почему мадемуазель Цинция отсутствовала сегодня за обедом?

— Она в госпитале. С сегодняшнего дня мисс Мердок снова работает.

— Какое трудолюбие! Хастингс, берите пример! А какая красавица! Мадемуазель Цинция словно сошла с одной из тех картин, которые я видел в Италии. Кстати, мне бы хотелось посмотреть ее госпиталь. Как вы думаете, это удобно?

— Уверен, что она обрадуется вашему приходу. Вы получите большое удовольствие, это очень интересное место.

— Мисс Цинния ездит в госпиталь ежедневно?

— Нет, по средам она отдыхает, а по субботам успевает приехать сюда на обед. Остальные дни Цинция полностью проводит в госпитале.

— Постараюсь не забыть ее расписание. Да, Хастингс, женщинам сейчас приходится много работать. Между прочим, она производит впечатление очень умной девушки, как вы считаете?

— Безусловно, к тому же мисс Мердок пришлось сдать довольно сложный экзамен.

— Конечно, ведь у нее очень ответственная работа. Наверное, в госпитале много сильнодействующих ядов?

— Да, я их даже видел. Они хранятся в маленьком шкафчике. Цинции приходится быть очень осторожной, и каждый раз, выходя из кабинета, она забирает ключ от шкафчика с собой.

— Этот шкафчик стоит возле окна?

— Нет, у противоположной стены, а что?

— Да ничего, просто интересно. Мы подошли к коттеджу Листвэйз.

— Вы зайдете? — спросил Пуаро.

— Нет, уже поздно. К тому же я хочу возвратиться другой дорогой, через лес, а она немного длиннее.

Стайлз окружали удивительно красивые леса. После широких аллей парка так приятно было шагать по узкой дорожке, прислушиваться к шороху деревьев и тихому щебетанью птиц. В эти минуты все люди казались мне добрыми и праведными, я даже простил Пуаро его глупую конспирацию. Гармония мира переливалась в меня. А может, не было страшного преступления? Вдруг завтра мы очнемся и освободимся от кошмарного наваждения...

Я очень устал в тот день. Хотелось спать, я все время зевал, но мужественно продолжал свой путь. Странные видения одно за другим проносились в моем сонном мозгу.

Мне вдруг почудилось, что миссис Инглторп жива, а убийцей был Лоуренс, который размозжил голову Альфреду крокетным молотком. Но зачем же тогда Джон поднял такой шум?

Я решил отдохнуть и присел под огромным старым буком. «Да, непонятно, зачем поднимать такой шум вокруг смерти этого негодяя? — подумал я. — Зачем Джону кричать? Я не потерплю этого!»

Неожиданно меня разбудил какой-то шум, и сразу стало ясно, что я попал в очень щекотливое положение. Футах в двенадцати от меня стояли Джон и Мэри. Они о чем-то яростно спорили. Совершенно очевидно, что супруги не подозревали о моем присутствии, поскольку до того, как я успел произнести хотя бы слово, Джон громко повторил фразу, которая меня разбудила:

— Запомни, Мэри, я не потерплю этого!

— А есть ли у тебя хоть малейшее право осуждать мои действия? — спокойно ответила миссис Кавендиш.

— Мэри, начнутся сплетни! Маму только в субботу похоронили, а ты уже разгуливаешь под ручку с этим типом.

Она пожала плечами.

— Ну, если тебя беспокоят только сплетни, тогда все в порядке!

— Нет, ты меня не поняла. Я сыт по горло этим типом. К тому же он польский еврей!

— Примесь еврейской крови еще не самая плохая вещь. Во всяком случае, она мне нравится больше, чем чистая кровь, текущая в жилах породистых англосаксов и делающая их, — она многозначительно посмотрела на Джона, — вялыми и бесстрастными тупицами.

Глаза Мэри сверкали, но голос был совершенно спокоен. Джон густо покраснел.

— Мэри!

— Что, мой дорогой Джон? — ответила она так же спокойно.

— Ты хочешь сказать, что будешь и впредь встречаться с Бауэрстайном, несмотря на то, что я это запрещаю?

— Буду… если сочту нужным.

— Ты издеваешься надо мной.

— Нет, просто у тебя нет никакого права выбирать моих друзей. В твоем окружении тоже есть кое-кто, чье присутствие не доставляет мне большого удовольствия.

Джон, вздрогнул.

— Что ты хочешь сказать? — спросил он каким-то виноватым голосом.

— Ты сам прекрасно знаешь, — ледяным тоном ответила Мэри, — и поэтому не можешь ничего требовать от меня.

Джон умоляюще взглянул на жену.

— Не могу? Мэри, неужели наша... — Голос его задрожал, и он попытался притянуть Мэри к себе. — Мэри!

Мне показалось, что на мгновение в ее глазах появилась какая-то нерешительность. Лицо миссис Кавендиш смягчилось, но она резко отстранилась от Джона.

— Нет!

Она повернулась и хотела уйти, но Джон схватил ее за руку.

— Мэри, неужели ты любишь этого... Бауэрстайна? Миссис Кавендиш молчала. Лицо ее в этот миг было неповторимо прекрасно. Вечная молодость и в то же время величественное, древнее как мир спокойствие светилось в ее глазах. «Это похоже на улыбку египетского сфинкса», — подумал я восхищенно.

Она высвободила руку и, надменно бросив через плечо: «Возможно», быстро зашагала прочь.

Потрясенный этими словами, Джон не мог сдвинуться с места.

Я сделал неосторожный шаг, и под ногой хрустнула ветка. Джон резко обернулся. К счастью, он подумал, что я просто проходил мимо.

— Привет, Хастингс! Ну что, ты проводил своего забавного приятеля? Чудной он какой-то! Неужели коротышка и правда знает толк в своем деле?

— Он считался одним из лучших детективов Бельгии.

— Ладно, будем надеяться, что это действительно так. Знаешь, Хастингс, у меня очень тяжело на душе.

— А что случилось?

— И ты еще спрашиваешь? Зверское убийство мамы! Полицейские из Скотланд Ярда, которые шныряют по усадьбе, словно голодные крысы! Куда ни зайди — они тут как тут. А кричащие заголовки газет! Я бы повесил этих чертовых журналистов. Сегодня утром у ворот усадьбы собралась целая толпа зевак. Для них это вроде бесплатного музея мадам Тюссо. И ты считаешь, что ничего не случилось?

— Успокойся, Джон, так не может продолжаться вечно.

— Мы сойдем с ума раньше, чем закончится следствие!

— Ты слишком сгущаешь краски.

— Легко тебе говорить! Еще бы, тебя не осаждает стадо орущих журналистов. На тебя не пялится каждый болван на улице. Но и это не самое страшное! Хастингс, тебе не приходило в голову, что вопрос, кто это сделал, стал для меня настоящим кошмаром? Я все пытаюсь убедить себя, что произошел несчастный случай, поскольку... поскольку теперь, когда Инглторп вне подозрений, получается, что преступник — один из нас. Да, от таких мыслей можно и правда сойти с ума! Выходит, что в доме живет убийца, если только...

И тут мне в голову пришла любопытная мысль. Да, все сходится! Становятся понятными действия Пуаро и его загадочные намеки. Как же я не догадался раньше! На зато теперь я смогу рассеять эту гнетущую атмосферу подозрительности.

— Нет, Джон, среди нас нет убийцы!

— Я тоже надеюсь на это. Но кто тогда убийца?

— А ты не догадываешься?

— Нет.

— Я опасливо оглянулся вокруг и тихо, но торжественно провозгласил: «Доктор Бауэрстайн».

— Это невозможно!

— Напротив, все улики сходятся.

— Но на кой черт ему понадобилась смерть моей матери?

— Не знаю, — честно признался я, — но Пуаро тоже его подозревает.

Я рассказал Джону, как взволновало Пуаро известие, что доктор Бауэрстайн приходил в усадьбу в тот роковой вечер.

— К тому же, — добавил я, — он дважды повторил: «Это меняет все дело». Ты сам подумай — Инглторп утверждает, что оставил чашку в холле. Как раз в этот момент туда заходил Бауэрстайн. Проходя мимо, он мог незаметно подсыпать в кофе яд.

— Но это было бы очень рискованно.

— Зато становится понятным все остальное!

— А откуда он мог узнать, что это мамина чашка? Нет, Хастингс, тут концы с концами не сходятся.

Но я не собирался сдаваться:

— Да, я немного увлекся. Зато теперь мне все ясно. Слушай.

И я рассказал Джону о том, как Пуаро решил сделать повторный анализ какао.

— Ничего не понимаю, — перебил меня Джон. — Бауэрстайн ведь уже сделал анализ!

— В том-то и дело! Я сам сообразил это только сейчас. Неужели ты не понимаешь? Если Бауэрстайн убийца, то для него было бы проще простого подменить отравленное какао обычным и отправить его на экспертизу. Теперь понятно, почему там не обнаружили яд. И главное, никому и в голову не придет заподозрить в чем-то Бауэрстайна — никому, кроме Пуаро!

Лишь сейчас я оценил в полной мере проницательность своего друга! Однако Джон, кажется, все еще сомневался.

— Но ведь он утверждает, что какао не может замаскировать вкус стрихнина!

— И ты ему веришь? К тому же наверняка можно как-то смягчить горечь яда. Бауэрстайн в этом деле собаку съел: как-никак — крупнейший токсиколог!

— Крупнейший кто? Я никогда не слышал о такой профессии.

— Он досконально знает все, что связано с ядами, — пояснил я Джону. — Видимо, Бауэрстайн нашел способ, позволяющий сделать стрихнин безвкусным. Вдруг вообще не было никакого стрихнина? Он мог использовать какой-нибудь редкий яд, вызывающий похожие симптомы.

— Допустим, ты прав, только как он подсыпал яд, если какао, насколько мне известно, все время находилось наверху?

Я пожал плечами и вдруг... вдруг я с ужасом понял все! В эту секунду у меня было только одно желание — чтобы Джон подольше оставался в неведении. Стараясь не показывать вида, я внимательно посмотрел на него. Джон что-то напряженно обдумывал, и я вздохнул с облегчением — похоже, он не догадывался о том, в чем я уже не сомневался: Бауэрстайн имел сообщника!

Нет, этого не может быть! Не верю, что такая очаровательная женщина, как миссис Кавендиш, способна убить человека! Впрочем, история знает немало подобных примеров. Внезапно я вспомнил тот первый разговор с Мэри в день моего приезда. Она утверждала, что яд — это оружие женщин. А как объяснить ее волнение во вторник вечером? Может быть, миссис Инглторп узнала о связи Мэри с Бауэрстайном и собиралась рассказать об этом Джону? Неужели миссис Кавендиш выбрала такой страшный способ, чтобы заставить ее замолчать?

Я вспомнил загадочный разговор между Пуаро и мисс Ховард. Так, значит, они имели в виду Мэри! Вот, оказывается, во что не хотела поверить Эвелин! Да, все сходится. Неудивительно, что Эвелин предложила замять дело. Теперь стала понятной и ее последняя фраза: «Но ведь сама Эмили...» Эви права, действительно, миссис Инглторп сама предпочла смерть позору, который угрожал ее семье.

Голос Джона отвлек меня от этих мыслей.

— Есть еще одно обстоятельство, доказывающее, что ты не прав.

— Какое? — спросил я, обрадовавшись, что он уводит разговор в сторону от злополучного какао.

— Зачем Бауэрстайн потребовал провести вскрытие? Ведь Уилкинс не сомневался, что мама умерла от сердечного приступа. Непонятно, с какой стати Бауэрстайн стал бы впутываться в это дело.

— Не знаю, — проговорил я задумчиво, — возможно, чтобы обезопасить себя в дальнейшем. Он же понимал, что поползут разные слухи, и министерство внутренних дел все равно могло потребовать провести вскрытие. В этом случае Бауэрстайн оказался бы в очень затруднительном положении, поскольку трудно поверить, что специалист его уровня мог спутать отравление стрихнином с сердечным приступом.

— Пускай ты прав, но я, хоть убей, не понимаю, зачем ему понадобилась смерть моей матери.

Я вздрогнул — только бы он не догадался!

— Я могу и ошибаться, поэтому очень прошу тебя, Джон, чтобы наш разговор остался в тайне.

— Можешь не беспокоиться.

Тем временем мы подошли к усадьбе. Поблизости раздались голоса, и я увидел, что под старым платаном, как и в день моего приезда, был накрыт чай.

Я подсел к Цинции и сказал, что Пуаро хотел бы побывать у нее в госпитале.

— Буду очень рада. Надо договориться, чтобы он приехал в то время, когда мы устраиваем наши замечательные чаепития. Мне очень нравится ваш друг, он такой забавный! Представляете, на днях заставил меня снять брошку и затем сам ее приколол, утверждая, что она висела чуть-чуть неровно.

Я рассмеялся.

— Это на него похоже!

— Да, человек он своеобразный.

Несколько минут мы сидели молча, затем Цинция украдкой взглянула на миссис Кавендиш, сказала шепотом:

— Мистер Хастингс, после чая я хотела бы поговорить с вами наедине.

Ее взгляд в сторону Мэри вселил в меня подозрение, что эти две женщины, похоже, недолюбливали друг друга. «Печально, — подумал я, — неизвестно, что ждет Цинцию в будущем. Ведь миссис Инглторп не оставила ей ни пенни. Надеюсь, Джон и Мэри предложат девушке остаться в Стайлз, по крайней мере до конца войны. Джон очень привязан к Цинции, и, думаю, ему будет нелегко с ней расстаться».

Джон, выходивший куда-то из комнаты, снова появился в дверях.

— Чертовы полицейские! — сказал он возмущенно. — Всю усадьбу вверх дном перевернули, в каждую комнату засунули свой нос — и все безрезультатно! Так больше продолжаться не может. Сколько еще они собираются болтаться по нашему дому? Нет, хватит, я хочу серьезно поговорить с Джеппом.

— С этим Джеппом и говорить-то противно, — буркнула мисс Ховард.

Лоуренс высказал мысль, что полицейские, возможно, создают видимость бурной деятельности, не зная, с чего начать настоящее расследование.

Мэри не проронила ни слова.

После чая я пригласил Цинцию на прогулку, и мы отправились в ближайшую рощу.

— Мисс Мердок, кажется, вы хотели мне что-то сказать.

Цинция тяжело вздохнула. Она опустилась на траву, сняла шляпку, и упавшие ей на плечи каштановые волосы напомнили мне нашу первую встречу.

— Мистер Хастингс, вы такой умный, такой добрый, мне просто необходимо поговорить с вами.

До чего же она хороша, — подумал я восхищенно, — даже лучше, чем Мэри, которая, кстати, никогда не говорила мне таких слов.

— Цинция, дорогая, я вас внимательно слушаю.

— Мистер Хастингс, мне нужен ваш совет.

— Относительно чего?

— Относительно моего будущего. Понимаете, тетя Эмили всегда говорила, что обо мне здесь будут заботиться. То ли она забыла свои слова, то ли смерть произошла слишком внезапно, но я снова оказалась без гроша в кармане. Не знаю, что и делать. Может быть, надо немедленно уехать отсюда, как вы думаете?

— Что вы, Цинция, я уверен, что никто не желает вашего отъезда!

Несколько секунд девушка раздумывала над моими словами.

— Этого желает миссис Кавендиш. Она ненавидит меня!

— Ненавидит?! Вас?!

Цинция кивнула.

— Да. Не знаю почему, но терпеть меня не может, да и он тоже.

— Вот тут вы ошибаетесь, Джон к вам очень привязан.

— Джон? Я имела в виду Лоуренса. Не стоит, конечно, придавать этому такое большое значение, но все-таки обидно, когда тебя не любят.

— Но, Цинция, милая, вы ошибаетесь, здесь вас очень любят. Возьмем, к примеру, Джона или мисс Ховард…

Цинция мрачно кивнула.

— Да, Джон любит меня. Что касается Эви, то и она, несмотря на свои грубоватые манеры, не обидит даже муху. Зато Лоуренс разговаривает со мной сквозь зубы, а Мэри вообще едва сдерживается, когда я рядом. Вот Эви ей действительно нужна, только посмотрите, как она умоляет мисс Ховард остаться. А я кому нужна? Путаюсь тут под ногами, пока меня терпят, а когда вышвырнут за дверь — что тогда делать?

Девушка разразилась слезами. Я вдруг почувствовал какое-то новое, дотоле незнакомое чувство. Не знаю, что произошло, возможно, меня ослепило ее прекрасное юное лицо и радость разговора с человеком, который ни в коей мере не может быть причастным к убийству, а возможно, я просто почувствовал жалость к этому прелестному беззащитному существу, словом, неожиданно для самого себя я наклонился к девушке и прошептал:

— Цинция, выходите за меня замуж.

Мои слова подействовали как прекрасное успокоительное — мисс Мердок тотчас перестала плакать и резко выпалила:

— Не болтайте ерунду!

Я даже опешил.

— Мисс Мердок, я не болтаю ерунду, я прошу оказать мне честь стать вашим мужем.

Девушка снова рассмеялась.

— Благодарю за заботу, мистер Хастингс, вы очень добры, но подобный шаг нельзя делать только из жалости.

— Мисс Мердок, я сказал это не из жалости, а потому, что я вас…

— Мистер Хастингс, — перебила меня Цинция, — давайте будем откровенны, вы не хотите этого — и я тоже!

— Мое предложение было совершенно искренним, — сказал я хмуро.

— Да, я знаю. Когда-нибудь вы встретите девушку, которая примет его с благодарностью. А теперь прощайте.

Цинция побежала в сторону дома. Весь разговор оставил у меня довольно неприятный осадок. Вот что значит слоняться без дела! Я решил немедленно отправиться в деревню и посмотреть, что делает Бауэрстайн. За этим типом нужно присматривать! Но, чтобы не вызвать подозрений, надо вести себя очень осмотрительно — не зря же Пуаро так ценит мою осторожность!

В окне дома, где жил Бауэрстайн, была выставлена табличка «Сдаются комнаты». Я постучал, и дверь отворила хозяйка.

— Добрый день. Доктор Бауэрстайн дома?

— Вы разве еще не знаете?

— Что?

— Он арестован.

— Как арестован?! Кем?

— Известно кем — полицией!

Я решил, что надо разыскать Пуаро, и отправился к нему в Листвэйз.

9. Арест

Пуаро не оказалось дома. Старый бельгиец, открывший дверь, сказал, что мой друг, видимо, уехал в Лондон.

Я очень удивился. Надо же выбрать настолько неподходящий момент для отъезда! И к чему такая срочность? А может быть, Пуаро уже давно решил съездить в Лондон, но ничего не говорил об этом?

Придется возвращаться в Стайлз. Всю дорогу я обдумывал последние события. Неужели Пуаро предвидел арест Бауэрстайна? А может быть, это произошло не без его участия? Теперь, когда моего друга не было рядом, я могу наконец взять инициативу в свои руки. Но с чего начать? Следует ли открыто объявить об аресте Бауэрстайна? Для Мэри это будет большим ударом. Теперь ясно, что миссис Кавендиш непричастна к убийству, иначе об этом бы уже говорила вся деревня. Завтра сообщение об аресте появится в газетах, поэтому скрывать этот факт от Мэри бессмысленно. Но чутье подсказывает мне, что надо хорошенько подумать, прежде чем рассказать ей обо всем. Как жаль, что я не могу посоветоваться с Пуаро! Ведь, как выяснилось, проницательность моего друга с годами отнюдь не ослабла. А как тонко он заставил меня подозревать Бауэрстайна, не назвав ни разу его имени!

Я решил откровенно поговорить с Джоном. Пусть он сам решает, надо ли сообщать об аресте Бауэрстайна.

Услышав эту новость, Джон даже присвистнул от удивления.

— Вот тебе и Скотланд Ярд! Так, значит, ты был прав, утверждая, что Бауэрстайн — убийца. А ведь я тебе не поверил!

— И зря! Я же говорил, что все улики против него. Ладно, давай лучше решим, стоит ли говорить об аресте или подождем до завтра, когда об этом сообщат газеты.

— Думаю, торопиться не стоит. Лучше подождать. Однако, открыв на следующий день газету, я, к своему великому удивлению, не обнаружил ни строчки об аресте доктора. Маленькая заметка из ставшей уже постоянной рубрики «Отравление в Стайлз» не содержала ничего нового. Может быть, Джепп решил пока держать все в тайне? Наверное, он собирается арестовать еще кого-то. После завтрака я собрался сходить в деревню и узнать, не вернулся ли Пуаро, как вдруг услышал за спиной знакомый голос:

— Добрый день, Хастингс!

Я схватил своего друга за руку и, не говоря ни слова, потащил в соседнюю комнату.

— Пуаро, наконец-то! Я не мог дождаться, когда вы вернетесь. Не волнуйтесь, никто, кроме Джона, ничего не знает.

— Друг мой, о чем вы говорите?

— Естественно, об аресте Бауэрстайна!

— Так его все-таки арестовали?

— А вы не знали?

— Понятия не имел.

Немного подумав, он добавил:

— Впрочем, ничего удивительного, до побережья здесь всего четыре мили.

— До побережья? — переспросил я удивленно.

— Конечно. Неужели вы не поняли, что произошло?

— Пуаро, видимо, я сегодня туго соображаю. Какая связь между побережьем и смертью миссис Инглторп?

— Никакой. Но вы говорили о Бауэрстайне, а не о миссис Инглторп!

— Ну и что? Раз его арестовали в связи с убийством…

— Как?! Он арестован по подозрению в убийстве? — удивленно спросил Пуаро.

— Да.

— Не может быть! Кто вам об этом сказал?

— Честно говоря, никто, но сам факт его ареста доказывает…

— ...Доказывает, что Бауэрстайн арестован за шпионаж.

— Шпионаж?! Он же убийца!

— Если старина Джепп считает доктора убийцей, значит, он просто выжил из ума.

— Странно. Я был уверен, что и вы так думаете. Пуаро с сожалением посмотрел на меня, но промолчал.

— Вы хотите сказать, что Бауэрстайн — шпион? — пробормотал я, еще не привыкнув к этой странной мысли.

Пуаро кивнул.

— Неужели вы не догадались об этом сами, Хастингс?

— Нет.

— И вам не казалось странным, что знаменитый лондонский врач живет в такой глуши или что он по ночам разгуливает по деревне?

— Нет, я считал, что у него обычная бессонница.

Пуаро о чем-то раздумывал.

— Он, несомненно, родился в Германии, но столько лет прожил в вашей стране, что с легкостью выдал себя за настоящего англичанина. К тому же лет пятнадцать назад он принял английское гражданство. Да, Бауэрстайн оказался даже хитрее, чем я предполагал.

— Вот мерзавец! — воскликнул я возмущенно.

— Напротив, настоящий патриот. Подумайте, как ежечасно на протяжении многих лет он рисковал жизнью. Я восхищаюсь такими людьми.

Однако мне были чужды подобные взгляды. Бауэрстайн не вызывал во мне ничего, кроме ненависти.

— Надо же, и в такого подлеца могла влюбиться миссис Кавендиш!

— Ему это было весьма на руку. До тех пор, пока продолжались слухи об их романе, доктор был уверен, что его странности и причуды не привлекут особого внимания.

Я не сумел скрыть своего ликования.

— Так вы думаете, что у него не было чувства к Мэри? — спросил я с надеждой.

— Более того, мне кажется, что и миссис Кавендиш к нему совсем равнодушна.

— Вы так думаете?

— И объясню почему. Я уверен, что Мэри Кавендиш любит другого.

Сердце мое радостно забилось. Я давно привык к слухам о своих легких победах над женщинами, но неужели и Мэри Кавендиш, загадочная и недосягаемая Мэри Кавендиш, тоже не устояла...

Неожиданное появление мисс Ховард прервало эти мысли. Увидев, что в комнате, кроме нас, никого нет, она подошла к Пуаро и протянула ему старый, потемневший от времени листок бумаги.

— Нашла на шкафу, — сказала она и, не добавив ни слова, вышла из комнаты.

Пуаро взглянул на листок и радостно улыбнулся.

— Посмотрите-ка, Хастингс, что нам принесли. И помогите мне разобраться в инициалах — я не могу понять, «Д» это или «Л».

Я взял листок, на котором стояла печать Парсона — известной фирмы по производству театрального инвентаря. Что касается адреса — Эссекс, Стайлз Сент-Мэри, Кавендиш — то буква, стоящая перед фамилией, была действительно написана неразборчиво.

— Это либо «Т», либо «Л», но точно не «Д».

— Я думаю, что «Л», — сказал Пуаро.

— Это важная улика?

— Не очень, но она подтверждает правильность моей догадки. Я догадывался о существовании данного письма и попросил мисс Ховард попытаться его найти.

— Но почему оно лежало на шкафу? Странное место для хранения бумаг!

— Почему же? Я сам держу стопки бумаг на шкафу.

Я посмотрел в глаза моему другу.

— Пуаро, скажите честно, вы знаете, кто убийца?

— Да, я надеюсь, что не ошибаюсь.

— Так не томите меня! Скажите его имя!

— Друг мой, к сожалению, у меня нет никаких доказательств.

Неожиданно лицо его переменилось и, схватив меня за руку, Пуаро выбежал в холл.

— Мадемуазель Доркас, где вы? Мадемуазель Доркас!

В комнату вбежала испуганная Доркас.

— Мистер Пуаро, что случилось?

— Доркас, у меня есть одна маленькая идея, и если она подтвердится, то дело можно считать законченным. Скажите, в понедельник — именно в понедельник, а не во вторник — ничего не случилось с колокольчиком в комнате миссис Инглторп?

— В понедельник? Да, сэр, я припоминаю, что именно в понедельник порвался шнурок колокольчика, висевшего над дверью в комнату хозяйки. Только как вы догадались, сэр? Мы же вызвали работника, который починил.

Пуаро улыбнулся.

Мы перешли в гостиную.

— Вот видите, — сказал мой друг, — не всегда надо иметь неопровержимые доказательства. Подчас достаточно одного здравого смысла. Однако, признаюсь, я рад, что моя догадка подтвердилась. Ведь у каждого есть свои маленькие человеческие слабости, не правда ли, Хастингс? Теперь я могу себе позволить сделать небольшую передышку и прогуляться по парку.

Весело посвистывая, Пуаро вышел из комнаты как раз в тот момент, когда на пороге появилась Мэри Кавендиш.

— Ваш друг излучает такое блаженство, словно он уже поймал преступника, — сказала она с улыбкой.

Я улыбнулся в ответ.

— Сам не понимаю, что случилось. Доркас рассказала ему про какой-то оборванный шнурок, и это привело Пуаро в неописуемый восторг.

Мэри снова улыбнулась.

— Смотрите, он выходит из ворот, — сказала она, взглянув в окно, — разве ваш друг собрался к себе?

— Я уже давно отказался от попыток понять его действия!

— Может быть, от сильного переутомления он немного...

Мэри запнулась и покраснела.

— Мне тоже иногда кажется, что Пуаро ведет себя не совсем нормально. Но через некоторое время выясняется, что во всех его на первый взгляд безумных действиях имелась строгая система.

— Что ж, давайте подождем «некоторое время». Хотя Мэри и старалась показаться веселой, глаза ее были очень печальны.

«И все-таки, — подумал я, — надо поговорить с ней о будущем Цинции».

Я очень осторожно начал этот разговор, но не успел произнести и двух фраз, как Мэри перебила меня:

— Вы прекрасный адвокат, мистер Хастингс, но зачем попусту растрачивать свой талант? Поверьте, я прекрасно отношусь к Цинции и, конечно же, позабочусь о ее будущем.

Она о чем-то задумалась и неожиданно спросила:

— Мистер Хастингс, как вы думаете, мы с Джоном счастливы вместе?

Я был очень удивлен ее вопросом и смог лишь пробормотать, что это личное дело супругов и постороннему не пристало обсуждать подобные темы.

— Да, это наше личное дело, но вам я все-таки скажу: мистер Хастингс, мы несчастливы друг с другом!

Я промолчал, а Мэри, печально опустив голову, продолжала:

— Вы же ничего не знаете обо мне — ни откуда я родом, ни кем была до того, как вышла за Джона. А у меня сейчас такое настроение, что хочется кому-то исповедаться.

Признаться, я не слишком стремился оказаться в роли отца-исповедника. Во-первых, я помнил, чем закончилась исповедь Цинции. Во-вторых, в исповедники обычно выбираются люди не первой молодости, а я, напротив, был цветущим молодым человеком, к тому же неравнодушным к женщинам!

— Мой отец — англичанин, а мать — русская.

— А, теперь понятно...

— Что понятно? — резко спросила Мэри.

— Понятно, почему во всем вашем облике чувствуется что-то отстраненное и необычное.

— Мать считалась красавицей. Я ее не помню — она умерла, когда я была совсем ребенком. По словам отца, мама по ошибке приняла слишком большую дозу снотворного.

Мэри на мгновение замолчала, затем продолжала:

— Отец тяжело переживал ее смерть. Через некоторое время он поступил на дипломатическую службу, и мы начали разъезжать по свету. К 23 годам я, кажется, побывала уже повсюду! Моя жизнь была наполнена весельем, впечатлениями и радужными надеждами.

Она тяжело вздохнула.

— Но неожиданно умер отец, почти ничего не оставив мне в наследство. Мне пришлось поселиться у своей престарелой тетки в Йоркшире. Естественно, после стольких лет, проведенных с отцом, жизнь в сельской глуши казалась ужасной — унылая скука и монотонность тамошнего существования просто сводили меня с ума.

— Да, я вас прекрасно понимаю.

— И вот в это время я встретила Джона. Конечно, с точки зрения тетушки, о лучшей партии нельзя было и мечтать. Но я думала не о деньгах — единственное, чего мне хотелось, — это выбраться поскорее из сельской глуши, из соседских сплетен и ворчания тетушки.

Я нахмурился.

— Поймите меня правильно, — продолжала Мэри, — я откровенно призналась Джону, что он мне нравится, очень нравится, но это, конечно, не любовь. Я сказала, что потом, возможно, смогу его полюбить, но тогда он был мне просто симпатичен, не больше. Однако Джон посчитал, что этого достаточно, и сделал мне предложение.

Мэри прервала свой рассказ и внимательно посмотрела мне в глаза.

— Кажется, да, я уверена, что поначалу он меня очень любил. Но мы с Джоном слишком разные люди. Вскоре после свадьбы наступило охлаждение, а затем я ему и вовсе надоела. Говорить об этом неприятно, мистер Хастингс, но я хочу быть с вами полностью откровенной. К тому же сейчас мне это безразлично — все уже позади.

— Что вы хотите сказать?

— Я хочу сказать, что покидаю Стайлз навсегда.

— Вы с Джоном купили другой дом?

— Нет, Джон, наверное, останется здесь, но я скоро уеду.

— Вы хотите его оставить?

— Да!

— Но почему?

После долгого молчания Мэри тихо ответила:

— Потому что для меня дороже всего… свобода.

Я подумал о девственных лесах, о полях и реках, обо всем, что именуется свободой для такого человека, как Мэри Кавендиш. Но в своих бедах она виновата сама, — лишь гордость и высокомерие не позволяют Мэри жить счастливой семейной жизнью.

Вдруг она всхлипнула и тихо произнесла:

— Стайлз — это тюрьма.

— Я понимаю, но, Мэри, вы поступаете слишком опрометчиво.

— Опрометчиво? Вы просто ничего не знаете!

И тут я сказал фразу, о которой сразу пожалел.

— Вам известно, что доктор Бауэрстайн арестован?

Лицо Мэри мгновенно стало холодным и непроницаемым.

— Джон заботливо сообщил мне об этом сегодня утром.

— И вы знаете причину ареста?

— Конечно. Он же немецкий шпион! Манинг давно его подозревал.

Мэри говорила совершенно спокойно. Неужели арест Бауэрстайна ее нисколько не волнует? Она взглянула на цветочную вазу.

— Цветы уже совсем завяли. Надо срезать новые.

И, еле заметно кивнув на прощание, она вышла в сад.

Да, наверное, Мэри безразлична к судьбе Бауэрстайна. Не может же она до такой степени скрывать свои чувства!

На следующее утро ни Пуаро, ни полицейские в усадьбе не появлялись. Зато к обеду разрешилась загадка последнего из четырех писем, отправленных миссис Инглторп в тот роковой вечер. Не сумев в свое время определить адресата, мы решили не ломать над этим голову — рано или поздно все прояснится само собой. Так и случилось. Почтальон принес письмо, отправленное французской музыкальной фирмой. В нем говорилось, что чек миссис Инглторп получен, но, к сожалению, ноты, которые она просит, разыскать не удалось. Итак, наши надежды на то, что четвертое письмо поможет пролить свет на убийство, оказались напрасными.

Перед чаем я решил прогуляться до Листвэйз и сообщить Пуаро про письмо, но привратник сказал, что мой друг снова уехал. — Опять в Лондон?

— Нет, сэр, на этот раз в Тэдминстер. Сказал, что хочет навестить какую-то леди. Она там в госпитале работает.

— Вот болван! — воскликнул я, раздраженный забывчивостью Пуаро и тем, что напрасно сходил в Листвэйз — Я же говорил ему, что по средам Цинция не работает. Ладно, когда мсье Пуаро вернется, скажите, что его ожидают в Стайлз.

— Хорошо, сэр, я передам.

Весь вечер я ожидал прихода Пуаро, но он так и не появился. Не было его и на следующий день.

После обеда Лоуренс отвел меня в сторону и спросил, не собираюсь ли я навестить своего друга.

— Нет, — сказал я раздраженно, — хватит с меня, если Пуаро захочет, он и сам может сюда прийти.

— Очень жаль, — хмуро пробормотал Лоуренс.

— А что случилось? Если дело серьезное, я, так и быть, схожу в Листвэйз — в последний раз!

— Ничего серьезного. Просто, если увидите мистера Пуаро, передайте ему, — Лоуренс снизил голос до шепота, — что я нашел еще одну кофейную чашку.

Сказать по правде, я уже давно забыл про «послание» Пуаро, и слова Лоуренса подстегнули мое любопытство.

Итак, я снова отправился в Листвэйз. На этот раз Пуаро был у себя. Он сидел в кресле, полностью погруженный в свои мысли. Лицо его было чрезвычайно бледным.

— Пуаро, вы не заболели? — спросил я озабоченно.

— Нет, друг мой, все в порядке. Но передо мной встала очень серьезная проблема.

— Отдавать ли преступника в руки правосудия или оставить его на свободе? — спросил я с улыбкой.

Как ни странно, Пуаро утвердительно кивнул.

— Да, как сказано у вашего Шекспира: «Говорить или не говорить — вот в чем вопрос».

Я был так удивлен, что даже не поправил своего друга.

— Пуаро, вы шутите!

— Нет, Хастингс, речь идет о вещи, к которой я всегда относился серьезно.

— А именно?

— Я говорю о счастье женщины!

Взглянув на меня, Пуаро грустно улыбнулся и продолжал:

— Пришло время действовать, а я не знаю, имею ли я на это право. Игра слишком рискованна.

Он снова погрузился в свои мысли, и я подумал, что теперь самое время рассказать о своем разговоре с Лоуренсом.

— Так он все-таки нашел еще одну чашку?! — торжествующе воскликнул Пуаро. — А этот ваш Лоуренс оказался умнее, чем я предполагал.

Я был невысокого мнения об умственных способностях Лоуренса, но, дав себе зарок никогда больше не спорить со своим другом, не стал возражать.

— Пуаро, как же вы забыли, что Цинция в среду не работает?

— Верно, память у меня теперь не та! Хорошо еще, что коллега мадемуазель Цинции сжалилась надо мной и любезно показала все, что меня интересовало.

— Но вы должны как-нибудь снова съездить в госпиталь. Цинция мечтает показать вам свои владения! Кстати, чуть не забыл, сегодня выяснилось, кому миссис Инглторп отправила четвертое письмо. Я рассказал про письмо из Франции.

— Жаль, — грустно произнес мой друг, — я возлагал на него определенные надежды. А впрочем, так даже лучше — мы распутаем этот клубок изнутри. Если пошевелить мозгами, то можно решить любую головоломку, не правда ли, Хастингс? Между прочим, что вам известно об отпечатках пальцев?

— Только то, что они у всех разные.

— Правильно!

Вынув из бюро несколько фотографий, Пуаро разложил их на столе.

— Вот, Хастингс: номер один, номер два и номер три. Что вы можете сказать об этих фотографиях?

Я внимательно изучил все три фотоснимка.

— Во-первых, изображения сильно увеличены. Номер один, похоже — отпечатки большого и указательного пальцев мужчины. Отпечатки номер два принадлежат женщине — они гораздо меньше. Что касается третьего снимка, то на нем видно множество отпечатков, но последние, кажется, такие же, как и на первом снимке.

— Вы уверены?

— Да, отпечатки совершенно одинаковые.

Пуаро удовлетворенно кивнул и снова спрятал фотографии в бюро.

— Наверное, вы опять откажетесь объяснить мне, в чем дело.

— Почему же, друг мой? Отпечатки на первой фотографии принадлежат мсье Лоуренсу, на второй — мадемуазель Цинции, хотя это неважно, они нужны только для сравнения. Что касается третьей фотографии, то здесь дело серьезней.

Пуаро на мгновение задумался.

— Как вы верно заметили, изображения сильно увеличены: причем третья фотография вышла менее четкой, чем первые две. Я не буду объяснять, как получены снимки — это довольно сложный процесс. Достаточно того, что они перед вами. Остается только сказать, с какого предмета сняты эти отпечатки.

— Пуаро, я сгораю от любопытства.

— Хастингс, — торжественно провозгласил Пуаро, — отпечатки под номером три обнаружены на бутылочке с ядом, которая хранится в шкафу в госпитале Красного Креста в Тэдминстере!

— Господи, как на склянке с ядом оказались отпечатки Лоуренса? Он ведь даже не подходил к шкафу.

— Хастингс, он подходил!

— Вы ошибаетесь, Пуаро, мы все время были вместе.

— Это вы ошибаетесь, Хастингс. Если вы все время были вместе, зачем же мисс Цинция звала его, когда вы с ней вышли на балкон?

— Да, верно. Но все равно, Лоуренс находился в комнате одни всего несколько мгновений.

— Этого вполне достаточно.

— Для чего?

— Для того, чтобы удовлетворить любопытство человека, изучавшего когда-то медицину.

Наши глаза встретились. Пуаро снова улыбнулся. Он встал и, подойдя к окну, стал что-то весело насвистывать.

— Пуаро, — я почувствовал, что голос мой дрожит, — что было в склянке?

— Гидрохлорид стрихнина, — спокойно ответил мой друг.

— Боже, — произнес я почти шепотом.

— Учтите, Хастингс, что гидрохлорид стрихнина применяется крайне редко — лишь для приготовления нескольких типов лекарств. Обычно используется другой раствор. Вот почему отпечатки пальцев Лоуренса сохранились до сих пор — он был последним, кто держал в руках склянку.

— Как вы смогли сделать эту фотографию?

— Я вышел на балкон и случайно обронил шляпу. Несмотря на мои возражения, коллега мисс Цинции сама спустилась за ней вниз.

— Так вы знали, что искать?

— Нет. Просто из вашего рассказа следовало, что мсье Лоуренс мог взять яд. И это предположение следовало либо подтвердить, либо опровергнуть.

— Пуаро, вы не обманете меня своим беспечным тоном. Обнаружена чрезвычайно важная улика!

— Возможно. Но есть одна вещь, которая меня действительно поражает. Думаю, и вас тоже.

— Какая?

— Что-то часто в этом деле встречается стрихнин. Вам не кажется, Хастингс? Стрихнин содержался в лекарстве миссис Инглторп. Стрихнин купил человек, выдававший себя за Инглторпа. И вот теперь снова — на склянке со стрихнином обнаружены отпечатки пальцев мсье Лоуренса. Тут какая-то путаница, друг мой, а я терпеть этого не могу.

Дверь отворилась, и появившийся на пороге бельгиец сказал, что Пуаро внизу дожидается какая-то дама.

Мы быстро спустились и увидели стоявшую в дверях миссис Кавендиш.

— Я навещала одну старушку в деревне, — сказала Мэри, — и решила зайти за мистером Хастингсом — вместе возвращаться веселее. Лоуренс мне сказал, что он у вас, мистер Пуаро.

— Жаль, мадам, — воскликнул мой друг, — а я-то надеялся, что вы оказали мне честь своим визитом!

— Не знала, что это такая честь! — сказала Мэри с улыбкой. — Обещаю оказать ее в ближайшие дни, мсье Пуаро.

— Буду счастлив, мадам. И помните — если вам захочется исповедаться (Мэри вздрогнула), то «отец Пуаро» всегда к вашим услугам!

Миссис Кавендиш внимательно посмотрела в глаза Пуаро, словно пытаясь постигнуть истинный смысл услышанных слов, затем улыбнулась и сказала:

— Мсье Пуаро, может, вы тоже пойдете с нами в усадьбу?

— С удовольствием, мадам.

По дороге Мэри все время что-то рассказывала, шутила и старалась казаться совершенно беззаботной. Однако я заметил, что она сильно взволнована.

Едва зайдя в усадьбу, мы почувствовали что-то неладное. Навстречу выбежала заплаканная Доркас.

— Мадам, мадам! Горе у нас! Не знаю, как и сказать вам. Тут такое случилось! За что же такие напасти одна за другой?

— Да говорите же, что произошло, — нетерпеливо прервал я излияния Доркас.

— Это все проклятые полицейские из Скотланд Ярда! Арестовали его, мадам, арестовали мистера Кавендиша!

— Как! Лоуренс арестован?! — воскликнул я, пораженный этой вестью.

Глаза Доркас на мгновение вспыхнули.

— Нет, сэр. Арестован мистер Джон Кавендиш! Мэри вскрикнула и пошатнулась. Я повернулся, чтобы поддержать ее, и заметил странную улыбку на устах Пуаро.

10. Суд

Предварительное судебное разбирательство состоялось через два месяца. Мэри делала все возможное, чтобы доказать невиновность своего мужа.

Когда я поделился с Пуаро своим восхищением преданностью этой женщины, он кивнул и сказал:

— Да, Хастингс, миссис Кавендиш как раз из тех друзей, которые познаются в беде. Случилось несчастье, и она забыла о гордости, о ревности…

— О ревности?

— Конечно. Разве вы не заметили, что миссис Кавендиш ужасно ревнива? Но теперь, когда над Джоном нависла опасность, она думает только об одном — как его спасти.

Мой друг говорил с таким чувством, что я невольно вспомнила его колебания — «говорить или не говорить», когда на карту поставлено «счастье женщины». Слава богу, что теперь решение примут другие!

— Пуаро, мне даже сейчас не верится, что Джон — убийца, я почти не сомневался, что преступник — Лоуренс.

Пуаро улыбнулся.

— Я знаю, друг мой.

— Как же так?! Джон, мой старый друг Джон, и вдруг — убийца!

— Каждый убийца чей-то друг, — глубокомысленно изрек Пуаро. — Но мы не должны смешивать разум и чувства.

— Но вы могли хотя бы намекнуть, что мой друг Джон…

— Я не делал этого как раз потому, что Джон ваш старый друг.

Я смутился, вспомнив, как доверчиво рассказывал Джону о подозрениях Пуаро. Ведь я был уверен, что речь шла о Бауэрстайне! Кстати, на суде его оправдали — доктор очень ловко сумел доказать несостоятельность обвинений в шпионаже, — но карьера его, безусловно, рухнула.

— Пуаро, неужели Джона признают виновным?

— Нет, друг мой, я почти уверен, что его оправдают. Я же постоянно твержу вам, что улик против него пока нет. Одно дело — не сомневаться в виновности преступника и совсем другое — доказать это на суде. Здесь-то и заключается основная трудность. Кстати, я могу кое-что и доказать, но в цепочке не хватает последнего звена, и пока оно не отыщется, увы, Хастингс, меня никто не будет слушать.

Он печально вздохнул.

— Пуаро, когда вы впервые начали подозревать Джона?

— А разве вы вообще не допускали мысли, что он убийца?

— Нет.

— Даже после услышанного вами разговора между миссис Инглторп и Мэри? Даже после, мягко говоря, неоткровенного выступления Мэри на дознании?

— Я не придавал этому большого значения.

— Неужели вы не думали, что, если ссора, подслушанная Доркас, происходила не между миссис Инглторп и ее мужем — а он это начисто отрицает, — значит, в комнате находился один из братьев Кавендишей? Допустим, там был Лоуренс. Как тогда объяснить поведение Мэри Кавендиш? Если же допустить, что там находился Джон, то все становится на свои места.

— Вы хотите сказать, что ссора происходила между миссис Инглторп и Джоном?

— Конечно.

— И вы это знали?

— Разумеется. Как иначе можно объяснить поведение миссис Кавендиш?

— Но, тем не менее, вы уверены, что его оправдают!

— Несомненно оправдают! Во время предварительного судебного разбирательства мы услышим только речь прокурора. Адвокат наверняка посоветует Джону повременить со своей защитой до суда — когда на руках козырный туз, выкладывать его следует в последнюю очередь! Кстати, Хастингс, мне нельзя появляться на судебном разбирательстве.

— Почему?

— Потому что официально я не имею никакого отношения к следствию. Пока в цепочке доказательств отсутствует последнее звено, я должен оставаться в тени. Пусть миссис Кавендиш думает, что я на стороне Джона.

— Пуаро, это нечестная игра! — воскликнул я негодующе.

— Мы имеем дело с очень хитрым и изворотливым противником. В средствах он не стесняется, поэтому и нам надо сделать все, чтобы преступник не ускользнул из рук правосудия. Пускай все лавры — пока — достанутся Джеппу, а я тем временем доведу дело до конца. Если меня и вызовут для дачи показаний, — Пуаро улыбнулся, — то я выступлю как свидетель защиты. Мне показалось, что я ослышался!

— Я хочу быть объективным, — пояснил Пуаро, — и поэтому отклоню один из пунктов обвинения.

— Какой?

— По поводу сожженного завещания. Джон здесь ни при чем.

Пуаро оказался настоящим пророком. Боюсь утомить читателя скучными деталями и скажу лишь, что во время предварительного разбирательства Джон не произнес ни слова, и дело передали в суд.

Сентябрь застал нас в Лондоне. Мэри сняла дом в Кэнсингтоне,[1] Пуаро тоже поселился поблизости, и я имел возможность часто их видеть, поскольку устроился на работу в том же районе — в министерство обороны.

Чем меньше времени оставалось до начала суда, тем сильнее нервничал Пуаро. Он так и не мог разыскать «последнее звено». В

---

[1] Фешенебельный район в центральной части Лондона.

глубине души я этому даже радовался, так как не представлял, что будет делать Мэри, если Джона признают виновным.

15 сентября Джон предстал перед судом в Олд Бейли [1] по обвинению в «преднамеренном убийстве Эмили Агнес Инглторп» и наотрез отказался признать себя виновным. Его защищал знаменитый адвокат сэр Эрнст Хэвивезер.

Первым взял слово прокурор Филипс, заявивший, что убийство совершено расчетливо и хладнокровно. Мистер Кавендиш отравил женщину, любившую его как родного сына, женщину, которая дала ему образование, заботилась о нем и безгранично ему доверяла. Свидетельские показания подтверждают, продолжал прокурор, что подсудимый вступил в предосудительную связь с некоей миссис Райкес, женой фермера Райкеса, живущего неподалеку от Стайлз. Подсудимый растранжирил все деньги, полученные от миссис Инглторп, и оказался в крайне стесненном материальном положении.

Миссис Инглторп узнала о постыдной связи своего сына, и за день до убийства между ними произошел крупный скандал, часть которого слышала прислуга. В тот же день подсудимый, переодевшись в костюм мистера Инглторпа, купил в деревенской аптеке стрихнин. Несомненно, он пытался навлечь на него подозрения в убийстве миссис Инглторп — ни для кого не секрет, что подсудимый ненавидел мужа своей мачехи. Мистер Инглторп, к счастью, смог предъявить неопровержимое алиби.

Семнадцатого июля, сразу после ссоры с подсудимым, миссис Инглторп составила новое завещание. Обуглившиеся остатки этого документа были на следующее утро найдены в камине, но можно с уверенностью утверждать, что завещание было в пользу мистера Инглторпа. Существует завещание, составленное накануне свадьбы, где покойная объявляла его же своим наследником, но подсудимый (мистер Филипс многозначительно поднял палец) ничего не знал об

---

[1] Центральный уголовный суд, расположенный на улице Олд Бейли.

этом. Трудно сказать, что заставило миссис Инглторп составить новое завещание, в то время как предыдущее еще оставалось в силе. Возможно, она просто забыла о нем или, что более вероятно, считала, что после замужества оно стало недействительным. Женщины, тем более в таком возрасте, не слишком хорошо разбираются в юридических тонкостях.

За год до этого она составляла еще одно завещание — на этот раз в пользу подсудимого.

Свидетели утверждают, продолжал мистер Филипс, что именно подсудимый отнес кофе наверх в тот злополучный вечер. Ночью он пробрался в спальню матери и уничтожил завещание, составленное накануне, после чего — по мысли подсудимого — вступало в силу завещание в его пользу. Арест последовал после того, как инспектор Джепп обнаружил в комнате мистера Кавендиша флакон со стрихнином, который был продан в аптеке человеку, выдававшему себя за мистера Инглторпа. Теперь пусть присяжные сами решат, требуются ли еще какие-нибудь доказательства вины этого человека.

Этими словами мистер Филипс закончил свое выступление, вытер пот со лба и не спеша, сохраняя достоинство, удалился.

Поначалу свидетелями выступали те, кто уже давал показания на дознании.

Первым вызвали доктора Бауэрстайна.

Все знали, что сэр Хэвивезер никогда не церемонится со свидетелями, выступающими против его подзащитных.

Вот и на этот раз он задал всего два вопроса — но каким тоном!

— Доктор Бауэрстайн, если не ошибаюсь, стрихнин действует очень быстро?

— Да.

— Тем не менее, вы не можете объяснить, почему смерть наступила только утром?

— Не могу.

— Спасибо.

Мистеру Маису был предъявлен флакон с ядом, найденный в комнате Джона, и он подтвердил, что продал его «мистеру Инглторпу». Стараниями сэра Эрнста мистер Мэйс вскоре признал, что не знал мистера Инглторпа лично, никогда с ним не разговаривал, а видел всего несколько раз, и то мельком.

Выступивший затем мистер Инглторп утверждал, что не покупал яд и тем более не ссорился со своей женой. Несколько свидетелей подтвердили его показания.

Садовники рассказали, как подписались под завещанием. Затем выступила Доркас.

Верная своим хозяевам, она категорически отрицала, что из-за двери доносился голос Джона. Напротив, она могла поклясться — хозяйка разговаривала со своим мужем Альфредом Инглторпом.

Услышав это, Джон чуть заметно улыбнулся. Он-то знал, что зря старается верная Доркас — защита не будет отрицать его разговор с матерью.

Слово взял мистер Филипс.

— Скажите, в июле на имя мистера Лоуренса Кавендиша приходила бандероль из фирмы Парксон?

— Не помню, сэр. Может, и приходила, но мистер Лоуренс в июле часто уезжал из усадьбы.

— Если бы бандероль пришла в его отсутствие, что бы с ней сделали?

— Ее бы оставили в комнате мистера Лоуренса, либо отправили вслед за ним.

— А что бы сделали вы?

— Я? Наверное, положил бы на стол в холле. Только это не мое дело, за почтой следит мисс Ховард.

Эвелин как раз выступала вслед за Доркас. Ее спросили, помнит ли она о бандероли на имя Лоуренса.

— Может и была какая-то. Много почты приходит. Всего не упомнишь.

— Значит, вы не знаете, послали бандероль мистеру Лоуренсу в Уэллс или оставили в его комнате?

— В Уэллс ничего не посылали. Я бы запомнила.

— Допустим, во время отсутствия мистера Лоуренса на его имя приходит бандероль, которая впоследствии исчезает. Вы бы вспомнили о ней через некоторое время?

— Вряд ли. Я бы подумала, что ее кто-нибудь убрал. Чтоб на виду не лежала.

— Кажется, именно вы нашли этот документ (мистер Филипс показал уже знакомый нам с Пуаро листок), не так ли?

— Я.

— Как это произошло?

— Полицейский из Бельгии, который помогает следствию, попросил его поискать.

— И где он лежал?

— Э… Э… на шкафу.

— В комнате подсудимого?

— Да, кажется.

— Вы сами его там обнаружили?

— Да.

— Тогда вы должны все помнить точно.

— Да, в комнате подсудимого.

— Так-то лучше.

Служащий фирмы Парксон подтвердил, что от мистера Лоуренса Кавендиша приходил чек и письмо, в котором он просил выслать ему накладную черную бороду, что и было сделано 29 июня. К сожалению, письмо не сохранилось, но есть соответствующая запись в регистрационном журнале.

Сэр Эрнст подскочил к свидетелю и спросил, глядя ему в глаза:

— А откуда, молодой человек, пришло письмо?

— Из Стайлз Корт.

— Почему вы так считаете?

— Я... я вас не понимаю.

— Как вы можете утверждать, что письмо отправлено из Стайлз Корт? Может быть, вы специально изучали почтовый штемпель?

— Нет, но...

— Значит, вы не знаете, откуда отправлено письмо!

— Сэр, мне кажется...

— Молодой человек, вы обязаны говорить не то, что вам кажется, а то, в чем вы уверены! Письмо могли отправить откуда угодно, например, из Уэллса, не так ли?

Свидетель обескуражено кивнул, и мистер Хэвивезер с видом победителя возвратился на место.

Затем была вызвана служанка Элизабет Вэллз. По ее словам, уже лежа в кровати, она вспомнила, что закрыла входную дверь на засов, а не на ключ, как просил мистер Инглторп. Спускаясь вниз по лестнице, она услышала шум в западном крыле здания. Мисс Вэллз прошла по коридору и увидела мистера Джона Кавендиша, стоящего у двери в комнату миссис Инглторп.

Сэру Эрнсту понадобилось всего несколько минут, чтобы совершенно запутать бедную служанку. Казалось, она была готова отречься от своих показаний, лишь бы не отвечать на вопросы этого ужасного человека!

Последней в тот день выступала Анни. Она сказала, что еще накануне воскового пятна на полу в спальне не было, и подтвердила, что видела, как Джон взял кофе и отправился наверх.

После окончания судебного заседания я вызвался проводить Мэри. Она возмущалась речью прокурора, который, по ее словам, специально исказил все факты, чтобы оболгать ни в чем не повинного Джона.

— Ничего, — попытался я успокоить Мэри, — завтра будет иначе. Джона, несомненно, оправдают.

Миссис Кавендиш о чем-то задумалась и вдруг тихо сказала:

— Но в таком случае… нет, нет, это не Лоуренс… не может быть!

Я промолчал, но слова Мэри навели меня на грустные мысли.

Встретившись с Пуаро, я спросил, к чему, по его мнению, клонит мистер Хэвивезер.

Пуаро улыбнулся.

— Да, ловко этот Хэвивезер выгораживает своего подзащитного.

— Вы думаете, он действительно верит, что убийца — Лоуренс?

— Хэвивезер? Да он вообще ни во что не верит! Его задача — запутать свидетелей и присяжных с тем, чтобы в создавшейся неразберихе подозрение пало на обоих братьев. Тогда станет трудно решить, кто же из них убийца.

На следующий день первым давал показания инспектор Джепп.

— На основании полученной информации, — деловито начал Джепп, — мною и лейтенантом Саммерхэем был произведен обыск в комнате подсудимого. В комоде под кипой нижнего белья обнаружили две улики. Во-первых, позолоченное пенсне, похожее на пенсне мистера Инглторпа. Во-вторых, флакон с ядом.

Далее мистер Джепп рассказал еще об одной находке, сделанной в комнате миссис Инглторп. Он показал полоску промокательной бумаги, на которой с помощью зеркала легко можно было прочесть: «…все, чем я обладаю, завещается моему любимому мужу Альфреду Инг…»

— Отпечаток совсем свежий, — заявил Джепп, — поэтому теперь мы знаем точно, что и в последнем завещании наследником объявлялся мистер Инглторп. У меня все.

Мистер Хэвивезер сразу бросился в атаку.

— Когда производился обыск в комнате подсудимого?

— Во вторник, 24 июля.

— То есть через неделю после убийства?

— Да.

— Ящик комода, в котором найдены пенсне и флакон, был заперт?

— Нет.

— А вам не кажется странным, что убийца держит компрометирующие улики у себя в комнате, да еще в незапертом ящике?

— Возможно, он их засунул туда в спешке. Наверное, ящик был выдвинут.

— Но ведь прошла целая неделя. Как вы думаете, этого времени достаточно, чтобы уничтожить улики?

— Возможно.

— Что значит «возможно»? Да или нет?

— Да.

— Кипа белья, о которой вы говорили, была тяжелой?

— Да, весьма.

— Значит, речь идет о теплом зимнем белье. Вас не удивляет, что был выдвинут ящик с зимним бельем, ведь стояла страшная жара?

— Не знаю...

— Извольте, пожалуйста, ясно ответить на мой вопрос.

— Да, это странно.

— Следовательно, если пенсне и яд кто-то подкинул в комод, то подсудимый вряд ли бы это обнаружил.

— Сомневаюсь, что яд и пенсне подкинули.

— Но это не исключено?

— В принципе, нет.

— Благодарю вас, — торжествующе проговорил мистер Хэвивезер.

Выступавшие вслед за Джеппом свидетели подтвердили финансовые трудности, которые испытывал Джон, а также то, что у него давний роман с миссис Райкес.

Выходит, мисс Ховард была права! Просто в своем озлоблении против Инглторпа она посчитала, что миссис Райкес встречается с ним, а не с Джоном.

И вот, наконец, судья вызвал Лоуренса Кавендиша. Тот сразу заявил, что никакого письма в фирму Парксон не посылал и, более того, двадцать девятого июня находился в Уэллсе.

Сэр Эрнст Хэвивезер не собирался упускать инициативу.

— Итак, мистер Кавендиш, вы отрицаете, что заказывали накладную черную бороду в фирме Парксон?

— Да.

— Хорошо. Тогда скажите, если что-то случится с вашим братом, кто станет владельцем поместья Стайлз Корт?

Лоуренс покраснел, услышав столь бестактный вопрос. Даже судья пробормотал что-то неодобрительное, однако Хэвивезер продолжал настаивать:

— Потрудитесь, пожалуйста, ответить на мой вопрос.

— Владельцем Стайлз Корт, видимо, стану я.

— А почему «видимо»? Детей у вашего брата нет, следовательно, вы — единственный наследник.

— Выходит, что так.

Мистер Хэвивезер злобно ухмыльнулся.

— Замечательно. Кроме усадьбы к вам, в этом случае, переходит весьма крупная сумма.

— Помилуйте, сэр Эрнст, — воскликнул судья, — все это не имеет никакого отношения к делу.

Однако Хэвивезер продолжал наседать на Лоуренса.

— Во вторник, 17 июля, вместе с одним из своих друзей вы посещали госпиталь Красного Креста в Тэдминстере, не так ли?

— Да.

— Оставшись на несколько секунд один в комнате, вы открывали шкаф, в котором хранились яды. Так?

— Не помню. Возможно.

— А точнее?

— Да, кажется, открывал.

— И одна из бутылок в особенности привлекла ваше внимание?

— Нет, я сразу закрыл шкаф.

— Осторожно, мистер Кавендиш — ваши показания фиксируются. Я имею в виду склянку с гидрохлоридом стрихнина.

Лоуренс побледнел.

— Нет, нет, я не трогал стрихнин.

— Тогда почему на этой склянке обнаружены отпечатки ваших пальцев?

Лоуренс вздрогнул и, немного помедлив, тихо произнес:

— Да, теперь вспомнил. Действительно, я держал в руках бутылочку со стрихнином.

— Я тоже так думаю! А зачем вы отливали ее содержимое?

— Не правда! Я ничего не отливал!

— Тогда зачем же вы сняли с полки именно эту бутылочку?

— Я получил медицинское образование, и, естественно, меня интересуют различные медикаменты.

— Ах вот как! Вы находите интерес к ядам вполне естественным? Однако, чтобы удовлетворить свое «естественное» любопытство, вы дождались, пока все выйдут из комнаты!

— Это случайное совпадение. Если бы кто-то и находился в комнате, я все равно открыл бы шкаф.

— И все же, когда вы держали в руках стрихнин, в комнате никого не было!

— Да говорю же вам...

— Мистер Лоуренс, — перебил его Хэвивезер, — все утро вы находились в обществе своих друзей. Лишь однажды, и то на пару минут, вы остались один в комнате и как раз в этот момент вы решили удовлетворить свое естественное любопытство. Какое милое совпадение!

Лоуренс стоял словно оглушенный.

— Я... я...

— Мистер Кавендиш, у меня больше нет вопросов! Показания Лоуренса вызвали большое оживление в зале. Присутствующие, в основном дамы, начали живо обсуждать услышанное, и вскоре судья пригрозил, что если шум не прекратится, то суд будет продолжен при закрытых дверях.

Вслед за Лоуренсом судья вызвал эксперта-графолога. По его словам, подпись Альфреда Инглторпа в аптечном журнале, несомненно, сделана кем-то другим.

Однако после шквала вопросов, который обрушил на него сэр Эрнст, эксперт нехотя признал, что мистер Инглторп мог намеренно изменить свой почерк.

На этом свидетельские показания закончились, и мистер Хэвивезер начал свою речь.

— Никогда еще, — патетически заявил сэр Эрнст, — я не сталкивался со столь необоснованным обвинением в убийстве! Факты, якобы свидетельствующие против моего подзащитного, оказались либо случайными совпадениями, либо плодом фантазии некоторых свидетелей. Давайте беспристрастно обсудим все, что нам известно. Стрихнин нашли в ящике комода в комнате мистера Кавендиша. Ящик был открыт, и нет никаких доказательств, что именно обвиняемый положил туда яд. Просто, кому-то понадобилось, чтобы в убийстве обвинили мистера Кавендиша, и этот человек ловко подбросил яд в его комнату.

Далее, прокурор ничем не подкрепил свое утверждение, что мой подзащитный заказывал бороду в фирме Парксон.

Что касается своего скандала с миссис Инглторп, то подсудимый и не думает его отрицать. Однако значение этого скандала, равно как и финансовые затруднения мистера Кавендиша, сильно преувеличено.

Мой многоопытный коллега, — продолжал сэр Эрнст, кивнув в сторону мистера Филипса, — заявляет: если бы подсудимый был невиновен, то он бы уже на предварительном следствии признал, что в ссоре участвовал не мистер Инглторп, а он сам. Но вспомним, как было дело. Возвратившись во вторник вечером домой, мистер

Кавендиш узнает, что днем случился скандал между супругами Инглторп. Поэтому он до последнего момента считал, что в этот день произошло два скандала — ему и в голову не пришло, что кто-то мог спутать его голос с голосом Инглторпа.

Прокурор утверждает, что в понедельник, 16 июля, подсудимый под видом мистера Инглторпа купил в аптеке стрихнин. На самом же деле мистер Кавендиш находился в это время неподалеку от фермы «Марстон Спинни». Он был вынужден отправиться туда, так как получил анонимную записку. Шантажист угрожал кое-что рассказать миссис Кавендиш, если мой подзащитный не выплатит ему крупную сумму. Напрасно прождав полчаса в указанном месте, мистер Кавендиш возвратился домой. К сожалению, он никого не встретил по дороге и не может поэтому подтвердить свои слова. Однако записка у подсудимого сохранилась, и суд сможет с ней ознакомиться.

Что касается обвинения, — продолжал мистер Хэвивезер, — что подсудимый сжег завещание, то оно просто абсурдно. Мистер Кавендиш хорошо знает законы (ведь он заседал в свое время в местном суде), поэтому он понимал, что завещание, составленное за год до описываемых событий, после замужества миссис Инглторп потеряло силу. Более того, мистеру Инглторпу известно, кто написал записку! После того, как он сообщит это, многие факты предстанут совсем в другом свете.

Заканчивая свое выступление, сэр Эрнст заявил, что имеющиеся улики свидетельствуют не только против его подзащитного: скажем, роль мистера Лоуренса в этом деле выглядит более чем подозрительно.

Слово предоставили Джону.

Он очень складно и убедительно (хотя и не без помощи сэра Эрнста!) рассказал, как все произошло. Анонимная записка, показанная присяжным, а также готовность, с которой Джон признал участие в ссоре с матерью и свои финансовые затруднения, произвели большое впечатление на присяжных.

— Теперь я хочу сделать заявление, — сказал Джон. — Я категорически возражаю против обвинений, выдвинутых сэром Эрнстом против моего брата. Убежден, что Лоуренс совершенно невиновен.

Судья одобрительно кивнул, и, заметив это, сэр Эрнст чуть заметно улыбнулся.

— Подсудимый, — обратился к Джону мистер Филипс, — я не понимаю, как вы сразу не догадались, что служанка перепутала ваш голос с голосом мистера Инглторпа? Это очень странно!

— Не вижу здесь ничего странного. Мне сказали, что днем произошел скандал между мамой и мистером Инглторпом. Почему же я должен был в этом усомниться?

— Но когда свидетельница Доркас в своих показаниях процитировала несколько фраз, вы не могли их не вспомнить!

— Как видите — мог.

— В таком случае, у вас на удивление короткая память.

— Удивляться тут нечему. В пылу спора мы говорили много лишнего, и я старался не обращать внимание на мамины слова.

Мистер Филипс недоверчиво покачал головой.

— Ладно, оставим пока эту тему. Скажите, вам не знаком почерк автора анонимной записки?

— Нет.

— А вам не кажется, что почерк подозрительно напоминает ваш собственный, чуть-чуть, впрочем измененный?

— Нет, не кажется!

— А я утверждаю, что вы сами написали эту записку.

— Я?! Для чего?

— Чтобы иметь неопровержимое алиби! Вы назначили самому себе свидание в уединенном месте, а для большей убедительности — написали эту записку.

— Вы хотите меня оклеветать!

— Нет, но почему, скажите на милость, я должен верить, что в тот вечер вы находились в каком-то сомнительном месте, а не покупали стрихнин?

— Но я не покупал стрихнин!

— А я утверждаю, что покупали!

— Это ложь!

— Тогда я предоставляю присяжным самим сделать выводы из поразительного сходства почерка, которым написана эта записка, с почерком самого мистера Кавендиша!

С видом человека, исполнившего свой долг, мистер Филипс возвратился на место, и судья объявил, что следующее заседание состоится в понедельник.

Я взглянул на Пуаро. Он выглядел крайне расстроенным.

— Что случилось? — спросил я удивленно.

— Друг мой, дело приняло неожиданный оборот. Все очень плохо.

Но меня эти слова обрадовали. Значит, есть еще надежда, что Джона оправдают?

Я проводил Пуаро до дома, и он предложил зайти. Настроение моего друга нисколько не улучшилось. Тяжело вздохнув, он взял с письменного стола колоду карт и, к моему великому удивлению, начал строить карточный домик.

Заметив мое недоумение, Пуаро сказал:

— Не беспокойтесь, друг мой, я еще не впадаю в детство! Просто нет лучшего способа успокоиться. Четкость движений влечет за собой четкость мысли, а она мне сейчас нужна, как никогда.

— Пуаро, что произошло?

— Смотрите, — и легким щелчком он развалил карточный домик, — я могу объяснить, как произошло преступление, но без последнего звена в цепочке моя теория так же неустойчива, как это сооружение!

Пуаро начал строить новый домик, и я восхищенно проговорил:

— Какие четкие движения! Кажется, я лишь однажды видел, как у вас дрожат руки.

— Наверное, в тот момент я очень волновался.

— Волновался — это не то слово! Помните, как вы разозлились, когда увидели, что замок розовой папки взломан? Подойдя к камину, вы стали выравнивать безделушки, и я заметил, как сильно дрожат ваши руки. Однако…

Внезапно мой друг издал страшный стон и, закрыв лицо руками, откинулся в кресло.

— Что случилось, Пуаро? Вам плохо?

— Хастингс! Хастингс! Кажется, я все понял!

Я облегченно вздохнул.

— Что, очередная «маленькая идея»?

— Друг мой, идея грандиозная! Потрясающая! Спасибо, Хастингс!

— За что?

— Этой идеей я обязан вам.

Не успел я опомниться, как Пуаро выскочил из комнаты. Через пару минут дверь отворилась, и вошла миссис Кавендиш.

— Что случилось с вашим другом? Он подбежал ко мне с криком: «Где гараж?» — но прежде чем я ответила хоть слово, он выскочил на улицу.

Мы подошли к окну. Пуаро, без шляпы, со съехавшим набок галстуком, бежал по улице.

— Его остановит первый же полицейский.

Мэри пожала плечами.

— Не понимаю, что случилось?

— Откуда я знаю! Он строил карточный домик, вдруг подскочил как ужаленный и выбежал из комнаты.

— Надеюсь, к обеду он вернется.

Однако ни к обеду, ни к ужину Пуаро не появился.

11. Последнее звено

Все утро следующего дня я тщетно прождал своего друга и начал было уже беспокоиться, когда, около трех часов, с улицы послышался звук подъезжавшего автомобиля.

Я подошел к окну и увидел, что в машине сидели Пуаро и Джепп с Саммэрхэем. Мой друг излучал блаженное самодовольство. Завидев миссис Кавендиш, он выскочил из автомобиля и обратился к ней изысканным поклоном:

— Мадам, позвольте мне собрать в гостиной обитателей усадьбы.

Мэри грустно улыбнулась.

— Мсье Пуаро, вам предоставлена полная свобода действий. Поступайте, как считаете нужным.

— Благодарю, мадам, вы очень любезны.

Когда я вошел в гостиную, Пуаро уже расставил стулья и деловито пересчитывал пришедших.

— Так. Мисс Ховард — здесь. Мадемуазель Цинция — здесь. Мсье Лоуренс. Доркас. Анни. Хорошо. Сейчас придет мистер Инглторп — я послал ему записку, — и можно начинать.

— Если здесь снова появится этот человек, — воскликнула мисс Ховард, — я буду вынуждена уйти.

— Мисс Ховард, — взмолился Пуаро, — очень прошу вас — останьтесь.

Эви нехотя села на место. Через несколько минут вошел Альфред, и Пуаро торжественно обратился к собравшимся:

— Мсье, мадам! Как вы знаете, мистер Джон Кавендиш попросил меня помочь в поисках убийцы его матери.

Я сразу осмотрел комнату покойной, которая до моего прихода была заперта. Там обнаружились три улики. Первая — кусочек зеленой материи на засове двери, ведущей в комнату мисс Мердок.

Вторая — свежее пятно на ковре возле окна. Третья — пустая коробка из-под бромида, который принимала покойная.

Кусочек материи я передал полиции, но на него не обратили большого внимания и даже не поняли, что он был оторван от зеленого нарукавника.

Последние слова Пуаро вызвали большое оживление среди присутствующих.

— Из всех обитателей дома, — продолжал мой друг, — рабочие нарукавники есть только у миссис Кавендиш, которая ежедневно работает на ферме. Поэтому можно смело утверждать, что миссис Кавендиш ночью заходила в комнату миссис Инглторп, причем через дверь, ведущую в комнату мисс Мердок.

— Но эта дверь была закрыта изнутри, — сказал я удивленно.

— К моему приходу дверь, действительно, была закрыта на засов. Но это не означает, что она была закрыта и ночью. В суматохе, которая продолжалась до полудня, миссис Кавендиш вполне могла сама закрыть эту дверь.

Далее, из выступления миссис Кавендиш на дознании я заключил, что она что-то скрывает. Скажем, она утверждала, что слышала, как упал столик в комнате миссис Инглторп. Чтобы проверить ее слова, я попросил своего друга мсье Хастингса встать в коридоре возле комнаты миссис Кавендиш. Вместе с полицейскими я отправился в комнату миссис Инглторп и во время обыска случайно опрокинул столик. Как и следовало ожидать, мой друг не слышал ни звука. Теперь я уже почти не сомневался, что в тот момент, когда подняли тревогу, миссис Кавендиш находилась не в своей комнате (как было сказано в ее показаниях!), а в комнате миссис Инглторп.

Я взглянул на Мэри. Ее лицо покрывала смертельная бледность, но она старалась сохранить спокойствие.

— Теперь попробуем восстановить ход событий. Миссис Кавендиш находится в комнате своей свекрови. Она пытается найти какой-то документ. Вдруг миссис Инглторп просыпается, издает жуткий хрип и начинает биться в конвульсиях. Она пытается дотянуться до колокольчика и случайно переворачивает столик. Миссис Кавендиш вздрагивает, роняет свечу и воск разливается по ковру. Она поднимает свечу, быстро перебегает в комнату мисс Мердок и оттуда в коридор. Но там уже слышен топот бегущей прислуги. Что делать? Она спешит обратно в комнату мисс Мердок и начинает будить девушку. Из коридора слышны крики. Все пытаются проникнуть в комнату миссис Инглторп, и отсутствия миссис Кавендиш никто не замечает.

Пуаро взглянул на Мэри.

— Пока все верно, мадам?

Мэри кивнула.

— Да, совершенно верно. Я бы и сама уже давно все рассказала, если бы была уверена, что это облегчит положение моего мужа.

— Возможно, вы правильно сделали, что смолчали. Итак, я восстановил ход событий и должен был разобраться в других фактах.

— Мэри, — воскликнул Лоуренс, — так значит, это ты сожгла последнее завещание?!

— Нет, завещание мог сжечь только один человек — моя свекровь!

Я даже привстал от удивления.

— Но постойте! Она сама только накануне составила это завещание!

Пуаро улыбнулся.

— Тем не менее, друг мой, миссис Кавендиш права. Иначе вы не сможете объяснить, почему в жаркий день миссис Инглторп попросила разжечь камин у себя в комнате.

Действительно, подумал я, как же мне это раньше не пришло в голову.

— Температура в тот день была 27 градусов в тени. Камин в такую жару ни к чему. Значит, его разожгли, чтобы сжечь то, что нельзя уничтожить иначе. Поскольку в усадьбе строго соблюдался режим экономии и прислуга не давала пропасть ни одному клочку исписанной бумаги, то оставалось только сжечь завещание. Я понял это сразу, как только узнал, что миссис Инглторп приказала в тот день разжечь камин. Поэтому обугленный обрывок завещания не был для меня неожиданностью Конечно, тогда я еще не знал, что завещание было составлено лишь несколькими часами ранее. Более того, когда все это выяснилось, я ошибочно связал уничтожение завещания со ссорой, которую слышала Доркас, и посчитал, что завещание составлено еще до скандала. Однако выяснились дополнительные подробности, и я понял, что ошибался. Пришлось заново сопоставлять все факты. Итак, в 4 часа Доркас слышит, как разгневанная миссис Инглторп кричит, что не побоится скандала между мужем и женой, даже если он станет достоянием гласности. А вдруг эти слова были адресованы не ее мужу, а мистеру Джону Кавендишу? Через час, то есть около пяти, она говорит почти то же самое, но уже в иной ситуации. Она признается Доркас, что не знает, как поступить, поскольку боится скандала между мужем и женой. В 4 часа миссис Инглторп, хотя и была разгневана, но вполне владела собой. В пять часов она выглядела совершенно подавленной и опустошенной.

Я предположил, что речь шла о двух разных скандалах. «Мужья и жены», естественно, тоже были разные, причем скандал, о котором говорилось в пять часов, касался лично миссис Инглторп.

Давайте теперь проследим, как развивались события. В 4 часа миссис Инглторп ссорится со своим сыном и угрожает рассказать обо всем миссис Кавендиш, которая, кстати, слышала большую часть их разговора.

В четыре тридцать, после обсуждения, в каких случаях завещания теряют силу, миссис Инглторп составляет новое завещание — в пользу своего мужа. Оба садовника ставят под ним свои подписи. В пять часов Доркас застает хозяйку совершенно убитой. В руках у нее листок бумаги — «письмо» — и она приказывает разжечь камин. Таким образом, примерно между половиной пятого и пятью произошло что-то из ряда вон выходящее. Миссис Инглторп потрясена и решает сжечь только что написанное завещание.

Что же случилось? Как известно, в эти полчаса в будуар никто не входил, и нам остается только строить догадки. Но, кажется, я знаю, что произошло.

Установлено, что в письменном столе миссис Инглторп не было почтовых марок, ведь чуть позже она просила Доркас принести ей несколько штук. Миссис Инглторп решает поискать марки в бюро своего мужа. Бюро закрыто, но один из ее ключей подходит (я проверял это), и миссис Инглторп открывает крышку. В поисках марок она находит то, что совершенно не предназначалось для ее глаз. Я говорю о листке, который она держала в руке, разговаривая с Доркас. Однако миссис Кавендиш считала, что «письмо», которое свекровь столь упорно отказывалась ей показать, являлось письменным доказательством неверности Джона. Миссис Инглторп уверяла Мэри — нисколько при этом не покривив душой, — что «письмо» не имеет никакого отношения к ее мужу. Однако миссис Кавендиш была уверена, что миссис Инглторп просто защищает своего сына. Она решает во что бы то ни стало завладеть письмом. Мэри — женщина очень решительная, к тому же ей помог случай: она находит потерянный утром ключ от розовой папки, в которой миссис Инглторп хранит важные документы.

Лишь ослепленная ревностью женщина способна на шаг, который предприняла миссис Кавендиш. Вечером она незаметно открыла засов, ведущий из комнаты мисс Мердок в комнату миссис Инглторп. Видимо, она смазывает петли, поскольку дверь на следующий день открывалась совершенно бесшумно. Миссис Кавендиш считает, что безопаснее всего проникнуть в комнату свекрови под утро, так как прислуга не обратит внимания на шаги — миссис Инглторп всегда вставала в это время, чтобы разогреть какао.

Итак, она одевается так, словно идет на ферму, и тихо проходит через комнату мисс Мердок.

— Но я бы наверняка проснулась от этого, — перебила моего друга Цинция.

— Верно, если бы вы не находились в состоянии сильного опьянения.

— Опьянения?!

— Да, мадемуазель!

Пуаро выдержал эффектную паузу и вновь обратился к присутствующим:

— Мисс Мердок утверждала, что ее не разбудил страшный шум, доносившийся из соседней комнаты. Этому было два объяснения: либо она притворялась спящей (во что я не верил), либо сон был вызван каким-то сильнодействующим средством.

Я тщательно осмотрел кофейные чашки, поскольку именно миссис Кавендиш наливала кофе для мисс Мердок. Однако химический анализ содержимого всех пяти чашек ничего не дал. Я уже собирался признать ошибочность своей гипотезы, как вдруг выяснилось, что кофе пили не шесть, а семь человек, ведь вечером приходил доктор Бауэрстайн!

Итак, пять чашек стояли на подносе, одна — вдребезги разбитая — валялась в комнате миссис Инглторп и одна чашка куда-то исчезла. Я не сомневался, что пропала чашка именно мисс Мердок, поскольку во всех чашках был обнаружен сахар, а мадемуазель Цинция никогда не пьет сладкий кофе. В это время Анни вспоминает, что когда она несла какао наверх, на подносе была рассыпана соль. Я решил сделать химический анализ какао.

— Но зачем, — удивленно спросил Лоуренс, — ведь анализ какао уже сделал Бауэрстайн?

— В первый раз в какао искали стрихнин. Я же проверил какао на содержание наркотика.

— Наркотика?

— Да, и моя догадка подтвердилась — миссис Кавендиш, действительно, добавила сильнодействующее, но безвредное снотворное в чашки мисс Мердок и миссис Инглторп. Можно представить, что испытала Мэри, когда у нее на глазах в страшных мучениях скончалась свекровь, и все начали говорить об отравлении. Видимо, она решила, что подсыпала слишком большую дозу снотворного и, таким образом, ответственна за эту смерть.

В панике она бежит вниз и бросает чашку и блюдце мисс Мердок в большую вазу, где их впоследствии обнаружил мсье Лоуренс.

Остатки какао она тронуть не решилась, поскольку в комнате покойной находилось слишком много народу. Вскоре выяснилось, что смерть наступила в результате отравления стрихнином, и миссис Кавендиш немного успокоилась.

Теперь ясно, почему смерть наступила только утром — сильная доза снотворного отсрочила действие яда. Мэри взглянула на Пуаро.

— Мсье, вы совершенно правы, те мгновения, когда у меня на глазах билась в конвульсиях миссис Инглторп, были на самом деле ужасны. Поражаюсь, как вы сумели обо всем догадаться. Теперь я понимаю смысл…

— …моего предложения исповедаться? Но вы не хотели довериться «отцу Пуаро»!

— Так значит, — сказал Лоуренс, — какао со снотворным, выпитое после отравленного кофе, отсрочило действие яда?

— Верно, но с одной лишь поправкой: миссис Инглторп не прикасалась к кофе.

— Что?!

Все были потрясены, и Пуаро наслаждался произведенным эффектом.

— Помните, — продолжал он, — пятно на ковре в комнате покойной? Оно выглядело совсем свежим, еще чувствовался запах кофе. Рядом валялись мелкие фарфоровые осколки. За несколько минут до того, как я обнаружил пятно, произошел любопытный эпизод. Я положил свой чемоданчик на стол у окна. Он оказался сломанным, и, не успел я опомниться, как столик накренился, и мои инструменты упали на пол, причем именно в то место, где находилось пятно. Уверен, что то же самое произошло и у миссис Инглторп.

О дальнейшем можно только догадываться. Скорее всего, она подняла разбитую чашку и поставила ее возле кровати. Но мисс Инглторп хотела пить, поэтому она разогрела какао, хотя обычно делала это гораздо позже. И вот теперь мы подошли к самому главному. Мы выяснили, что кофе миссис Инглторп не пила, а в какао стрихнина не было, однако следствием установлено, что стрихнин попал в ее организм как раз в это время — от 7 до 9 часов вечера.

Значит, миссис Инглторп выпила еще «что-то», что, с одной стороны, обладало достаточно резким вкусом, способным замаскировать горечь яда, а с другой — выглядело настолько безобидным, что никому и в голову не пришло искать там яд.

Надеюсь, все уже догадались — я говорю о микстуре, которую миссис Инглторп принимала каждый вечер.

— Иными словами, — переспросил я удивленно, — вы утверждаете, что убийца подсыпал стрихнин в лекарство?

— Друг мой, подсыпать ничего не требовалось. Стрихнин содержался в самой микстуре. Сейчас вам все станет ясно. Вот что написано в рецептурном справочнике госпиталя Красного Креста.

Пуаро достал небольшой листок и прочел следующее:

«Следует крайне осторожно обращаться с микстурой:

Сульфат стрихнина — 1 грамм

Поташ бромида — 6 граммов

Вода — 8 граммов.

Через несколько часов большая часть стрихнина осаждается на дно в виде прозрачных кристаллов. В случае попадания кристаллов в организм (обычно с последней дозой лекарства) возможен летальный исход».

— В микстуре, прописанной доктором Уилкинсом, бромида, конечно, не содержалось. Но, как вы помните, в комнате покойной найдена пустая коробка из-под бромида. Достаточно добавить два таких порошка в микстуру, и весь стрихнин осядет на дно бутылки. Свидетели утверждают, что с микстурой всегда обращались очень бережно и, отливая очередную порцию, старались не взболтать осадок. В ходе расследования я обнаружил несколько фактов, указывающих, что убийство первоначально было намечено на понедельник. В понедельник кто-то сломал колокольчик в комнате миссис Инглторп, в понедельник мадемуазель Цинция не ночевала дома, и миссис Инглторп оставалась одна в правом крыле дома. Ее призывы о помощи никто бы не услышал. Однако миссис Инглторп торопилась на концерт и в спешке забыла принять микстуру. На следующий день она обедала у миссис Роллстон и поэтому приняла последнюю — смертельную! — дозу лекарства только вечером, то есть на 24 часа позже, чем рассчитывал убийца. Именно благодаря этой задержке в моих руках оказалась самая важная улика, ставшая последним звеном в цепи доказательств.

В комнате воцарилась гнетущая тишина. Все глаза были устремлены на Пуаро. Он вынул три бумажные полоски.

— Друзья мои, перед вами письмо, написанное рукой убийцы. Будь оно чуть подробней, миссис Инглторп осталась бы жива.

Мой друг соединил полоски и, неторопливо откашлявшись, прочел:

— «Милая Эвелин, не волнуйся, все в порядке. То, что мы наметили на вчера, случится сегодня. Представляешь, как мы заживем, когда старуха подохнет! Не беспокойся, меня никто не заподозрит. Твоя идея с бромидом просто гениальна! Я буду предельно осторожен, ведь любой неверный шаг...» — на этом письмо обрывается, однако его авторство не вызывает сомнений. Все мы прекрасно знаем почерк мистера...

Страшный крик потряс комнату.

— Подлец! Как ты это нашел?

Черная тень метнулась в сторону Пуаро. Он проворно отскочил в сторону, и нападавший рухнул на пол.

— Друзья мои, — торжественно провозгласил Пуаро, — разрешите представить вам убийцу — мистера Альфреда Инглторпа!

12. Пуаро объясняет

— Пуаро, и вы называли меня своим другом? Выходит, все это время вы морочили мне голову?

Разговор происходил в библиотеке на втором этаже поместья. Инглторп и мисс Ховард уже несколько дней находились под следствием. Джон и Мэри помирились, улеглись первые волнения, и я, наконец, получил возможность удовлетворить свое любопытство.

Пуаро ответил не сразу. Наконец он вздохнул и сказал:

— Друг мой, я не обманывал вас. Просто иногда я позволял вам обманывать самого себя.

— Но зачем?

— Как бы вам объяснить? Понимаете, Хастингс, вы настолько благородны и искренни, настолько не привыкли кривить душой и притворяться, что расскажи я о своих подозрениях, вы при первой же встрече с Инглторпом невольно выдали бы свои чувства. Инглторп — хитрая лиса, он бы сразу все понял и в ту же ночь улизнул бы из Англии.

— Мне кажется, я умею держать язык за зубами!

— Друг мой, не обижайтесь. Без вашей помощи я бы никогда не раскрыл это преступление.

— И все-таки, можно было хотя бы намекнуть.

— Я это делал, Хастингс, и не один раз! Но вы не обращали внимания на мои намеки. Разве я вам когда-нибудь говорил, что считаю убийцей Джона Кавендиша? Наоборот, я предупреждал, что его оправдают.

— Да, но...

— А разве после суда я не сказал, что самое трудное — не поймать преступника, а доказать его вину? Неужели вы не поняли, что я говорил о двух разных людях?

— Нет, не понял.

— А разве еще в самом начале я не говорил вам, что попытаюсь всеми силами предотвратить арест Инглторпа сейчас? Но вы не обратили внимания и на эти слова.

— Неужели вы подозревали Инглторпа с самого начала?

— Конечно. От смерти миссис Инглторп выигрывали многие, но больше всех — ее муж. Это и следовало взять за основу. Когда мы в первый раз пришли в поместье, у меня не было никакого плана расследования, однако я уже тогда понимал — такого хитрого мерзавца, как Инглторп, поймать будет нелегко. Мне сразу стало ясно, что завещание сожгла миссис Инглторп. Здесь вам не в чем меня упрекнуть — я несколько раз повторял, что камин в такой жаркий день разожгли неспроста.

— Ладно, — проговорил я нетерпеливо, — рассказывайте дальше.

— Так вот, вскоре я начал сомневаться в виновности Инглторпа. Слишком уж много было против него улик.

— А когда вы снова стали его подозревать?

— Когда заметил одну странную вещь — Инглторп всеми силами старался, чтобы его арестовали. А вскоре мои подозрения переросли в уверенность, ведь выяснилось, что у миссис Райкес был роман с Джоном, а не с Инглторпом.

— А при чем тут миссис Райкес?

— Хастингс, подумайте сами. Допустим, у Инглторпа действительно был с ней роман. В таком случае его молчание было бы вполне понятным, но коль скоро это не так, значит, поведение Альфреда на дознании объяснялось другими причинами. Помните, он утверждал, что боялся скандала? Однако никакой скандал на самом деле ему не грозил. Следовательно, Инглторп зачем-то хотел быть арестованным, а значит, моя задача была не допустить ареста.

— Но почему он добивался собственного ареста?

— Только потому, друг мой, что он хорошо знает законы вашей страны. Человек, оправданный на суде, не может быть вторично судим за это же преступление! Инглторп понимал, что в любом случае его заподозрят в убийстве. Поэтому он подготавливает множество улик, чтобы укрепить эти подозрения и поскорее предстать перед судом. А на суде он предъявляет неопровержимое алиби и его оправдывают!

— Пуаро, я совсем запутался. Откуда у Инглторпа взялось неопровержимое алиби, если он покупал в аптеке стрихнин?

Пуаро удивленно взглянул на меня.

— Друг мой, неужели вы до сих пор ничего не поняли? Инглторп и не думал покупать стрихнин. В аптеку приходила мисс Ховард.

— Мисс Ховард?

— А кто же еще? Для нее было совсем несложно загримироваться под Инглторпа. Мисс Ховард женщина высокая, широкоплечая, с низким мужеподобным голосом. К тому же, Инглторп ее родственник, и между ними есть определенное сходство, особенно в походке и манере держаться. Надо отдать им должное, Хастингс, идея была великолепной.

— А каким образом бромид попал в микстуру?

— Сейчас объясню. Видимо, весь план преступления, вплоть до мельчайших подробностей, разработала мисс Ховард. Она прекрасно разбирается в фармакологии — отец Эвелин был доктором и, по-видимому, она помогала ему в изготовлении лекарств. Во время подготовки к экзамену мисс Мердок приносила домой рецептурный справочник. Наверное, Эвелин взяла его полистать и случайно обнаружила описание свойства бромида осаждать стрихнин. Какая удача — мисс Инглторп как раз принимает бромид и микстуру, содержащую стрихнин? Остается только подсыпать две-три дозы порошка в микстуру!

Все очень просто, к тому же никакого риска. А чтобы окончательно избежать подозрений, надо затеять ссору с миссис Инглторп и, с видом поруганной добродетели, уехать из усадьбы. Блестящий план, не правда ли, Хастингс? Если бы они только им и ограничились, преступление могло бы остаться нераскрытым. Но нет, эта парочка хотела, чтобы в покупке стрихнина обвинили Джона

Кавендиша. Вспомните, почерк человека, расписавшегося в аптечном журнале, очень напоминал почерк Джона.

Они знали, что в понедельник миссис Инглторп должна принять последнюю дозу микстуры. Поэтому в понедельник, около шести, Инглторп намеренно прогуливается вдалеке от аптеки, и его видят несколько человек. Мисс Ховард заранее распускает слух, что у него роман с миссис Райкес, чтобы впоследствии Инглторп мог объяснить свое молчание по поводу этой прогулки. Итак, пока Альфред совершает вечерний моцион, мисс Ховард в костюме Инглторпа покупает стрихнин и подписывается в журнале, имитируя почерк Джона. Но трюк не сработает, если мистер Кавендиш сможет предъявить алиби. Поэтому Эвелин пишет (снова почерком Джона!) записку, и мистер Кавендиш послушно отправляется в уединенное место. Свидетелей, видевших его там, нет, следовательно, в алиби Джона никто не поверит!

До этого момента все идет по плану. Мисс Ховард в тот же вечер уезжает в Миддлинхэм, а Инглторп спокойно возвращается домой. Теперь он абсолютно вне подозрений. И тут происходит осечка: в тот вечер миссис Инглторп не принимает лекарство. Сломанный замок, отсутствие мисс Мердок (которое Инглторп ловко организовал через свою жену) — все оказалось напрасным! Инглторп нервничает... и совершает ошибку! Он хочет предупредить свою сообщницу, что, мол, все идет по плану и нечего волноваться. Воспользовавшись отсутствием жены, Альфред пишет письмо в Миддлинхэм. Неожиданно появляется миссис Инглторп. Он спешно прячет записку в бюро и закрывает его на ключ. В комнате оставаться опасно — вдруг миссис Инглторп что-нибудь у него попросит, придется открыть бюро, и она может заметить записку. Поэтому Альфред отправляется на прогулку. Ему и в голову не приходит, что миссис Инглторп может открыть бюро собственным ключом и натолкнуться на письмо.

Однако именно это и происходит.

Миссис Инглторп узнает, что ее муж и мисс Ховард замышляют убийство, но не знает, с какой стороны ждать опасность. Решив пока ничего не говорить мужу, она сжигает только что составленное завещание и пишет нотариусу, чтобы тот назавтра приехал в Стайлз. Записку она оставляет у себя.

— Так значит, Альфред взломал замок розовой папки, чтобы извлечь оттуда записку?

— Да, и раз Инглторп шел на такой риск, значит, он понимал важность этой — по сути дела единственной улики.

— Но почему же он не уничтожил письмо?

— Потому что боялся держать его при себе.

— Вот бы и уничтожил его сразу!

— Не так все просто. У него имелось всего пять минут, как раз перед нашим приходом, ведь до этого Анни мыла лестницу и могла заметить, что кто-то прошел в правое крыло здания. Представьте, как Инглторп дрожащими руками пробует различные ключи, наконец, один подходит, и он вбегает в комнату. Но папка заперта! Если он взломает замок, то тем самым выдаст свой приход. Однако выбора нет — письмо оставлять нельзя.

Инглторп ломает замок и лихорадочно перебирает бумаги. Вот и письмо! Но куда его деть? Оставлять при себе нельзя, если заметят, что он выходит из комнаты покойной, его могут обыскать. Наверное, в этот момент снизу доносятся голоса Джона и Уэллса, поднимающихся по лестнице. В распоряжении Альфреда всего несколько секунд. Куда же девать это чертово письмо?! В корзину? Нельзя, ее содержимое наверняка проверят! Сжечь? Нет времени! Он растерянно озирается по сторонам и видит… как вы думаете, что?

Я пожал плечами.

— Он видит вазу, стоящую на каминной полке. В мгновение ока Инглторп разрывает письмо и, скрутив поплотнее три тонкие полоски, бросает их в вазу.

От удивления я не мог вымолвить ни слова.

— Никому не придет в голову, — продолжал Пуаро, — искать улики в вазе, стоящей, на самом виду. При первом же удобном случае он сюда возвратится и уничтожит эту единственную улику.

— Неужели письмо все время находилось в вазе?

— Да, друг мой, именно там я и отыскал «недостающее звено». И это место подсказали мне вы.

— Я?

— Представьте себе — да! Помните, вы говорили, как я трясущимися руками выравнивал безделушки на каминной полке?

— Помню, но при чем тут...

— Хастингс, я вдруг вспомнил, что когда мы в то утро заходили в комнату, я тоже машинально выравнивал эти безделушки. Но через некоторое время мне пришлось их выравнивать заново. Вывод напрашивается сам собой!

— Так вот почему вы как угорелый выскочили из комнаты и помчались в Стайлз!

— Совершенно верно, главное было не опоздать.

— Но я все равно не понимаю, почему Инглторп не уничтожил письмо. Возможностей у него было предостаточно.

— Ошибаетесь, друг мой. Я позаботился, чтобы он не смог этого сделать.

— Но каким образом?

— Помните, как я бегал по дому и рассказывал каждому встречному о пропаже документа?

— Да, я вас еще упрекнул за это.

— И напрасно. Я понимал, что убийца (неважно, Инглторп или кто-то другой) спрятал украденный документ. После того, как я рассказал о пропаже, у меня появилась дюжина добросовестных помощников. Инглторпа и так подозревал весь дом, теперь же с него вообще не спускали глаз, он даже близко не мог подойти к комнате покойной. Альфреду ничего не оставалось, как уехать из Стайлз, так и не уничтожив злополучное письмо.

— Но почему это не сделала мисс Ховард?

— Мисс Ховард? Да она и не подозревала о существовании письма. За Инглторпом постоянно следили, к тому же, они разыгрывали взаимную ненависть, поэтому уединиться для разговоров было очень рискованно. Инглторп надеялся, что сможет в конце концов сам уничтожить письмо. Но я не спускал с него глаз, и Альфред решил не рисковать. Ведь несколько недель в вазу никто не заглядывал, вряд ли заглянет и впредь.

— Понятно. А когда вы начали подозревать мисс Ховард?

— Когда понял, что она лгала на дознании. Помните, она говорила о письме, полученном от миссис Инглторп?

— Да.

— А теперь вспомните, как выглядело письмо.

— Ничего особенного я не заметил. Письмо как письмо.

— Не совсем, друг мой. Как известно, почерк у миссис Инглторп был очень размашистый, и она оставляла большие промежутки между словами. Однако дата на письме — «июль, 17» — выглядела несколько иначе. Вы понимаете, о чем я говорю?

— Честно говоря, нет.

— Хастингс, письмо было отправлено седьмого июля, то есть на следующий день после отъезда Эвелин, а мисс Ховард поставила перед семеркой единицу.

— Но зачем?

— Я тоже задавал себе этот вопрос. Зачем мисс Ховард понадобилось подделывать дату? Может быть, она не хотела показывать настоящее письмо от 17 июля? Но по какой причине? И тут мне в голову пришла любопытная мысль. Помните, я говорил, что надо остерегаться людей, которые скрывают правду?

— Да, но вы же сами указывали на две причины, по которым мисс Ховард не может быть убийцей.

— Хастингс, я тоже долгое время не мог в это поверить, пока не вспомнил, что мисс Ховард — троюродная сестра Инглторпа. И что, если она не убийца, а сообщница убийцы? Если предположить, что преступников двое, то становится понятной ее бешеная ненависть к Инглторпу: под ней Эвелин скрывала совсем иные чувства! Думаю, их роман начался задолго до приезда Инглторпа в Стайлз. Тогда же в голове у мисс Ховард созрел коварный план: Инглторп женится на богатой, но недалекой хозяйке поместья, глупая старуха делает его своим наследником, затем ей помогают отправиться на тот свет, а влюбленная парочка отправляется на континент, где до конца своих дней ведет безбедное существование.

Казалось, все предусмотрено. Пока Инглторп отмалчивался на дознании, она возвращается из Миддлинхэма с полным набором улик против Джона Кавендиша. Никто за ней не следит, и мисс Ховард спокойно подкидывает стрихнин и пенсне в комнату Джона, затем кладет черную бороду на дно сундука, справедливо полагая, что рано или поздно эти улики будут обнаружены.

— Не понимаю, почему они решили сделать своей жертвой Джона? По-моему, было бы гораздо легче все валить на Лоуренса.

— Правильно, но так получилось, что подозревать стали именно Джона Кавендиша. Поэтому нашей парочке выбирать не пришлось и, чтобы у следствия отпали последние сомнения, мисс Ховард подкидывает яд и пенсне в комнату Джона.

— И все равно, я думаю, легче было бы обвинить Лоуренса. Он вел себя очень странно.

— Не уверен. Кстати, вы поняли причину его необычного поведения?

— Нет.

— Все очень просто: Лоуренс был уверен, что убийца — мадемуазель Цинция.

— Цинция?

— Да-да, Хастингс, именно Цинция. Я тоже ее сначала подозревал и даже спрашивал Уэллса, не могла ли миссис Инглторп объявить наследником не члена своей семьи. А вспомните, кто приготовил порошки бромида? А ее появление в мужском костюме на маскараде! Тут было над чем призадуматься, Хастингс!

— Пуаро, мне решительно надоели ваши шутки!

— Я вовсе не шучу. Помните, как стоя у кровати умирающей миссис Инглторп, вы заметили, что Лоуренс страшно побледнел?

— Да, он не мог оторвать взгляд от чего-то.

— Совершенно верно, Лоуренс заметил, что дверь в комнату мадемуазель Цинции не была закрыта на засов!

— Но ведь на дознании он утверждал обратное.

— Это и показалось мне подозрительным. Как выяснилось, мсье Лоуренс просто выгораживал мисс Мердок.

— Но зачем?

— Потому что он в нее влюблен.

Я рассмеялся.

— Вот здесь вы ошибаетесь. Я знаю точно, что Лоуренс не любит Цинцию, более того, он ее старательно избегает.

— Кто вам сказал?

— Сама мисс Мердок.

— Бедняжка! Наверное, она была сильно расстроена?

— Напротив, Цинция сказала, что это ее не волнует.

— В таком случае, друг мой, вы плохо знаете женщин. Можете быть уверены, что и она влюблена в Лоуренса.

Я снисходительно посмотрел на Пуаро, но промолчал.

— Странно, что вы не заметили этого сами. Каждый раз, когда мисс Мердок разговаривала с его братом, на лице Лоуренса появлялась кислая мина. Он сам себя убедил, что Цинция влюблена в Джона. Увидев незапертую дверь, мсье Лоуренс заподозрил самое худшее. Миссис Инглторп была явно отравлена, а ведь именно Цинция накануне провожала ее наверх. Чтобы предотвратить анализ остатков кофе, он наступает на чашку каблуком и позже, на дознании, пытается убедить присяжных, что никакого отравления не было.

— А о какой кофейной чашке говорилось в вашем «послании»?

— Я не сомневался, что чашку спрятала миссис Кавендиш. Но для Лоуренса слова «все будет в порядке» означали — если он найдет пропавшую чашку, то тем самым избавит от подозрений свою возлюбленную. Кстати, так и произошло.

— Пуаро, еще один вопрос. Что означали предсмертные слова миссис Инглторп?

— Совершенно очевидно, что собрав последние силы, она назвала имя убийцы.

— Господи, Пуаро, по-моему, вы можете объяснить решительно все! Ладно, надо поскорее забыть эту ужасную историю. Кажется, Мэри и Джон это уже сделали. Я рад, что они помирились.

— Не без моей помощи!

— Что вы хотите сказать?

— Только то, что если бы не было суда над Джоном, они бы уже давно разошлись. Вспомните, Хастингс, когда Мэри выходила за Джона, она его не любила. Вот он и решил завести роман с миссис Райкес, с тем, чтобы пробудить в Мэри ревность. Для улучшения семейных отношений это, возможно, не лучший способ, однако он своего добился. Мэри почувствовала, что ни за что не хочет терять Джона. Однако, гордость не позволяла ей поговорить с ним начистоту. Миссис Кавендиш решила ответить мужу тем же и сделала вид, что увлечена доктором Бауэрстайном. Помните, в день ареста Джона я сказал вам, что в моих руках счастье женщины?

— Да, но я не понял, что вы имели в виду.

— Хастингс, мне ничего не стоило доказать невиновность мистера Кавендиша. Но я решил, что только суд, то есть смертельная опасность, нависшая над Джоном, заставит их забыть о гордости, ревности и взаимных обидах. Так и произошло.

Я взглянул на Пуаро. Воистину надо обладать самонадеянностью моего друга, чтобы позволить судить человека за убийство матери лишь для того, чтобы помирить его с женой!

Пуаро улыбнулся.

— Наверное, вы меня осуждаете? Напрасно, я не сомневался, что все кончится хорошо. Друг мой, на свете нет ничего прекрасней семейного счастья, ради него стоит пойти на риск.

Я вспомнил, как несколько дней назад сидел рядом с Мэри, пытаясь хоть немного ее подбодрить. На мисс Кавендиш не было лица, бледная, изможденная, она сидела, откинувшись в кресле и вздрагивала при каждом звуке. Вдруг в комнату вошел Пуаро. Ее лицо просияло.

— Не волнуйтесь, мадам, я спас вашего мужа. В дверях появился Джон.

Выходя, я оглянулся. Они смотрели друг на друга, не в силах произнести ни звука, но их глаза были красноречивее любых слов.

Я вздохнул.

— Пуаро, наверное, вы правы — на свете нет ничего дороже счастья влюбленных.

В дверь постучали, и в комнату вошла Цинция.

— Можно на минутку?

— Конечно, Цинция, заходите.

— Я только хотела сказать... — Цинция запнулась и покраснела, — что я вас очень люблю!

Она быстро поцеловала сначала меня, потом Пуаро и выбежала из комнаты.

— Что это означало? — проговорил я удивленно. (Конечно, приятно, когда тебя целует такая девушка, как Цинция, но зачем же это делать в присутствии Пуаро?).

— Видимо, мисс Мердок поняла, — спокойно проговорил мой друг, — что мсье Лоуренс относится к ней несколько лучше, чем она предполагала.

— Но ведь только что...

В этот момент мимо открытой двери прошел Лоуренс.

— Мсье Лоуренс! — закричал Пуаро. Мсье Лоуренс! Мне кажется, вас можно поздравить?

Лоуренс покраснел и промямлил что-то невразумительное.

Воистину, влюбленный мужчина представляет из себя жалкое зрелище! Я тяжело вздохнул.

— Что с вами, друг мой?

— Да так, ничего... Просто в этом доме живут две прекрасные женщины...

— Которые, к сожалению, влюблены не в вас! Ничего, Хастингс, уверен, что и на нашей улице будет праздник!

ПУАРО ВЕДЕТ СЛЕДСТВИЕ

Приключение «Звезды Запада»

Я стоял у окна в комнате Пуаро и лениво разглядывал улицу внизу. «Как странно», — удивленно пробормотал я. «В чем дело, mon ami?[1]» — спокойно произнес Пуаро из глубины своего удобного кресла. «Послушайте, Пуаро, будем исходить из следующих фактов. Внизу на улице молодая леди. Она богато одета — модная шляпа, восхитительные меха. Идет медленно, совершенно одна, разглядывая дома, мимо которых проходит. Она не знает, что за ней следуют трое мужчин и женщина средних лет. К ним только что присоединился мальчишка-рассыльный, который указывает в ее сторону, отчаянно жестикулируя. Какая драма здесь разыгрывается? Может, эта женщина — преступница, а ее преследователи детективы, готовящиеся к аресту, или они бандиты, решившие напасть на невинную жертву? Что на это скажет знаменитый детектив?»

«Знаменитый детектив, mon ami, выберет, как всегда, самый простой путь. Он встанет, чтобы взглянуть самому. И мой друг присоединился ко мне у окна. Через мгновение он весело ухмыльнулся. «Как всегда, факты приукрашены вашим неискоренимым романтизмом. Это мисс Мэри Марвел кинозвезда. За ней следует толпа узнавших ее поклонников.

И, en passant,[2] мой дорогой Хастингс, она это вполне осознает». Я рассмеялся: «Итак, все объяснилось, но в этом нет вашей особой заслуги, Пуаро. Вы ее просто узнали».

«En vertie![3] Но сколько раз вы видели Мэри Марвел на экране, mon cher?[4]»

---

[1] мой друг (фр.)

[2] между прочим (фр.)

[3] Действительно! (фр.)

[4] мой дорогой (фр.)

Я задумался.

«Наверное, около дюжины».

«А я — лишь однажды! Но все же я узнал ее, а вы — нет».

«Она выглядит совсем по-другому», — слабо возразил я.

«Черт возьми! — воскликнул Пуаро, — А вы что же ожидали, что она будет разгуливать по улицам Лондона в ковбойской шляпе, или босиком и в кудряшках, как ирландская пастушка?

Вам всегда важны пустяки! Вспомните историю с танцовщицей Валери Сентклер».

Я пожал плечами, слегка раздосадованный.

«Ну, не расстраивайтесь, mon ami, — сказал Пуаро, успокаиваясь. — Не могут же все быть как Эркюль Пуаро! Я это точно знаю».

«Из всех моих знакомых у вас величайшее самомнение!» воскликнул я, раздираемый одновременно и восхищением, и раздражением.

«Ну и что же? Когда кто-то исключителен, он знает это! И окружающие разделяют его мнение. Если я не ошибаюсь, к ним принадлежит и мисс Мэри Марвел».

«Что?»

«Вне всяких сомнений. Она идет сюда».

«С чего это вы взяли?»

«Очень просто. Это не аристократическая улица, mon ami. Здесь нет модного доктора, нет модного дантиста, нет даже модной портнихи! Но здесь есть модный детектив. Да, мой друг, это так — я вошел в моду. Последний крик моды! Кто-нибудь говорит своему знакомому: „Вы потеряли свой золотой футляр для карандаша? Обратитесь к маленькому бельгийцу. Он — прелесть! К нему все обращаются! Спешите, только здесь и нигде больше!“ И они появляются! Толпами, mon ami! И с самыми идиотскими проблемами!»

Внизу зазвонил колокольчик.

«Ну, что я вам говорил? Это — мисс Марвел».

Как всегда, Пуаро оказался прав. Спустя некоторое время на пороге гостиной появилась американская кинозвезда, и мы встали, чтобы приветствовать ее. Без всяких сомнений, Мэри Марвел была одной из самых популярных актрис кино. Она совсем недавно приехала в Англию со своим мужем Грэгори Б. Рольфом, также киноактером. Они поженились в Штатах примерно год назад, и это был их первый визит в Англию. Им устроили грандиозный прием. Все были готовы сходить с ума по Мэри Марвел, ее восхитительным нарядам, ее мехам, ее драгоценностям, а более всего — по одному драгоценному камню — огромному бриллианту, который назывался, под стать хозяйке, «Звездой Запада». Много истинного и ложного было написано об этом знаменитом камне. Кроме всего прочего сообщалось, что он застрахован на гигантскую сумму в пятьдесят тысяч фунтов.

Все эти подробности быстро промелькнули у меня в голове, пока я вместе с Пуаро приветствовал нашу прекрасную клиентку.

Мисс Марвел была миниатюрной, изящной, очень красивой.

Голубые, широко распахнутые, невинные глаза ребенка делали ее похожей на маленькую девочку. Пуаро пододвинул ей стул, она присела и тут же начала говорить.

«Возможно, вы сочтете меня глупой, месье Пуаро, но лорд Кроншоу рассказывал мне прошлой ночью, как чудесно вы расследовали тайну смерти его племянника, и я почувствовала, что мне необходим ваш совет. Я полагаю, что тут только глупый розыгрыш — во всяком случае, так говорит Грэгори — но все это пугает меня до смерти».

Она замолчала, переводя дыхание. Пуаро ободряюще улыбнулся.

«Продолжайте, мадам. Видите ли, я все еще в неведении».

«Все дело в этих письмах». Мисс Марвел открыла свою сумочку и вынула три конверта, которые вручила Пуаро. Он их внимательно изучил.

«Дешевая бумага, фамилия и адрес аккуратно напечатаны. Посмотрим, что внутри», — и Пуаро вытащил содержимое одного из конвертов. Я присоединился к нему, читая через его плечо. Весь текст состоял из единственного предложения, напечатанного так же аккуратно, как и на конверте. Там было сказано примерно следующее: «Священный бриллиант, левый глаз Бога, должен вернуться туда, откуда пришел». Второе письмо было составлено в тех же выражениях. Зато третье было более подробным: «Вас предупреждали. Вы не вняли. Теперь бриллиант заберут у Вас. В полнолуние оба бриллианта — правый и левый глаза Бога — возвратятся. Таково Предсказание».

«Первое письмо я восприняла как шутку, — объяснила мисс Марвел. — Когда же получила второе, то начала беспокоиться. Третье пришло вчера, и я подумала, что, в конце концов, все это, может быть, гораздо более серьезно, чем я предполагала».

«Я вижу, что эти письма пришли не по почте».

«Да, мне их вручил китаец. И это больше всего пугает меня».

«Почему?»

«Потому что именно в китайском квартале Сан-Франциско Грэгори купил этот камень три года тому назад».

«Я вижу, мадам, вы верите, что бриллиант является…»

…«Звездой Запада» — закончила за него мисс Марвел. Да, это так. Кроме того, Грэгори вспоминает, что была какая-то история, связанная с камнем, но продавец-китаец не сообщил ему никакой информации. Грэгори говорит, что тот был напуган до смерти и спешно пытался избавиться от камня. Он запросил только десятую часть его стоимости. Это был свадебный подарок Грэга».

Пуаро задумчиво кивнул. «Вся эта история кажется мне неправдоподобно романтичной. И все же — кто знает? Прошу Вас, Хастингс, дайте мне мой маленький календарь» Я передал.

«Посмотрим, — сказал Пуаро, переворачивая страницы. — Когда у нас будет полнолуние? Ага, в следующую пятницу, то есть через три дня. Eh, bien,[1] мадам. Вам был нужен мой совет — я даю его. Эта чудесная история, может быть, розыгрыш, а может и нет! Тем не менее, я советую вам отдать бриллиант мне на хранение до следующей пятницы. Тогда мы сможем предпринять необходимые шаги».

Легкая тень пробежала по лицу актрисы, и она твердо ответила: «Боюсь, что это невозможно».

«Он у вас с собой?»

Пуаро внимательно ее разглядывал.

После минутного колебания молодая особа опустила руку в разрез платья и вытащила длинную тонкую цепочку. Она подалась вперед и разжала кулак.

На ладони лежал камень, обрамленный в платину, и огненно-загадочно мерцал. Пуаро присвистнул.

«Потрясающе! — пробормотал он. — Вы позволите, мадам?»

Взял бриллиант в руки и внимательно его рассмотрел, затем возвратил хозяйке с легким поклоном. «Восхитительный камень, без единой трещины. Ах, это поразительно! И вы носите его с собой просто так!»

«Нет, нет, на самом деле я очень осторожна, месье Пуаро. Как правило, камень заперт в моем футляре для драгоценностей и находится на хранении в сейфе отеля. Как вам известно, мы остановились в „Магнификант“. Я просто принесла его сегодня показать вам».

«И вы оставите его мне, не так ли? Вы послушаетесь совета папы Пуаро?»

«Видите ли, месье Пуаро, дело вот в чем. В пятницу мы отправляемся в Ярдли Чейз провести несколько дней с лордом и леди Ярдли». Ее слова вызвали у меня смутные воспоминания.

Какие-то сплетни… В чем же там было дело? Ах, да!

---

[1] хорошо (фр.)

Несколько лет тому назад лорд и леди Ярдли посетили Соединенные Штаты. Поговаривали, что его светлость прожигал там жизнь в компании дам. Но, определенно, было нечто большее… Какая-то сплетня, соединявшая леди Ярдли с кинозвездой из Калифорнии. Тут меня осенило. Ну конечно же, это был ни кто иной как Грэгори Б. Рольф!

«Я посвящу вас в маленький секрет, месье Пуаро, — продолжала мисс Марвел. — Мы хотим заключить сделку с лордом Ярдли. Есть возможность снять фильм прямо там, в его родовом поместье».

«В Ярдли Чейз? — воскликнул я, заинтересованный. — Ну, это одно из самых живописных мест в Англии».

Мисс Марвел кивнула: «Я думаю, что это самое настоящее феодальное поместье. Однако лорд Ярдли заломил слишком большую цену, и я, конечно, не знаю, состоится ли сделка, но мы с Грэгори любим сочетать приятное с полезным».

«Но, прошу прощения за глупый вопрос, нельзя ли отправиться в Ярдли Чейз без бриллианта?» — спросил Пуаро.

Мисс Марвел бросила на него злой, тяжелый взгляд, вмиг разрушивший ее детское очарование. Она сразу стала выглядеть старше. «Я хочу его там носить». «Видимо, неожиданно догадался я, — в коллекции лорда Ярдли среди знаменитых ювелирных украшений есть большой бриллиант?»

«Да, это так», — коротко ответила мисс Марвел. Я слышал, как Пуаро тихо прошептал: «А, так вот оно что!» Затем он произнес вслух, гипнотизируя собеседницу взглядом (он называет это психологией): «Тогда вы, без сомнения, уже знакомы с леди Ярдли или, возможно, с ее мужем?»

«Грэгори познакомился с ней, когда она была на Западе три года тому назад», — сказала мисс Марвел. После минутного колебания она внезапно добавила: «Видел ли кто-либо из вас один из последних номеров „Society qossip?“ Мы со стыдом признали, что не видели.

«Я спросила вас потому, что в номере, вышедшем на этой неделе, есть статья о знаменитых украшениях, и это действительно очень странно…» — она оборвала свою речь.

Я встал, подошел к столу на другом конце комнаты и вернулся с указанной газетой в руке. Мисс Марвел взяла ее у меня, нашла нужную статью и начала читать вслух:

«В список знаменитых камней может быть включен бриллиант „Звезда Востока“, находящийся в собственности семьи Ярдли. Предок нынешнего лорда Ярдли привез его с собой из Китая. Говорят, что с этим бриллиантом связана весьма романтическая история. По рассказам, этот камень был правым глазом храмового Бога. Другой бриллиант, точно такой же по форме и размерам, был его левым глазом. История гласит, что и эту драгоценность, в свою очередь, похитили из храма. „Один глаз отправится на Запад, другой на Восток, пока не встретятся снова. Тогда они с триумфом вернутся к Богу“. И хотя это, бесспорно, забавное совпадение, в настоящее время существует камень, точно соответствующий описанию. Он известен под именем „Звезда Запада“ или „Западная Звезда“ и является собственностью знаменитой киноактрисы мисс Мэри Марвел. Сравнение этих двух камней могло бы пролить свет на эту загадочную историю».

Она остановилась.

«Потрясающе! — пробормотал Пуаро. — Без сомнения, выдумка чистейшей воды».

Он повернулся к Мэри Марвел. «А вы не боитесь, мадам? У вас нет суеверных страхов? Вдруг, когда вы будете знакомить этих двух сиамских близнецов, неожиданно объявится китаец и увезет их с собой в Китай?» Тон его был шутливым, но я догадывался, что он говорит вполне серьезно.

«Я не верю, что бриллиант леди Ярдли может быть сравним с моим, — сказала мисс Марвел. — Как бы там ни было, я собираюсь взглянуть на него».

Что еще хотел сказать Пуаро, я не знаю, потому что в этот момент дверь распахнулась, и в комнате возник высокий элегантный мужчина, от головы с черными курчавыми волосами до кончиков новомодных ботинок напоминавший героя романа.

«Я говорил, что зайду за тобой, Мэри, — произнес Грэгори Рольф, — и вот я здесь. Ну, что говорит месье Пуаро о нашей маленькой проблеме? Просто оригинальный розыгрыш, как я и предполагал?»

Пуаро улыбнулся актеру, который был значительно выше его ростом. Они забавно смотрелись рядом. «Розыгрыш это или нет, месье Рольф, — сказал он сухо, — но я дал совет вашей жене не брать с собой драгоценность в Ярдли Чейз в пятницу».

«Я с вами солидарен, сэр, и говорил то же самое Мэри. Но — увы! Она — женщина до мозга костей и не может согласиться с мыслью, что другая женщина затмит ее по части драгоценностей».

«Какая чепуха, Грэгори!» — резко сказала мисс Марвел, сердито вспыхнув. Пуаро пожал плечами: «Мадам, я дал совет и больше ничего не могу сделать для вас».

Он проводил их до двери. «О-ля-ля, — возвращаясь, весело воскликнул Эркюль Пуаро. — Все ради женщины! Добрый муж рвет волосы на голове — все напрасно. Однако он не был тактичен! Определенно!» Я поделился с Пуаро своими воспоминаниями, и он радостно кивнул.

«Так я и думал. Тем не менее, во всем этом есть что-то странное. С вашего позволения, mon ami, я выйду на воздух. Дождитесь моего возвращения, прошу вас. Я скоро вернусь».

Я почти заснул в своем кресле, когда домохозяйка постучала в дверь и просунула в нее голову.

«Еще одна леди к месье Пуаро, сэр. Я сообщила ей, что он вышел, но она говорит, что приехала из пригорода и будет ждать».

«О, проводите ее сюда, миссис Марчесон, возможно, я сумею ей помочь». В следующее мгновение леди вошла в комнату.

Сердце замерло у меня в груди, когда я узнал ее. Портреты леди Ярдли так часто публиковались в газетах, что не узнать ее было невозможно.

«Прошу Вас, садитесь, леди Ярдли, — сказал я, пододвигая ей стул. — Мой друг Пуаро вышел, но я точно знаю, что он очень скоро вернется».

Леди Ярдли поблагодарила меня и села. Она была женщиной совсем другого типа, чем мисс Марвел. Высокая, темная, со сверкающими глазами. Но что-то тоскливое таилось в уголках ее губ. У меня возникло страстное желание воспользоваться ситуацией. А почему бы и нет? В присутствии Пуаро я часто чувствовал себя затруднительно и не мог проявить свои таланты наилучшим образом. А ведь нет никаких сомнений, что у меня также в высшей мере развиты способности к дедуктивному анализу. Под действием неожиданного импульса я ринулся напролом.

«Леди Ярдли, — сказал я, — мне известно, зачем вы пришли сюда. Вы получили письма с угрозами, касающимися бриллианта». Без сомнения мой выстрел попал в цель. Она уставилась на меня, открыв рот, краска сошла с ее щек.

«Вы знаете? Как?»

Я улыбнулся: «Простое логическое рассуждение. Если мисс Марвел получала письма с угрозами…»

«Мисс Марвел? Она была здесь?»

«Она только что ушла. Как я уже говорил, если она, владелица одного из бриллиантов-близнецов, получила таинственную серию предупреждений, то вы, владелица другого камня, обязательно должны были получить то же самое. Теперь вы видите, как все просто? Так, значит, я был прав, и вы тоже получили эти странные послания?»

Секунду она колебалась, как будто сомневаясь — доверять мне или нет, а затем, с легкой улыбкой, кивнула головой.

«Все так и было», — призналась леди Ярдли.

«Эти письма также вручались вам лично китайцем?»

«Нет, они приходили по почте. Значит, мисс Марвел прошла через то же самое?»

Я воспроизвел все события этого утра. Она внимательно слушала.

«Все было именно так. Мои письма — точные копии ее. Это правда, что они приходили по почте, но источали какой-то странный аромат, вроде запаха китайских палочек. Это сразу напомнило мне Восток. Что все это значит?»

Я покачал головой. «Это мы должны выяснить. Ваши письма с собой? Мы можем что-нибудь определить по почтовым штемпелям».

«К сожалению, я их уничтожила. Видите ли, в то время я рассматривала все это как дурацкую шутку. Может ли быть, что некая китайская банда на самом деле пытается выкрасть бриллианты? Это кажется совершенно невероятным».

Мы обсуждали факты снова и снова, но не смогли продвинуться в разгадке тайны. Под конец леди Ярдли поднялась.

«Я, право, не думаю, что мне стоит ждать месье Пуаро. Вы можете сами рассказать ему все это, не правда ли? Огромное вам спасибо, месье…» — она замялась, протягивая мне руку.

«Капитан Хастингс».

«Ну конечно! Как глупо с моей стороны. Вы ведь друг Кавендишей, не правда ли? Это Мэри Кавендиш направила меня к месье Пуаро».

Когда мой друг вернулся, я не мог скрыть удовольствия, рассказывая ему обо всем, что происходило в его отсутствие.

По тому, как он расспрашивал меня о деталях разговора с леди Ярдли, я понял, что он был недоволен своим отсутствием. Я также подумал, что мой добрый старый друг просто ревновал.

У него вошло в привычку приуменьшать мои способности, и, думаю, он был раздосадован, не найдя повода для критики.

Втайне я был очень доволен собой, но постарался это скрыть из боязни расстроить Пуаро. Несмотря на его чудачества, я был глубоко привязан к моему маленькому другу.

«Voila![1] — сказал он, наконец, со странным выражением лица. — События развиваются. Прошу вас, передайте мне с верхней полки Книгу Пэров». Он перелистал страницы. «Ага, это здесь: „Ярдли... десятый виконт, сражался в Южноафриканской войне..." это все не имеет значения... „жен. 1907 достопочт. Мод Стопертон, четвертая дочь третьего барона Коттерила..." гм, гм, гм... „имеет двух дочерей, рожд. 1908, 1910.. Клубы... резиденции..." Voila, это мало о чем говорит. Но завтра утром мы увидим этого милорда».

«Что?»

«Да. Я послал ему телеграмму».

«Я считал, что в этом деле вы умыли руки?»

«Я не отстаиваю интересы мисс Марвел, поскольку она отказалась следовать моим советам. То, что я делаю, я делаю для своего собственного удовлетворения — удовлетворения Эркюля Пуаро! Определенно, я должен заняться этим делом».

«И вы спокойно телеграфировали лорду Ярдли, чтобы он мчался в город ради вашего удовлетворения? Вряд ли это его обрадует».

«Напротив, если я сохраню его фамильный бриллиант, он должен быть мне весьма признателен».

«Так вы действительно считаете, что его могут украсть?» обеспокоенно спросил я.

«Почти наверняка — мягко ответил Пуаро. — Все указывает на это».

«Но как...»

Пуаро жестом остановил мои нетерпеливые вопросы.

«Не сейчас, прошу вас. Давайте не будем слишком перенапрягаться. И взгляните на Книгу Пэров — куда вы ее

---

[1] Так! (фр.)

поставили! Разве вы не видите, что самые большие книги стоят на верхней полке, книги поменьше — на полке пониже и так далее. Так образуется порядок, метод, о чем я неоднократно говорил вам, Хастингс…»

«Верно», — поспешно согласился я и поставил указанный том на нужное место.

Оказалось, что лорд Ярдли — веселый, громкоголосый спортсмен с довольно красным лицом, весьма добродушный и, что действительно привлекало, в нем не было снобизма.

«Невероятное дело, месье Пуаро. Не могу в этом разобраться. Похоже, моя жена получала странные письма и эта мисс Марвел тоже. Что все это значит?»

Пуаро вручил ему экземпляр «Society qossip». «Прежде всего, милорд, позвольте вас спросить, соответствуют ли изложенные факты действительности». Пэр взял газету. Пока он читал, лицо его темнело от гнева.

«Что за чертовщина! — взорвался он. — Никогда не было никакой романтической истории, связанной с бриллиантом. Насколько мне известно, камень происходит из Индии. Я никогда не слышал обо всей этой истории с Китайским Богом».

«Но, тем не менее, камень известен как „Звезда Востока“».

«Ну и что с того?» — гневно спросил он. Пуаро слегка улыбнулся, но не дал прямого ответа.

«Вот о чем я попросил бы Вас, милорд: доверьтесь мне. Если вы будете со мной откровенны, то у меня есть надежда предотвратить катастрофу».

«Так вы действительно считаете, что во всей этой чертовщине что-то есть?»

«Вы сделаете так, как я вас прошу?»

«Конечно, но…»

«Bien! Тогда позвольте задать вам несколько вопросов. Во-первых, о сделке, касающейся Ярдли Чейз. Между вами и мистером Рольфом все уже решено?»

«О, я вижу он вам все рассказал? Нет, еще ничего не согласовано». Он колебался, на его и без того красном лице проступили пунцовые пятна. «Пожалуй, я расскажу все по порядку. Я долго валял дурака, месье Пуаро, и теперь по уши в долгах, но я хочу выкарабкаться. Я очень привязан к детям. Мне хочется привести дела в порядок и иметь возможность жить на старом месте. Грэгори Рольф предлагает мне большие деньги, достаточные, чтобы снова стать на ноги. Но я не хочу этой сделки. Мне ненавистна сама мысль о всей этой толпе актеров, слоняющейся по Чейз, но мне придется согласиться, если только...» — он замолчал.

Пуаро бросил на него проницательный взгляд. «Значит, у вас есть запасной вариант? Вы позволите мне угадать? Продать „Звезду Востока“?

Лорд Ярдли кивнул. «Да. Бриллиант принадлежал нашей семье в течение нескольких поколений, но он не является частью майората. Правда, найти покупателя нелегко.

Хоффберг из Хэттон Гарден ищет подходящего клиента, но если он не поторопится, то все будет без толку».

«Еще один вопрос, вы позволите? Какой вариант предпочитает леди Ярдли?»

«О, она категорически против продажи камня. Вы знаете, что такое женщина. Она целиком за эти кинотрюки».

«Я понимаю, — сказал Пуаро. Минуту или две он оставался в задумчивости, затем быстро вскочил на ноги. — Вы возвращаетесь прямо в Ярдли Чейз? Bien! Не говорите никому ни слова, запомните, никому, и ждите нас этим вечером. Мы появимся сразу после пяти».

«Хорошо, но я не понимаю...»

«Это неважно, — мягко сказал Пуаро. — Ведь главное для вас спасти бриллиант, не так ли?»

«Да, но...»

«Тогда делайте, как я сказал». И печальный, обескураженный пэр покинул комнату.

Было полшестого, когда мы появились в Ярдли Чейз.

Величественный дворецкий проводил нас в залу со старинными панно на стенах, освещенных пылающими в камине поленьями.

Нашим глазам предстала прелестная картина: леди Ярдли и двое ее детей. Гордая, темноволосая голова матери, склоненная над двумя белокурыми головками. Лорд Ярдли стоял рядом, любуясь ими.

«Месье Пуаро и капитан Хастингс», — объявил дворецкий.

Леди Ярдли посмотрела на нас с испугом, ее муж неуверенно вышел вперед и взглянул в нашу сторону вопрошающе.

Маленький бельгиец оказался на высоте положения.

«Прошу прощения! Дело в том, что я все еще расследую историю мисс Марвел. Она приезжает к вам в пятницу, не правда ли? Я предпринял небольшое путешествие, чтобы убедиться, что все безопасно. Кроме того, я хотел спросить леди Ярдли, не сохранила ли она почтовые марки с писем, которые получила?» Леди Ярдли с сожалением покачала головой.

«Боюсь, что нет. Это так глупо с моей стороны. Но, видите ли, мне и в голову не приходило принимать их всерьез».

«Вы останетесь на ночь?» — спросил лорд Ярдли.

«О, милорд, я боюсь побеспокоить вас. Мы оставили чемоданы в гостинице».

«Ну что вы, — лорд Ярдли вошел в роль. — Мы пошлем за вещами. Все в порядке, уверяю вас».

Пуаро позволил уговорить себя и, усевшись рядом с леди Ярдли, начал играть с детьми. Вскоре они устроили возню и втянули в игру и меня.

«Вы — хорошая мать», — произнес Пуаро с легким галантным поклоном, когда строгая няня с трудом увела расшалившихся детей.

Леди Ярдли пригладила растрепанные волосы. «Я их обожаю», — сказала она с легкой дрожью в голосе.

«А они — вас, и не без причины!» Пуаро снова поклонился.

Прозвучал гонг к переодеванию, и мы поднялись, чтобы идти в свои комнаты. В этот момент вошел дворецкий с телеграммой на подносе, которую он вручил лорду Ярдли. Коротко извинившись, тот вскрыл ее. В процессе чтения вид его становился все более решительным. С восклицанием он вручил телеграмму жене. Потом взглянул на моего друга.

«Одну минуту, месье Пуаро. Я думаю, вы должны знать об этом. Это от Хоффберга. Он полагает, что нашел покупателя на бриллиант, — американца, уплывающего завтра утром в Штаты. Они посылают человека сегодня вечером, чтобы оценить камень. Боже милостивый, да неужели сегодня все решится…»

От волнения хозяин не мог говорить дальше. Леди Ярдли отвернулась. Она все еще держала телеграмму в руке.

«Я не хочу, чтобы ты продавал его, Джордж, — тихо произнесла она. — Он так долго принадлежал семье». Она ждала ответа, но ответа не последовало. Лицо ее потемнело, леди пожала плечами. «Я должна пойти переодеться. Полагаю, мне надо показать „товар“? Она повернулась к Пуаро с легкой гримасой.

«Это одно из самых идиотских ожерелий, которое только можно придумать! Джордж каждый раз обещал сделать новую оправу для камней, но так ничего и не сделал». Она покинула комнату.

Через полчаса мы втроем собрались в гостиной, ожидая прихода леди. Прошло уже несколько минут; наступило время обеда. Неожиданно послышался легкий шелест — и в обрамлении дверного проема возникла леди Ярдли. Яркая фигура в длинном белом блестящем платье. Вокруг ее нежной шеи метались всплески огня. Она стояла, дотрагиваясь одной рукой до ожерелья.

«Вот и жертва», — весело сказала леди Ярдли. Казалось, ее плохое настроение развеялось. «Подождите, пока я включу большой свет, и вы увидите своими глазами самое уродливое ожерелье в Англии».

Выключатели были прямо за дверью. Когда она протянула к ним руку, произошло невероятное. Неожиданно, без всякого предупреждения, весь свет погас, дверь захлопнулась и из-за двери раздался продолжительный душераздирающий женский крик.

«Боже мой! — закричал лорд Ярдли. — Это же голос Мод! Что произошло?»

Мы бросились к двери, натыкаясь в темноте, как слепые, друг на друга. Прошло несколько минут, прежде чем мы смогли найти дверь. Какая картина возникла перед нашими глазами!

Леди Ярдли лежала без чувств на мраморном полу. На шее вместо сорванного ожерелья осталась красная полоса. Мы склонились над ней, не зная, жива она или нет. Глаза ее открылись.

«Китаец, — прошептала она с болью. — Китаец — там, в боковой двери». Лорд Ярдли вскочил с проклятьем. Я последовал за ним. Сердце мое бешено билось. Снова китаец!

Злополучная маленькая дверь находилась в конце стены, не более чем в дюжине ярдов от места трагедии. Когда мы до нее добежали, я вскрикнул. Там, прямо рядом с порогом, поблескивало ожерелье. Видимо, вор обронил его во время своего панического бегства. Я радостно подбежал к нему и издал крик, который эхом повторил лорд Ярдли. В середине ожерелья зияла большая дыра. «Звезда Востока» была похищена!

«Все ясно! — выдохнул я. — Это были необычные воры. Им нужен был только один камень».

«Но как они вошли?»

«Через эту дверь».

«Но она всегда закрыта».

Я покачал головой. «Сейчас она не заперта. Смотрите».

Произнося это, я толкнул дверь, и она отворилась. Когда я открыл дверь, что-то упало на пол. Я поднял. Это был кусочек шелка.

Орнамент не оставлял никаких сомнений кусок был вырван из платья китайца.

«Он в спешке зацепился за дверь, — объяснил я. — Скорее, идемте, он не мог уйти далеко». Но все поиски были напрасны. В абсолютной темноте ночи вор легко ускользнул.

Мы нехотя вернулись, и лорд Ярдли поспешно послал слугу за полицией.

С помощью Пуаро, который управляется в таких случаях не хуже женщины, леди Ярдли вполне пришла в себя и смогла рассказать, что с ней приключилось.

«Я как раз собиралась включить свет, — говорила она, когда сзади на меня набросился мужчина. Он сдернул ожерелье с такой силой, что я упала и ударилась затылком об пол.

Когда я падала, видела, как он убегал через боковую дверь.

По его косичке и платью с орнаментом я сразу поняла, что это был китаец». Содрогнувшись, она замолчала.

Снова появился дворецкий. Он тихо обратился к лорду Ярдли:

«Джентльмен от мистера Хоффберга, милорд. Он говорит, что Вы его ожидаете».

«Боже милостивый! — вскричал обезумевший пэр. — Но я думаю, что должен его увидеть. Нет, нет, Малинз, не здесь, в библиотеке».

Я отвел Пуаро в сторону.

«Послушайте, мой добрый друг, не лучше ли нам вернуться в Лондон?»

«Вы так считаете, Хастингс, почему?»

«Ну, — я деликатно кашлянул, — дело обернулось не слишком-то хорошо, не так ли? Я имею в виду то, что вы посоветовали лорду Ярдли довериться вам и что все будет прекрасно, а теперь бриллиант исчезает прямо из-под вашего носа!»

«Что верно, то верно, — сказал Пуаро довольно удрученно. — Этот случай нельзя отнести к числу моих величайших триумфов».

Такой способ толкования событий вызвал у меня улыбку, но я не отступал.

«Итак, не кажется ли вам, что, провалив все дело, простите за выражение, следовало бы немедленно удалиться — это единственный достойный выход».

«А как же обед, — без сомнения, прекрасный обед, который приготовил повар лорда Ярдли?»

«Какой там обед!» — сказал я нетерпеливо. Пуаро в ужасе поднял руки.

«Mon Dieu![1] Да, в этой стране к гастрономическим вопросам относятся с преступным равнодушием».

«Есть другая причина, почему мы должны вернуться в Лондон как можно скорее», — продолжал я.

«В чем дело, мой друг?»

«Другой бриллиант, — сказал я, понижая голос, принадлежащий мисс Марвел».

«Eh, bien, что же с ним?»

«Как же вы не понимаете?» Его необычная бестолковость раздражала меня. Куда девался его острый ум? «Они добыли один бриллиант и теперь отправятся за вторым».

«Нет, каково! — вскричал Пуаро, отступая на шаг и взирая на меня с восторгом. — О, ваша проницательность заслуживает восхищения, мой друг! Отметьте, что я даже и не подумал об этом! Но у нас масса времени. Полнолуния не будет до пятницы».

Я с сомнением покачал головой. Версия полнолуния оставляла меня совершенно равнодушным. Тем не менее, удалось убедить Пуаро, и мы выехали немедленно, оставив лорду Ярдли записку с извинениями и объяснениями. Я считал, что надо сразу же ехать в «Магнификант» и сообщить мисс Марвел о происшедшем, но Пуаро

---

[1] Боже мой! (фр.)

отклонил этот план, утверждая, что это можно сделать и утром. Я нехотя подчинился.

Утром оказалось, что у Пуаро нет ни малейшего желания выходить из дома. Я начал подозревать, что, допустив ошибку в самом начале, он потерял всякий интерес к этому делу. В ответ на мои уговоры он разумно возражал, что, поскольку все детали преступления в Ярдли Чейз уже в утренних газетах, Рольфы знают все, что мы могли бы им рассказать. Я нехотя сдался.

Дальнейшие события подтвердили правильность моих предчувствий. Примерно в два часа раздался телефонный звонок. Пуаро поднял трубку. Несколько секунд он слушал, а потом, коротко ответив «Хорошо, я буду», повесил трубку и повернулся ко мне.

«Что вы думаете, mon ami? — он выглядел наполовину смущенным, наполовину возбужденным. — Бриллиант мисс Марвел, его действительно украли».

«Что? — воскликнул я, вскакивая. — Ну так как же теперь с „полнолунием"? — Пуаро опустил голову. — Когда это случилось?»

«Насколько я понимаю, этим утром».

Я печально покачал головой: «Если бы вы только послушались меня. Видите, я был прав».

«Выходит так, mon ami, — осторожно сказал Пуаро. Говорят, наружность обманчива, но все вышло действительно так».

Пока мы мчались на такси в «Магнификант», я бился над разгадкой интриги.

«Эта затея с полнолунием была очень ловкой. Вся идея в том, чтобы сосредоточить наше внимание на пятнице и, таким образом, развязать себе руки до того. Как жаль, что вы не поняли этого».

«Признаюсь! — легко произнес Пуаро. Его безразличие снова вернулось к нему. — Всего не предусмотришь!»

Мне стало его жаль. Он так не любил проигрывать.

«Ободритесь, — сказал я, утешая. — В следующий раз повезет больше».

В «Магнификант» нас сразу же провели в контору управляющего. Там были Грэгори Рольф и два человека из Скотланд-Ярда. Напротив них сидел побледневший клерк.

Когда мы вошли, Рольф кивнул нам.

«Мы пытаемся докопаться до сути дела, — сказал он. — Но это совершенно невероятно. Не понимаю, откуда у преступника такое нахальство».

Потребовалось всего несколько минут, чтобы изложить нам факты. Мистер Рольф вышел из отеля в одиннадцать пятнадцать. В одиннадцать тридцать джентльмен, который был так на него похож, что и отличить невозможно, вошел в отель и потребовал футляр с драгоценностями из сейфа.

Расписываясь в квитанции, как и положено, он беззаботно заметил: «Подпись выглядит немного не так, как обычно, но я повредил руку, выходя из такси». Клерк только улыбнулся и сказал, что он не видит существенной разницы. Джентльмен засмеялся и ответил: «Ну, во всяком случае не хватайте меня как бандита. Я получал письма с угрозами от китайца, но хуже всего, что я сам выгляжу как китаеза — у меня что-то с глазами».

«Я взглянул на него, — сказал клерк, который нам все это излагал, — и сразу понял, что он имеет в виду. Уголки его глаз были немного приподняты вверх, как на Востоке. Я никогда этого раньше не замечал».

«Черт побери, приятель, — свирепо прервал его Грэгори Рольф, подаваясь вперед, — что же я, по-твоему, похож на китайца?» Мужчина взглянул на него испуганно.

«Нет, сэр, — сказал он. — Я не могу сказать этого». И, действительно, не было совершенно ничего восточного в честных карих глазах, которые смотрели на нас.

Человек из Скотланд-Ярда хмыкнул.

«Хладнокровный преступник. Подумал, что его глаза могут быть замечены, и взял быка за рога, чтобы развеять подозрения. Он, должно быть, выследил вас у отеля и прошмыгнул внутрь, как только вы вышли».

«А что с футляром для драгоценностей?» — спросил я.

«Его нашли в коридоре отеля. Пропала только одна вещь „Звезда Запада“.

Мы уставились друг на друга — вся эта история была такой дикой, такой нереальной.

Пуаро быстро вскочил на ноги.

«Боюсь, что от меня было не много пользы, — с сожалением сказал он. — Можно ли увидеть мадам?»

«Полагаю, что она в прострации от шока», — объяснил Рольф.

«Тогда, может быть, я могу попросить вас на несколько слов, месье?»

«Конечно».

Минут через пять Пуаро вернулся. «Теперь, мой друг, на почту, — сказал он радостно. — Я должен отправить телеграмму»

«Кому?»

«Лорду Ярдли». Он остановил мои дальнейшие расспросы, взяв меня под руку. «Идемте, идемте, друг мой. Я знаю все, что вы думаете об этом печальном деле. Я не отличился! Вы, на моем месте, могли бы отличиться! Bien! Всякое случается. Давайте забудем это и пойдем завтракать».

Было около четырех часов, когда мы вошли в квартиру Пуаро. Какой-то человек поднялся со стула, стоящего у окна.

Это был лорд Ярдли. Он выглядел осунувшимся и убитым горем.

«Я получил вашу телеграмму и немедленно приехал. Послушайте, я был у Хоффберга, и они ничего не знают ни о человеке, приезжавшим от них прошлой ночью, ни о телеграмме. Не думаете ли вы, что...»

Пуаро поднял руку: «Мои извинения! Это я посылал телеграмму и нанял вышеуказанного джентльмена».

«Вы, но почему? Зачем?» — забормотал беспомощно пэр.

«Вся идея была в том, чтобы обострить ситуацию», — мягко объяснил Пуаро.

«Обострить ситуацию! О боже!» — вскричал лорд Ярдли.

«И уловка удалась, — весело продолжал Пуаро. — Поэтому, милорд, я с большим удовольствием возвращаю вам это!»

Театральным жестом он извлек сверкающий предмет. Это был огромный бриллиант.

«Звезда Востока» — задохнулся лорд Ярдли. — Но я не понимаю...»

«Нет? — произнес Пуаро. — Это не важно. Поверьте мне, было необходимо, чтобы бриллиант украли. Я обещал вам, что сохраню его, и я сдержал слово. Вы должны позволить не раскрывать мой маленький секрет. Передайте, прошу вас, мои уверения в глубочайшем почтении леди Ярдли и скажите ей, как мне было приятно, что я смог вернуть украшение. Прекрасная погода, не правда ли? Всего доброго, милорд».

Улыбаясь и болтая, этот поразительный человек проводил сбитого с толку лорда Ярдли до двери. Он вернулся, радостно потирая руки.

«Пуаро, — сказал я. — Может, я сошел с ума?»

«Нет, mon ami, но у вас, как всегда, туман в голове».

«Как вы получили бриллиант?»

«От мистера Рольфа».

«Рольф?»

«Ну да! Письма с угрозами, китаец, статья в газете — все это порождения изобретательного ума мистера Рольфа. Два бриллианта, столь сверхъестественно похожие. Да они же просто никогда не существовали! Был только один бриллиант, мой друг! Первоначально он находился в коллекции Ярдли, но в течение трех лет им владел мистер Рольф. Он украл его сегодня утром, подкрасив румянами уголки глаз! Надо будет посмотреть на него в кино, он — настоящий артист.

«Но зачем он украл свой собственный бриллиант?» — спросил я, озадаченный.

«По многим причинам. Начнем с того, что леди Ярдли становилась настойчивой».

«Леди Ярдли?»

«Она осталась одна в Калифорнии. Ее муж развлекался направо и налево. Мистер Рольф был мил, вокруг него был романтический ореол. Но, в сущности, он чересчур расчетлив, этот месье. У него был роман с леди Ярдли, а затем он начал шантажировать ее. Я изложил леди эти факты прошлой ночью, и она подтвердила их. Она клялась, что была всего-навсего нескромной, и я верю ей. Но, без сомнения, у Рольфа были ее письма, которые допускали двоякое толкование. Запуганная угрозой развода и перспективой потерять своих детей, она соглашалась на все, что бы он ни пожелал. У него не было своих денег, и она была вынуждена позволить ему заменить настоящий камень подделкой. Совпадение с датой появления „Звезды Запада" сразу поразило меня. Все шло хорошо. Но лорд Ярдли решил привести дела в порядок и все уладить. Тогда возникла угроза возможной продажи бриллианта. Подмена будет обнаружена. Без сомнения, она в ужасе бросилась писать Грэгори Рольфу, который только что появился в Англии. Он успокоил ее, пообещав все устроить, и приготовился к двойной краже. Таким образом он утихомиривал леди, которая могла рассказать все мужу, а это никак не устраивало нашего шантажиста. К тому же, он получал пятьдесят тысяч фунтов страховки, — ага, вы забыли об этом! — и, кроме того, у него оставался бриллиант. В этот момент я и влез в это дело. О прибытии эксперта-ювелира объявлено. Леди Ярдли, как я и думал, немедленно инсценировала кражу и сделала это великолепно! Но Эркюль Пуаро смотрит только на факты. Что произошло в действительности? Леди выключила свет, хлопнула дверью, швырнула ожерелье в коридоре и закричала. Она заранее выковыряла бриллиант с помощью плоскогубцев у себя в комнате».

«Но мы видели ожерелье у нее на шее!» — возразил я.

«Прошу прощения, друг мой. Ее рука закрывала ту часть ожерелья, где была видна дыра. Заранее защемить кусочек шелка дверью — это была детская игра! Конечно, как только Рольф прочел об ограблении, он разыграл свою маленькую комедию. И сыграл превосходно!»

«Что вы сказали ему?» — спросил я с живейшим любопытством.

«Я сказал ему, что леди Ярдли все рассказала мужу и что я уполномочен забрать камень. Если камень не будет возвращен немедленно, то дело будет передано в суд. Ну и кое-что еще, что пришло мне в голову. Он был как воск в моих руках!»

Я обдумал случившееся. «Это выглядит не совсем хорошо по отношению к мисс Марвел. Она потеряла свой бриллиант, хотя в случившемся нет ее вины».

«Ну что ж! — жестко сказал Пуаро. — Она получила восхитительную рекламу. Это все, что ее волнует! А вот вторая участница, та совершенно другая. Хорошая мать и очаровательная женщина!»

«Да, — произнес я в раздумье, с трудом разделяя взгляды Пуаро на женственность. — Я предполагаю, что это Рольф посылал ей дубликаты писем».

«Совсем не обязательно, — живо произнес Пуаро. — Она пришла по совету Мэри Кавендиш, чтобы попросить меня о помощи в ее дилемме. И тут услышала, что Мэри Марвел, которую она считала своим врагом, уже была здесь. Она передумала, воспользовавшись предлогом, который вы, мой друг, предложили ей. Мне понадобилось всего несколько вопросов, чтобы выяснить, что это вы рассказали ей о письмах, а не она вам! Леди Ярдли ухватилась за шанс, заключенный в ваших словах».

«Я не верю этому», — вскричал я, уязвленный.

«Si, si, mon ami,[1] как жаль, что вы не учли психологию. Она сказала вам, что письма были уничтожены? О-ля-ля! Да никогда

[1] Да, да, мой друг (фр.)

женщина не уничтожит письмо, если она может этого избежать! Даже если этого требует благоразумие!»

«Это все, конечно, замечательно», — сказал я. Гнев закипал во мне: «Но вы заставили меня играть роль совершенного идиота во всей этой истории! От ее начала и до самого конца! Нет, это, конечно, великолепно, попытаться все объяснить потом. Но всему же есть предел!»

«Но вы были так довольны собой, мой друг. Мне было жаль разрушить ваши иллюзии».

«Это нехорошо. На сей раз вы зашли слишком далеко».

«Mon Dieu! Ну что же вы приходите в ярость из-за ерунды, друг мой!»

«Я сыт по горло!» Пуаро сделал из меня посмешище. Ему необходим жестокий урок. Не буду появляться, пока не прощу его. Благодаря ему я вел себя как полный идиот!

Трагедия в Масдон Мэйнор

Несколько дней я находился в отъезде, а когда вернулся в город, застал Пуаро упаковывающим свой дорожный саквояж.

— A la bonne heure,[1] Гастингс! А я уже боялся, что вы не успеете вернуться до моего отъезда.

— Вас приглашают расследовать новое дело?

— Страховое общество «Северный Союз» попросило выяснить обстоятельства смерти мистера Мальтраверса. Накануне он застраховал свою жизнь на пятьдесят тысяч фунтов.

— Вот как? — сказал я заинтересованно.

— Конечно, договор содержит обычную оговорку по поводу самоубийства. Вы же знаете, что в случае смерти, произошедшей подобным образом в течение года с момента заключения договора, страховка не выплачивается. Мистер Мальтраверс, разумеется, был обследован врачом страхового общества, и, хотя он был уже немолод, тот признал его абсолютно здоровым. Однако в прошлую среду, то есть позавчера, был найден труп мистера Мальтраверса в его поместье Масдон Мэйнор, в Эссексе.[2] Причину смерти объяснили внутренним кровотечением. В этом не было бы ничего удивительного, если бы о финансовом положении мистера Мальтраверса не ходили удручающие слухи, а «Северный Союз» не установил, что покойный был на грани разорения. Это, естественно, меняет дело.

У Мальтраверса красивая молодая жена. Предполагают, что он собрал по крохам все свои наличные деньги, чтобы застраховать свою жизнь в ее пользу, а затем покончил с собой. Такое случается. Во всяком случае, мой друг Альфред Райт — один из директоров «Северного Союза» — попросил меня выяснить обстоятельства этой

---

[1] Добрый день (ит.)

[2] Эссекс — графство на юго-востоке Великобритании.

смерти. Но я ему сразу же сказал, что многого не обещаю. Если бы в свидетельстве о смерти стоял другой диагноз — например инфаркт, я был бы настроен более оптимистично. При инфаркте можно было бы предполагать врачебную ошибку, но внутреннее кровотечение — тут ошибок не бывает. И все же есть смысл заняться этой проблемой. У вас пять минут на сборы, Гастингс, а потом мы возьмем такси до вокзала на Ливерпуль-стрит.

Примерно через час мы вышли на маленькой станции Масдон Лей. На вокзале выяснилось, что Масдон Мэйнор расположен с милю отсюда. Пуаро не захотел брать такси, и мы пошли пешком.

— Каков план действий? — спросил я.

— Вначале разыщем доктора. В Масдон Лей только один врач — Ральф Бернард. О, смотрите-ка, вот мы уже и пришли.

Усадьба врача располагалась за небольшим садом, несколько в стороне от улицы. На латунной табличке значилось его имя. Мы прошли через сад и позвонили. На наше счастье, доктор оказался на месте. Это был пожилой человек. Держался он несколько надменно, но в целом вполне дружелюбно. Пуаро представился и сообщил о цели визита; он добавил, что страховое общество, к сожалению, вынуждено проводить в подобных случаях проверку.

— Конечно, конечно! — сказал доктор Бернард. — Полагаю, что он был очень богат и застрахован на большую сумму?

— Вы думаете, что он был богат?

Врач с недоумением посмотрел на нас.

— А разве нет? У него было две автомашины, да и Масдон Мэйнор — большое поместье, требовавшее больших расходов на содержание. Правда, в округе у этого дома неважная слава. Глупые суеверия!

— Я слышал, у мистера Мальтраверса в последнее время были большие расходы, — заметил Пуаро и внимательно посмотрел на врача.

— Вот как? Тогда, по крайней мере, счастье для его жены, что есть эта страховка. Миссис Мальтраверс очень красивая и обаятельная молодая женщина. Бедняжка до сих пор в шоке.

— Мистер Мальтраверс когда-нибудь обращался к вам?

— Нет, он никогда не был моим пациентом.

— Почему?

— По-моему, он был приверженцем «Христианской науки».[1]

— Но труп осматривали вы?

— Да. Меня позвал один из садовников.

— Причина смерти была для вас очевидна?

— На его губах была кровь, видимо, кровотечение было внутренним.

— Мистер Мальтраверс лежал там же, где его нашли?

— Да, труп не трогали, он так и лежал на опушке небольшой рощицы. Вероятно, мистер Мальтраверс отправился туда пострелять ворон — рядом с ним нашли мелкокалиберное ружье. Кровотечение, по-видимому, началось совершенно внезапно, и я уверен, причиной тому была язва желудка.

— А может быть, что его застрелили?

— Да что вы, сэр!

— Прощу прощения, — мягко сказал Пуаро, — но, если мне не изменяет память, недавно в одном деле об убийстве врач заключил, что причиной смерти был сердечный приступ, и лишь когда полицейский указал на огнестрельную рану на голове, он изменил диагноз.

---

[1] «Христианская наука» — религиозная организация, возникшая в 70-х годах XIX века в США; ее приверженцы категорически отвергали медицинскую помощь, полагая, что исцеление обеспечивают только вера и молитвы.

— На теле мистера Мальтраверса нет никаких огнестрельных ран, — сказал сухо доктор Бернард. — Чем еще могу быть вам полезен, джентльмены?

Мы поняли намек.

— Спасибо, доктор, что уделили нам столько времени. Кстати... вскрытие вы посчитали излишним?

— Совершенно излишним!

И он раздраженно пояснил:

— Причина смерти была вполне ясна, а в моей профессии принято избегать всего, что без нужды травмировало бы родственников покойного.

Затем он повернулся и зло захлопнул за нами дверь.

— Как вам доктор, Гастингс? — спросил меня Пуаро, когда мы продолжили нашу прогулку.

— Старый осел.

— Верно. Вы всегда очень основательны в своих суждениях, мой друг!

Я покосился на Пуаро, но он, кажется, говорил абсолютно серьезно. Однако в его глазах тут же вспыхнул бесовский огонек, и он с ехидцей добавил:

— Если, конечно, речь не идет о какой-нибудь прелестной даме!

Я укоризненно посмотрел на него.

Когда мы подошли к Масдон Мэйнор, нам открыла двери горничная средних лет. Пуаро дал ей свою визитную карточку и письмо на имя миссис Мальтраверс — от страхового общества. Горничная провела нас в небольшую гостиную и отправилась известить хозяйку. Минут через десять в проеме двери появилась стройная женщина в траурном облачении.

— Мосье Пуаро? — спросила она тихо.

— Мадам! — Пуаро галантно поклонился. — Очень сожалею, что вынужден побеспокоить вас. Но этого требуют обстоятельства.

Заметив, что миссис Мальтраверс с трудом держится на ногах, Пуаро подвел ее к стулу. Я залюбовался хозяйкой дома. Хотя глаза женщины были красны от слез, она была необыкновенно хороша. Яркая блондинка двадцати семи или двадцати восьми лет, с большими голубыми глазами и скорбно сжатыми, но от этого не менее очаровательными губками.

— Речь идет о страховке моего мужа, не так ли? Неужели мне прямо сейчас придется заниматься ею — всего через два дня после его смерти?

— О, простите меня, мадам! Я умоляю вас быть мужественной. Видите ли, дело в том, что ваш муж застраховал свою жизнь на довольно крупную сумму, а в таких случаях страховое общество должно разобраться во всех обстоятельствах трагедии. Эта миссия возложена на меня. Поверьте, я буду предельно деликатен и не превышу своих полномочий. Не могли бы вы нам поведать о печальных событиях прошлой среды?

— Я как раз переодевалась к чаю, когда ко мне поднялась служанка: один из садовников прибежал в дом... Он нашел его...

Она говорила все тише и тише. Пуаро соболезнующе пожал ее руку.

— Сочувствую. И все-таки... Видели ли вы своего мужа во второй половине дня?

— После ленча — нет. Я ходила в деревню, чтобы купить почтовые марки, и думала, что он в саду.

— Он там стрелял ворон?

— Муж обычно брал с собой ружье. В тот раз я услышала один или два выстрела.

— Где сейчас это ружье?

— В холле, наверное.

Она проводила Пуаро в холл.

— Нет двух патронов, — заметил он, внимательно осмотрев ружье и ставя его на место, — А сейчас, мадам, если можно, мне хотелось бы осмотреть...

Он тактично замолчал.

— Служанка проводит вас, — с трудом выдавила из себя она и отвернулась.

Горничная повела Пуаро вверх по лестнице. Я же остался с миссис Мальтраверс, такой прекрасной и такой несчастной. Долго решая, стоит ли заводить разговор или оставить ее в покое, и наконец отважился произнести пару общих фраз. Отвечала она рассеянно и невпопад. Через несколько минут вернулся Пуаро.

— Благодарю вас, мадам, за уделенное нам внимание. Думаю, что больше мы вас не побеспокоим. Кстати, знали ли вы о финансовом положении своего супруга?

Она покачала головой:

— Я ничего не смыслю в этих делах.

— Вот как. Значит, вы не сможете объяснить, почему он столь внезапно решил застраховать свою жизнь? Он, насколько я понял, раньше никогда не думал об этом?

— Думаю, что смогу. Муж был убежден, что не проживет долго. Я знала, что у него однажды уже было кровотечение, и он предвидел, насколько опасным может быть повторное. Я всегда пыталась развеять его страхи. Боже мой, как он был прав! Мы были вместе всего чуть больше года!

Со слезами на глазах она с нами попрощалась. Когда мы шли к выходу, Пуаро безнадежно махнул рукой и сказал:

— Н-да, ну и дела! Надо возвращаться в Лондон, друг мой. Кажется, мы зашли в тупик. И все-таки...

— Что?

— Небольшое противоречие в показаниях врача и дамы. Вы не заметили? Нет? Впрочем, вся человеческая жизнь состоит из противоречий. Отравить мистера Мальтраверса не могли, ибо нет такого яда, от которого на губах появилась бы кровь. Нет, нет, я должен отбросить все сомнения. Здесь все ясно, хотя... А это кто такой?

Со стороны ворот нам навстречу шел высокий молодой человек. Он прошел мимо, не обратив на нас никакого внимания. Однако я успел заметить, что у него было довольно симпатичное волевое, загорелое лицо, — загар был явно тропический. Садовник, граблями сгребавший листья, проводил незнакомца взглядом. Пуаро спросил у него:

— Скажите, пожалуйста, кто этот джентльмен? Вы его знаете?

— Я не помню его имени, сэр. На этой неделе, во вторник, он ночевал здесь.

— Быстрее, mon ami; за ним, — тут же распорядился Пуаро.

Мы поспешили за молодым человеком. Силуэт дамы на террасе, одетой в черное, был хорошо отсюда виден. Незнакомец свернул с дорожки. Мы последовали за ним и стали свидетелями их встречи.

Миссис Мальтраверс слегка отшатнулась, ее лицо сильно побледнело.

— Вы... — пролепетала она. — Я думала, что вы уже в море, плывете в Восточную Африку...

— Я получил известия от моего поверенного, потому и задержался, — объяснил молодой человек. — Мой дядя в Шотландии неожиданно умер и оставил мне кое-какое наследство. Путешествие пришлось отложить. А потом я прочитал печальную весть в газете и приехал узнать, не могу ли быть вам чем-нибудь полезен.

И тут они заметили наше присутствие. Пуаро, рассыпаясь в извинениях, сказал, что забыл в холле свою трость. С заметным недовольством миссис Мальтраверс представила:

— Мосье Пуаро, капитан Блэйк.

Мы обменялись несколькими фразами, и Пуаро выяснил, что капитан Блэйк живет в гостинице «У якоря». Забытая трость так и не нашлась, что, впрочем, было неудивительно. Пуаро еще раз извинился, и мы снова удалились. Мы чуть ли не бегом ринулись в деревню, и Пуаро тут же направился к гостинице «У якоря».

— Подождем здесь возвращения капитана Блэйка, — заявил он. — Вы, наверное, поняли, что я блефую, когда заявил, что здесь все ясно и мы первым же поездом отбываем в Лондон. Или вы приняли мои слова за чистую монету? Надеюсь, что нет. Вы обратили внимание на выражение лица миссис Мальтраверс, когда она увидела Блэйка? Она была явно потрясена, а он... он, похоже, очень ей предан, вы не находите? Во вторник он ночевал тут — за день до того, как умер мистер Мальтраверс. Гастингс, мы должны выяснить, что капитан Блэйк здесь делал.

Мы ждали молодого человека у гостиницы не более получаса. Пуаро заговорил с ним и сразу же провел его в наш номер.

— Я рассказал капитану Блэйку, что привело нас сюда, — пояснил он мне, а затем, обращаясь к молодому человеку, продолжил:

— Вы поймете, мосье капитан, насколько важно выяснить, в каком душевном состоянии пребывал мистер Мальтраверс непосредственно перед смертью. В то же время я не хотел обременять миссис Мальтраверс такими тягостными вопросами. Ну а вы были здесь незадолго до этого печального события, и, конечно, ваши показания будут чрезвычайно ценны.

— Я к вашим услугам и готов сделать все, что в моих силах, но боюсь, что не сообщу вам ничего путного. Видите ли, хотя Мальтраверс был старым другом нашей семьи, я не слишком хорошо его знал.

— Когда вы приехали сюда?

— Во вторник после ленча. Рано утром в среду я вернулся в город, потому что мое судно должно было отправиться около двенадцати часов из Тилбери.[1] Но некоторые известия заставили меня изменить планы. Полагаю, вы слышали, я говорил об этом миссис Мальтраверс.

---

[1] Тилбери (Тилбери Доке) — доки на северном берегу реки Темзы, входящие в систему Лондонского порта; построены в 1886 году.

— Вы собирались вернуться в Восточную Африку, не так ли?

— Да. После войны я безвыездно жил там. Места там великолепные.

— Без сомнения. Ну а о чем вы говорили за обедом во вторник вечером?

— Сейчас не припомню. Обычная болтовня. Мальтраверс расспрашивал меня о семье. Потом мы рассуждали о политике, а после этого миссис Мальтраверс завела разговор про Восточную Африку, я рассказал ей пару историй — вот, кажется, и все.

— Благодарю вас. — Пуаро помолчал, а затем осторожно добавил:

— С вашего разрешения я проведу маленький эксперимент. Вы рассказали все, что смогли вспомнить, — все, что находится, так сказать, в вашем сознании. А теперь я хотел бы задать несколько вопросов вашему подсознанию.

— Что-то вроде сеанса психоанализа? — спросил Блэйк с некоторым беспокойством.

— О нет! — поспешил успокоить его Пуаро. — Знаете, это очень просто. Я буду произносить слово, а вы — первое, что взбредет на ум.

— Ну что ж, — нехотя согласился Блэйк.

— Записывайте, пожалуйста, слова, Гастингс, — сказал Пуаро. Затем достал из кармашка свои массивные часы в форме луковицы и положил перед собой на стол. — Начнем: день.

После секундной паузы Блэйк ответил:

— Ночь.

Затем его ответы стали быстрее.

— Имя Бернард, фамилия? — сказал Пуаро.

— Шоу.

— Вторник.

— Обед.

— Путешествие.

— Судно.

— Страна.

— Уганда.

— Рассказ.

— Львы.

— Мелкокалиберка.

— Ферма.

— Выстрел.

— Самоубийство.

— Слон.

— Бивни.

— Деньги.

— Адвокат.

— Благодарю вас, капитан Блэйк. Вы позволите отнять у вас еще немного времени через полчасика?

— Да-да, конечно.

Молодой офицер посмотрел на него с любопытством и, вставая, вытер пот со лба.

— Ну что же, mon ami, вы все наверняка поняли сами, — с улыбкой сказал Пуаро, когда дверь за Блейком закрылась. — Не так ли?

— Что вы имеете в виду?

— Разве перечень слов вам ни о чем не говорит?

Я в недоумении покачал головой.

— Тогда слушайте. С самого начала Блэйк отвечал уверенно и без колебаний, из чего можно заключить, что ему нечего скрывать. «День» и «ночь», «имя» и «фамилия» — совершенно обычные ассоциации. Самое существенное начинается со слова «Бернард». Это имя должно было напомнить ему здешнего врача, если бы он знал его. Но он его явно не знал. Дальше он сказал в ответ на мой «вторник» — «обед», но на слова «путешествие» и «страна» ответил «судно» и

«Уганда», что ясно показывает, насколько важна была для него поездка, от которой пришлось отказаться, чтобы приехать сюда. «Рассказ» напомнил ему об одной истории про львов, которую он поведал за столом. Я продолжил «мелкокалиберка», а он совершенно неожиданно ответил «ферма». Когда я сказал «выстрел», он ответил «самоубийство». Ассоциации, кажется, ясны. Какой-то человек, которого он знал, покончил с собой где-то на ферме при помощи мелкокалиберного ружья. Он явно все еще вспоминает истории, которые рассказывал за обедом. Думаю, вы не будете возражать, если я сейчас приглашу его снова и попрошу рассказать нам историю про самоубийство. Думаю, моя гипотеза скоро подтвердится.

Блэйк был совершенно откровенен.

— За обедом я действительно рассказывал о том, как один мой знакомый на ферме выстрелил из мелкокалиберки себе в рот, пуля прошла в мозг и осталась там. Врачи были в полной растерянности — на теле не было никаких ран, только немного крови на губах. Но в чем, собственно...

— В чем, собственно, тут связь с делом мистера Мальтраверса? Вы разве не знаете, что рядом с ним нашли мелкокалиберку?

— Полагаете, что моя история натолкнула его на эту мысль? Как это ужасно!

— Не вините себя. Это все равно бы произошло — рано или поздно. А сейчас мне надо срочно позвонить в Лондон.

Пуаро долго отсутствовал, а когда вернулся, вид у него был очень сосредоточенный. Чуть позднее он куда-то ушел и появился только около семи вечера, прямо с порога воскликнув, что нужно немедленно кое-что сообщить молодой вдове. Миссис Мальтраверс между тем успела завоевать мои симпатии. Ведь она не просто лишилась страховки, но и всю жизнь будет мучиться, сознавая, что ее муж — самоубийца. Это невыносимо для любой женщины. Я надеялся, что, когда пройдет шок и миссис Мальтраверс немного успокоится, она обретет в лице Блэйка надежную опору.

Наша беседа оказалась очень тяжелой для молодой женщины. Она не верила фактам, которые ей сообщил Пуаро, а когда все же ей пришлось убедиться в его правоте, разразилась рыданиями. После обследования трупа наши подозрения подтвердились. Прощаясь с миссис Мальтраверс, Пуаро сказал:

— Мадам, вы должны лучше, чем кто-либо знать, что мертвые не успокаиваются навеки!

— Что вы хотите этим сказать? Что вы имеете в виду? — испуганно прошептала она.

— Разве вы никогда не участвовали в спиритических сеансах?[1] Известно, что вы хороший медиум.[2]

— Да, многие так считают. Но вы-то, вы разве верите в спиритизм?

— Мадам, я видел в жизни много странного. Вы же знаете, в деревне говорят, будто в этом доме появляются привидения?

Она кивнула. В этот момент служанка сообщила, что стол накрыт.

— Не отобедаете ли с нами?

Мы с благодарностью приняли приглашение. Я надеялся, что наше присутствие немного отвлечет хозяйку от тягостных дум. Мы ели суп, когда в дверях раздался вопль, послышался звон разбитого фарфора. Мы вскочили. Держась рукой за сердце, вошла служанка.

— Там в коридоре какой-то мужчина!

Пуаро выбежал в коридор, но сразу же вернулся.

— Кто там, сэр? — спросила девушка слабым голосом. — О, как я испугалась!

---

[1] Спиритический сеанс — общение с душами умерших посредством различных манипуляций, якобы помогающих войти в контакт с духами (верчение столов, блюдечек и т. п.).

[2] Медиум — лицо, способное в состоянии транса выступать посредником между людьми и миром душ умерших.

— Чего испугались?

Она совсем перешла на шепот:

— Мне показалось… мне показалось, что это хозяин — так похож!

Миссис Мальтраверс окаменела, а я вспомнил о старинном поверье, будто самоубийцы не находят покоя и возвращаются домой. Ей пришло в голову то же, и она судорожно вцепилась в руку Пуаро.

— Вы слышали? Кто-то три раза стукнул в окно! Он всегда так стучал, когда проходил мимо дома.

— Это плющ! — сказал я. — Его ветром бьет о стекло.

Но тягостное чувство постепенно охватило всех нас. Служанка же была просто в ужасе. Когда трапеза завершилась, миссис Мальтраверс попросила Пуаро задержаться. Она явно боялась оставаться одна. Мы сидели в маленькой столовой. Поднялся ветер. Два раза очень тихо, сама собой открывалась дверь, и каждый раз молодая женщина со сдавленным стоном хваталась за руку Пуаро. Пуаро встал и повернул ключ в замке.

— Не делайте этого, — прошептала миссис Мальтраверс. — Если она сейчас опять откроется…

Не успела она договорить, как щелкнул замок. Дверь медленно отворилась. Я с моего места не мог видеть коридор, в отличие от миссис Мальтраверс и Пуаро. И вдруг она закричала.

— Вы видели его там, в коридоре?

Пуаро недоумевающе посмотрел на нее и покачал головой.

— Я вижу его — моего мужа!

— Мадам, вам, наверное, показалось, — отвечал Пуаро. — Вы нездоровы.

— Я вполне здорова, я… О Боже!

Вдруг, как по команде, светильники мигнули и погасли. Из темноты раздались три громких удара. Я услышал стон миссис Мальтраверс. Потом я и сам увидел мужчину, портрет которого еще недавно видел в комнате наверху; его призрак стоял перед нами. От него исходило слабое свечение. На его губах была кровь, и он вытянул вперед правую руку и указывал на нас пальцем. Вдруг свет, который он излучал, резко усилился и ударил нам в глаза. Луч прошел по Пуаро, по мне и остановился на миссис Мальтраверс.

Я увидел ее искаженное от ужаса лицо, белое как мел, но мне в глаза бросилось и кое-что еще…

— Пуаро! — воскликнул я. — Посмотрите на ее правую руку. Она же вся красная!

Миссис Мальтраверс тоже посмотрела на свою руку и соскользнула на пол.

— Кровь! — в исступлении закричала она. — Да, это кровь. Я убила его! Я! Он показывал мне, как это можно сделать, а я положила палец на курок и нажала. Спасите меня от него… спасите! Он вернулся! — Женщина забилась в истерике.

— Свет! — вдруг властно произнес Пуаро. Светильники, как по мановению волшебной палочки, зажглись снова.

— Ну как, вы все слышали, Гастингс? А вы, мистер Эверетт? Да, кстати, это — мистер Эверетт, актер столичного театра. Я вызвал его сегодня после полудня. Неплохо загримировался, не правда ли? Вылитый мистер Мальтраверс! А фонарик и флуоресцентные краски[1] отлично дополнили эффект. На вашем месте я бы не прикасался к правой руке мадам, Гастингс, эта краска плохо смывается. Когда погасли лампы, я схватил ее за руку, вот и весь фокус. Кстати, мы должны успеть на поезд. Инспектор Джепп ждет нас на улице. Ужасная погода, но, надо думать, он хоть немного развлекся, когда стучал в окна.

— Видите ли, тут было несколько неувязок, — продолжил Пуаро, когда мы под ветром и дождем по грязи пробирались на станцию. Доктор считает, что мистер Мальтраверс был членом «Христианской науки», и поэтому не обращался к нему. Но кто мог ему такое сказать, кроме жены покойного? Нас же она уверяла, что ее мужа все время

---

[1] Флуоресцентные краски — Краски, проявляющиеся при освещении.

мучили предчувствия смерти. Но насколько мне известно, приверженцы «Христианской науки» смерть воспринимают весьма философски. Потом, почему ее так потрясло возвращение капитана Блэйка? И наконец, женщина, муж которой умер, должна носить траур, но нужно ли ей при этом подкрашивать себе щеки румянами? Вы этого не заметили, Гастингс? Нет? Я же всегда говорил, что вы ничего не замечаете!

Существовали два варианта. Либо рассказ капитана Блэйка навел мистера Мальтраверса на мысль покончить с собой таким же способом, либо его жену навел на убийство. Я остановился на второй версии. Остановился еще и потому, что дотянуться до курка ружья в таком положении весьма сложно.

Итак, повторяю, я больше склонялся к тому, что это было убийство, а не самоубийство. Но в то же время у меня не было ни малейших доказательств. Потому и пришлось устроить этот небольшой спектакль сегодня вечером.

— Мне и теперь не очень-то ясно, как именно все произошло, — признался я.

— Мой друг, начнем с самого начала. Живет на свете очень неглупая, молодая женщина Выходит замуж ради денег за человека много старше себя. Затем она узнает, что их финансовые дела находятся в плачевном состоянии, и советует мужу застраховать свою жизнь. Затем она начинает обдумывать, как избавиться от мужа, чтобы получить эту страховку. А тут молодой офицер, остановившийся у них, рассказывает историю. Ей кажется, что вот он, выход На следующий день она отправляется с мужем на прогулку. «Что за странную историю рассказал вчера наш гость? Какая ерунда! Как это возможно… Ты можешь показать, как он мог это сделать», — кокетливо говорит она мужу. Бедняга послушно вставляет дуло себе в рот. Она наклоняется и кладет палец на курок. Остальное, Гастингс, вам известно.

Слишком дешевая квартира

Обычно, как я уже рассказывал, в своих расследованиях Пуаро отталкивался от главного события, будь то убийство или ограбление, и далее методом логических умозаключений доводил их до блистательной развязки. В происшествии, о котором пойдет речь сейчас, удивительная цепь случайностей протянулась от внешне незначительных, но привлекших внимание Пуаро обстоятельств к крайне трагическим последствиям.

Я как-то был в гостях у своего старинного приятеля Джеральда Паркера. Кроме нас с хозяином было еще человек шесть, и беседа в конце концов свелась, как это всегда случалось, если в беседе участвовал Паркер, к проблеме найма квартир в Лондоне. Дома и квартиры были его страстью. Со времени окончания войны он сменил по меньшей мере полдюжины разных жилищ. Стоило ему только где-нибудь обосноваться, как он тут же неожиданно натыкался на более, по его мнению, уютное местечко и тотчас отбывал туда со всеми своими пожитками. Несмотря на практический склад его ума, эти переезды почти всегда совершались без внимания к материальной стороне дела, поскольку двигала им чисто спортивная страсть, а не поиск выгоды. Некоторое время мы слушали Паркера с благоговением непосвященных. Потом настала наша очередь, и тогда началось настоящее вавилонское столпотворение.[1]

---

[1] Вавилонское столпотворение — фразеологическое выражение, обозначающее беспорядочный, многоголосый шум, суматоху при большом стечении народа; восходит к библейской аллюзии, когда Господь в наказание за гордыню сделал так, чтобы люди, до тех пор говорившие на одном языке, стали говорить на разных.

Наконец, право высказаться получила миссис Робинсон, очаровательная юная новобрачная, которая была здесь вместе со своим мужем.

— А вы еще не слышали о том, как нам повезло, Паркер? — спросила она. — Мы наконец-то сняли квартиру. И знаете, где? В Монтегю!

— Поздравляю, — сказал Паркер. — В этом доме отличные квартиры. Только непомерно дорогие.

— В том-то и дело, что нам сдали совсем недорого. Дешевле не бывает — восемьдесят фунтов в год.

— Но Монтегю — это огромное роскошное здание в Найтсбридже,[1] не так ли? Или вы говорите о его случайном тезке где-нибудь в трущобах?

— Нет, в Найтсбридже. Правда, чудно?

— Конечно, чудно. Точнее говоря, просто чудесно! Но тут наверняка кроется подвох. Полагаю, понадобилось дать большой аванс?

— Ни пенни!

— Ни пенни! Я не переживу этого! — застонал Паркер.

— Только пришлось заплатить за обстановку…

— А! — Паркер ожил. — Так я и знал, что без подвоха не обойдется!

— Пятьдесят фунтов, прежние жильцы оставили нам всю мебель! И она очень приличная.

— Сдаюсь, — сказал Паркер, — Эти прежние жильцы, должно быть, умалишенные со склонностью к филантропии.

Похоже, миссис Робинсон и сама была несколько озадачена. Чуть заметная складочка пролегла меж ее изящными бровями.

---

[1] Найтсбридж — фешенебельный район в Лондоне.

— Действительно странно, правда? Может, в этой квартире водятся призраки?

— Никогда о таком не слыхал — чтоб призраки наведывались в квартиру, — произнес Паркер решительно.

— В общем, конечно... — Но его слова явно не убедили миссис Робинсон. — Только во всем этом есть что-то... сомнительное, что ли.

— А именно? — заинтересовался я.

— А, наш криминалист насторожился, — сказал Паркер. — Откройтесь ему, миссис Робинсон. Гастингс — великий разгадчик всякой чертовщины.

Я засмеялся несколько смущенно, хотя в душе был польщен отведенной мне ролью.

— Ну... не то что совсем уж сомнительное, капитан Гастингс...

Мы обратились в контору по найму Стоссера и Поля (раньше все не решались, потому что у них только дорогие квартиры в Мейфере,[1] но потом мы подумали — попытка не пытка), но все, что они нам предлагали, стоило не меньше четырех сотен в год, или они требовали огромный аванс? Мы уже собрались уходить, и тут клерк проговорился, что есть одна квартира за восемьдесят, правда она уже давно значится в их списках и они направляли туда так много народу, что скорее всего ее уже сняли — «перехватили», как выразился клерк, — только эти наниматели, видимо, люди очень необязательные — до сих пор не уведомили их о своем решении. А новые клиенты не желают смотреть квартиру, которая, возможно, давным-давно сдана.

Миссис Робинсон умолкла, чтоб перевести дыхание, а затем продолжила:

— Мы поблагодарили и сказали, что прекрасно понимаем, что шансов почти никаких, но нам все равно хотелось бы на нее взглянуть — просто на всякий случай. И мы взяли такси и сразу туда

---

[1] Мейфер — фешенебельный район в Лондоне.

отправились, потому что, в конце концов, никогда не известно, где найдешь, а где потеряешь. Эта квартира — номер четыре — была на третьем этаже, и как раз когда мы ждали лифт, Элси Фергюсон — это моя подружка, она тоже присматривала себе квартиру — сбегала вниз по ступенькам. «В кои-то веки опередила тебя, моя милая, — говорит она, — и все равно неудачно. Там уже сдано». Мы поняли, что опоздали, но ведь цена была очень маленькая, а мы могли бы позволить себе заплатить и побольше и даже предложить задаток... Конечно, мне даже стыдно об этом рассказывать, но сами знаете, как это трудно — снять квартиру...

Я с готовностью с ней согласился: в борьбе за жилище далеко не лучшие свойства человеческой натуры частенько одерживают верх и срабатывает известное каждому правило: «Кто смел — тот и съел».

— Мы и поднялись, и — вы не поверите! — квартира вовсе не была сдана. Служанка показала ее нам, а потом мы встретились с хозяйкой, и дело было улажено в один момент. Пятьдесят фунтов за обстановку — и ключ у нас в кармане. На следующий день мы подписали все бумаги, а послезавтра уже въезжаем! — с видом триумфатора завершила миссис Робинсон.

— А что же миссис Фергюсон? — спросил Паркер. — Что подсказывает ваша дедукция, Гастингс?

— «Это же элементарно, дорогой Ватсон», — процитировал я с улыбкой. — Она просто ошиблась квартирой.

— О, капитан Гастингс, как вы проницательны! — восхищенно воскликнула миссис Робинсон.

Хотел бы я, чтоб Пуаро оказался рядом в эту минуту. Иногда мне кажется, что он недооценивает мои способности.

Вся эта история показалась мне весьма забавной, и на следующий день я в качестве курьеза изложил ее Пуаро. Он очень ею заинтересовался и чрезвычайно подробно расспросил меня об условиях найма квартир в различных районах Лондона.

— Действительно любопытная история, — проговорил он задумчиво. — Извините, Гастингс, я вас ненадолго оставлю.

Когда он вернулся примерно через час, глаза его азартно сияли. Но, прежде чем заговорить, он положил трость на стол и со своей обычной педантичностью вычистил шляпу щеткой.

— Очень удачно, mon ami, что у нас нет никаких неотложных дел. Мы можем целиком и полностью посвятить себя предстоящему расследованию.

— Что вы собираетесь расследовать?

— Причины замечательной дешевизны квартиры вашей новой знакомой, миссис Робинсон.

— Пуаро, вы смеетесь надо мной!

— Ничуть. Я абсолютно серьезен. Представьте себе, мой друг, что истинная плата за такие квартиры составляет триста пятьдесят фунтов. Это я только что выяснил у агентов владельца дома. И тем не менее эту удивительную квартиру сдают в субаренду всего за восемьдесят! Почему?

— Ну, тут какая-нибудь ошибка. Может быть, там действительно разгуливают призраки, как предположила миссис Робинсон?

Пуаро покачал головой, явно раздраженный моей шуткой.

— И еще: почему подруга сказала ей, что квартира уже сдана? А когда она сама поднялась, обратите внимание, все оказалось совсем не так.

— Но разве та женщина не могла просто ошибиться квартирой? Это единственно приемлемое объяснение.

— Возможно, вы правы, а возможно, и нет, Гастингс. Но фактом остается то, что множество других претендентов приходили туда, и все же, несмотря на удивительную дешевизну, квартира все еще не была сдана к моменту прихода Робинсонов.

— Это свидетельствует только о том, что здесь кроется какое-то недоразумение.

— Кажется, миссис Робинсон не заметила ничего неладного. Странно, а? Она не из тех дам, которые любят приврать, как вы считаете, Гастингс?

— Да она само совершенство!

— Evidemment![1] Вы даже неспособны ответить на вопрос. Опишите хотя бы ее.

— Ну... она довольно высокая, точеные черты лица, замечательные золотисто-рыжие волосы...

— Вы всегда были неравнодушны к рыжим волосам, — проворчал Пуаро. — Продолжайте.

— Голубые глаза, великолепное сложение и... Ну вот и все, пожалуй, — заключил я, запнувшись.

— А каков ее муж?

— Просто приятный молодой человек — ничего примечательного.

— Брюнет или блондин?

— Не помню даже. Ни то ни се — совершенно заурядный тип.

Пуаро кивнул.

— Да, таких обыкновенных мужчин сотни, но все же признайтесь, к женщинам вы обычно более снисходительны. Вам что-нибудь известно об этой паре? Паркер хорошо их знает?

— Полагаю, он познакомился с ними недавно. Но неужели вы можете хоть на миг заподозрить...

Пуаро поднял руку.

— Tout doucement, mon ami.[2] Разве я сказал, что у меня есть какие-либо подозрения? Нет ничего, что могло бы пролить свет на эту загадочную историю, за исключением разве что имени этой леди, а, Гастингс?

— Ее зовут Стелла, — сказал я сухо, — но я не вижу...

---

[1] Конечно! (фр.)

[2] Не спешите, мой друг (фр.)

— А Стелла — значит «звезда»? Так? Великолепно! — Он почему-то усмехнулся.

— Ну и что же, черт подери!

— А то, что звезды как раз и излучают свет! Voila! [1] Ну успокойтесь, Гастингс. И перестаньте дуться. Давайте-ка лучше отправимся в этот Монтегю, может, хоть что-нибудь разузнаем.

Я охотно последовал за ним. Это прекрасное здание занимало целый квартал. Облаченный в ливрею самодовольный привратник появился на пороге. Пуаро обратился к нему:

— Pardon,[2] не могли бы вы сказать, проживают ли здесь мистер и миссис Робинсон?

Немногословный привратник был угрюм и, по-видимому, склонен к подозрительности. Он пристально посмотрел на нас и проворчал:

— Номер четвертый, третий этаж.

— Благодарю вас. А давно они здесь живут?

— Шесть месяцев.

Я изумленно рванулся вперед, даже затылком ощущая дьявольскую усмешку Пуаро.

— Невозможно! — вскричал я. — Вы несомненно ошибаетесь!

— Шесть месяцев.

— Вы уверены? Такая высокая красивая леди, у нее золотисто-рыжие волосы и…

— Ну, — сказал привратник. — Приехали на Михайлов день,[3] точно. Как раз полгода назад.

Он потерял интерес к нам и снова медленно удалился в вестибюль. Я вышел вслед за Пуаро на улицу.

---

[1] Отлично! (фр.)

[2] Извините (фр.)

[3] 29 сентября.

— Eh bien,[1] Гастингс? — язвительно спросил мой друг. — Вы и теперь уверены, что очаровательные женщины всегда говорят только правду?

Я не ответил.

Пуаро направился в сторону Бромптон-роуд, прежде чем я успел спросить его, что он собирается делать и куда мы теперь идем.

— К квартирному агенту, Гастингс. Очень надеюсь снять квартиру в Монтегю. Если не ошибаюсь, вскоре там произойдут любопытные события.

Нам сопутствовала удача. На пятом этаже сдавалась меблированная квартира стоимостью пять гиней в неделю. Пуаро сразу снял ее на месяц. Уже на улице он пресек мои возражения:

— Я могу себе позволить подобную прихоть. Кстати, Гастингс, у вас есть револьвер?

— Да, где-то был, — ответил я, слегка ошарашенный этим вопросом. — Вы думаете…

— Что он нам понадобится? Весьма возможно. Вижу, такая перспектива вас увлекает. Вам всегда были по душе романтические ситуации.

На следующий же день мы перебрались в наше временное жилище. Квартира была хорошо обставлена и была расположена точно над апартаментами Робинсонов, только двумя этажами выше.

Назавтра было воскресенье. Услышав ближе к вечеру звук захлопнувшейся двери где-то внизу, Пуаро приоткрыл нашу дверь и подозвал меня.

— Взгляните в пролет. Это и есть ваши друзья? Только осторожнее, чтоб они вас не увидели. Я выглянул на лестницу.

— Эти… они, — прошептал я, запинаясь от волнения.

— Хорошо. Подождем еще.

---

[1] Ну как (фр.)

Еще через полчаса из квартиры вышла молодая женщина в ярком сверкающем и переливающемся на свету платье. Пуаро на цыпочках, явно удовлетворенный, вернулся в квартиру.

— C'est ca.[1] После хозяев — прислуга. Теперь в квартире никого не должно быть.

— Ну и… что теперь? — не без опаски спросил я. Пуаро поспешил в буфетную и подтянул канат угольного подъемника.

— Теперь нам придется испытать участь пакетов с золой и мусором, — пояснил он бодро. — Надеюсь нас никто не заметит. Воскресный концерт, воскресный отдых после ленча, наконец, воскресная дремота после воскресного английского ростбифа на обед — все эти приятные радости отвлекут внимание жильцов от наших с вами делишек, Гастингс. Вперед, мой друг.

Он ступил в грубую деревянную коробку подъемника, я нерешительно последовал за ним.

— Мы что, собираемся вторгнуться в квартиру? — снова опасливо спросил я.

Ответ Пуаро был утешительным, но не слишком:

— Не уверен, что именно сегодня.

Перебирая канат, мы медленно спустились до третьего этажа. Увидев, что деревянная дверца подъемника не заперта, Пуаро сначала облегченно вздохнул, а затем сокрушенно сказал:

— Напрасно они не запирают их на засов. Ведь кто угодно может подняться или спуститься так же, как и мы. А может, на ночь они запирают? Лучше все-таки подстраховаться.

С этими словами он вытащил из кармана какие-то инструменты и стал колдовать над запором. Нужно было устроить так, чтобы засов можно было открыть изнутри. Вся операция заняла не больше трех минут, после чего он спрятал инструменты и мы вернулись к себе.

---

1 Так (фр.)

В понедельник Пуаро отсутствовал весь день. Вернулся он к самому вечеру и с довольным видом рухнул в свое кресло.

— Не хотите ли выслушать одну историю, Гастингс? Историю, которая развлечет вас, поскольку напоминает ваши любимые кинофильмы?

— Валяйте, — засмеялся я. — Надеюсь, это не очередное творение вашей неуемной фантазии.

— Никакой фантазии. Инспектор Джепп из Скотленд-Ярда удостоверит подлинность моего рассказа, поскольку он с самого начала занимался этим делом. Слушайте же, Гастингс. Примерно полгода назад некто выкрал из одного американского правительственного учреждения очень важные документы. А именно, планы оборонительных сооружений наиболее значительных военно-морских баз, которые могли бы заинтересовать какое-нибудь иностранное правительство — Японии, например. Подозрение пало на молодого человека по имени Луиджи Вальдарно, итальянца по происхождению, который был каким-то мелким служащим в этом учреждении и исчез в тот же день, что и документы. Украл он их или нет — только двумя днями позже его застрелили в нью-йоркском Ист-Сайде.[1]

Документов при нем не оказалось. А незадолго до этого Луиджи Вальдарно видели с некой мисс Эльзой Хардт, молодой певичкой. На сцене она появилась недавно, раньше жила в Вашингтоне с братом — снимали там квартиру. Что же касается прошлое мисс Хардт, то оно покрыто мраком. После смерти Луиджи Вальдарно она исчезла, и есть все основания предполагать, что в действительности она работает на одну из иностранных разведок. Есть доказательства, что в ее послужном списке не одно преступление, совершенное на территории Великобритании. Секретная служба Соединенных Штатов отчаянно пыталась ее выследить, а также держала в поле зрения некоторых

[1] Ист-Сайд — центральная часть района Манхэттен.

японцев, живущих в Вашингтоне. Ведь очевидно, что, когда она сочтет, что ей ничего не угрожает, она попытается вступить с кем-нибудь из них в переговоры. Один из этих вашингтонских японцев две недели назад внезапно выехал в Англию. Что косвенно свидетельствует о том, что Эльза Хардт, возможно, находится здесь. — Пуаро помедлил, а затем вкрадчивым голосом добавил:

— Внешние данные Эльзы Хардт таковы: рост пять футов семь дюймов,[1] глаза голубые, нос прямой, волосы рыжеватые, прекрасно сложена, особых примет нет.

— Миссис Робинсон! — выдохнул я.

— Вполне возможно, — уточнил Пуаро. — Также я выяснил, что жильцами четвертого номера сегодня утром интересовался какой-то смуглый мужчина, по виду иностранец. Так что, mon ami, боюсь, что сегодняшней ночью вам придется отказаться от сладких сновидений и разделить со мною бодрствование в этой таинственной квартире — кстати, прихватите на всякий случай ваш замечательный револьвер!

— Идет! — воскликнул я с энтузиазмом. — Когда приступим?

— Как мне представляется, полночь — торжественный и наиболее подходящий час. Самое интересное всегда происходит в это время.

Ровно в двенадцать мы осторожно забрались в подъемник и опустились на третий этаж. Пуаро, подняв болт, открыл дверцу, и мы проникли в буфетную. Оттуда мы проследовали на кухню, где удобно расположились на стульях, оставив дверь в холл приоткрытой.

— Теперь остается только ждать, — удовлетворенно сказал Пуаро и прикрыл глаза.

Для меня ожидание длилось мучительно долго. Ужасно хотелось спать. Мне казалось, что прошло по меньшей мере часов восемь (позже выяснилось, что было всего час двадцать), когда послышалось какое-то царапанье. Пуаро коснулся моей руки. Я поднялся, и мы

---

[1] Что соответствует ста семидесяти сантиметрам.

вместе направились к холлу. Звук доносился оттуда. Пуаро зашептал мне на ухо:

— Это снаружи. Что-то пытается сделать с замком. Когда я скомандую — не раньше! — кидайтесь на него и держите. И будьте осторожны, он может быть вооружен.

Тут же раздался треск, появился лучик света на месте вывалившегося замка, и вслед за этим дверь медленно отворилась. Мы с Пуаро прижались к стене. Когда вошедший проходил мимо нас, я услышал тяжелое дыхание. Он снова зажег фонарик, и тогда Пуаро прошипел мне прямо в ухо:

— Allez![1]

Мы прыгнули разом, Пуаро ловко накинул ему на голову шерстяной шарф, а я принялся выкручивать руку, в которой он держал нож. Действовали мы бесшумно и быстро. Мне удалось связать ему руки, а когда он к тому же увидел у меня в руках револьвер, то сразу успокоился — понял, что сопротивляться бесполезно.

Пуаро наклонился к нему и что-то долго шептал на ухо. Мужчина в ответ кивнул. Пуаро поднял руку, призывая всех не шуметь, и мы двинулись вниз по лестнице. Когда мы вышли на улицу, Пуаро, шествовавший, естественно, впереди, обернулся ко мне:

— За углом ждет такси. Дайте мне револьвер. Он нам больше не понадобится.

— А если этот тип вздумает бежать?

— Не вздумает, — улыбнулся Пуаро.

Через минуту я вернулся к поджидавшему нас такси. Пуаро уже снял шарф с лица незнакомца, и я вздрогнул от неожиданности.

— Это не Джепп, — шепнул я Пуаро.

---

[1] Пора! (фр.)

— Вы всегда отличались наблюдательностью, Гастингс. Ничто от вас не может укрыться. Нет, этот человек не Джепп. Он ведь итальянец.

Мы сели в такси, и Пуаро назвал адрес в Сент-Джонсвуд.[1] Я уже ничего не понимал. Расспрашивать Пуаро в присутствии итальянца не хотелось, и я безрезультатно ломал голову над происходящим.

Мы вышли у маленького домика, стоявшего в стороне от дороги. Какой-то пьяный, шедший по тротуару, едва не столкнулся с Пуаро. Тот довольно резко что-то ему сказал, но я не расслышал, что именно. Мы поднялись по ступенькам на крыльцо. Пуаро жестом приказал нам отойти в сторону и позвонил. В ответ — ни звука, он позвонил снова, потом схватил дверной молоток и несколько минут усердно колотил им в дверь.

Внезапно в дверной фрамуге появился свет, и она немного приотворилась.

— Какого дьявола? — резко спросил мужской голос.

— Мне нужен врач. У меня заболела жена.

— Нет здесь никакого врача.

Мужчина уже собирался захлопнуть дверь, но Пуаро ловко вставил в щель ногу. Сейчас он представлял собой замечательную карикатуру на разъяренного француза.

— Да вы что? Как это — нет врача? Я найду на вас управу! Вы обязаны пойти со мной! Иначе я буду звонить и стучать всю ночь.

— Но, почтеннейший… — Дверь снова открылась, и мужчина, облаченный в халат и домашние туфли, вышел из двери, чтобы попытаться утихомирить Пуаро. При этом он тревожно озирался вокруг.

— Я сейчас позову полицию. — Пуаро немного подался назад.

— Нет, нет, ради всего святого! — Мужчина бросился к нему.

---

[1] Сент-Джонсвуд — район на северо-западе Лондона.

Коротким ударом Пуаро сбил его с ног. В следующий момент мы втроем уже оказались за дверью, которая тут же была захлопнута и закрыта на засов.

— Сюда — быстро. — Пуаро первым поспешил в ближайшую комнату, включив на ходу свет. — А вы спрячьтесь за занавеской, — приказал он итальянцу.

— Si, signer,[1] — сказал тот и скользнул за плотные складки розового бархата, укрывавшего оконный проем.

И как раз вовремя. Едва он успел спрятаться, в комнату стремительно вошла женщина. Высокого роста, с золотисто-рыжими волосами. Ее стройную фигуру окутывало алое кимоно.

— Где мой муж? — вскрикнула она, окинув нас испуганным взглядом. — Кто вы такие?

Пуаро вышел вперед и галантно поклонился.

— Смею надеяться, он не очень замерзнет. Я заметил, что на нем теплый халат.

— Кто вы? Что делаете в моем доме?

— Мы действительно не имели удовольствия быть вам представлены, мадам. Это тем более грустно, что один из нас прибыл из Нью-Йорка специально ради встречи с вами.

Занавеска раздвинулась, и итальянец выскочил из своего укрытия. Я похолодел от ужаса, увидев, что он размахивает моим револьвером, который Пуаро конечно же обронил в такси.

Женщина пронзительно взвизгнула и повернулась, собираясь бежать, но перед нею стоял Пуаро.

— Дайте мне пройти… Выпустите! — вскрикнула она пронзительно. — Он убьет меня.

— Кто пришил Луиджи Вальдарно? — прохрипел итальянец, размахивая револьвером и беря нас по очереди на мушку.

---

[1] Да, синьор (ит.)

Мы замерли, не осмеливаясь пошевелиться.

— О Боже, мы пропали, Пуаро. Что же нам делать?! — завопил я.

— Я буду вам очень признателен, Гастингс, если воздержитесь от неумеренной болтовни. Могу заверить, что наш друг не выстрелит, пока я не позволю.

— Не слишком ли ты в этом уверен, а? — Итальянец злобно осклабился.

Я-то точно не был в этом уверен, но женщина тут же снова кинулась к Пуаро:

— Что вам от меня нужно?

— Думаю, нет необходимости оскорблять мисс Эльзу Хардт излишними разъяснениями. Уверен, что она уже все поняла.

Женщина молниеносно схватила большую черную бархатную кошку, служившую подставкой для телефона.

— Они здесь, внутри.

— Отлично придумано, — пробормотал Пуаро и отошел в сторону. — Всего хорошего, мадам. Я задержу вашего нью-йоркского друга, пока вы не уйдете.

— Какой же ты идиот! — прогрохотал итальянец и, подняв револьвер, выстрелил прямо в удалявшуюся женскую фигуру — в тот самый момент, когда я бросился на него.

Но раздался всего лишь слабый щелчок, и тут же укоризненный голос Пуаро произнес:

— Все-то вы не доверяете своему старому другу, Гастингс. Ну неужели вы могли подумать, что я доверил бы заряженный револьвер почти незнакомому человеку... Нет-нет, mon ami, — обратился он к итальянцу, извергавшему потоки ругательств. — Вы должны быть мне благодарны, — продолжал он с мягкой укоризной. — Я спас вас от виселицы. Вы что же, подумали, что наша прекрасная леди ускользнет от правосудия. Нет-нет, дом окружен со всех сторон. Она прямехонько попадет в руки полиции. Разве это вас не утешает? Теперь можете идти. Только будьте осторожны, очень осторожны... А, он уходит, и мой друг Гастингс глядит на меня с таким упреком. Но все так просто. С самого начала было очевидно, что из нескольких, вероятно, сотен желавших снять квартиру номер четыре в доме Монтегю подошли только Робинсоны. Почему? Что же такое выделило их из прочих, если рассудить трезво? Их внешность? Возможно, но в ней нет ничего необычного. Тогда — их фамилия!

— Но в фамилии Робинсон тоже нет ничего необычного! —

вскричал я. — Вполне заурядная фамилия.

— Бог мой, вот именно! В том-то все дело! Эльза Хардт и ее муж, брат или кем он ей на самом деле приходится прибывают из Нью-Йорка и снимают квартиру на имя мистера и миссис Робинсон. Вдруг они узнают, что одно из тайных обществ — то ли мафия, то ли каморра[1] — к которому, несомненно, принадлежал Луиджи Вальдарно, напало на их след. Что делать? Им приходит в голову до гениального простой план. Безусловно, им известно, что преследователи не знают их в лицо, а знают лишь то, что они сняли квартиру в Монтегю под фамилией Робинсон и то, что у Эльзы Хардт рыжие волосы. Они сдают квартиру по баснословно низкой цене. Что может быть проще? Среди тысяч молодых пар в Лондоне, ищущих квартиру, не могло не оказаться нескольких Робинсонов. Требовалось только запастись терпением. Если вы взглянете на фамилию Робинсон в телефонном справочнике, то сможете представить себе, что рыжекудрая миссис Робинсон со временем обязательно должна была объявиться. Что тогда случилось бы? Человек прибывает. Он знает фамилию, знает адрес. Он наносит удар! Все кончено, месть осуществлена, и мисс Эльза Хардт вновь ускользает из-под самого их носа. Кстати, Гастингс, вы обязаны представить меня настоящей миссис Робинсон, этому восхитительному и очень непосредственному созданию. Кстати, что они подумают, когда увидят, что произошло с их квартирой?! Нам следует туда поспешить. А вот и Джепп со своими друзьями. Послышался условный стук в дверь.

— Как вы узнали этот адрес? — спросил я, выходя за Пуаро в холл. — Ах да, конечно, вы проследили за первой миссис Робинсон, когда она съезжала с квартиры.

— Отлично, Гастингс. Наконец-то вы используете свои серые клеточки. А теперь маленький сюрприз для Джеппа.

---

[1] Каморра (ит.) — тайная бандитская организация, существовавшая на юге Италии в XVIII–XIX веках.

Тихо отворив дверь, он просунул в щель голову кошки и пронзительно мяукнул.

Инспектор Скотленд-Ярда, стоявший снаружи с каким-то незнакомцем, подскочил от неожиданности.

— Опять этот Пуаро со своими шуточками! — воскликнул он, когда вслед за кошкой в щели показалась голова моего друга. — Впустите-ка нас.

— Наши друзья целы и невредимы?

— Да, мы получили их в лучшем виде. Но с ними не было товара.

— Можно было догадываться. Так вы хотите здесь сделать обыск. Хорошо. Мы с Гастингсом как раз собирались уходить, но я мог бы задержаться, чтоб прочесть вам небольшую лекцию об истории домашних кошек и их привычках.

— О Господи! Вы что, совсем свихнулись?

— Еще древние египтяне, — с пафосом произнес Пуаро, — поклонялись кошке как божеству. До сих пор считается хорошим предзнаменованием, если черная кошка перейдет вам дорогу. Сегодня ночью вот эта кошка пересекла путь вам, Джепп. Я знаю, в Англии считается невежливым касаться в разговоре личных проблем какой-либо особы и даже животного. Но проблемы этой кошки особенно деликатны. Я имею в виду ее внутренние проблемы.

Внезапно незнакомец с ворчанием выхватил кошку из рук Пуаро.

— Я забыл представить вам моего коллегу, мистер Пуаро. Это мистер Берт из Секретной службы Соединенных Штатов.

Тренированные пальцы американца тут же нащупали под кошачьим брюхом, то что он искал, и на мгновение дар речи оставил его. Но он быстро справился с собой и со сдержанной вежливостью произнес:

— Чрезвычайно рад с вами познакомиться.

Тайна охотничьей сторожки

— Вполне возможно, — пробормотал Пуаро, — что я все-таки останусь жив.

Услышав эти слова, я воспрял духом. Сначала я свалился с тяжелейшим гриппом, а потом пришел черед Пуаро. И вот теперь он сидел в постели, обложенный подушками, с закутанной в шерстяную шаль головой, и медленно потягивал отвар, который я приготовил по его личному рецепту. Взгляд его блуждал по длинному ряду бутылочек с лекарствами на каминной доске.

— Да, да, — продолжал мой друг. — Я скоро оправлюсь и стану прежним великим Эркюлем Пуаро, грозой преступников. Кстати, mon ami, я нашел в разделе «Светских сплетен» один любопытный пассаж о своей персоне. Вы только послушайте: «Преступники чувствуют себя вольготно, потому что наш дорогой Эркюль Пуаро (и поверьте, милые девушки, он и впрямь истинный Геракл), не может их схватить. Почему? Дело в том, что он сам в плену у гриппа!» Каково, а?!

Я рассмеялся.

— Это же замечательно, Пуаро. Вы становитесь популярным. И ничего удивительного. Ведь в последнее время вам посчастливилось принять участие в расследовании всех мало-мальских интересных дел.

— Это верно. А те несколько случаев, от которых мне пришлось отказаться, были абсолютно ординарны.

В дверь заглянула наша домохозяйка.

— Там внизу какой-то господин. Говорит, ему необходимо увидеть мосье Пуаро или вас, капитан. Он выглядит крайне взволнованным, но чувствуется, что это джентльмен. Я принесла его визитную карточку.

— «Мистер Роджер Хэверинг», — прочел я на карточке. Пуаро кивком указал на книжный шкаф, и я покорно вынул четвертый том справочника «Кто есть кто»[1] и протянул его Пуаро. Он быстро перелистал страницы.

— Второй сын пятого барона Винсдора. Женился в тысяча девятьсот тринадцатом году на Зое, четвертой дочери Уильяма Крабба.

— Гм, — кашлянул я. — Полагаю, что это та девушка, которая играла в «Фриволити», только там она называла себя Зоя Каррисбрук. Я припоминаю, что она перед самой войной вышла замуж за какого-то молодого человека.

— Гастингс, может быть, вам будет интересно узнать, какая беда привела сюда нашего посетителя? Передайте ему, пожалуйста, мои извинения.

Роджеру Хэверингу было около сорока. У него была великолепная осанка, и вообще он выглядел щеголем. Лицо его, однако, было заметно осунувшимся, а вся его повадка выдавала крайнюю тревогу.

— Капитан Гастингс? Насколько мне известно, вы партнер мосье Пуаро. Совершенно необходимо, чтобы он сегодня же отправился со мной в Дербшир.

— Боюсь, что это невозможно, — ответил я. — Пуаро лежит в постели — грипп.

Гость был просто сражен этим известием.

— О Господи! Что же мне теперь делать?

— У вас какая-то серьезная проблема?

— Боже мой, ну конечно. Мой дядя, мой лучший и ближайший друг, был предательски убит прошлой ночью.

— Здесь, в Лондоне?

— Нет, в Дербшире. Я-то сам как раз был в Лондоне, а сегодня утром пришла от жены телеграмма…

---

[1] «Кто есть кто» — ежегодный биографический справочник; публикует сведения преимущественно о британских подданных. Издается с 1840 года.

И я сразу направился к мосье Пуаро, в надежде, что он возьмется за это дело.

— Простите, я отлучусь на минутку, — сказал я, поскольку мне неожиданно пришла в голову одна идея.

Я ринулся наверх и в нескольких словах описал Пуаро ситуацию. Он сразу догадался, что я собираюсь сказать дальше.

— Понятно, понятно. Вы хотите сами туда отправиться, не так ли? Собственно, почему бы и нет. Методы мои вы, вероятно, уже освоили. Единственное, о чем я вас прошу: присылайте мне каждый день подробные отчеты и неукоснительно следуйте любым моим инструкциям, которые получите по телеграфу.

Час спустя я сидел напротив мистера Хэнеринга в вагоне первого класса, который стремительно уносил нас от Лондона.

— Сейчас мы с вами направляемся в Охотничью сторожку, где произошла трагедия. Но имейте в виду, капитан: это всего лишь маленький охотничий домик — в самом центре дербширских торфяников. Дом же наш расположен около Ньюмаркета, и, кроме того, мы обычно снимаем квартиру в Лондоне — на время сезона. За Охотничьей сторожкой следит экономка, которой вполне по силам подготовить все необходимое, когда мы надумаем провести там выходные. Конечно, на время охотничьего сезона мы привозим туда несколько слуг из Ньюмаркета. Мой дядя, мистер Хэррингтон Пейс (как вам известно, моей матерью была мисс Пейс, из тех Пейсов, которые осели в Нью-Йорке), последние три года жил с нами. Он никогда не ладил ни с моим отцом, ни со старшим братом. Я же считался в семье блудным сыном, но подозреваю, что мое неповиновение традициям лишь усилило его привязанность ко мне. Конечно, я человек бедный, а дядя был богат, в общем, он нес все расходы. Он был немного придирчив, но я и моя жена жили с ним в полном согласии. Два дня тому назад дядя, которому наскучили всякие светские рауты, уговорил нас съездить ненадолго в Дербшир. Жена телеграфировала миссис Миддлтон — так зовут нашу экономку, — и мы в тот же день отправились туда. Вчера вечером мне пришлось вернуться в Лондон, а жена с дядей остались. А сегодня утром получаю телеграмму:

«ПРИЕЗЖАЙ НЕМЕДЛЕННО ДЯДЯ УБИТ ПРОШЛЫМ ВЕЧЕРОМ ЕСЛИ СМОЖЕШЬ НАЙДИ ХОРОШЕГО ДЕТЕКТИВА НО В ЛЮБОМ СЛУЧАЕ ПРИЕЗЖАЙ ЗОЯ».

— Стало быть, вы пока не знаете никаких подробностей?

— Нет, я полагаю, что информация будет в вечерних газетах. Полиция наверняка уже в курсе.

Было около трех часов, когда мы приехали на маленькую станцию Элмерс Дейл. Еще пять миль на машине — и мы оказались около маленького домика из серого камня. Вокруг простирались поросшие вереском торфяники.

— Пустынное место, — поежился я. Хэверинг кивнул.

— Попытаюсь продать этот дом. Никогда больше не смогу здесь жить.

Мы открыли калитку и двинулись по узкой дорожке к входной дубовой двери. Вскоре я увидел, что с крыльца к нам навстречу шагнул человек, сразу же показавшийся мне знакомым.

— Джепп! — воскликнул я.

Дружелюбно мне подмигнув, инспектор Скотленд-Ярда обратился к моему спутнику:

— Мистер Хэверинг, я полагаю? Меня прислали из Лондона для расследования этого дела. Вы позволите вас на пару слов, сэр?

— Но меня ждет жена.

— Я уже видел вашу очаровательную супругу, сэр, и экономку тоже. Мне не хотелось бы вас задерживать, но, поскольку я все уже здесь осмотрел, мне срочно нужно в деревню.

— Я пока не знаю ничего определенного…

— Конечно, — успокаивающе произнес Джепп, — но у меня есть кое-какие соображения, и мне хотелось бы узнать вашу точку зрения. Капитан Гастингс давний мой знакомый. Он не откажет нам в любезности: пойдет и сообщит вашей супруге, что вы приехали. А кстати, что вы сотворили с маленьким бельгийцем, капитан?

— Он не встает с постели. Грипп.

— Вот как? Сочувствую. И вам тоже — вы ведь теперь в одиночестве, ну прямо как телега без лошади.

Проглотив эту неуместную шутку, я поднялся на крыльцо. Как только Джепп с Хэверингом удалились, я позвонил в дверь. Через несколько минут мне открыла женщина средних лет, одетая в черное.

— Мистер Хэверинг будет через несколько минут, — объяснил я. — Его задержал инспектор. Я приехал вместе с мистером Хэверингом из Лондона, чтобы расследовать это дело. Не могли бы вы мне коротко рассказать, что произошло?

— Входите, сэр.

Она закрыла за мной дверь, и мы оказались в плохо освещенном холле.

— Это случилось вчера вечером после обеда, когда пришел тот человек. Он сказал, что хочет видеть мистера Пейса, у него был такой же акцент, как и у мистера Пейса, сэр, и я решила, что это его друг из Америки, и проводила его в оружейную комнату, а потом пошла сказать мистеру Пейсу. Этот джентльмен не назвал своего имени. Странно, правда? Но тогда я как-то не обратила на это внимания Я доложила мистеру Пейсу о госте. Тот вроде как удивился, но все же сказал хозяйке: «Извини меня, Зоя, я только спрошу, что ему нужно». Он пошел в оружейную, а я вернулась на кухню, но через некоторое время слышу — уж больно громко они там разговаривают, будто ссорятся. Я пошла в холл. Хозяйка тоже спустилась туда. Вдруг раздался выстрел и затем — тишина. Мы обе кинулись к двери в оружейную, но она была заперта, и нам пришлось бежать вокруг дома к окну. Оно было открыто. И там, внутри, в луже крови, лежал мистер Пейс.

— А куда делся гость?

— Должно быть, выбрался через окно, сэр, прежде чем мы прибежали.

— Что же было дальше?

— Миссис Хэверинг отправила меня в полицию. А это пять миль пешком, сэр! Они приехали сюда со мной, и констебль остался здесь на ночь, а утром приехал тот джентльмен из лондонской полиции.

— Как выглядел человек, который пришел к мистеру Пейсу?

Экономка задумалась.

— У него была черная борода, сэр. Не очень молодой, но и не старый, в светлом пальто. Кроме того, что он говорил с американским акцентом, я ничего больше не запомнила…

— Понятно. А теперь я бы хотел побеседовать с миссис Хэверинг.

— Она наверху, сэр. Как о вас доложить?

— Скажите ей, пожалуйста, что мистер Хэверинг на улице беседует с инспектором Джеппом и что джентльмен, которого мистер Хэверинг привез с собой из Лондона, очень хочет поговорить с ней. И как можно скорее.

— Хорошо, сэр.

Я горел от нетерпения заполучить все факты. У Джеппа была фора часа в два или три, и его подозрительное стремление поскорее уйти в деревню вызвало во мне страстное желание последовать за ним.

Миссис Хэверинг не заставила себя долго ждать. Через несколько минут я услышал легкие шаги на лестнице и, подняв голову, увидел очаровательную молодую женщину. На ней был алый джемпер, который подчеркивал мальчишечью стройность ее фигуры. Маленькая кожаная шляпка, того же цвета, отлично смотрелась на ее темных кудрях. Даже шок от происшедшей трагедии не мог заглушить так и брызжущее из нее жизнелюбие.

Я представился, и она кивнула, давая знать, что мое имя ей знакомо.

— Я много слышала о вас и о вашем коллеге мосье Пуаро. Вы вместе столько раз добивались потрясающих результатов! Мой муж просто молодец, что решил привезти именно вас. Ну а теперь задавайте мне вопросы. Это самый надежный способ разобраться в этой ужасной истории, не правда ли?

— Когда это произошло?

— Около девяти. Мы только что отобедали и уже пили кофе и курили.

— Вашего мужа уже не было дома?

— Да, он поехал на поезде в восемнадцать пятнадцать.

— Он отправился на станцию на машине или пешком?

— У нас здесь нет машины. За ним пришла машина из гаража в Элмерс Дейл.

— Вы не заметили ничего странного в поведении мистера Пейка?

— Абсолютно ничего. Он был совершенно такой же, как всегда.

— Не могли бы вы описать незнакомца?

— К сожалению, нет. Я его не видела. Миссис Миддлтон проводила его прямо в оружейную комнату, а затем прошла доложить о нем дяде.

— И как на это отреагировал ваш дядя?

— Мне показалось, он удивлен, но тем не менее сразу же пошел туда. Минут через пять до меня донесся разговор на повышенных тонах. Я кинулась в холл и чуть не сбила с ног миссис Миддлтон. Потом мы услышали выстрел. Дверь в оружейную была заперта изнутри, и нам пришлось обойти вокруг дома, чтобы подойти к окну. Конечно, это заняло время, и убийца успел скрыться. Мой бедный дядя, — ее голос задрожал, — выстрел был прямо в голову. Я сразу поняла, что он мертв, — и послала миссис Миддлтон за полицией. Я была очень осторожна: ни к чему не прикасалась и все оставила так, как было.

Я одобрительно кивнул.

— Ну а что с оружием?

— На стене висела пара пистолетов моего мужа. Один из них пропал. Я сообщила об этом полиции, и они забрали второй с собой. Когда извлекут пулю, думаю, они будут знать наверняка.

— Могу я пройти в эту комнату?

— Да, конечно. Полиция уже закончила осмотр. Правда, тело уже убрали.

Она повела меня на место преступления. Тут в холл вошел Хэверинг. Извинившись, леди бросилась к нему, и я остался один.

Сразу должен отметить, что результаты осмотра комнаты были весьма обескураживающими. В детективных романах обычно повсюду разбросаны улики, но здесь я не обнаружил ничего примечательного, за исключением огромного кровавого пятна на ковре, где, по моему заключению, лежал покойник. Я все усердно обследовал и даже сделал пару снимков фотоаппаратом, который прихватил с собой. Осмотрел землю под окном, но она была настолько затоптана, что и я решил не терять там попусту время. Короче, я обследовал в Охотничьей сторожке все, на что стоило обратить внимание. И теперь мне необходимо было вернуться в Элмерс Дейл и поговорить с Джеппом. Я простился с Хэверингами и отправился на станцию на той же машине, которая привезла нас сюда.

Я нашел Джеппа в гостинице «Мэтлок Арме», и он повел меня в морг взглянуть на покойника. Хэррингтон Пейс был небольшого роста, худощав, чисто выбрит, словом, выглядел как типичный американец, за исключением того, что в затылке у него зияла дырка.

— Он только отвернулся, — пояснил Джепп, — как его приятель схватил пистолет и выстрелил. Пистолет, который нам вручила миссис Хэверинг, был заряжен, думаю, второй был заряжен тоже. Удивительно, какие дурацкие идеи приходят людям в голову… Что за фантазия держать в доме заряженные пистолеты?

— Что вы думаете об этом деле? — спросил я, когда мы вышли из этого печального заведения.

— Ну, поначалу я подозревал Хэверинга. Да-да, — произнес он, заметив мое изумление. — В прошлом у Хэверинга было несколько весьма сомнительных историй. Когда он учился в Оксфорде, он подделал подпись на бланке из отцовской чековой книжки. Дело, конечно, замяли. Кроме того, он по уши в долгах, и среди них есть такие, о которых его дяде лучше было бы не знать, ну и самое главное: завещание составлено в его пользу. Да, я подозревал его. Потому и перехватил у крыльца — хотел поговорить с ним до того, как он встретится с женой. Но их показания совпадают. Он действительно уехал поездом в шесть пятнадцать, который приходит в Лондон в десять тридцать. Я узнавал на станции. А с вокзала отправился прямо в клуб. Если это подтвердят свидетели, то у него абсолютно железное алиби — он никак не мог, нацепив черную бороду, застрелить своего дядю, ибо, когда произошло убийство, он находился в поезде!

— Кстати, я хотел вас спросить, что вы думаете об этой бороде?

Джепп подмигнул мне.

— Я полагаю, что она очень быстро выросла — по дороге от Элмерс Дейл до Охотничьей сторожки. Все американцы, с которыми мне довелось встречаться, были чисто выбриты, а мне уже совершенно ясно, что убийцу надо искать среди американских знакомых мистера Пейса. Я допросил экономку, затем хозяйку. Их рассказы совпадают. Чертовски жаль, что миссис Хэверинг не видела убийцу! Она женщина сообразительная и наверняка заметила бы что-нибудь, что бы навело нас на след!

Я уселся за подробнейший отчет Пуаро. Но прежде чем отправить письмо, я выяснил, что появилось нового.

Пулю извлекли, и экспертиза подтвердила, что стреляли из пистолета, идентичного тому, который миссис Хэверинг отдала полиции. Кроме того, маршрут мистера Хэверинга был проверен, и, без всяких сомнений, он действительно приехал в Лондон на указанном поезде. И наконец, был обнаружен сенсационный факт. Один из жителей Иллинга отправился утром на вокзал и, пересекая железнодорожные пути, наткнулся на сверток в коричневой бумаге, лежавший на шпалах. Он его вскрыл и обнаружил… пистолет. После чего прямиком отправился в местное отделение полиции. Уже к вечеру было установлено, что это тот самый пистолет, который мы искали, и он — точная копия того, который полиция изъяла у Хэверигов. И из него был произведен один-единственный выстрел.

Все это я, естественно, включил в свой отчет. Утром, во время завтрака, я получил телеграмму от Пуаро:

КОНЕЧНО ЖЕ ЧЕЛОВЕК С ЧЕРНОЙ БОРОДОЙ ЭТО НЕ ХЭВЕРИНГ ТОЛЬКО ВАМ ИЛИ ДЖЕППУ МОГЛА ПРИЙТИ В ГОЛОВУ ТАКАЯ МЫСЛЬ ТЕЛЕГРАФИРУЙТЕ МНЕ ОПИСАНИЕ ВНЕШНОСТИ ЭКОНОМКИ КАКОЕ ПЛАТЬЕ БЫЛО НА НЕЙ СЕГОДНЯ УТРОМ ТОЖЕ О МИССИС ХЭВЕРИНГ НЕ ТРАТЬТЕ ВРЕМЯ НА ФОТОГРАФИИ ИНТЕРЬЕРОВ ОНИ У ВАС ПЛОХО ПОЛУЧАЮТСЯ.

Я был несколько обескуражен шутливым тоном его послания. Я догадался, что он просто завидовал, что я нахожусь в гуще событий и могу вести расследование прямо на месте. Его странный интерес к дамским платьям показался мне просто шутовской выходкой, но я все-таки послал описание туалетов обеих дам, настолько подробное, насколько это способен сделать мужчина, не искушенный в тонкостях моды.

В одиннадцать пришла ответная телеграмма от Пуаро:

ПОСОВЕТУЙТЕ ДЖЕППУ ПОКА НЕ ПОЗДНО АРЕСТОВАТЬ ЭКОНОМКУ.

Эта телеграмма обескуражила меня еще сильнее, но я послушно отнес ее Джеппу. Тот тихо чертыхнулся.

— Он очень толковый человек, этот мосье Пуаро! Просто так такие телеграммы слать не станет. А я-то на эту тихоню и внимания не обратил. Но как арестовать ее — без всякого повода? Надо бы за ней последить. Пойдемте ее навестим.

Но мы опоздали. Миссис Миддлтон словно растворилась в воздухе. Она оставила саквояж. В нем была только обычная одежда. Никакой зацепки, чтобы установить ее личность или местонахождение.

Миссис Хэверинг рассказала о ней следующее:

— Я наняла ее недели три назад, поскольку наша прежняя экономка, миссис Эмери, попросила расчет. Ее направили ко мне из агентства миссис Сэлбурн — это очень солидное заведение. Все мои слуги оттуда. Они присылали ко мне нескольких женщин, но миссис Миддлтон показалась мне наиболее симпатичной, к тому же у нее были великолепные рекомендации. Я сразу же наняла ее и известила об этом агентство. Такая милая, спокойная женщина. Нет, тут какое-то недоразумение.

Действительно, вся эта история была загадкой. Было совершенно ясно, что сама экономка не могла совершить преступления — ведь в тот момент миссис Хэверинг находилась с ней в холле. Тем не менее она могла иметь какое-то отношение к убийце, иначе почему она так неожиданно исчезла?

Я телеграфировал о развитии событий Пуаро и предложил запросить агентство Сэлбурн.

Ответ моего друга не заставил себя ждать:

В УПОМЯНУТОМ ВАМИ АГЕНТСТВЕ НАВЕРНЯКА НИКТО НИКОГДА О НЕЙ НЕ СЛЫШАЛИ ВЫЯСНИТЕ НА КАКОМ ТРАНСПОРТЕ ОНА ДОБРАЛАСЬ В СТОРОЖКУ КОГДА ВПЕРВЫЕ ПРИБЫЛА ТУДА.

Я был озадачен, но покорно занялся выяснением этого обстоятельства. Транспортные средства в Элмерс Дейл были весьма ограничены. В местном гараже стояли два сильно побитых «форда», а на станции было два наемных экипажа. Но в тот день ими никто не пользовался. В ответ на мой вопрос миссис Хэверинг объяснила, что она дала экономке деньги на переезд в Дербишир. Их было достаточно, чтобы нанять машину или экипаж до Охотничьей сторожки. Обычно на станции дежурит один из «фордов» На случай, если он кому-нибудь понадобится. Принимая во внимание тот факт, что в роковой вечер никто на станции не приметил никаких незнакомцев ни бородатых, ни бритых, можно было сделать вывод, что убийца приехал на какой-то еще машине, которая ждала его неподалеку от сторожки. На ней он потом и отбыл. Видимо, та же машина доставила на новое место службы и таинственную экономку. Я должен отметить, что запрос в агентство подтвердил прогнозы Пуаро. В их списках миссис Миддлтон не значилась. Они получили заявку почтенной миссис[1] Хэверинг и послали к ней несколько претенденток. Она оплатила за услуги, но забыла сообщить, какую из женщин приняла на работу.

Весьма озадаченный, я вернулся в Лондон. Я нашел Пуаро удобно устроившимся в кресле у огня, одетым в яркий шелковый халат. Он сердечно меня поприветствовал.

— Mon ami, Гастингс! Как же я рад вас видеть. Воистину я к вам очень привязан. Как настроение? Вам пришлось здорово поработать со стариной Джеппом? Вы уже вполне насладились расследованием?

— Пуаро, — воскликнул я, — вся эта история полна тайн! Это преступление никогда не будет раскрыто.

— Да уж, на этот раз нам не удастся насладиться триумфом победителей.

— Наверняка не удастся. Это дело — твердый орешек!

— Ну пока мне удавалось справляться с крепкими орешками! Я знаю, кто убил мистера Хэррингтона Пейса. Смущает меня совсем не это...

— Вы знаете?! — перебил его я. — Но как вам удалось это выяснить?

— Ваши исчерпывающие ответы на мои телеграммы содержали достаточное количество важных фактов. Вот что, Гастингс. Давайте по порядку. Будем действовать методически. Итак. Мистер Хэррингтон Пейс обладал значительным состоянием, которое после его смерти, без сомнения, перейдет к его племяннику, — это первое. Известно, что его племянник в тяжелом финансовом положении, — второе. Известно также, что его племянник, ну, скажем, не слишком отягощен моральными устоями, — это третье.

---

[1] ...получили заявку почтенной миссис... — Титулование жены дворянина (в данном случае баронессы).

— Но ведь точно доказано, что Роджер Хэверинг во время убийства находился в поезде, который направлялся в Лондон?!

— Precisement,[1] и, кроме того, мистер Хэверинг покинул Элмерс Дейл в шесть пятнадцать, а мистер Пейс не мог быть убит до его отъезда, иначе врач, освидетельствовавший труп, назвал бы другое время преступления. Из всего этого мы смело можем заключить, что мистер Хэверинг не стрелял в своего дядю. Но ведь в сторожке находилась еще и миссис Хэверинг.

— Это невозможно! В момент выстрела с ней была экономка.

— Ах да, та самая, которая вдруг исчезла.

— Но ее найдут.

— Я совсем в этом не уверен. Вы не находите, Гастингс, что в этой таинственной экономке есть нечто очень странное? Меня лично кое-какие обстоятельства сразу насторожили.

— Вот-вот, она сыграла свою роль, а затем исчезла.

— И какая же у нее была роль?

— Ну, очевидно, она должна была помочь своему сообщнику, человеку с черной бородой.

— О нет, ее роль состояла совсем не в этом. Ее роль заключалась в том, о чем вы сами только что упомянули: обеспечить миссис Хэверинг алиби на момент убийства. И теперь никому и никогда не удается найти эту почтенную особу, mon ami, потому что ее попросту не существует в природе! «Такого человека никогда не было», как сказал ваш великий Шекспир.

— Это был Диккенс, — пробормотал я, безуспешно пытаясь скрыть улыбку. — Что вы имеете в виду, Пуаро?

— Я имею в виду, что Зоя Хэверинг была до свадьбы актрисой. И вы, и Джепп видели экономку только в полуосвещенном холле. Этакая призрачная фигура в черном, солидная матрона с тихим скорбным голосом. И вспомните: ни вы, ни Джепп, ни местная полиция, которую

---

[1] Совершенно верно (фр.)

вызвала экономка, никогда не видели миссис Миддлтон и ее хозяйку одновременно. Для умной и дерзкой женщины это было просто детской забавой. Сославшись на то, что нужно доложить хозяйке, она мчалась наверх, натягивала на себя яркий джемпер, парик и шляпку. Несколько легких касаний, и старый грим снят, немного краски — и обворожительная Зоя Хэверинг с ее чистым звонким голосом спускается вниз. А на экономку никто особо и не обращал внимания. Да и с чего бы? Она ведь никак не связана с преступлением. У нее тоже надежное алиби.

— А как же пистолет, который нашли в Иллинге? Миссис Хэверинг не могла доставить его туда.

— Нет, это была работа Роджера Хэверинга. Вот это они зря сделали. Этот пистолет на шпалах и навел меня на правильный след. Человек, воспользовавшийся оружием, случайно попавшимся ему под руку, тут же выбросит его, а не потащит с собой в Лондон. Логика их действий, конечно, понятна. Преступники хотели привлечь внимание полиции к месту, расположенному далеко от Дербшира. Им было важно заставить полицию как можно скорее покинуть окрестности Охотничьей сторожки. Конечно, пистолет, который нашли в Иллинге, — совсем не тот, из которого застрелили мистера Пейса. Роджер Хэверинг сделал из него один выстрел, затем привез с собой в Лондон, поехал прямо с вокзала в клуб, чтобы было чем подтвердить свое алиби, а затем быстро на электричку — и в Иллинг. Эта поездка заняла у него около двадцати минут. Он бросил пакет туда, где его и нашли, а сам вернулся в Лондон. А это прелестное создание, его жена, спокойно, после того как они отобедали, застрелила мистера Пейса. Вы помните, что в него стреляли сзади? Это еще один важный момент. Затем она снова зарядила пистолет и повесила его обратно на стену. И начала разыгрывать всю эту немыслимую комедию.

— Невероятно, — пробормотал я, совершенно потрясенный. — И все же…

— И все же — это правда. Bien sur,[1] друг мой, это правда. Но вот как сделать так, чтобы эта милая парочка предстала перед судом, — вот в чем проблема. Конечно, Джепп сделает все, что в его силах. Я ему все подробно написал. Но я очень боюсь, Гастингс, что мы будем вынуждены предоставить их Провидению или Ie bon Dieu,[2] как вам будет угодно.

Опасения моего друга были не напрасны. Хотя Джепп не сомневался в правильности выводов Пуаро, собрать достаточно доказательств, чтобы подтвердить обвинение, полиции не удалось.

Огромное состояние мистера Пейса перешло в руки его убийц. Однако возмездие не миновало их. И когда я прочел в газетах, что в списках погибших в авиакатастрофе значились достопочтенные мистер и миссис Хэверинг, я понял, что Справедливость восторжествовала.

---

[1] Без сомнений (фр.)

[2] Господу Богу (фр.)

Украденный миллион

— О, Господи, сколько раз за последнее время сообщают о похищениях облигаций! — заметил я однажды утром, откладывая газету. — Пуаро, давай забудем на время о науке расследования и займемся самим преступлением.

— Mon ami,[1] ты как раз — как это у вас называется? напал на золотую жилу. Вот, взгляни на это последнее сообщение. Облигации Либерти стоимостью в миллион долларов, которые Лондонский и Шотландский банк послал в Нью-Йорк, исчезли на борту «Олимпии» самым удивительным образом. Ах, если бы не морская болезнь, — пробормотал мечтательно Пуаро, — я бы с восторгом отправился в путешествие на одном из этих огромных лайнеров.

— Конечно, — воскликнул я с воодушевлением, — некоторые из них настоящие дворцы с бассейнами, гостиными, ресторанами, пальмовыми оранжереями, — так что даже трудно поверить, что ты находишься в море.

— Что касается меня, то я всегда знаю, что нахожусь в море, — печально сказал Пуаро. — Все эти безделушки, о которых ты говоришь, мне нисколько не интересны. Но представь себе, сколько гениев инкогнито путешествуют в этих плавучих дворцах, сколько аристократов преступного мира можно там встретить!

Я рассмеялся.

— Так вот что ты задумал! Ты хочешь сразиться с человеком, укравшим облигации Либерти.

Наш разговор прервала хозяйка.

— Мистер Пуаро, вас хочет видеть дама.

Она подала визитную карточку, на которой значилось:

---

[1] Черт возьми! (фр.)

«Мисс Эсме Фаркуар».

Пуаро нырнул под стол и аккуратно положил в корзину для бумаг валявшийся на полу обрывок. После этого он жестом попросил хозяйку принять даму.

Через минуту в гостиной появилась очаровательная девушка лет двадцати пяти, изысканно одетая и сдержанная в движениях. Меня поразили ее большие карие глаза и безупречная фигура.

— Не угодно ли присесть, мадемуазель, — предложил Пуаро.

— Это мой друг, капитан Гастингс, который помогает мне в решении мелких проблем.

— Боюсь, мсье Пуаро, что проблема, с которой я пришла, очень большая, — сказала девушка, очаровательно поклонившись мне и усаживаясь в кресло. — Наверно, вы уже читали об этом в газетах. Я имею в виду «Олимпию» и облигации Либерти.

Наверно, она заметила мелькнувшее на лице Пуаро изумление, потому что быстро добавила:

— Вы, конечно, спросите, что связывает меня с таким серьезным заведением, как Лондонский и Шотландский банк. С одной стороны, ничего, с другой стороны, все. Я обручена с Филипом Риджвеем.

— А! Мистер Риджвей…

— Да, он отвечал за облигации, когда их украли. Конечно, сам он невиновен в пропаже, но это его ошибка. Он ужасно расстроен. Его дядя уверен, что Филип проговорился кому-то на пароходе, что везет облигации. Боюсь, что его карьере пришел конец.

— А кто его дядя?

— Его зовут мистер Вавасур, он один из генеральных директоров банка.

— Мисс Фаркуар, расскажите мне все подробнее.

— Хорошо. Вы знаете, что банк хотел увеличить свои кредиты в Америке и для этого решил выпустить облигации Либерти более чем на миллион долларов. Мистер Вавасур выбрал для поездки своего племянника. Филип много лет занимает место поверенного в банке и хорошо знаком со всеми операциями банка в Нью-Йорке. «Олимпия» отплыла из Ливерпуля двадцать третьего, а облигации были переданы Филипу утром перед отплытием генеральными директорами банка мистером Вавасуром и мистером Шоу. Облигации пересчитали в присутствии Филипа, сложили в пакет, опечатали и сразу же заперли в саквояж.

— Саквояж был с обычным замком?

— Нет, мистер Шоу настоял, чтобы был поставлен специальный замок Хаббсов. Как я уже сказала, Филип уложил пакет на дно саквояжа. Пакет выкрали за несколько часов до прибытия парохода в Нью-Йорк. Сразу же провели самый тщательный обыск всего парохода, но безрезультатно. Облигации будто в воздухе растворились.

Пуаро сделал гримасу:

— Но они все же не растворились, потому что были распроданы мелкими порциями буквально через полчаса после прибытия «Олимпии»! Что ж, теперь мне нужно повидаться с мистером Риджвеем.

— Я как раз собиралась предложить вам позавтракать со мной в «Чеширском сыре». Там будет и Филип. Правда, он не знает, что я обратилась за помощью к вам.

Мы сразу же согласились и отправились в ресторан на такси. Мистер Филип был уже там и весьма удивился, увидев свою невесту в обществе двух незнакомых мужчин. Он оказался приятным молодым человеком, высоким и опрятным, с висками, тронутыми сединой, хотя на вид ему было не больше тридцати.

Мисс Фаркуар подошла к нему и положила руку на плечо.

— Извини меня, Филип, что я пригласила этих джентльменов, не посоветовавшись с тобой. Позволь представить тебе мсье Эркюля Пуаро, о котором ты, наверно, много слышал, и его друга, капитана Гастингса.

Риджвей был потрясен.

— Конечно, я слышал о вас, мсье Пуаро! — воскликнул он, пожимая руку великому сыщику. — Но мне и в голову не могло прийти, что Эсме решит посоветоваться с вами о моем... о нашем несчастье.

— Я боялась, Филип, что ты не позволишь мне сделать это, — кротко сказала мисс Фаркуар.

— И потому решила себя обезопасить, — заметил Риджвей с улыбкой. — Надеюсь, мсье Пуаро, вам удастся пролить свет на эту невероятную загадку. Я просто потерял голову от волнений и тревог.

И в самом деле, лицо его было измученным и осунувшимся.

— Хорошо, — сказал Пуаро, — давайте позавтракаем и вместе обсудим это дело. Я хочу услышать всю историю от самого мистера Риджвея.

Пока воздавали должное великолепному бифштексу и пудингу, Филип Риджвей изложил обстоятельства исчезновения облигаций.

Его рассказ полностью совпадал с тем, что мы уже услышали от мисс Фаркуар. Когда он кончил, Пуаро задал вопрос:

— Мистер Риджвей, а как вы узнали, что облигации похищены?

Риджвей горько рассмеялся.

— Это сразу бросилось в глаза, мсье Пуаро. Мой саквояж в каюте наполовину торчал из-под полки. Он был весь исцарапан и изрезан там, где пытались взломать замок.

— Но, насколько я понял, он был открыт ключом?

— Совершенно верно. Вору не удалось взломать замок, но в конце концов он каким-то образом сумел его открыть.

— Любопытно, — сказал Пуаро. В глазах его появился хорошо знакомый мне зеленоватый свет. — Очень любопытно! Сначала тратится масса времени, чтобы взломать замок, а потом — sapristi![1] — взломщик вдруг обнаруживает, что у него есть ключ. А ведь каждый хаббсовский замок уникален!

— Именно поэтому у вора не могло быть ключа!

— Вы в этом убеждены?

---

[1] Мой друг (фр.)

— Клянусь честью! Кроме того, если есть ключ, зачем тратить время на взлом замка, взломать который просто невозможно.

— Ага! Если мы найдем разгадку, то именно благодаря этому удивительному факту. Прошу не обижаться на мой вопрос: вы абсолютно уверены, что не оставляли саквояж открытым?

Филип Риджвей лишь взглянул на Пуаро, и тот сделал извинительный жест.

— Да-да, я вам верю, хотя такие вещи и случаются иногда. Значит, облигации были украдены не из-за вашей оплошности. Но что же потом сделал с ними вор? Как он ухитрился сойти с ними на берег?

— В том-то и дело! — вскричал Риджвей. — О краже было сообщено таможенникам, и каждую живую душу, покидавшую корабль, буквально прочесали.

— А облигации, я полагаю, были в большом пакете?

— Конечно. Их вряд ли спрятали на пароходе — безусловно, их не спрятали, потому что буквально через полчаса после прибытия «Олимпии» их начали распродавать мелкими партиями.

Я еще не успел послать телеграмму в Лондон, чтобы мне сообщили номера облигаций, когда их уже продали. Один маклер даже уверял меня, что купил несколько облигаций до прибытия «Олимпии».

— А не проходил ли мимо парохода быстроходный катер?

— Только служебный и после тревоги, когда все уже были настороже. Я сам следил, чтобы их не могли передать таким образом. Боже мой, мсье Пуаро, это сводит меня с ума! Люди начинают говорить, что я украл их сам.

— Но ведь вас тоже осматривали, когда вы сходили на берег? — деликатно спросил Пуаро.

— Да, конечно. — Молодой человек смотрел на Пуаро озадаченно.

— Я вижу, что вы не уловили моей мысли, — сказал Пуаро, загадочно улыбаясь. — А теперь я хотел бы произвести некоторые расследования в банке.

Риджвей достал визитную карточку и написал на ней несколько слов.

— Покажите это, и мой дядя примет вас немедленно.

Пуаро поблагодарил его, попрощался с мисс Фаркуар, и мы отправились на Треднидл-стрит, где размещался Лондонский и Шотландский банк. Мы предъявили карточку Риджвея, и клерк провел нас через лабиринт конторок и столов в маленький кабинет на первом этаже, где нас приняли оба генеральных директора. Это были важные господа, поседевшие на службе в банке. Мистер Вавасур носил короткую седую бородку, а мистер Шоу был гладко выбрит.

— Насколько я понимаю, вы занимаетесь исключительно частным сыском, — сказал мистер Вавасур. — А мы полностью положились на Скотланд-Ярд. Этим делом занимается инспектор Мак Нейл, по-моему, очень способный следователь.

— Нисколько не сомневаюсь, — вежливо ответил Пуаро. — Разрешите мне задать несколько вопросов по делу вашего племянника. Во-первых, относительно замка. Кто его заказывал Хаббсам?

— Я заказал его лично, — сказал мистер Шоу. — Это дело я не доверил бы ни одному клерку. Что же касается ключа, то один ключ был у мистера Риджвея и по одному ключу у меня и мистера Вавасура.

— И ни один клерк не имел к ним доступа?

Мистер Шоу вопросительно взглянул на мистера Вавасура.

— Думаю, не ошибусь, сказав, что ключи все время оставались в сейфе, куда мы положили их двадцать третьего числа, — сказал мистер Вавасур. — К сожалению, мой коллега заболел две недели назад — как раз в день отъезда Филипа — и только недавно поправился.

— Тяжелый бронхит не шутка для человека моего возраста, — сказал мистер Шоу печально. — Боюсь, мистер Вавасур слишком устал от тяжелой работы в одиночку, да еще эта история с облигациями...

Пуаро задал еще несколько вопросов. Я понял, что он очень старался выяснить степень близости между дядей и племянником. Ответы мистера Вавасура были краткими и точными. Его племянник был доверенным служащим банка, он не имел долгов или денежных затруднений. Он и в прошлом исполнял подобные поручения. Наконец мы вежливо распрощались.

— Я разочарован, — сказал Пуаро, когда мы оказались на улице.

— Вы надеялись узнать больше? Они такие занудные старики.

— Меня разочаровало не их занудство, мой друг, поскольку я вовсе не ждал, что управляющий банком окажется «проницательным финансистом с орлиным взором», как пишут в твоих любимых романах. Нет, я разочарован тем, что дело оказалось слишком простым.

— Простым?

— Да. А разве ты другого мнения?

— Так, значит, ты знаешь, кто украл облигации?

— Знаю.

— Но тогда... мы должны...

— Не торопись, Гастингс. В настоящее время я не намерен ничего предпринимать.

— Но почему? Чего ты ждешь?

— Я жду «Олимпию». Она прибывает из Нью-Йорка во вторник.

— А вдруг похититель за это время скроется? Ну, скажем, где-нибудь на острове в южных морях, где его нельзя отдать в руки правосудия.

— Нет, мой друг, жизнь на острове не для него. А жду я потому, что для Эркюля Пуаро это дело совершенно ясное, но для пользы других, не столь одаренных Богом, например, для инспектора Мак Нейла, необходимо сделать еще кое-какие расследования для подтверждения фактов. Надо снисходительнее относиться к тем, кто не столь одарен, как ты.

— Черт побери, Пуаро! Я бы дорого заплатил, чтобы посмотреть, как ты окажешься в дураках хотя бы один раз! Ты дьявольски самоуверен!

— Не выходи из себя, Гастингс. По правде говоря, я замечаю, что временами ты начинаешь меня ненавидеть. Вот она, плата за величие!

Маленький человек выпятил грудь и вздохнул так комично, что я рассмеялся.

Во вторник мы мчались в Ливерпуль в вагоне первого класса. Пуаро упрямо отказывался просветить меня насчет своих предположений. Он лишь демонстрировал удивление, что я еще не додумался до разгадки сам. Спорить с ним было ниже моего достоинства, и мне пришлось скрывать свое любопытство за видимым безразличием.

Как только мы появились на причале, где стоял трансатлантический лайнер, Пуаро стал энергичным и подтянутым. Все наши действия свелись к тому, что мы по очереди расспросили четырех стюардов о друге Пуаро, который плыл на этом пароходе в Нью-Йорк прошлым рейсом.

— Пожилой джентльмен в очках, — услышали мы. — Полный инвалид, едва смог выйти из своей каюты.

Описание пожилого джентльмена полностью совпадало с внешностью мистера Вентнора, который занимал каюту 24, находившуюся рядом с каютой Филипа Риджвея. Хотя я и не мог понять, как Пуаро догадался о существовании мистера Вентнора и о его внешности, я сильно возбудился.

— Скажите мне, — обратился я к стюарду, — не сошел ли этот джентльмен первым по прибытии в Нью-Йорк?

Стюард покачал головой.

— Нет, сэр, напротив, он сошел одним из последних.

Я был разочарован, но увидел, что Пуаро посмеивается надо мной.

Он поблагодарил стюарда, вручил ему банкноту, и мы отправились назад.

— Все очень хорошо, — заметил я горячо, — но этот последний ответ начисто разрушил твою теорию! Улыбайся теперь сколько хочешь!

— Ты, Гастингс, опять ничего не понял. Наоборот, этот последний ответ будет краеугольным камнем моей теории.

Когда наш поезд уже набрал ход, Пуаро несколько минут сосредоточенно что-то писал, а потом запечатал написанное в конверт.

— Это для нашего славного инспектора Мак Нейла.

Прибыв в Лондон, мы отправили конверт в Скотланд-Ярд, а затем отправились в ресторан «Рандеву», куда я по телефону пригласил мисс Эсме отобедать с нами.

— А как же Риджвей? — спросил Пуаро, сверкнув глазами.

— Но разве теперь подозрение не падает только на него одного?

— Гастингс, ты привыкаешь мыслить нелогично. Конечно, если бы вором оказался Риджвей, это дело было бы эффектным, правда, не для мисс Фаркуар. Ну, а теперь давай рассмотрим все подробно. Я вижу, ты сгораешь от любопытства. Итак, запечатанный сверток исчез из закрытого саквояжа и растворился в воздухе. Мы отбросим гипотезу о растворении в воздухе, поскольку она не согласуется с данными современной науки. Нет сомнений, что сверток нельзя было пронести на берег…

— Да, но мы знаем…

— Ты, Гастингс, может быть, и знаешь, а я нет. Я придерживаюсь простого мнения: все, что невозможно, невозможно. Остаются два варианта: сверток был спрятан на корабле, что сделать довольно трудно, или же был выброшен за борт.

— А! С привязанным к нему поплавком!

— Без всякого поплавка.

Я взглянул на Пуаро с удивлением.

— Но, если облигации были выброшены за борт и утонули, каким образом их продавали потом в Нью-Йорке?

— Восхищаюсь твоей логикой, Гастингс. Облигации были проданы в Нью-Йорке, а значит, их не выбросили за борт. Ты понимаешь, куда это нас ведет?

— Туда, откуда мы начали.

— Отнюдь. Если сверток выброшен за борт, а облигации проданы в Нью-Йорке, значит, облигаций не было в пакете. Разве есть какие-то доказательства, что в запечатанном пакете были именно облигации? Напомню, что мистер Риджвей ни разу не вскрывал пакет с момента получения его в Лондоне.

— Да, это так, но тогда...

Пуаро нетерпеливо взмахнул рукой.

— Позволь мне продолжать. В последний раз облигации видели в кабинете Лондонского и Шотландского банка утром двадцать третьего. Затем они появились в поле зрения в Нью-Йорке, через полчаса после прибытия «Олимпии», а один маклер даже утверждает, что чуть раньше прибытия корабля. А если предположить, что их вообще не было на «Олимпии»? Есть ли еще способ, которым они могли попасть в Нью-Йорк? Да, есть. «Джайгентик» отплывает из Саутгемптона в тот же день, что и «Олимпия», но скорость у него больше. Если послать облигации с «Джайгентиком», то они прибудут за день до «Олимпии». Вот и вся разгадка. Запечатанный конверт был лишь подделкой, и сделана она была в самом банке. Сделать второй пакет и подменить первый могли трое — Риджвей или один из директоров. Затем облигации были посланы партнеру в Нью-Йорке с указанием продать их, как только «Олимпия» прибудет в порт. При этом кто-то должен был инсценировать ограбление на «Олимпии».

— Но зачем?

— Если Риджвей вскрывает пакет и не находит облигаций, подозрение автоматически падает на Лондон. Человек, который плыл в соседней с Риджвеем каюте, сделал вид, что взламывает замок, хотя на самом деле открыл его запасным ключом и выбросил пакет за борт. Он подождал, пока все сойдут с корабля, чтобы покинуть «Олимпию» последним, поскольку не хотел быть замеченным Риджвеем. Он сошел на берег в Нью-Йорке и вернулся назад первым же пароходом.

— Но кто это был?

— Человек, который имел запасной ключ, человек, который заказал замок, человек, который не был тяжело болен бронхитом в своем загородном доме, «занудный» старик мистер Шоу! Иногда, мой друг, преступники встречаются и в самых высоких сферах. А, вот мы и прибыли, Здравствуйте, мадемуазель Фаркуар! Вы позволите? — И сияющий Пуаро расцеловал потрясенную девушку в обе щеки.

Тайна египетской гробницы

Среди всех приключений, которые мне довелось испытать вместе с Пуаро, одним из наиболее захватывающих было расследование странной серии смертей, последовавших сразу за находкой и раскопками могилы фараона Мен-Хен-Ра.

Сэр Джон Уильярд и мистер Блайнбер из Нью-Йорка, которые производили раскопки недалеко от Каира, в окрестности пирамид Гизы, неожиданно наткнулись на ряд захоронений.

Открытие вызвало живейший интерес. Оказалось, что гробница принадлежала фараону Мен-Хен-Ра, одному из мрачных царей Восьмой Династии, при которой начался закат Древнего царства. Об этом периоде было мало известно, и поэтому находки широко освещались в прессе.

Вскоре произошло событие, полностью захватившее внимание публики: сэр Джон Уильярд неожиданно скончался от инфаркта.

Вечно гоняющиеся за сенсациями газеты немедленно воспользовались этим и вытащили на свет старые мистические истории о несчастиях, связанных с египетскими сокровищами.

Даже старая мумия из Британского музея, этот старый сморщенный каштан, благодаря журналистам, стала модным экспонатом сезона.

Две недели спустя от заражения крови умер мистер Блайнбер, а еще через несколько дней в Нью-Йорке застрелился его племянник. «Проклятье Мен-Хен-Ра» было у всех на устах.

Колдовская власть мистического Древнего Египта возвеличивались до предела.

Именно в эти дни Пуаро получил записку от леди Уильярд.

Вдова скончавшегося археолога просила Пуаро навестить ее в доме на Кенигстон-сквер. Я отправился туда вместе с ним.

Леди Уильярд оказалась высокой, худощавой женщиной, в глубоком трауре. Ее изможденное лицо красноречиво свидетельствовало о недавней потере.

«Как это мило с вашей стороны, месье Пуаро, что вы сразу же пришли».

«Я к вашим услугам, леди Уильярд. Вы хотели со мной посоветоваться?»

«Я знаю, что вы — известнейший детектив. Но я хотела поговорить с вами не только как с детективом. Вы человек оригинальных взглядов, у вас есть опыт и воображение. Скажите, месье Пуаро, что вы думаете о сверхъестественном?»

Пуаро задумался на минуту, а затем ответил: «Давайте не будем вводить друг друга в заблуждение, леди Уильярд. Вы задали мне совсем не абстрактный вопрос. Он имеет для вас вполне конкретный смысл. Речь ведь идет о смерти вашего мужа?»

«Да, это так,» — согласилась она.

«Вы хотите, чтобы я расследовал обстоятельства его смерти?»

«Я хочу, чтобы вы мне точно объяснили, много ли правды во всей этой газетной болтовне, что именно из информации в прессе действительно основано на фактах. Три смерти, месье Пуаро. Каждая сама по себе вполне объяснима, но все три вместе — поверьте, это совершенно невероятное совпадение. И все три — в течение месяца после вскрытия гробницы. Может быть, здесь действуют сверхъестественные силы. Возможно, это месть мертвых, которая проявляется неизвестным современной науке образом. Но факт остается фактом: три смерти. И я боюсь, очень боюсь, что и это, может быть, не конец.»

«За кого вы боитесь?»

«За моего сына. Когда пришло известие о смерти мужа, я была больна. И в Египет отправился мой сын, который только что вернулся из Оксфорда. Он доставил тело домой, а теперь уехал снова, несмотря на мои настоятельные просьбы. Ему очень хочется, чтобы дело отца не погибло, и раскопки продолжались. Вы можете считать меня глупой, темной женщиной, но, месье Пуаро, я боюсь. А что, если дух мертвого фараона до сих пор не удовлетворен? Возможно, вы думаете, что я говорю чепуху...»

«Ну, конечно же, нет, леди Уильярд, — быстро произнес Пуаро. — Я тоже верю во власть сверхъестественного, одну из самых могущественных сил, известных в мире».

Я посмотрел на него с удивлением — мне никогда не могло прийти в голову, что Пуаро верит в существование потустороннего. Однако маленький бельгиец выглядел вполне искренним.

«Вы действительно хотите, чтобы я защитил вашего сына? Я сделаю все возможное, чтобы оградить его от беды.»

«Да, конечно, если бы это был обычный случай. Но что можно сделать против оккультных сил?»

«В средневековых фолиантах, леди Уильярд, описано много способов борьбы с черной магией. Вероятно, они знали больше, чем мы — мы, так гордящиеся своей наукой. А теперь давайте перейдем к фактам, которые я должен расследовать. Ваш муж всегда был увлеченным египтологом, не так ли?»

«О да, с самой юности. Он был одним из крупнейших авторитетов в этой области.»

«А мистер Блайнбер, насколько я понимаю, был скорее любителем?»

«Вы совершенно правы. Он был очень богатым человеком и легко увлекался любой идеей, которая в данный момент владела его воображением. Мой муж умудрился заинтересовать его египтологией. И это на его средства была организована экспедиция.

«А племянник мистера Блайнбера? Что вы знаете о его увлечениях? Он тоже был в экспедиции, как и все остальные?»

«Не думаю. Я и не подозревала о существовании этого человека, пока не прочла о его смерти в газетах. Вряд ли они с мистером Блайнбером были очень близки. Он никогда не упоминал ни о каких родственниках.»

«А кто были остальные участники экспедиции?»

«Доктор Тоссвил, официальный представитель и эксперт Британского музея; мистер Шнайдер, его коллега из музея Метрополитен; молодой американский секретарь мистера Блайнбера; доктор Эймс, врач; и Хасан, любимый и преданный слуга моего мужа.»

«Не помните ли вы имя секретаря мистера Блайнбера?»

«Мне кажется, Харпер. Но я не уверена. Он недолго был с мистером Блайнбером. Очень приятный молодой человек.»

«Благодарю вас, леди Уильярд.»

«Могу ли я еще чем-нибудь быть полезна?»

«В настоящий момент ничем. Предоставьте расследование этого дела мне. Уверяю вас, я сделаю все, что в человеческих силах, чтобы защитить вашего сына.»

Слова были не слишком-то успокаивающими, и я заметил, как вздрогнула леди Уильярд, когда Пуаро их произнес. Хотя, с другой стороны, то, что он не высмеял ее страхи и отнесся к этому делу серьезно, должно быть утешительным для леди Уильярд. Что касается меня, то я никогда раньше не замечал, чтобы Пуаро увлекался сверхъестественным. Я заговорил с ним об этом по дороге домой. Он был мрачен и полон желания действовать.

«Но, дорогой мой Хастингс, я верю во власть этих сил. Вам не следовало бы недооценивать могущества сверхъестественного.»

«Ну и что мы будем делать?»

«О, мой милый Хастингс, вы всегда такой практичный! Ну, eh bein,[1] мы начнем с того, что телеграфируем в Нью-Йорк. Запросим у них подробности смерти молодого Блайнбера.»

Он так и сделал. Ответ был скорым и исчерпывающе точным.

Молодой Рупер Блайнбер сидел на мели в течение нескольких лет, затем эмигрировал на острова Южного моря, перебиваясь там случайной работой. Однако два года назад вернулся в Нью-Йорк, где начал быстро опускаться. Наиболее важным было то, с моей точки

---

[1] хорошо (фр.)

зрения, что он недавно пытался занять определенную сумму на поездку в Египет. «У меня там есть добрый друг, у которого я могу одолжить», — говорил он всем.

Однако этим планам не было суждено сбыться. Он вернулся в Нью-Йорк, проклиная своего дядю, который больше заботился о костях сгинувших фараонов, чем о своих родственниках.

Смерть сэра Уильярда произошла во время его пребывания в Египте. По возвращении в Нью-Йорк молодой Блайнбер вел все тот же легкомысленный образ жизни — и вдруг, ни с того ни с сего, покончил с собой. В оставленной им записке было несколько странностей: он писал о себе, как о прокаженном и неприкасаемом. Письмо заканчивалось фразой, что таким, как он, лучше умереть.

В моем мозгу родилась мрачная теория. Я никогда раньше не верил в проклятие давно исчезнувших египетских фараонов и считал, что преступника нужно искать в нашем времени.

Предположим, что молодой человек решил избавиться от своего дяди с помощью яда. Сэр Джон Уильярд принял его по ошибке.

Молодой человек возвращается в Нью-Йорк, гонимый своим преступлением. До него доходит известие еще об одной смерти, о смерти дяди. Молодой Блайнбер осознает, насколько бессмысленным было его преступление и, мучимый раскаянием, кончает с собой.

Я изложил эту версию Пуаро. Он заинтересовался:

«Все, что вы придумали, мой друг, очень просто, очень просто. Вполне возможно, что все так и было. Но вы выкинули из своей версии роковое влияние гробницы.»

Я пожал плечами.

«И вы до сих пор считаете, что это надо принимать всерьез?»

«Настолько всерьез, что мы завтра же отплываем в Египет.»

«Как?» — вскричал я, совершенно потрясенный.

«Именно так». Лицо Пуаро выражало готовность к геройскому самопожертвованию. Он тяжело вздохнул и горько посетовал:

«Но море... Это проклятое море...»

Прошла неделя. Под нашими ногами хрустел золотой песок пустыни. Солнце изливало на нас свой жар. Пуаро, воплощавший собой само страдание, тихо угасал на моих глазах. Маленького бельгийца трудно было назвать хорошим путешественником — наше четырехдневное плавание из Марселя в Египет было для него сплошной мукой. То, что сошло на берег в Александрии, представляло собой лишь бледную тень Пуаро.

Он временно утратил даже свою хваленую аккуратность.

Прибыв в Каир, мы отправились прямо в отель «Мен Хауз», расположенный в тени пирамид. Очарование Египта полностью захватило меня. Но не Пуаро. Одетый точно так же, как и в Лондоне, он таскал в кармане маленькую щеточку для чистки одежды и вел бесконечную войну со скапливающимся на одежде песком.

«А мои ботинки, — причитал он. — Взгляните на них, Хастингс. Мои чистенькие кожаные ботинки, всегда такие блестящие и красивые. Вы видите, песок и в них, и на них. Это и больно, и некрасиво. И еще эта жара! От нее мои усы обвисли, — да, да, совершенно обвисли.»

«Взгляните на сфинкса, — настаивал я. — Даже мне кажется, что он источает какую-то тайну и очарование.»

Пуаро взглянул на сфинкса с досадой.

«Он отнюдь не излучает счастье, — объявил Пуаро. — Да и странно было бы этого ожидать от существа, наполовину засыпанного песком. О, этот песок!»

«Послушайте, но ведь в Бельгии тоже полно песка», напомнил я ему, имея в виду праздники, которые мы провели среди «les dunes impeccables,[1] как это было написано в путеводителе.

«Но, во всяком случае, не в Брюсселе,» — отрезал Пуаро.

Он задумчиво смотрел на пирамиды. «По крайней мере, верно то, что они огромные и правильной геометрической формы. Но их

---

[1] изумительные дюны (фр.)

шероховатая поверхность отвратительна. И мне не нравятся эти пальмы, даже если их посадить рядами.»

Я прервал его стенания, предложив немедленно отправиться в лагерь археологов. Добираться туда нужно было на верблюдах. Животные стояли на коленях, терпеливо ожидая, пока мы на них усядемся. Они были отданы под присмотр живописной группке мальчишек, возглавляемой разговорчивым переводчиком. Я не буду рассказывать о том зрелище, которое являл собой Пуаро на верблюде. Он начал со вздохов и стонов, а кончил отчаянными жестами и жалобами Святой Деве Марии и каждому святому в отдельности. Под конец Пуаро позорно отступил, пересев с верблюда на миниатюрного ослика.

Я должен заметить, что идущий рысью верблюд — серьезная проблема для седока-новичка. Несколько дней у меня ныло все тело.

Наконец мы достигли места раскопок. Опаленный солнцем человек с седой бородой, в белой одежде и с колониальным шлемом на голове подошел, чтобы поприветствовать нас.

«Месье Пуаро и капитан Хастингс? Мы получили вашу телеграмму. Простите, что никто не приехал в Каир встретить вас. Произошло ужасное событие, которое совершенно расстроило все наши планы.»

Пуаро побледнел. Его рука, тайком потянувшаяся к щеточке, замерла на месте.

«Еще одна смерть?» — выдохнул он.

«Да».

«Сэр Гай Уильярд?» — воскликнул я.

«Нет, мой американский коллега — мистер Шнайдер.»

«А причина?» — спросил Пуаро.

«Столбняк».

Я побледнел. Воздух вокруг меня был наполнен злом, невидимым и опасным. А что, если следующим буду я?

«Mon Dieu,[1] — тихо произнес Пуаро. — Я не понимаю этого. Это ужасно. Скажите, месье, нет никаких сомнений, что это действительно был столбняк?»

«Я думаю, что нет. Но доктор Эймс объяснит вам все гораздо лучше.»

«Ну, конечно, ведь вы не врач.»

«Меня зовут Тоссвил.»

Значит, это и был упомянутый леди Уильярд официальный представитель Британского музея. Удивляло в его облике нечто печально-непоколебимое, что сразу же понравилось мне в нем.

«Если вы отправитесь со мной, — продолжал доктор Тоссвил, — я отведу вас к сэру Уильярду. Он очень беспокоился и просил сразу же сообщить о вашем прибытии.»

Нас провели через лагерь к большой палатке. Доктор Тоссвил поднял полог и мы вошли. Внутри находились три человека.

«Месье Пуаро и капитан Хастингс прибыли, сэр Гай», сказал Тоссвил.

Самый молодой из троих вскочил и подошел к нам. В манерах этого человека была импульсивность, напомнившая мне его матушку. Он не так сильно загорел, как остальные, а утомленное лицо делало его на вид старше двадцати двух лет.

Сэр Гай мужественно нес груз, который обрушился на его плечи. Он представил нам двух своих коллег: доктора Эймса и мистера Харпера. Доктору Эймсу было лет за тридцать, и он производил впечатление весьма умного человека. Мистер Харпер — приятный молодой человек, роговые очки которого ясно указывали на его национальную принадлежность. После нескольких минут неопределенного разговора мистер Харпер удалился, и доктор Тоссвил последовал за ним. Мы остались с сэром Гаем и доктором Эймсом.

---

[1] Боже мой (фр.)

«Пожалуйста, месье Пуаро, задавайте любые вопросы, какие сочтете нужным, — предложил Уильярд. — Мы совершенно ошеломлены этой странной серией несчастий. Ведь это не может быть ничем иным, кроме как простым совпадением?» Но его нервозность явно противоречила сказанному.

Я заметил, что Пуаро внимательно изучает молодого Уильярда.

«Вы действительно увлечены своей работой, сэр Гай?»

«Конечно. Что бы ни случилось и чем бы все это ни кончилось, работа будет продолжаться. И придется с этим смириться».

Пуаро обратился ко второму собеседнику: «Что вы можете к этому добавить, месье доктор?»

«Я тоже не сторонник того, чтобы бросать дело».

Пуаро изобразил одну из своих знаменитых гримас. «Тогда, очевидно, мы должны выяснить, что же случилось. Когда произошла смерть месье Шнайдера?»

«Три дня тому назад.»

«Вы уверены, что это столбняк?»

«Совершенно уверен.»

«А это не могло быть отравлением? Например, стрихнином.»

«Нет, месье Пуаро. Я понимаю направление вашей мысли, но это был вполне ясный случай столбняка.»

«Вы вводили противостолбнячную сыворотку?»

«Конечно, — сухо ответил доктор. — Было сделано все, что возможно.»

«У вас с собой была эта сыворотка?»

«Нет, мы получили ее из Каира.»

«Были ли другие случаи столбняка в лагере?»

«Нет. Ни одного.»

«А вы уверены, что смерть мистера Блайнбера не была вызвана столбняком?»

«Абсолютно уверен. Он поцарапал колено, туда попала инфекция и начался сепсис. Для юриста оба случая могут показаться сходными, хотя между ними нет ничего общего.»

«Ну, тогда перед нами четыре смерти, все совершенно несхожие. Один инфаркт, одно заражение крови, одно самоубийство и один столбняк.»

«Именно так, месье Пуаро.»

«И вы твердо уверены, что между ними нет ничего общего?»

«Я вас не понимаю.»

«Я вам разъясню. Не делали ли эти четверо что-нибудь такое, что могло бы потревожить дух Мен-Хен-Ра?»

Доктор в изумлении посмотрел на Пуаро: «Вы говорите странные вещи, месье Пуаро. Надеюсь, вы не воспринимаете всерьез всю эту болтовню?»

«Абсолютная чепуха», — сердито проговорил Уильярд.

Но Пуаро был совершенно невозмутим. Он исподволь поглядывал на собеседников своими зелеными кошачьими глазами.

«А разве вы не верите в это, месье доктор?»

«Нет, сэр, я не верю, — торжественно объявил доктор. — Я человек науки и верю только в то, чему нас учит наука.»

«Но разве в Древнем Египте не было науки?» — мягко спросил Пуаро. Он не стал ждать ответа и, действительно, доктор Эймс в этот момент несколько растерялся.

«Нет, нет, не отвечайте. Но скажите, что думают обо всем этом местные рабочие?»

«Я догадываюсь, — ответил доктор Эймс, — что раз уж европейцы потеряли голову, то местное население не ушло от них далеко. Мне кажется, что они охвачены паникой, хотя у них для этого нет никаких причин.»

«Возможно,» — сказал Пуаро не слишком уверенно.

Сэр Гай подался вперед. «Но действительно, — проговорил он весьма скептически, — нельзя же верить в... О, ну это же абсурдно!

Если вы так на самом деле думаете, то ничего не знаете о Древнем Египте.»

Вместо ответа Пуаро вытащил из кармана маленькую книжку потрепанный старинный манускрипт. Пока он его вынимал, я успел прочитать заглавие: «Магия Египтян и Халдеев». И, повернувшись на месте, мой друг зашагал прочь от палатки.

Доктор уставился на меня: «Что у него на уме?» Я улыбнулся, услышав эту фразу, такую привычную в устах Пуаро, от другого. «Я не знаю ничего определенно. У него, как мне кажется, есть некий план умиротворения злых духов».

Я отправился искать Пуаро. Он разговаривал с бывшим секретарем мистера Блайнбера. «Нет, — говорил мистер Харпер, — я был в экспедиции всего шесть месяцев. Да, я хорошо знаю о состоянии дел мистера Блайнбера».

«Не могли бы вы рассказать мне что-нибудь о его племяннике?» — спросил Пуаро.

«Он однажды объявился здесь. Довольно приятный парень. Я лично никогда не встречал его раньше. Но кое-кто здесь его знал. Я думаю, доктор Эймс и доктор Шнайдер были с ним знакомы. Старик был с ним не слишком-то вежлив. Они тут же сцепились. „Ни цента!“ — кричал старик. — „Ни цента сейчас и ни одного после моей смерти! Я собираюсь завещать все свое состояние на завершение труда всей моей жизни и говорил сегодня об этом с мистером Шнайдером.“ И далее в том же духе. Молодой Блайнбер тут же отбыл в Каир.»

«Он был в то время здоров?»

«Старик?»

«Нет, молодой.»

«Мне кажется, он упоминал, что у него что-то не в порядке. Но это было что-то пустяковое, иначе я бы запомнил.»

«И еще один вопрос. Мистер Блайнбер оставил завещание?»

«Нет, насколько мне известно.»

«Вы остаетесь в экспедиции, мистер Харпер?»

«Нет, сэр. Как только я смогу завершить дела, немедленно отправляюсь в Нью-Йорк. Вы можете смеяться, если вам угодно, но мне не хочется стать следующей жертвой проклятого Мен-Хен-Ра. Он меня настигнет, если я останусь здесь.»

Молодой человек вытер пот со лба.

Пуаро пошел прочь, бросив на ходу со странной улыбкой:

«Не забудьте, одну из своих жертв он настиг в Нью-Йорке».

«О, дьявол!» — весьма убедительно высказался мистер Харпер.

«Однако, молодой человек нервничает, — задумчиво произнес Пуаро, когда мы остались одни. — Он дошел до предела, да, совершенно до предела.»

Я с удивлением взглянул на Пуаро, но его загадочная улыбка мне абсолютно ничего не сказала.

Мы отправились осматривать раскопки вместе с сэром Гаем Уильярдом и доктором Тоссвилом. Основные находки уже отослали в Каир, но кое-что из содержимого гробницы было весьма интересным. Увлеченность молодого баронета была совершенно очевидна. Но я заметил, что во всем его поведении сквозила некая нервозность, как будто он не мог избавиться от ощущения нависшей над ним беды.

Мы зашли в отведенную нам палатку, чтобы вымыть руки и переодеться к ужину. Высокий человек в белых одеждах отступил, давая нам войти, и пробормотал приветствие на арабском.

«Вы — Хасан, бывший слуга сэра Джона Уильярда?»

«Я служил сэру Джону, теперь служу его сыну.» Он сделал шаг в нашу сторону и понизил голос: «Говорят, что вы очень мудрый и умеете обращаться со злыми духами. Заставьте молодого хозяина уехать отсюда. Зло наполнило воздух вокруг нас.» Резко повернувшись, он вышел, не ожидая ответа.

«Зло в воздухе, — пробормотал Пуаро. — Да, я это чувствую.»

Наш ужин прошел в молчании. Мы уже собрались расходиться, чтобы готовиться ко сну, как вдруг сэр Гай схватил за руку Пуаро и указал на что-то впереди. Мрачная фигура молча двигалась между палатками. Но это был не человек: я отчетливо разглядел голову собаки. Такую же фигуру я видел нарисованной на стенах гробницы. Кровь буквально застыла у меня в жилах.

«Mon Deiu, — пробормотал Пуаро, истово крестясь. — Это Анубис, шакалоголовый бог умерших душ».

«Кто-то разыгрывает нас,» — воскликнул доктор Тоссвил, вскакивая на ноги.

«Он отправился в вашу палатку, Харпер,» — пробормотал смертельно бледный сэр Гай.

«Нет, — возразил Пуаро, покачав головой. — В палатку доктора Эймса.»

Доктор недоверчиво посмотрел на него и затем воскликнул, повторяя слова доктора Тоссвила: «Кто-то разыгрывает нас! Идемте, мы его поймаем.» Он устремился в погоню за таинственным призраком. Я последовал за ним. Но, как ни искали, не нашли и следа ни одной живой души.

Мы вернулись обескураженные и обнаружили, что Пуаро, со своей стороны, принял весьма энергичные меры для обеспечения персональной безопасности. Он лихорадочно рисовал на песке вокруг палатки различные знаки и диаграммы. Среди них я узнал пятиугольник, или Пентагон, который повторялся много раз. Верный своей привычке, Пуаро в то же время читал импровизированную лекцию о ведьмах и магии вообще, белой магии как альтернативе черной, ссылаясь при этом на Ка и «Книгу мертвых».

Все это вызвало взрыв возмущения у доктора Тоссвила. Он оттащил меня в сторону и сердито воскликнул: «Чепуха, сэр! Чистая белиберда. Этот человек — самозванец и обманщик. Он не понимает разницы между предрассудками средневековья и верованиями Древнего Египта. Я никогда раньше не встречал такой невероятной смеси невежества и наивности.»

Я успокоил возмущенного эксперта и присоединился к Пуаро, который ушел в палатку. Мой маленький друг сиял.

«Теперь мы можем спать спокойно, — радостно сообщил он. — И я могу немного вздремнуть. У меня дикая головная боль. Неплохо бы воспользоваться хорошим настоем из трав.»

Как будто в ответ на эту просьбу, полог палатки распахнулся и внутрь вошел Хасан с дымящейся чашкой, которую он предложил Пуаро. Это был настой ромашки, в действие которого мой друг безоговорочно верил. Мы поблагодарили Хасана и отказались от второй чашки настоя для меня, после чего, наконец, остались одни.

Я разделся и долго стоял у входа в палатку, вглядываясь в пустыню. «Удивительное место. Удивительная работа. И сколько в ней очарования! Жизнь в пустыне, постоянное проникновение в тайны ушедшей цивилизации. В самом деле, Пуаро, не может быть, чтобы вы этого не почувствовали?»

Ответа не было. Я повернулся, слегка обеспокоенный. Мое беспокойство тут же подтвердилось. Пуаро лежал на спине поперек койки, его лицо содрогалось в жутких конвульсиях.

Рядом валялась пустая чашка. Я подскочил к нему, а затем помчался через весь лагерь к палатке доктора Эймса.

«Доктор Эймс, — закричал я, — идемте скорее!»

«Что случилось?» — спросил появившийся в пижаме доктор Эймс.

«Мой друг... Он умирает... Это настой ромашки... Задержите Хасана в лагере,» — задыхаясь, говорил я.

В мгновение ока доктор примчался к нашей палатке. Пуаро лежал в том же положении, в каком я и оставил его.

«Невероятно! — воскликнул доктор Эймс. — Это похоже на апоплексический удар. Хотя, вы сказали, Пуаро что-то пил?»

Он поднял пустую чашку.

«Я совсем ничего не пил», — произнес спокойный голос. Мы повернулись в изумлении. Пуаро сидел на кровати и улыбался.

«Нет, — повторил он мягко, — я не пил этого. Пока мой добрый друг Хастингс размышлял о прелестях пустыни, у меня была возможность незаметно вылить этот настой. Но не в горло, а в маленькую бутылочку. И эта маленькая бутылочка отправится на анализ к химику.»

Доктор сделал резкое движение.

«Нет, нет, доктор, вы ведь разумный человек и понимаете, что насилие здесь не поможет. Пока Хастингс отсутствовал, у меня было достаточно времени, чтобы спрятать бутылочку в надежное место. Ну-ка, быстро, Хастингс, держите его!»

Я не понял опасений Пуаро. Готовый спасти моего друга, я бросился к нему. Но резкое движение доктора имело другой смысл. Он быстро поднес руку ко рту и в воздухе почувствовался запах горького миндаля. Доктор вытянулся вперед и упал.

«Еще одна жертва, — мрачно произнес Пуаро. — Но последняя. Возможно, это был лучший выход. На его счету три смерти».

«Доктор Эймс? — вскричал я, потрясенный. — А я-то думал, что вы верите в действие потусторонних сил.»

«Вы просто неправильно поняли меня, Хастингс. Я говорил, что верю в страшную власть суеверий.»

Кража в Гранд-отеле

— Пуаро, — сказал я, — вам бы не повредило сменить обстановку.

— Вы полагаете?

— Я в этом совершенно уверен.

— Вот как? — улыбнулся мой друг. — У вас, стало быть, уже все приготовлено?

— Так вы едете со мной?

— А куда вы собираетесь меня везти?

— В Брайтон. Один приятель подал мне эту прекрасную идею. К тому же сейчас у меня достаточно средств, чтобы устроить, как это принято выражаться — маленький праздник для души. Я думаю, выходные, проведенные в отеле «Гранд Метрополитен» пойдут нам на пользу.

— Прекрасно! С благодарностью принимаю ваше предложение. Очень тронут вашей заботой. В конце концов, доброе сердце значит ничуть не меньше, чем незаурядный ум, а может быть, даже и больше. Время от времени я, старый брюзга, забываю об этом.

Такое замечание показалось мне несколько неуместным, поскольку и так было известно, что Пуаро склонен недооценивать мой ум. Однако радость его была столь очевидной, что я забыл о своей легкой досаде.

— Значит, решено, — заключил я.

В субботу вечером мы обедали уже в «Гранд Метрополитене» в окружении веселых, беззаботных людей. В Брайтоне, казалось, собрался весь высший свет, и прежде всего — изумительные женщины. Туалеты были превосходны, а драгоценности — скорее просто выставленные напоказ, нежели со вкусом подобранные к туалетам — были поистине восхитительны.

— Hein![1] Вот это зрелище! — пробормотал Пуаро. — Словно здесь собрались одни спекулянты, сделавшие состояние на военных поставках.

— Поговаривают, что так оно и есть, — ответил я.

— При виде всех этих драгоценностей мне остается только пожалеть, что я трачу свой ум на поимку преступников; гораздо более разумным было бы самому стать преступником. Какие здесь благоприятные возможности для вора с выдающимися способностями! Поглядите-ка вон туда, Гастингс. На ту дородную даму возле колонны. Она обвешана драгоценностями, словно рождественская елка.

Я проследил за его взглядом.

— Да это же миссис Опальзен! — вырвалось у меня.

— Вы знаете эту даму?

— Немного. Ее муж — богатый биржевой маклер.

После обеда мы встретили чету Опальзен в холле, и я представил им Пуаро. Поговорили несколько минут, а затем решили пойти попить кофе.

Пуаро отпустил несколько любезных слов и высказал восхищение по поводу драгоценностей, сверкавших на пышном бюсте дамы. Она оказалась очень восприимчивой к комплиментам.

— Это моя слабость, мосье Пуаро. Люблю драгоценности. Муж снисходителен к моему увлечению и после каждой удачной сделки приносит мне что-нибудь новенькое. Вы тоже не равнодушны к драгоценным камням?

— Мне не раз приходилось иметь с ними дело, мадам. Благодаря своей профессии я имел дело с драгоценностями, знаменитыми на весь мир.

Затем Пуаро рассказал — очень тактично — историю с фамильными драгоценностями одной правящей династии. Миссис Опальзен слушала, затаив дыхание.

---

[1] Вот как! (фр.)

— Вот видите! — воскликнула она, когда Пуаро закончил. — Это ведь не просто какие-нибудь побрякушки. У меня, например, есть жемчужное колье, имеющее потрясающую историю. Думаю, у меня вообще одно из лучших жемчужных колье в мире. В нем такие жемчужины, они так играют... Если у вас будет желание, я вам его покажу.

— О, мадам, — запротестовал Пуаро, — вы так любезны. Но не стоит беспокоиться!

— Что вы! Наоборот, это доставит мне огромное удовольствие.

С этими словами она энергично развернулась и направилась к лифту. Ее муж, беседовавший в это время со мной, вопросительно посмотрел на Пуаро.

— Мосье! Ваша супруга пожелала показать нам свое жемчужное ожерелье, — сказал Пуаро.

— Ах да, жемчуг! — Опальзен довольно засмеялся. — Действительно, он заслуживает того, чтобы на него взглянуть. Правда, он стоил уйму денег! Но это выгодное вложение капитала; потраченные на него деньги я смогу вернуть в любое время, а возможно, еще и заработать. Кто знает, что нас может ждать завтра... А тут как в банке...

И он стал развивать свою мысль, используя при этом массу специфических терминов. Поэтому я не очень понимал его доводы.

Подошедший посыльный прервал речь Опальзена и прошептал ему что-то на ухо.

— Что? Сейчас приду. Может быть, ей просто нездоровится? Прошу простить меня, джентльмены.

Он стремительно удалился. Пуаро уселся поудобнее в своем кресле и закурил тонкую длинную сигарету. Затем убрал пустые кофейные чашки и с необыкновенной тщательностью навел порядок на столике. С сияющим видом он взирал на результаты своей работы.

Время шло, но Опальзен не возвращался.

— Забавно, — наконец заметил я. — Что же он так долго?

Пуаро задумчиво посмотрел на горящий кончик своей сигареты и произнес:

— Вряд ли он вообще вернется.

— Но почему?

— Потому что где-то что-то случилось, мой друг.

— А что же могло случиться? — с любопытством спросил я.

Пуаро улыбнулся.

— Несколько мгновений назад хозяин отеля вышел из своего кабинета и побежал вверх по лестнице, было видно, что он крайне взволнован. А вон мальчик-лифтер возбужденно разговаривает с посыльным. Уже трижды прозвенел колокольчик, призывающий его в лифт, а мальчик, похоже, даже не услышал. Да и официанты что-то заволновались, а чтобы официанты волновались... — Пуаро решительно покачал головой. — Видимо, случилось что-то очень серьезное. Ага. Посмотрите! Вот и полиция появилась!

В отель зашли двое мужчин, один — в форме, другой — в штатском. Они поговорили с посыльным, и тот проводил их наверх. Через пару минут этот же посыльный спустился по лестнице и подошел к нам.

— Мистер Опальзен убедительно просит вас подняться к нему.

Пуаро резко вскочил на ноги. Без сомнения, его ожидания оправдались. Я поспешно последовал за ним. Апартаменты Опальзенов находились на втором этаже. Посыльный постучал в дверь и отступил назад. Мы вошли. Перед нашим взором предстала странная картина. Миссис Опальзен, раскинувшись в большом кресле, горько плакала. Выглядело это несколько комично: слезы пробили себе две дорожки в толстом слое пудры, покрывавшем ее лицо. Мистер Опальзен в гневе расхаживал по комнате. Здесь же находились оба полицейских, один из которых держал в руке записную книжку. У камина стояла горничная с бледным, испуганным лицом, а напротив рыдала француженка — личная служанка миссис Опальзен. В этот хаос и шагнул Пуаро, щеголеватый и улыбающийся.

Миссис Опальзен с удивительной для ее комплекции быстротой вскочила с кресла и бросилась к нему:

— Слава Богу! Он может говорить что угодно, но я верю в свою счастливую звезду. Не случайно судьба распорядилась так, что мы встретились с вами именно сегодня вечером. Если вы не сможете вернуть мне мой жемчуг, то этого не сможет сделать никто!

— Прошу вас, мадам, успокойтесь. — Пуаро погладил ее по руке. — Так все и будет. Эркюль Пуаро поможет вам!

Мистер Опальзен повернулся к полицейскому инспектору:

— Вы не возражаете, если я привлеку к делу... э-э-э... этого господина?

— Нет, не возражаю, сэр, — ответил тот вежливо, но совершенно безучастно. — Наверное, вашей супруге уже стало легче и она в состоянии рассказать нам все подробно?

Миссис Опальзен беспомощно посмотрела на Пуаро. Он проводил ее к креслу.

— Садитесь, мадам, и спокойно расскажите, как вы обнаружили пропажу.

Миссис Опальзен плавным жестом смахнула с глаз слезинки.

— После обеда я поднялась к себе, чтобы взять жемчужное колье, которое обещала показать мистеру Пуаро.

Горничная, как обычно, вместе с Селестиной, находились в комнате...

— Прошу прощения, мадам, но что вы имели в виду, говоря «как обычно»?

— Я распорядилась, чтобы никто не входил в эту комнату без сопровождения Селестины. Каждое утро горничная производит уборку только в ее присутствии, а после обеда приходит снова, чтобы приготовить постели ко сну. В остальное время в этом помещении она не появляется.

— Как я уже сказала, — продолжала миссис Опальзен, — я поднялась наверх, выдвинула ящичек, — она показала на правый верхний ящик туалетного столика, — и достала футляр с драгоценностями. Все было на своих местах, исчез только жемчуг!

Инспектор делал торопливые записи.

— Когда вы видели жемчуг в последний раз? — спросил он.

— Перед тем как спуститься к обеду.

— Вы в этом уверены?

— Абсолютно. Я долго не могла определиться, что мне надеть, в конце концов решила надеть смарагды,[1] а колье положила обратно в футляр.

— Кто закрывал футляр?

— Сама. Цепочку с ключом я ношу на шее. — С этими словами она подняла ключик высоко вверх.

Инспектор посмотрел на него и пожал плечами.

— Значит, у похитителя был второй ключ. Сделать его несложно, замок-то совсем простой. Что вы делали после того, как положили колье в футляр?

— Поставила его туда, где он всегда стоял, в верхний ящик.

— Его тоже закрыли на ключ?

— Нет, он всегда остается незапертым. Ведь моя камеристка не выходит из комнаты, пока я не вернусь.

Лицо инспектора стало серьезным.

— Значит, когда вы пошли обедать, драгоценности еще были здесь. А камеристка с того момента комнаты не покидала?

Тут Селестина, поняв весь ужас своего положения, неожиданно вскрикнула, вцепилась в Пуаро и осыпала его потоком бессвязных фраз на французском языке.

— Что за гнусные намеки! Они подозревают, что я обокрала мадам! Все знают, что полицейские невыносимо глупы! Но вы, мосье, как француз…

---

1 Смарагды (греч.) – изумруд.

— Бельгиец, — поправил ее Пуаро, на что Селестина не обратила ни малейшего внимания.

— Мосье не должен оставаться безучастным, когда на нее возводят такую чудовищную напраслину. Почему никто не обращает внимания на горничную? Почему она должна страдать из-за этой нахальной краснощекой девчонки, без сомнения, прирожденной воровки. Она с самого начала знала, что это непорядочная особа! Она все время наблюдала за ней. Почему эти идиоты из полиции не обыскали воровку! Она нисколько не удивится, если жемчуг мадам будет найден у этой дрянной девчонки!

Несмотря на то, что этот поток слов произносился на беглом и виртуознейшем французском, горничная постепенно поняла, о чем идет речь, — Селестина сопровождала ее еще и порывистыми жестами. Кровь ударила ей в голову.

— Если эта заграничная штучка утверждает, что я взяла бусы, так это вранье! — резко воскликнула она. — Я их вообще ни разу не видела!

— Обыщите ее! — визжала француженка. — Вы увидите, что они у нее!

— Лгунья! — завопила горничная и бросилась на нее. — Ты сама их украла, а хочешь все свалить на меня. Я была в комнате только три минуты, прежде чем вошла госпожа, ты же сидела здесь все время, как кошка у мышиной норки.

Инспектор вопросительно посмотрел на Селестину.

— Это верно? Вы вообще не выходили из комнаты?

— Вообще-то я не оставляла ее одну, — с неохотой призналась Селестина, — но дважды мне пришлось сходить в свою комнату: один раз, чтобы принести нитки, в другой — ножницы. Она могла этим воспользоваться.

— Ты отсутствовала не более минуты, — сердито вставила девушка. — Только выходила и сразу же возвращалась обратно. Буду только рада, если полиция обыщет меня. Мне нечего бояться!

В это время в дверь постучали. Инспектор распахнул ее, и его лицо посветлело.

— Превосходно! — воскликнул он. — Я вызывал нашу сотрудницу для проведения обыска. Вот знакомьтесь. Вам, наверное, лучше пройти в другую комнату.

Горничная последовала туда с гордо поднятой головой. Служащая полиции направилась за ней.

Француженка опустилась на стул и зарыдала. Пуаро осматривался вокруг, я же пытался набросать по возможности точный чертеж комнаты.

— Куда ведет эта дверь? — спросил Пуаро, кивая в сторону двери у окна.

— В другие апартаменты, — ответил инспектор. — Она закрывается на засов.

Пуаро подошел к двери, отодвинул засов, нажал на ручку и попытался открыть ее. Дверь не поддалась.

— Значит, на той стороне есть такая же задвижка, — заметил он. — Хорошо, здесь, кажется, все в порядке.

Затем он подошел к окнам и исследовал каждое из них по очереди.

— Ни одного балкона.

— Однако, если бы он даже и был, это вряд ли прояснило бы дело, поскольку камеристка комнаты не покидала, — нетерпеливо проговорил инспектор.

— Evidemment,[1] — с невозмутимым видом сказал Пуаро.

— Так как мадемуазель утверждает, что она не выходила из комнаты...

В этот момент его прервали. В комнату вошла сотрудница полиции вместе с горничной.

---

[1] Конечно (фр.)

— Ничего, — произнесла она лаконично.

— Теперь, надеюсь, этой французской дряни станет стыдно за то, что она оскорбила порядочную прислугу! — заявила девушка.

— Хорошо, хорошо, — сказал инспектор, распахивая перед ней дверь. — Никто вас и не думал подозревать. Вас осмотрели просто для порядка. Можете идти. Мы вас больше не задерживаем.

Горничная вышла с большой неохотой.

— А ее вы тоже будете обыскивать? — Она показала на Селестину.

— Безусловно!

Выпроводив ее, инспектор закрыл дверь на ключ. Полицейская служащая повела Селестину в расположенную рядом маленькую комнатку. Через несколько минут они вернулись назад. Результат был тем же.

Лицо инспектора становилось все мрачнее…

— Весьма сожалею, но мне придется обыскать помещение, — обратился он к миссис Опальзен. — Очень жаль, мадам, но я должен выяснить все до конца. Ведь если колье не у вас, значит, оно спрятано где-то в этой комнате.

Селестина закричала и снова вцепилась в руку Пуаро. Он наклонился к ней и что-то прошептал на ухо. Та с сомнением посмотрела на него.

— Si, si, mon enfant,[1] обещаю вам, поэтому будет лучше не оказывать никакого сопротивления.

Потом он повернулся к инспектору:

— Вы позволите, мосье? Небольшой эксперимент — исключительно ради собственного успокоения.

— Как вам будет угодно, — недовольно ответил полицейский офицер.

Пуаро вновь обратился к Селестине:

---

[1] Да, да, дитя мое (фр.)

— Вы рассказывали нам, что выходили в свою комнату, чтобы принести нитки. Где они лежали?

— На комоде, мосье.

— А ножницы?

— Там же.

— Вы не будете возражать, мадемуазель, если я попрошу вас повторить сейчас все ваши действия? Вы сказали, что сидели тогда за своей работой вот здесь?

Селестина села в указанном месте. По знаку Пуаро она встала, вышла в соседнюю комнату, взяла нитки с комода и вернулась обратно. Пуаро внимательно наблюдал и за тем, что она делала, и за стрелками на часах, которые он держал в руке.

— Пожалуйста, повторите все сначала, мадемуазель!

После того как его просьба была выполнена, Пуаро записал что-то в своем блокноте и спрятал в карман часы.

— Благодарю вас, мадемуазель. И вас, мосье, за вашу любезность. — Он расшаркался перед инспектором.

Инспектора, казалось, все это очень позабавило, Селестина же, вся в слезах, покинула комнату в сопровождении двух полицейских — мужчины и женщины.

Извинившись перед миссис Опальзен, инспектор принялся тщательно обыскивать помещение. Он выдвигал ящики, осматривал шкафы, перерыл все постели и простучал пол. Миссис Опальзен взирала на все его старания весьма скептически.

— Вы действительно надеетесь таким образом найти мой жемчуг?

— Да, я твердо убежден, что он здесь. У вашей камеристки не было времени вынести его из комнаты. Обнаружив пропажу так быстро, вы тем самым спутали все ее планы. Нет, колье должно быть где-то здесь! Это сделал кто-то из них двоих, однако вряд ли это была горничная.

— Более чем вряд ли — просто невозможно! — уверенно сказал Пуаро.

— Почему? — Инспектор ошеломленно уставился на него.

Пуаро скромно улыбнулся.

— Сейчас увидите. Гастингс, голубчик, возьмите, пожалуйста, мои часы, но, ради Бога, будьте осторожны. Это фамильная реликвия! Я точно установил, какое время мадемуазель Селестина в первый раз отсутствовала в этой комнате: двенадцать секунд. Во второй раз — пятнадцать секунд. Теперь смотрите за тем, что я буду делать. Будьте любезны, мадам, дать мне ваш ключик от футляра с драгоценностями. Сердечно благодарен. Мой друг Гастингс сейчас подаст сигнал к началу эксперимента.

— Начали! — прокричал я.

С почти немыслимой быстротой Пуаро выдвинул ящик туалетного столика, открыл футляр, схватил одно из украшений, потом захлопнул его, запер и задвинул ящик. Его движения были молниеносны.

— Ну, что там, mon ami? — спросил он, тяжело дыша.

— Сорок шесть секунд, — ответил я.

— Вот видите. — Пуаро оглянулся. — У нее не было времени даже на то, чтобы просто достать ожерелье, и уж тем более спрятать его.

— Да, придется ее исключить! — довольным тоном произнес инспектор. Завершив осмотр комнаты, он перешел в спальню камеристки.

Пуаро задумчиво потер лоб. И вдруг буквально ошеломил мистера Опальзена неожиданным вопросом:

— Скажите, а это ожерелье действительно было застраховано?

Мистер Опальзен выглядел совершенно растерянным.

— Да, — произнес он наконец.

— Что это значит? — спросила миссис Опальзен со слезами в голосе. — Мне нужно мое ожерелье. Оно единственное в своем роде! Никакие деньги не смогут мне его заменить.

— Понимаю, мадам, — утешающе промолвил Пуаро. — Я прекрасно вас понимаю, для каждой женщины ее украшения гораздо больше, чем просто украшения. Но для мосье будет большим утешением, если жемчуг окажется застрахованным.

— Конечно, конечно, — неуверенно произнес мистер Опальзен.

Но тут его прервал радостный крик инспектора, который ворвался в комнату, держа в руке какую-то вещь. Миссис Опальзен живо вскочила с кресла.

Ее как будто подменили.

— Мое ожерелье! Мое ожерелье! — Обеими руками она схватила нить с жемчугом и прижала ее к пышной груди. Остальные столпились вокруг нее.

— Где вы это нашли? — Спросил мистер Опальзен.

— В постели камеристки. Между пружинами матраца. Она успела спрятать их там, прежде чем в комнату вошла горничная.

— Разрешите, мадам? — кротко спросил Пуаро. Он взял из ее рук ожерелье, внимательно осмотрел его и с поклоном вернул назад.

— Очень жаль, мадам, но я вынужден забрать его у вас, — сказал инспектор. — Оно необходимо нам, чтобы предъявить обвинение. Но в максимально короткий срок вы сможете получить его обратно.

У мистера Опальзена вытянулось лицо.

— Это действительно необходимо?

— Да, сэр. Но это только формальность.

— Отдай им ожерелье, Эд! — вскричала его жена. — Мне будет намного спокойнее, если оно будет в руках полиции. А то от страха, что его снова украдут, я ни на минуту не смогу заснуть. Какая ужасная девчонка! Никак не думала, что она способна на такое!

— Не надо, любовь моя, воспринимать все так трагично, — сказал мистер Опальзен.

Тут я ощутил, как мой локоть легонько тронули. Это был Пуаро.

— Не пора ли нам, мой друг? Думаю, наши услуги теперь не скоро понадобятся.

Когда мы вышли в коридор, он внезапно остановился.

— Мне очень хотелось бы осмотреть соседнюю комнату, — сказал он к моему немалому удивлению.

Дверь в нее оказалась незапертой, и мы вошли. В этом большом двухместном номере явно никто не жил. Вся мебель была покрыта толстым слоем пыли. Мой педантичный друг скорчил характерную для него в подобных случаях гримасу и начертил пальцем на поверхности стола прямоугольник.

— Качество уборки в этом отеле оставляет желать лучшего, — сухо заметил он.

Потом Пуаро посмотрел в окно и задумался.

— Ну? — спросил я нетерпеливо. — Зачем мы, собственно говоря, вообще сюда пришли?

Он вздрогнул.

— Ge vous demande pardon, mon ami. [1] Хотел убедиться, действительно ли и с этой стороны дверь закрыта на задвижку.

— Видите, она закрыта, — сказал я.

Пуаро кивнул, но что-то явно продолжал обдумывать.

— К тому же это не имеет теперь абсолютно никакого значения, — добавил я. — Дело закончено. Конечно, в ходе его расследования вам не удалось проявить себя. Но случай оказался настолько простым, что с ним справился даже этот не слишком сообразительный инспектор.

Пуаро отрицательно покачал головой:

— Дело не закончено, мой друг. Расследование будет продолжаться до тех пор, пока мы не выясним, кто похитил ожерелье.

— Но это же сделала камеристка!

— Почему камеристка?

— Как почему! — вскричал я. — Ожерелье было найдено в ее комнате, под ее матрацем.

---

[1] Извините меня, мой друг (фр.)

— Стоп, стоп! — нетерпеливо произнес Пуаро. — Ожерелье! С чего вы взяли, что оно найдено!

— Как?!

— Подделка, mon ami.

От этих слов у меня захватило дух. Пуаро снисходительно улыбнулся:

— Наш добросовестный инспектор, видимо, мало что понимает в жемчуге. Но скоро поднимется большой шум!

— Пойдемте! — закричал я и схватил его за руку.

— Куда?

— Мы должны немедленно сказать все это Опальзену.

— Лучше не надо.

— Но ведь бедная женщина…

— Эта бедная женщина, как вы ее назвали, будет спать гораздо спокойнее, будучи уверенной, что с ее ожерельем все в порядке.

— А если тем временем похититель скроется?

— Как обычно, вы говорите, не подумав, мой друг. Кто кроме нас знает, что то ожерелье, которое столь тщательно прятала миссис Опальзен, на самом деле фальшивое? Или то, что похищение на самом деле могло произойти накануне?

— Ах вот оно что! — сконфуженно произнес я.

— Да! — сияя, сказал Пуаро. — Придется начинать все сначала.

Мы покинули комнату и прошли в конец коридора. Там собрался весь обслуживающий персонал этажа, который внимательно слушал рассказ нашей горничной о выпавших на ее долю испытаниях. Пуаро прервал повествование девушки буквально на полуслове.

— Прошу прощения, — мягко сказал он, — но вы очень меня обяжете, если сейчас откроете нам комнату мистера Опальзена.

Явно озадаченная его галантностью, девушка тут же поднялась и повела нас по коридору. Номер мистера Опальзена оказался прямо напротив комнаты его жены. Горничная открыла дверь, и мы вошли. После этого девушка собралась уходить, однако Пуаро остановил ее:

— Одну минуточку. Скажите, не видели ли вы среди вещей мистера Опальзена карточку, похожую на эту?

С этими словами он извлек из кармана какую-то карточку из белой блестящей бумаги, на которой почему-то ничего не было написано. Девушка посмотрела на нее очень внимательно.

— Нет, сэр, такой точно не видела. Может быть, лакей что-нибудь знает, ведь он намного чаще бывал в комнате.

— Ах вот как. Большое спасибо.

Пуаро забрал у нее карту. Горничная ушла. Он по-прежнему выглядел крайне задумчивым. Через некоторое время Пуаро покачал головой и обратился ко мне:

— Дорогой Гастингс, позвоните, пожалуйста, в колокольчик. Три раза, чтобы пришел лакей.

Сгорая от любопытства, я выполнил его просьбу. Пуаро тем временем опустошил корзину для бумаг и стал внимательно изучать ее содержимое. Вскоре явился лакей. Пуаро показал ему блестящую карточку и задал тот же вопрос, что и горничной. Нет, он тоже не видел подобной карточки у мистера Опальзена. Пуаро поблагодарил слугу за информацию, после чего тот весьма неохотно покинул номер, бросив при этом удивленный взгляд на перевернутую корзину. Он наверняка услышал также глубокомысленное замечание, сорвавшееся с губ Пуаро:

— А ожерелье-то было застраховано на большую сумму...

— Пуаро! — вскрикнул я. — Теперь я вижу...

— Ничего вы не видите, — не дал договорить мне он. — Как обычно, вы ничего не видите, друг мой! Это кажется невероятным, но, увы, все обстоит именно так. Давайте-ка теперь вернемся в наши собственные апартаменты.

Когда мы пришли к себе, Пуаро тут же переоделся.

— Сегодня же вечером еду в Лондон, — заявил он. — Это крайне важно!

— Вы уверены?

— Абсолютно. Главное сделано: я уже все продумал. Мои серые клеточки и на этот раз меня не подвели! Я еду, чтобы собрать доказательства. И я найду их! Эркюля Пуаро обмануть невозможно!

— Иногда вы напоминаете мне павлина с распущенным хвостом, — язвительно заметил я.

— Вы рассердились, мой друг? А я надеялся, что вы окажете мне одну дружескую услугу.

— Можете не сомневаться, — тут же смягчился я, устыдившись своей резкости. — А что мне нужно будет делать?

— Не могли бы вы почистить рукава пиджака, который я только что снял? Они сильно запылились. Вы ведь видели, как я ощупал все выдвижные ящики туалетного столика.

— Нет, я этого не заметил.

— Вы должны быть внимательнее, мой друг. Именно тогда мне на пальцы и попала пудра, которой я, будучи весьма взволнован, испачкал свои рукава. Обычно такого со мной не случается.

— Но что же это была за пудра?

— Отнюдь не яд из арсенала Борджиа,[1] — ответил, подмигнув, Пуаро. — Я вижу, ваша фантазия заработала. Но это была обычная французская известь.

— Французская известь?

— Да, ее используют краснодеревщики для того, чтобы ящики выдвигались бесшумно.

Я засмеялся:

— Вам бы все шутить! А я уж было подумал, что за этим скрывается какая-то тайна.

---

[1] Борджиа — знатное итальянское семейство, испанского происхождения, наиболее известные представители которого, Родриго (папа Александр IV) и Чезаре (Цезарь), отличались коварством и жестокостью и нередко использовали яд в борьбе с политическими и личными врагами.

— Пока, мой друг. Теперь я исчезаю.

Дверь за ним захлопнулась. С улыбкой, в которой смешались и ирония, и восхищение, я достал одежную щетку и взял в руки пиджак.

На следующее утро, увидев, что Пуаро еще не приехал, я решил немного прогуляться. По дороге мне встретились старые приятели, вместе с которыми я провел почти весь день. На ленч я отправился в их отель. Потом мы немного погуляли. Часы показывали восемь часов, когда я вновь вернулся в «Гранд Метрополитен». Первым, кого увидел, был Пуаро. Его лицо, обращенное к стоящим рядом Опальзенам, сияло от удовольствия.

— Гастингс, друг мой! — вскричал он и подбежал, чтобы поприветствовать меня. — Поздравьте меня, mon ami: все кончилось так чудесно!

— Вы хотите сказать… — начал я.

— Это граничит с настоящим волшебством! — счастливо прощебетала миссис Опальзен. — Разве я не говорила тебе, Эд, что если с этим делом не справится сам мосье Пуаро, то остальные не справятся и подавно!

— Да, ты говорила, любовь моя, и, как всегда, оказалась права.

Я растерянно взглянул на Пуаро, а он незаметно подмигнул мне.

— Присядьте, пожалуйста, и я расскажу вам, как все произошло. Теперь все в полном порядке.

— В порядке?

— Ну да. Они арестованы.

— Кто?

— Горничная и лакей, черт возьми! А вы разве не догадались? Даже после моего упоминания о французской извести?

— Вы сказали, что ее применяют краснодеревщики.

— Верно, для того, чтобы ящики лучше открывались. Его также используют те, кому необходимо, чтобы ящик выдвигался без малейшего шума. Кому же в нашем случае это могло быть необходимо?

Ну конечно, горничной. Однако все было продумано столь тщательно, что никому и в голову не могло прийти — кроме Эркюля Пуаро, разумеется.

Итак, слушайте! Лакей находился в соседней комнате. Он ждал. Камеристка-француженка вышла из номера. Быстро, как молния, горничная метнулась к ящику, схватила футляр, открыла задвижку и просунула его в дверь. Принявший его лакей спокойненько открыл футляр дубликатом ключа, о котором позаботился заранее, вытащил ожерелье и снова стал ждать. Когда камеристка во второй раз вышла, футляр мгновенно был водворен на место.

Пришла мадам, и о краже стало известно. Разыграв неподдельное возмущение, горничная напросилась на обыск и покинула комнату с видом невинного агнца. А фальшивое ожерелье они с напарником еще утром спрятали в кровать француженки. Первоклассный трюк!

— Но зачем вы ездили в Лондон?

— Вы помните о белой карточке?

— Да, конечно. Признаться, я был очень озадачен, как, впрочем, и теперь. Я полагал…

Тут я замешкался и взглянул на Опальзена. Пуаро лукаво улыбнулся.

— Это была ловушка для лакея. На этой карточке имелось специальное покрытие, предназначенное для снятия отпечатков пальцев. С вокзала я сразу поехал в Скотленд-Ярд, нашел там нашего старого друга, инспектора Джеппа, и объяснил ему суть дела. Как я и предполагал, отпечатки принадлежали двум известным аферистам, которые уже в течение довольно долгого времени находятся в розыске. Джепп приехал вместе со мной. Они уже арестованы. У лакея и было найдено колье. Шустрая парочка, ничего не скажешь, но у них не было метода… А я ведь уже по меньшей мере раз тридцать шесть говорил вам, что без метода…

— Намного более тридцати шести раз! — прервал я его. — Но где же они все-таки допустили ошибку?

— Мой дорогой друг! Их план — занять места горничной и лакея — был неплох, однако при этом им не следовало отлынивать от выполнения своих служебных обязанностей. Они не посчитали нужным прибраться и вытереть пыль в пустовавшей комнате. И когда лакей поставил футляр с драгоценностями на маленький столик возле двери, там остался след.

— Я помню это! — вырвалось у меня.

— Сначала у меня не было уверенности, что это они, но с того момента как я увидел отпечаток на пыльной поверхности, все мои сомнения рассеялись!

На короткое время воцарилась тишина.

— Мой любимый жемчуг снова со мной! — победно произнесла миссис Опальзен.

— Ну и превосходно, — сказал я, — а теперь неплохо было бы пойти перекусить.

Пуаро пошел вместе со мной.

— Вам это принесет новую славу, — заметил я.

— Pas du tout,[1] — спокойно возразил Пуаро. — Славу поделят между собой Джепп и местный инспектор. Зато... — он постучал по своему карману, — здесь у меня чек от мистера Опальзена. Что вы скажете на это, друг мой? Нынешние выходные прошли не так, как мы планировали. Как вы посмотрите на то, чтобы в конце следующей недели мы с вами снова вернулись сюда, но на этот раз за мой счет?

---

[1] Как бы не так (фр.)

Похищение премьер-министра

Теперь, когда война кончилась и все тайное постепенно становится явным, думаю, можно смело поведать миру, какую роль мой друг Пуаро сыграл в разрешении национального кризиса. Секрет охранялся столь тщательно, что даже чуткое ухо прессы не уловило ни шепотка. Теперь же, когда необходимость в подобной секретности отпала, уверен, будет только справедливо, если Англия узнает, сколь многим она обязана моему маленькому эксцентричному другу, чей изумительный мозг столь блестяще предотвратил огромную катастрофу.

Однажды вечером, — не стоит даже уточнять дату: достаточно сказать, что в то время «мирные переговоры» стали единственным, о чем говорили враги Англии я сидел в гостях у моего друга. Когда пошатнувшееся здоровье заставило меня покинуть армию, я занялся вербовкой новобранцев, и у меня вошло в привычку заглядывать по вечерам к Пуаро и беседовать с ним о занимательных случаях из его практики, благо таковые у него не переводились.

В тот раз я пытался выудить у Пуаро его мнение по поводу сенсации дня; а именно о покушении на Дэвида Макадама, премьер-министра Англии. Вот так! Над газетными сообщениями старательно потрудилась цензура: деталей там не было вообще, сообщалось только, что премьер-министр чудом спасся и пуля лишь слегка задела его щеку.

Я считал, что сама возможность подобного злодеяния — позор для нашей полиции. Прекрасно ведь известно, что немецкие агенты готовы были многим рискнуть ради такой цели. «Воинствующий Мак», как окрестили его соратники по партии, методично, яростно и непреклонно душил пацифистские настроения, которые враги столь усердно сеяли на исстрадавшейся земле Британии.

Он был более чем английский премьер-министр, он был — сама Англия, и его исчезновение с политической арены нанесло бы ей сокрушительный, если не смертельный удар.

К сожалению, Пуаро был слишком увлечен приведением в порядок своего серого костюма. Свет не видывал щеголя, равного Эркюлю Пуаро! Чистота и порядок были его пунктиком. И сейчас, когда в воздухе витал одуряющий запах бензина, испарявшегося с крошечной губки, Пуаро при всем желании не мог уделить мне достаточно внимания.

— Одну минуточку, друг мой, и я снова весь внимание. Я почти закончил. Это сальное пятно… Отвратительно… Вот, я удаляю его, и…

Он победоносно взмахнул губкой.

Я улыбнулся и зажег новую сигарету.

— Есть что-нибудь интересное? — поинтересовался я через пару минут.

— Э… я помогаю одной — как это у вас? — поденщице найти ее мужа. Трудное дело: требует деликатности. Поскольку есть у меня опасение, что этот муж вовсе не хочет находиться. Думаю, вы бы на его месте тоже не захотели. Лично мне он симпатичен. Так ловко потеряться!

Я рассмеялся.

— Ну вот! Пятно наконец испарилось! Итак, я в полном вашем распоряжении, друг мой.

— Я спрашивал, что вы думаете об этом покушении на Макдама?

— Enfantillage![1] — фыркнул Пуаро. — Едва ли стоит принимать это всерьез. Стрелять из ружья — что за мысль? Абсолютно непрофессионально.

— Однако это почти сработало, — напомнил я. Пуаро досадливо мотнул головой и собрался ответить, но тут в дверь заглянула

---

[1] Ребячество! (фр.)

домохозяйка и сообщила, что двое джентльменов внизу желают его видеть.

— Они не захотели назваться, сэр, сказали только, что по очень важному делу.

— Пусть подымутся, — разрешил Пуаро, любовно складывая вычищенные брюки.

Минутой позже посетители появились, и у меня даже екнуло сердце: впереди шел не кто иной, как сам лорд Эстер, глава палаты общин, а его спутник, сэр Бернард Додж — между прочим, член военного кабинета, — был, насколько я знал, близким другом премьер-министра.

— Мосье Пуаро? — осведомился лорд Эстер. Мой друг поклонился. Высокий гость с сомнением оглядел меня.

— У нас весьма деликатное дело.

— Можете говорить при капитане Гастингсе, — ответил мой друг, кивком призывая меня остаться. — Конечно, он звезд с неба не хватает — нет, — но за его абсолютную порядочность я отвечаю.

Лорд Эстер все еще колебался, и сэр Додж не выдержал.

— Да, полно вам. Будет ходить вокруг да около. Думается мне, скоро вся Англия будет знать, в какую лужу мы сели. Дорог каждый час.

— Умоляю, мосье, присаживайтесь, — вежливо предложил Пуаро. — В том большом кресле вам будет удобно, милорд.

Лорд Эстер чуть вздрогнул.

— Вы узнали меня?

Пуаро улыбнулся.

— Разумеется. Я ведь проглядываю эти газетки с фотографиями. Как же мне вас не знать?

— Мосье Пуаро, мне требуется ваш совет в деле жизненно важном и неотложном, но я вынужден настаивать на абсолютной секретности.

— Слово Эркюля Пуаро! Этим все сказано, — с пафосом изрек мой друг.

— Речь идет о премьер-министре. У нас серьезная проблема.

— Да нас просто загнали в угол! — вставил сэр Додж.

— Стало быть, рана опасна? — спросил я.

— Какая рана?

— Пулевая.

— А, это! — презрительно фыркнул сэр Додж. — Об этом уж и думать забыли.

— Как сказал мой коллега, — продолжил лорд Эстер, — с тем делом покончено раз и навсегда. К счастью, покушение провалилось. Хотел бы я сказать то же о второй попытке!

Значит, была и вторая?

— Да, хотя несколько иного рода. Мосье Пуаро, премьер-министр исчез!

— Что?

— Его похитили!

— Невероятно! — вскрикнул я, ошеломленный. Пуаро метнул в меня испепеляющий взгляд, предостерегая, как я понял, от дальнейших комментариев.

— Да, совершенно невероятно, — согласился его светлость, — но это так.

Пуаро посмотрел на сэра Доджа.

— Вы только что сказали, мосье, что дорог каждый час. Что вы имели в виду?

Гости обменялись взглядами, и лорд Эстер начал:

— Мосье Пуаро, вы, разумеется, слышали о близящейся встрече союзников? Мой друг кивнул.

— По вполне понятным причинам ни дата, ни место конференции не были оглашены. Но в дипломатических кругах эта информация, разумеется, широко распространена. Конференция будет проведена завтра — в четверг — во второй половине дня в Версале. Теперь вы понимаете, насколько серьезно положение. Не стану скрывать, что присутствие на встрече премьер-министра — жизненно необходимо.

Пацифистская пропаганда, развернутая в стране немецкими шпионами, весьма активна. Общеизвестно, что ход встречи во многом будет зависеть от влияния такой сильной личности, как премьер-министр. Его отсутствие может иметь самые серьезные последствия — вплоть до преждевременного и губительного мира. Никого, кто мог бы выполнить его миссию, нет. Англию должен представлять только он.

Лицо Пуаро стало очень серьезным.

— Значит, похищение премьер-министра вы расцениваете как прямую попытку помешать его присутствию на конференции?

— Несомненно. Когда это случилось, он был уже на пути в Версаль.

— И встреча должна состояться?

— Завтра в девять вечера.

Пуаро извлек из кармана огромные часы.

— Сейчас без четверти девять…

— Двадцать четыре часа, — озабоченно заметил сэр Додж.

— С четвертью, — поправил его Пуаро. — Не забывайте про четверть, мосье, она может оказаться весьма полезной. Теперь о деталях… Похищение произошло в Англии или уже во Франции?

— Во Франции. Макадам пересек Ла-Манш нынче утром. Планировалось, что ночь он проведет у главнокомандующего, а завтра проследует в Париж. Через пролив его сопровождал эсминец. В Булони встречала машина и один из адъютантов главнокомандующего.

— Eh bien?[1]

— Ну, они отбыли из Булони и… исчезли.

— Что?

— Мосье Пуаро, и машина, и адъютант были подставными. Машина же главнокомандующего обнаружена в овраге. Внутри

---

[1] Ну и? (фр.)

находились адъютант и шофер, тщательно связанные и с кляпом во рту.

— А машина с премьером?

— До сих пор не найдена.

Пуаро нетерпеливо поморщился.

— Невозможно! Разумеется, ее скоро найдут.

— Мы тоже так думали. Казалось, это вопрос времени. Та часть Франции находится на военном положении. Они просто не могли уйти далеко. Но... Французская полиция, наши люди из Скотленд-Ярда, армия — все выбились из сил. Машины нигде нет, хотя, как вы и заметили, это совершенно невозможно.

Послышался стук в дверь, она отворилась, и молоденький офицер вручил лорду Эстеру тщательно запечатанный конверт.

— Только что из Франции, сэр. Доставил сюда, как вы приказали, — отрапортовал он и удалился.

Министр нетерпеливо разорвал конверт и радостно вскрикнул:

— Наконец-то новости! На ферме под К... найдена вторая машина и секретарь, Дэниелс. Его усыпили хлороформом, связали и засунули в рот кляп. Он помнит только, как ему прижали к лицу тряпку и как он пытался вырваться. Полиция считает, что оснований сомневаться в его показаниях нет.

— И больше ничего не найдено?

— Нет.

— Я имею в виду: тела премьер-министра? Нет? Тогда есть надежда. Но это странно... Почему, попытавшись убить его утром, они теперь стараются сохранить ему жизнь?

Сэр Додж недоуменно покачал головой.

— Ясно одно. Они готовы любой ценой помешать его присутствию на конференции.

— Если премьер-министр жив, он на ней будет. Бог даст, еще не слишком поздно. А теперь, мосье, расскажите мне все — с самого начала. Мне нужно знать также и об этой утренней стрельбе.

— Прошлой ночью премьер-министр в сопровождении одного из секретарей, капитана Дэниелса...

— Который сопровождал его и в последней поездке?

— Да. Так вот, они выехали в Виндзор, где премьер-министр был удостоен аудиенции. А на следующее утро они возвращались в город, тогда-то все и случилось.

— Одну минутку, если позволите. Кто такой этот капитан Дэниелс? У вас ведь есть на него досье?

Лорд Эстер улыбнулся.

— Я знал, что вы спросите, но о нем известно не так уж много. Он не из знатной семьи, служил в английской армии... Обладает исключительными способностями к языкам, вследствие чего совершенно незаменим как секретарь. Знает, как мне помнится, чуть ли не семь языков. Потому премьер-министр и выбрал его для поездки во Францию.

— Родственники в Англии?

— Две тетки. Миссис Эверард, проживающая в Хэмпстеде, и мисс Дэниелс, где-то недалеко от Аскота.

— Аскот? Это ведь рядом с Виндзором, не так ли?

— Мы проконтролировали это обстоятельство. Ничего не дало.

— Следовательно, капитан Дэниелс, по-вашему, вне подозрений?

Мосье Пуаро, — ответил лорд Эстер с легкой горечью. — В настоящее время я счел бы легкомыслием объявить хоть кого-нибудь вне подозрений, кого бы то ни было.

— Tres bien.[1] Насколько я понимаю, милорд, из этого следует, что премьер-министр должен был находиться под неусыпной охраной, практически исключающей всякую возможность покушения?

Лорд Эстер кивнул.

— Это так. За машиной премьер-министра неотступно следовала другая, полная агентов в штатском, причем об этой предосторожности

---

[1]Прекрасно. (фр.)

не знал даже сам Макадам. Он начисто лишен чувства страха и вполне способен самолично отослать сопровождение. Полиция, разумеется, тоже принимает — точнее, принимала — меры: шофер премьер-министра, О'Мерфи, их человек.

— О'Мерфи? Это ведь ирландская фамилия, правда?

— Да, он родом из Ирландии.

— Из какой ее части?

— Графство Клэр, я полагаю.

— Tiens![1] Однако продолжайте, милорд.

— Премьер сел в закрытую машину, Дэниелс уселся рядом, и они тронулись в Лондон. Вторая машина, как обычно, следовала за ними на некотором расстоянии. К несчастью, по неизвестной нам причине машина, в которой находился премьер-министр, свернула с главной дороги…

— Это случилось на развилке? — вставил Пуаро.

— Да, но откуда вы знаете?

— О, c'est evident![2] Продолжайте.

— Так вот, по неизвестной нам причине машина премьер-министра свернула с главной дороги. Сопровождение, не подозревая об этом, проследовало дальше. Как только машина премьер-министра выехала на безлюдную дорогу, перед ней выросла группа людей в масках. Шофер…

— Наш храбрый О'Мерфи, — задумчиво пробормотал Пуаро.

— Да. Шофер от неожиданности нажал на тормоза. Премьер-министр высунулся из окна, и тут же прозвучали выстрелы — два выстрела. Первый оцарапал ему щеку, второй, к счастью, вообще не достиг цели. Шофер, опомнившись, тут же рванулся с места и прорвался сквозь нападавших.

— Они могли погибнуть! — вскрикнул я, содрогнувшись.

---

[1] Каково! (фр.)

[2] О, это же очевидно! (фр.)

— Премьер запретил поднимать какой-либо шум в отношении полученного им ранения. Заявил, что это просто царапина. Заехал по дороге в сельскую больницу, где рану обработали и перевязали — инкогнито, разумеется. Потом, как ни в чем не бывало, руководствуясь ранее составленным графиком, отправился на Чаринг-Кросс, где его ждал специальный экспресс до Дувра, и, после объяснений, состоявшихся между капитаном Дэниелсом и не на шутку обеспокоенной полицией, выехал в Дувр. Там он поднялся на борт ожидавшего его эсминца, а в Булони, как вы уже знаете, его ожидала служебная машина с британским флагом — в точности такая, какой ей и следовало быть, только подставная.

— Это все, что вы можете мне сообщить?

— Да.

— И вы ничего не упустили, милорд?

— Ну, есть одна странность…

— Да?

— Машина премьер-министра, отвозившая его на вокзал, не вернулась в гараж. Полиция торопилась допросить О'Мерфи, поэтому немедленно был объявлен розыск. Машину обнаружили возле одного из сомнительных ресторанчиков в Сохо, известного нам как место встреч немецких шпионов.

— А шофер?

— Его так и не нашли. Он тоже исчез.

— Итого, — задумчиво протянул Пуаро, — Исчезли два человека: премьер-министр во Франции и О'Мерфи в Лондоне.

Он вопросительно посмотрел на лорда Эстера, но тот лишь обескураженно развел руками.

— Знаете, мосье Пуаро, если бы вчера кто-то намекнул мне, что О'Мерфи предатель, я рассмеялся бы этому человеку в лицо.

— А сегодня?

— А сегодня я не знаю, что и подумать. Пуаро серьезно кивнул и снова взглянул на свои часы-луковицу.

— Насколько я понимаю, у меня carte blanche', господа, — во всех отношениях, да? Я должен иметь возможность попадать куда мне нужно в любое время — как только мне это потребуется.

— Разумеется. Через час в Дувр отправляется специальный поезд с лучшими силами Скотленд-Ярда. В вашем распоряжении постоянно будут находиться боевой офицер и служащий уголовной полиции. Этого достаточно?

— Вполне. И еще один вопрос, перед тем как вы уйдете, мосье. Что заставило вас прийти? Я имею в виду, прийти сюда? Я так мал и незаметен в этом вашем великом Лондоне...

— Мы разыскали вас по рекомендации и горячему настоянию одного вашего великого земляка.

— Comment?[1] Мой добрый друг префект?

Лорд Эстер покачал головой.

— Особа гораздо более высокая. Чье слово некогда было законом в Бельгии. И в недалеком будущем — Англия поклялась в этом! — будет снова.

Рука Пуаро взлетела в торжественном салюте.

— Да будет так! Мой повелитель не забывает... Мосье... Я, Эркюль Пуаро, буду служить вам верой и правдой. Бог даст, еще не слишком поздно. Но пока все темно... Пока ни малейшего просвета...

— Ну что, — нетерпеливо вскричал я, как только дверь за посетителями закрылась. — Что вы об этом думаете?

Мой друг торопливо, но как всегда ловко и аккуратно собирал свой дорожный саквояж. Он задумчиво покачал головой.

— Не знаю. Право, не знаю. Мой разум оставил меня.

— Однако вы заметили, что, чем возиться с похищением, куда проще было бы хорошенько ударить его по голове, — не унимался я.

— Прошу прощения, mon ami, я так не говорил. Вне сомнения, похищение — это как раз то, что им нужно.

---

[1] Как? (фр.)

— Это почему же?

— Потому что неуверенность порождает панику. Это во-первых. Погибни премьер-министр, катастрофа была бы ужасной, но очевидной — с ней рано или поздно справились бы. В нашем же случае мы наблюдаем полнейший тупик. Объявится премьер-министр или нет? Жив он или мертв? Никто не знает, и, пока это так, не будет предпринято ничего определенного. А как я уже сказал, неопределенность порождает панику, то есть именно то, ради чего и стараются наши враги. Опять же, если похитители держат премьер-министра в каком-нибудь укромном месте, у них большое преимущество: они могут договариваться с обеими сторонами. Немецкое правительство отличается отвратительной скаредностью, но в данном случае из него наверняка удастся вытянуть весьма приличную сумму. И наконец, похищение, в отличие от убийства, не карается смертной казнью. Как видите, это именно то, что им нужно.

— Но если так, почему они сначала пытались его убить?

Пуаро раздраженно дернул плечом.

— А вот этого я как раз и не понимаю! Необъяснимо! Невероятная тупость! Подготовить — и прекрасно, кстати сказать, подготовить — похищение, а потом взять и чуть не пустить все насмарку ради дурацкого спектакля, достойного разве что дешевого вестерна, и такого же не правдоподобного. С кучей людей в идиотских масках, всего в двадцати милях от Лондона!

— Возможно, эти два происшествия никак не связаны между собой, — предположил я.

— Да нет же, Гастингс, не бывает таких совпадений. Теперь дальше: кто, собственно, предатель? Без него тут никак не обошлось; по крайней мере, в первом случае. Но кто: Дэниелс или О'Мерфи? Это непременно один из них, иначе почему машина свернула с маршрута? Сомнительно, чтобы премьер-министр участвовал в попытке собственного убийства. Сам ли свернул О'Мерфи, или ему приказал Дэниелс?

— Конечно, сам.

— Очевидно, поскольку, прикажи ему Дэниелс, премьер-министр наверняка поинтересовался бы о причинах такого распоряжения. Однако здесь слишком много «если», и все они противоречат друг другу. Если О'Мерфи чист, почему он свернул? А если нет, почему уехал, как только стали стрелять, спасая тем самым жизнь премьер-министра? И опять-таки: если он честен, то почему, доставив премьера на вокзал, тут же прямиком направляется в логово врага?

— Выглядит скверно, — признался я.

— Будем последовательны. Что мы имеем за и против каждого из этих двух? Сначала О'Мерфи... Против: подозрительный сход с маршрута, ирландское происхождение и крайне сомнительное исчезновение. За: поспешность, с которой он вывел машину из-под обстрела, спасая жизнь премьер-министра, служба в Скотленд-Ярде и — исходя из доверенного ему поста — отличный послужной список. Теперь Дэниелс. Против: кроме неясного происхождения и совершенно не подобающих англичанину способностей к языкам, нет ничего. (Простите, mon ami, но как полиглот вы решительно не состоялись.) За: найден усыпленным, связанным и с кляпом во рту, что вроде бы говорит о его непричастности.

— Это мог сделать и его сообщник — для отвода глаз.

Пуаро покачал головой.

— Французская полиция знает толк в таких штучках. Кроме того, по достижении цели, то есть удачном похищении премьер-министра, ему не было нужды оставаться. Нет, его сообщники могли, конечно, усыпить его и связать, но лично я не в состоянии понять, чего бы они этим добились. Отныне и до тех пор, пока дело не прояснится, он будет совершенно для них бесполезен, находясь под пристальным наблюдением полиции.

— Может, он должен был направить их по ложному следу?

— Тогда почему он этого не сделал? Он сообщил только, что ему к лицу прижали какую-то тряпку и больше он ничего не помнит. Это совсем не похоже на ложный след.

— Ну, — протянул я, взглянув на часы, — думаю, самое лучшее сейчас — это отправиться на вокзал. Возможно, разгадка находится во Франции.

— Возможно, друг мой, но лично я в этом сомневаюсь. М-да, невероятно… чтобы премьер-министра не смогли найти на вполне определенной территории, где и спрятать-то его практически невозможно. Если контрразведка и полиция двух стран не нашли его, что могу я?

На вокзале нас встретил сэр Додж.

— Это детектив Барнс из Скотленд-Ярда и майор Норман. Они будут в полном вашем распоряжении. Удачи! Положение прескверное, но я не теряю надежды. Теперь простите, я должен спешить…

И министр поспешно удалился. Мы перекинулись парой слов с майором Норманом. Среди людей на платформе я увидел маленького, похожего на хорька человечка, который разговаривал с высоким блондином. Это был старый знакомый Пуаро — инспектор Джепп, считавшийся одним из самых толковых сотрудников Скотленд-Ярда. Он подошел и жизнерадостно поприветствовал моего друга.

— Слышал, вы тоже задействованы. Чистая работа! Так ловко все провернуть! Только не верю я, что они долго продержатся. Наши ребята прочесывают там каждый сантиметр. Французы тоже. Сдается мне, еще пара часов и им крышка!

— И премьеру, возможно, уже, — мрачновато вставил высокий детектив.

Лицо Джеппа вытянулось.

— Да… Только мне почему-то кажется, что он жив.

Пуаро кивнул.

— Да-да. Он жив. Только вот найдут ли его вовремя? Я, как и вы, думал, что они не смогут скрывать его так долго…

Прозвучал свисток, и все поспешили в вагон. Поезд нехотя тронулся и лениво потянулся со станции.

Странная это была поездка. Всюду люди из Скотленд-Ярда… Везде разложены карты Северной Франции, пальцы, обгоняющие друг друга в путешествии по обозначенным городам и дорогам… И у каждого — своя версия. Обычная словоохотливость изменила на этот раз Пуаро, и он молча забился в угол с видом обиженного ребенка. Зато я нашел занимательного собеседника в лице майора Нормана, и путешествие пролетело незаметно. В Дувре меня немало позабавило поведение Пуаро. Едва взойдя на палубу корабля, он мертвой хваткой вцепился в мою руку, с ужасом всматриваясь в поднимающиеся волны.

— Mon Dieu! — прошептал он. — Это ужасно!

— Не унывайте, Пуаро, — подбодрил я его, стараясь перекричать ветер. — У вас все получится. Вы найдете его — я уверен.

— Ах, mon ami, как вы ошибаетесь! Меня беспокоит совсем другое… Это ужасное море, mal de mer[1] — невыносимые муки!

— О-о! — только и ответил я.

Судно задрожало от заводимых моторов, и Пуаро, застонав, прикрыл глаза.

— У майора Нормана есть карта Северной Франции, если вам интересно, — попробовал отвлечь я его. Пуаро печально качнул головой.

— Нет-нет. Оставьте меня, мой друг. Видите ли, чтобы думать, мозг должен находиться в мире с желудком. Лаверже рекомендует превосходный метод для преодоления mal de mer. Вы вдыхаете — очень медленно, поворачивая голову вправо — и медленно же выдыхаете, поворачивая ее уже влево, а между вдохами считаете до шести.

Я понаблюдал немного за его упражнениями и поднялся наверх.

Когда мы медленно входили в Булонский порт, Пуаро, как всегда безупречно аккуратный и улыбающийся, присоединился ко мне на палубе и шепотом сообщил, что система Лаверже творит подлинные чудеса.

---

[1] Морская болезнь (фр.)

Джепп все еще водил указательным пальцем по развернутой карте.

— Чушь! Машина выехала из Булони. Здесь они свернули. Я вам говорю: они сменили машину. Вы поняли мою мысль?

— Ну, — ответил высокий детектив, — лично я ставлю на порты. Десять против одного: они вывезли его морем. Джепп затряс головой.

— Слишком просто. И учтите: немедленно вышел приказ о закрытии всех портов.

Когда мы причалили, еще даже не полностью рассвело. Майор Норман тронул Пуаро за рукав.

— Вас ожидает армейская машина, сэр.

— Благодарю вас, мосье — в настоящий момент я никуда не собираюсь.

— А?

— Сейчас мы все вместе отправляемся в этот отель на набережной, — заявил Пуаро и немедленно потребовал, чтобы по прибытии ему предоставили лучший номер. Мы, озадаченные и растерянные, плелись следом.

— Хороший детектив так бы не поступил, а? — ехидно осведомился Пуаро, смерив нас быстрым взглядом. — Я знаю. Хороший детектив должен быть полон энергии. Он должен бегать. Туда-сюда. Валяться в дорожной пыли и рассматривать в лупу следы автомобильных шин. Потом еще подбирать окурки и брошенные спички, верно? Так ведь вы думаете, да?

Его глаза вызывающе устремились на нас.

— Так вот. Я, Эркюль Пуаро, говорю вам, что это все чушь. Настоящие улики — они здесь. — Он постучал себя по лбу. — Понимаете вы это? И вообще: не нужно мне было уезжать из Лондона. Достаточно было как следует подумать дома. Единственное, что важно — это маленькие серые клеточки. Тихо и незаметно они делают свое дело, и вот я уже прошу карту, указываю пальцем место — вот так — и говорю: премьер-министр там! И он действительно там! Метод и логика — вот все, что действительно нужно. Этот стремительный бросок во Францию — одна сплошная ошибка, детская игра в догонялки. Но уж теперь, пусть и с опозданием, работа пойдет как ей положено — изнутри. Тихо, друзья мои, прошу вас.

И пять долгих часов он просидел без единого движения, изредка мигая своими зелеными, мерцающими как у кошки, глазами. Они становились все зеленее и зеленее, человек из Скотленд-Ярда все презрительнее и презрительнее, майор Норман все мрачнее и нетерпеливее, и даже я нашел, что время тянется как-то уж очень медленно.

В конце концов я встал и как можно бесшумнее подошел к окну. Расследование превращалось в фарс. Втайне я переживал за своего друга. Если уж ему и суждено было потерпеть неудачу, лучше чтобы это было не так позорно и смешно. Уставясь в окно, я мрачно наблюдал, как рейсовый пароход, стоящий у причала, изрыгает клубы дыма.

Из задумчивости я был вырван раздавшимся чуть не из-под моего локтя восклицанием Пуаро:

— Mes amis,[1] приступим!

Обернувшись, я обнаружил, что с моим другом произошло чудесное превращение. Его глаза сверкали, а грудь ходила колесом.

— Я немного оплошал, друзья мои, но теперь… теперь я вижу свет во мраке!

— Я вызову машину, — бросил майор Норман, кидаясь к двери.

— Нет необходимости. Она мне не понадобится. Благодарение Богу, ветер стих.

— Вы хотите сказать, что пойдете пешком, сэр?

— Нет, мой юный друг. Я не святой Петр. Моря я предпочитаю пересекать на кораблях.[2]

---

[1] Мои друзья (фр.)

— Пересекать что?

— Моря, друг мой, моря! Чтобы быть последовательным, следует начать с начала. А начало этого дела — в Англии. Следовательно, туда мы и возвращаемся.

В три часа дня мы снова стояли на платформе Чаринг-Кросс. На все наши протесты Пуаро не обращал ни малейшего внимания, заявив, что возвращение к истокам не пустая трата времени, а единственно возможный путь. Во время этого пути он вполголоса переговорил с майором, результатом чего стала кипа телеграмм, отправленная последним из Дувра.

Благодаря специальным пропускам, оказавшимся у майора, мы добрались в рекордно короткое время. В Лондоне нас уже ждала большая полицейская машина с несколькими детективами в штатском, один из которых тут же протянул моему другу отпечатанную на машинке бумагу. Пуаро поймал мой вопрошающий взгляд.

— Список сельских больниц к западу от Лондона, — пояснил он. — Я запрашивал о нем из Дувра.

На бешеной скорости мы пересекли центр Лондона, выехали на Бэтроуд и направились дальше — через Хэммерсмит, Чизик и Брентфорд — прочь из города. Я начал догадываться о цели нашей

---

[2] Моря я предпочитаю пересекать на кораблях· — Здесь имеется в виду евангельская аллюзия. Христос велел своим ученикам отправиться на другую сторону Галлилейского озера. Когда лодка была на середине озера, поднялась буря. Христос, ведая бедствие учеников, пошел к ним по воде. Они же, увидев его, подумали, что это призрак, и от страха закричали. Христос сказал им: «Это я, не бойтесь». И тогда апостол Петр воскликнул: «Господи! если это ты, то повели мне прийти к тебе по воде». Господь сказал: «Иди». Тогда Петр вышел из лодки и пошел к Иисусу Христу по воде.

поездки. Виндзор и Аскот. Тут меня осенило: в Аскоте жила тетка Дэниелса. Значит, мы охотились за ним, а не за О'Мерфи.

Вскоре мы остановились у ворот изящной, ухоженной виллы. Пуаро выскочил из машины и позвонил. Я заметил, как по его сияющему лицу расползается хмурое недоумение. Видимо, что-то было не так. На звонок ответили, и Пуаро впустили внутрь. Он вышел буквально через несколько секунд и сразу залез в машину, коротко и резко мотнув головой. Мои надежды начали меркнуть. Шел пятый час... Даже если Пуаро нашел несокрушимое доказательство вины Дэниелса, что толку, если того, кто мог бы указать точное местонахождение премьер-министра, у нас все равно нет?

Обратный путь в Лондон оказался довольно муторным. Мы то и дело сворачивали с главной дороги и останавливались у небольших зданий, в которых без труда угадывались больницы. Пуаро провел всего по несколько минут в каждой, всякий раз оставляя там частицу своего дурного настроения. Под конец он уже просто сиял.

Он что-то прошептал Норману, и тот ответил:

— Да, если свернуть налево, там они и будут ждать, возле моста.

Мы свернули на боковую дорогу, и в сгущающихся сумерках я разглядел стоящую у обочины машину с двумя полицейскими в штатском. Пуаро быстро переговорил с ними, и мы двинулись дальше в северном направлении. Вторая машина поехала следом.

Через некоторое время стало ясно, что мы направляемся к северным пригородам Лондона. Наконец мы подъехали к парадному входу высокого дома, одиноко стоящего чуть в стороне от дороги.

Норман и я остались у машины, а Пуаро с одним из детективов поднялись на крыльцо и позвонили в дверь. Им открыла хорошенькая горничная, и детектив шагнул вперед.

— Я офицер полиции. У меня ордер на обыск этого дома.

Горничная слабо вскрикнула. За ее спиной тут же показалась высокая приятная женщина лет тридцати пяти.

— Закрой дверь, Эдит. Думаю, это грабители.

Однако Пуаро, проворно просунув ногу в закрывающуюся дверь, дунул в свисток. Раздался пронзительный свист. Все тут же бросились к крыльцу, ворвались в дом, и дверь за ними закрылась.

Последовавшие за этим пять минут мы с Норманом проклинали наше вынужденное бездействие. Наконец дверь отворилась, и вся компания появилась на пороге, эскортируя пленников — женщину и двух мужчин. Одного из них вместе с женщиной усадили во вторую машину, другого Пуаро лично препроводил в нашу.

— Мне нужно ехать с теми, друг мой, но вы уж позаботьтесь об этом джентльмене. Вы не знакомы, нет? Тогда разрешите представить: мосье О'Мерфи!

О'Мерфи! Машина тронулась, а я все еще таращился на него, открыв рот. Наручников на нем не было, но я сильно сомневался, что он попытается сбежать. Он сидел, уставившись прямо перед собой, словно оглушенный. А, впрочем, что он мог бы сделать против меня и Нормана?

К моему удивлению, мы снова двинулись на север. Значит, мы вовсе не собирались возвращаться в Лондон. Я был немало озадачен. Когда машина начала тормозить, я вдруг понял, что мы подъехали к аэродрому Хэндон. Я разгадал план Пуаро. Он намеревался достичь Франции самолетом!

Блестящий ход! Хотя, если вдуматься, совершенно непрактичный. Послать телеграмму было бы много быстрее и проще. Ведь дорог каждый час. Так нет же, Пуаро не мог допустить, чтобы лавры спасителя премьер-министра достались кому-то другому!

Как только мы подъехали, майор Норман выскочил из машины и его место занял детектив в штатском. Норман быстро обсудил что-то с Пуаро и поспешно двинулся прочь.

Я тоже вылез из машины и поймал Пуаро за рукав.

— Поздравляю, дружище! Они выдали вам укрытие? Но, право, лучше все-таки телеграфировать. Вы опоздаете, если попытаетесь сделать все сами.

Пуаро с любопытством изучал меня почти целую минуту.

— К сожалению, друг мой, есть вещи, которые нельзя отправить по телеграфу, — ответил наконец он.

Норман вернулся с молодым офицером в форме воздушных сил.

— Это капитан Лайол, который и доставит вас во Францию. Готов вылететь немедленно.

— Закутайтесь поплотнее, сэр, — сказал пилот. — Если желаете, могу дать вам еще пальто.

Пуаро сверился со своими огромными часами.

— Да, пора, — пробормотал он. — Как раз вовремя. Он поднял глаза и вежливо наклонил голову.

— Благодарю вас, мосье, но вы летите не со мной. Вашим пассажиром будет вот этот джентльмен, — сказал он, отодвигаясь, и из темноты выступил человек.

Это был второй пленник, ехавший в другой машине, и, когда он вышел на свет, я чуть не ахнул от изумления. Это был премьер-министр!

— Бога ради, объясните хоть что-нибудь! — нетерпеливо потребовал я, едва усевшись с Пуаро и Норманом в машину, чтобы ехать обратно в Лондон. — Каким образом им удалось провезти его обратно в Англию?

— А в этом не было нужды, — сухо ответил Пуаро. — Он ее и не покидал. Его похитили по дороге из Виндзора в Лондон.

— Что?

— Сейчас объясню. Премьер-министр находился в своей машине, секретарь — рядом. Внезапно к лицу премьер-министра прижимают смоченную хлороформом тряпку…

— Да кто прижимает?

— Наш выдающийся полиглот капитан Дэниелс. Кто же еще? Премьер-министр теряет сознание, и Дэниелс, по переговорной трубке, приказывает О'Мерфи свернуть направо, тот, ни о чем не подозревая, повинуется. Не успевают они проехать по пустынной дороге и нескольких метров, как видят у обочины большую машину, в моторе которой копается водитель. Тот просит О'Мерфи остановиться, и О'Мерфи тормозит. Незнакомец не спеша идет к машине. В этот момент Дэниелс высовывается из заднего окна машины и, протянув руку к переднему, повторяет трюк с тряпкой. Возможно, он воспользовался каким-нибудь быстро действующим средством вроде этил хлорида Несколько секунд — и двое бесчувственных людей вытащены из машины и помещены в другую, а их место занимают двойники.

— Да как же так?

— Очень просто! Разве вы никогда не видели в мюзик-холле, с какой точностью исполнители пародируют знаменитостей? Нет ничего легче, чем скопировать общественного деятеля. Сыграть премьер-министра Англии несравнимо проще, чем какого-нибудь Джона Смита из какого-то там Клэпхема.[1] Что до двойника О'Мерфи — здесь расчет был простой: до отъезда премьер-министра к О'Мерфи вряд ли кто особо присматривался, а после и присматриваться было уже не к кому. Так что фальшивый О'Мерфи спокойно едет с вокзала прямо к своим друзьям, входит в ресторан, переодевается и выходит совершенно другим человеком. Настоящий же О'Мерфи исчезает, оставив за собой довольно подозрительный след.

— Ну ладно, положим, на О'Мерфи никто не смотрел. Но на человека-то, изображавшего премьер-министра, смотрели все!

— Его не видел никто, знавший его лично или близко. Кроме того, от нежелательных контактов его тщательно оберегал Дэниелс. И, в довершение всего, лицо у него было забинтовано, а что-нибудь необычное в поведении оправдывалось шоком, пережитым во время утреннего покушения. Более того, у Макадама слабое горло, и он особенно старается беречь его перед важными выступлениями.

---

[1] Клэпхем — район Лондона.

Попросту говоря, молчит. Поэтому копировать его не представляло ни малейшего труда всю дорогу до Франции. Там это было бы уже невозможно, да, впрочем, и не нужно, и премьер-министр исчез. Английская полиция, тут же забыв о первом покушении, бросилась через Ла-Манш. Чтобы убедить ее, что похищение и впрямь состоялось во Франции, Дэниелса весьма убедительно связали и усыпили.

— А человек, сыгравший премьер-министра?

— Просто сбросил с себя весь этот маскарад. Даже если бы его вместе с фальшивым шофером и задержали как подозрительных личностей, никому и в голову не пришло бы, какую роль они только что сыграли, и в конце концов их отпустили бы за отсутствием состава преступления.

— А настоящий премьер-министр?

— Его и О'Мерфи перевезли прямиком в дом «миссис Эверард» — так называемой тетушки Дэниелса в Хэмпстеде. В действительности это фрау Берта Эбенталь, которую, кстати сказать, давно ищет полиция. Это ей от меня маленький, но ценный подарок. Не говоря уже о самом Дэниелсе. О да, это был хитроумный план, и единственное, чего он не учел — это того, что распутывать его предоставят самому Эркюлю Пуаро!

Лично я считаю, что, по крайней мере, этот приступ тщеславия моему другу можно простить не задумываясь.

— Когда же вы впервые заподозрили истинное положение дел?

— Как только принялся за дело с нужной стороны — изнутри. Мне все не удавалось встроить в логическую цепочку эту утреннюю стрельбу, но, рассмотрев конечный результат «покушения», а именно, что премьер-министр отправился во Францию с забинтованным лицом, я наконец нащупал верный путь. А посетив все больницы между Виндзором и Лондоном и убедившись, что ни в одну из них не обращался человек с огнестрельным ранением, соответствующий данному мной описанию, я уже не сомневался. Что же касается остального, то для моих серых клеточек — это всего лишь детская игра!

На следующее утро Пуаро показал мне только что полученную телеграмму. На ней не было ни штемпеля отправителя, ни подписи. Она состояла из единственного слова: «Вовремя!»

Ближе к вечеру в газетах появилось сообщение о конференции союзных держав. Особо подчеркивались бурные овации, устроенные в честь сэра Дэвида Макадама, чья вдохновенная речь произвела на слушателей глубокое и незабываемое впечатление.

Исчезновение мистера Давенхейма

Пуаро и я ждали к чаю нашего друга, инспектора Джеппа из Скотленд-Ярда. Пуаро только что аккуратно выровнял на столике чашечки и блюдца, которые его домохозяйка обычно не удосуживалась поставить как положено. Затем он, подышав на бочок мельхиорового заварного чайника, потер его шелковым платком. Большой чайник уже закипал, а рядом с ним стоял эмалированный ковшичек с шоколадом, который Пуаро предпочитал «этой английской отраве».

Буквально через пару минут раздался звонок, и вскоре наш гость вошел в гостиную.

— Надеюсь, не опоздал, — проговорил он, здороваясь с нами. — Сказать правду, я заболтался с Миллером, тем самым, который занимается делом Давенхейма.

Я навострил уши. Последние три дня газеты были полны рассказами о странном исчезновении мистера Давенхейма, старшего компаньона известной банковской фирмы «Давенхейм и Салмон». В прошлую субботу он вышел из дому, и с тех пор никто его не видел. Я надеялся услышать какие-нибудь интересные детали от Джеппа.

— Надо думать, — заметил я, — что в наши дни исчезнуть почти невозможно.

— Будьте точны, мой друг, — произнес Пуаро. — Что вы подразумеваете под словом «исчезнуть»? О каком, собственно, «исчезновении» вы говорите?

— Разве «исчезновения» бывают разные? — рассмеялся я, — может их можно классифицировать?

Джепп тоже улыбнулся. Пуаро, глядя на нас, нахмурился.

— Я не шучу, — сказал он. — Все так называемые «исчезновения» делятся на три категории. Первая, и наиболее обычная, — исчезновение добровольное. Вторая, которой часто злоупотребляют, — это «потеря памяти». Случай редкий, но встречается в практике. Третья — убийство с более или менее успешным сокрытием трупа.

— Бросьте, Пуаро, — возразил я. — Человек, конечно, может потерять память, но кто-нибудь наверняка опознает его. Особенно если это такая известная личность, как Давенхейм. Что касается трупа, он не может испариться в воздухе: раньше или позже его обнаружат в каком-то глухом месте или расчлененным — в чемодане, например. Убийство всегда обнаруживается. Да и потом, куда сбежавший клерк или какой-нибудь террорист в наш радиовек может скрыться? Их разыщут даже за границей. Порты и вокзалы будут под наблюдением, спрятаться они тоже вряд ли смогут: приметы исчезнувшего будут известны каждому, кто читает газеты и слушает радио.

— Mon ami,[1] — произнес Пуаро, — вы совершаете ошибку. Вы не допускаете мысли, что субъект, замысливший убрать другого человека или, выражаясь фигурально, самого себя, принадлежит к той редкостной породе людей, которые знают, что такое метод. Он умеет мобилизовать весь свой ум и память для тщательного просчета каждой детали преступления. Разве ему не удалось бы обмануть полицию.

— Но не вас, надеюсь? — с иронией заметил Джепп, подмигивая мне. — Он не смог бы обмануть вас, мосье Пуаро?

— Меня? А почему, собственно?.. Правда, это трудно: ведь я подхожу к разрешению подобных проблем используя все законы логики, которая, увы, слишком редко изучается нынешними детективами!

Джепп ухмыльнулся еще откровеннее.

— Не знаю, — сказал он. — Миллер парень толковый, можете быть уверены, он не проглядит ни отпечатка ноги, ни пепла от сигары, ни какой-нибудь крошки. Он все увидит.

---

[1] Мой друг (фр.)

— Так же, men ami, как и любой лондонский воробей. Но я бы не стал просить эту маленькую серую птичку разрешить проблему исчезновения мистера Давенхейма.

— Надеюсь, мосье, вы не пренебрегаете найденными деталями. Разве они ничего не стоят?

— Не слишком доверяйтесь деталям, мой друг. Они всегда претендуют на чрезмерную важность, а большинство их обычно слишком незначительно. Только одно необходимо для раскрытия дела: серые клеточки — он постучал себя по лбу, — вот на что мы должны полагаться. Наше восприятие тех или иных вещей подчас слишком окрашено эмоциями. Истину следует искать изнутри, а не извне.

— Вы что же хотите сказать, мосье Пуаро, что можете разрешить дело, не вставая с кресла?

— Вот именно. Конечно, если меня ознакомят с фактами.

Джепп хлопнул себя по колену.

— Будь я проклят, если не поймаю вас на слове! Ставлю пять фунтов, что в течение одной недели вы не сможете указать мне местопребывание Давенхейма, живого или мертвого.

Пуаро задумался.

— Понимаю, — наконец сказал он. — Le sport[1] — страсть англичан. Давайте факты.

— В прошлую субботу, как обычно, мистер Давенхейм сел в поезд, уходивший в двенадцать сорок с вокзала Виктория в Чингсайд; там находится его вилла «Кедры». После ленча он пошел прогуляться по парку и отдать распоряжения садовнику. Все, с кем мы беседовали, не отмечали в его поведении ничего необычного, никакой нервозности. После чая он заглянул к жене и сказал, что идет в деревню отправить несколько писем. При этом добавил, что ждет к себе некоего мистера Ловена. Если Ловен придет до его возвращения, сказал он, пусть подождет в кабинете. После этого Давенхейм вышел из дома через

[1] Спорт (фр.)

парадную дверь и неспешным шагом двинулся к воротам. Больше его не видели.

— Так-так, просто восхитительно, — пробормотал Пуаро и попросил: — Продолжайте, продолжайте, мой дорогой друг.

— А минут через пятнадцать в дверь позвонил темноволосый господин с пышными усами и заявил, что у него деловое свидание с мистером Давенхеймом. В соответствии с распоряжением банкира мистера Ловена провели в кабинет. Прошло около часа, Давенхейм не возвращался. Наконец Ловен позвонил и объяснил дворецкому, что больше ждать не в состоянии, так как боится опоздать на поезд. Миссис Давенхейм извинилась за мужа, и Ловен, выразив сожаление, ушел.

Как вам известно, Давенхейм не вернулся. В воскресенье рано утром об этом сообщили в полицию, но выяснить ничего не удалось: Давенхейм буквально растворился в воздухе. На почте он не был. В деревне его не видели. На станции заверяли, что ни в один из поездов он не садился. Его автомобиль не покидал гаража. Если он нанял машину, условившись, чтобы шофер встретил его в каком-нибудь уединенном месте, то к настоящему времени мы бы уже знали об этом, поскольку за любую информацию о нем официально обещали крупное вознаграждение. Правда, в пяти милях от Седарс, в Энтфилде, проходили скачки, и если Давенхейм прошел до этой станции пешком, то мог бы незаметно затеряться в толпе. Но с тех пор его фотография и подробное описание примет были опубликованы во всех газетах. Однако дополнительных сведений мы ни от кого не получили… В понедельник утром было сделано сенсационное открытие. Сейф в кабинете Давенхейма — тот, что за портьерой — оказался взломан и ограблен. Но окна были заперты, так что снаружи в кабинет никто проникнуть не мог. Впрочем, не исключено, что у воришки был сообщник среди обитателей дома, который мог запереть окна уже после кражи. Нельзя не учитывать и того, что и в субботу и в воскресенье в доме был большой переполох. Взломщика могли запустить еще в субботу, и он имел возможность совершенно спокойно прятаться где-нибудь в укромном уголке до самого понедельника.

— Precisement,[1] — сухо сказал Пуаро. — Так он арестован? Ce pauvre M. Lowen?[2]

— Пока нет, — усмехнулся Джепп. — Но он, конечно, на подозрении.

— Понятно, — сказал Пуаро. — А что было украдено?

— Точно не известно. По мнению миссис Давенхейм, там хранилась значительная сумма в акциях и банкнотах, полученных в результате заключенных совсем недавно сделок. Все бриллианты миссис Давенхейм также хранились в сейфе. В последние годы ее муж увлекся их коллекционированием и чуть ли не каждый месяц дарил ей что-нибудь необыкновенное.

— Неплохой улов, — задумчиво произнес Пуаро. — А что с Ловеном? По какому делу он приходил к Давенхейму?

— Они не были в хороших отношениях друг с другом. Ловен — мелкий спекулянт. Раза два ему удалось сорвать куш за счет Давенхейма на бирже, но они почти не встречались. То их несостоявшееся свидание касалось каких-то южноамериканских акций.

— Значит, у Давенхейма есть капиталовложения в Южной Америке?

— Кажется, так. Миссис Давенхейм упомянула, что он всю прошлую осень провел в Буэнос-Айресе.

— Какие-нибудь нелады в семейной жизни?

— Едва ли. Его домашняя жизнь протекала довольно мирно и однообразно. Миссис Давенхейм приятная, но недалекая женщина.

— Следовательно, здесь нечего искать разрешения загадки. Были ли у него враги?

---

[1] Совершенно верно (фр.)

[2] Этот бедолага М. Ловен? (фр.)

— На финансовом поприще у него было много соперников... Но врагов, способных разделаться с ним, вряд ли. К тому же, если с ним разделались, то где тело?

— Как говорит Гастингс, тела имеют обыкновение с фатальным упорством рано или поздно обнаруживаться.

— Кстати, садовник видел какого-то человека, шедшего мимо дома к цветнику. Сюда выходит из кабинета застекленная дверь, и Давенхейм часто пользовался именно ею. Но садовник находился очень далеко и не может утверждать, был ли это хозяин или нет. Это было до шести вечера, так как в этот час садовник кончает работу.

— А когда ушел Давенхейм?

— В половине шестого.

— Что находится позади розария?

— Пруд.

— С лодками и лодочным домиком?

— Да. Есть там несколько плоскодонок. Мне кажется, вы думаете о самоубийстве, мосье Пуаро? В таком случае Миллер отправится туда завтра, чтобы тщательно обследовать эту лужу.

Пуаро слегка улыбнулся.

— Гастингс, прошу вас, передайте мне вон тот экземпляр «Дейли мегафон».[1] Если мне не изменяет память, там есть удивительно четкая фотография исчезнувшего.

Я поднялся и взял газету. Несколько минут Пуаро внимательно изучал фото.

— Гм, — пробормотал он. — Прическу носит довольно длинную, усы и острая бородка, густые брови. Глаза темные?

— Да.

— И волосы, и бородка седеющие?

---

1 «Дейли мегафон» — еженедельная газета, в основном специализирующаяся на сенсационных и криминальных материалах; основана в 1897 году.

Инспектор утвердительно кивнул головой.

— Ну, мосье Пуаро, что вы об этом скажете? Ясно как божий день, а?

— Напротив, темно как ночь...

На лице Джеппа отразилось тайное торжество.

— Что дает мне надежду все-таки разгадать эту тайну, — с безмятежным видом добавил Пуаро.

— Неужели?

— Знаю по опыту: если дело запутанное, есть шанс найти истину. А если оно «ясное как божий день», не верьте этому! Кто-то специально сбивает вас со следа!

Джепп покачал головой — почти сочувственно.

— Что ж, у каждого свой подход. А по мне, так совсем неплохо, когда все сразу удается увидеть.

— Но я ничего и не пытаюсь увидеть, — мягко заметил Пуаро. — Я наоборот закрываю глаза и — думаю.

— У вас впереди целая неделя на размышления, — вздохнул Джепп.

— Только обещайте, что будете сообщать мне все вновь поступившие сведения. В частности, те, что раздобудет неутомимый и зоркий инспектор Миллер.

— Договорились, — сказал Джепп, поднимаясь. Когда я провожал инспектора к выходу, он снова тяжко вздохнул и заметил:

— Даже как-то неудобно. Выкрали словно какого-то малолетнего карапуза.

Я невольно улыбнулся этой фразе. Распростившись с Джеппом и машинально продолжая улыбаться, я вернулся в гостиную.

— Так-так! — весело произнес Пуаро и погрозил мне пальцем. — Насмехаетесь над папашей Пуаро? Не верите в его серые клеточки? Ладно уж, не смущайтесь. И давайте обсудим эту маленькую проблему. Здесь есть две-три интересные детали.

— Пруд! — многозначительно произнес я.

— И не только пруд — лодочный домик!

Я искоса взглянул на Пуаро. Он непроницаемо улыбался. Я почувствовал, что спрашивать его о чем-то пока бесполезно.

Джепп явился к нам только следующим вечером, около десяти часов. По выражению его лица я сразу понял, что он жаждет сообщить какие-то новости.

— Ну как, мой друг? — спросил Пуаро. — Все идет хорошо? Не говорите только, что вы обнаружили в пруду тело мистера Давенхейма, потому что я просто не поверю вам.

— Мы не нашли тела, но нашли его костюм, тот самый, в котором он был в тот день. Что скажете?

— Еще какие-нибудь носильные вещи пропали?

— Нет. Остальной гардероб не тронут. И еще новость. Мы арестовали Ловена. Одна из служанок утверждает, что видела его в саду, приблизительно за десять минут до того, как он покинул дом.

— И что говорит Ловен?

— Сначала он твердил, что вообще не выходил, потом признался, что выходил-таки ненадолго из кабинета — через дверь, ведущую в сад, — чтобы взглянуть на какие-то необычайные розы. Довольно жалкая выдумка! Есть и еще одно свидетельство против него. Давенхейм всегда носил массивное золотое кольцо с бриллиантом на правом мизинце. Так вот, это кольцо было заложено в Лондоне в субботу ночью неким Билли Келлетом! Он уже известен полиции — отсидел прошлую осень три месяца за кражу часов у одного старого джентльмена. Заложив кольцо, Билли напился, напал на полисмена и был задержан. Я ездил на Боу-стрит с Миллером и видел его. Теперь он протрезвел и сильно напуган. Боится, что мы обвиним его в убийстве.

— Каковы его показания?

— Он был на скачках в Энтфилде в субботу. Возвращался и по дороге к Чингсайду присел отдохнуть в канаве. Через несколько минут заметил человека, идущего по дороге в деревню. Смуглого джентльмена с большими темными усами, очевидно, Ловена.

Келлет был скрыт от дороги грудой камней. Полагая, что дорога совершенно пустынна, человек этот вынул из кармана какой-то маленький предмет и выбросил его за ограду. Затем продолжал свой путь к станции. Брошенный предмет ударился о землю с позвякиванием, которое заинтриговало Келлета. Он принялся искать и вскоре нашел кольцо. Все это вздор, конечно, Келлету нельзя верить. Вполне вероятно, что он встретил Давенхейма, убил и ограбил его.

Пуаро покачал головой.

— Маловероятно, mon ami. Во-первых, у него не было никаких возможностей скрыть тело Оно уже было бы обнаружено. Во-вторых, то, что он ходил закладывать кольцо, лишний раз подтверждает, что он заполучил его не в результате убийства. В-третьих, вор-карманник едва ли решится на убийство. В-четвертых, в субботу он был задержан, и трудно предположить, он мог видеть Ловена и запомнить так точно его внешность.

Джепп кивнул.

— Может быть, вы и правы. Странно, что Ловен не нашел другого способа избавиться от кольца.

— Но зачем вообще было снимать его с трупа? — спросил я.

— Для этого могли быть свои причины, — ответил Джепп. — Знаете ли вы, что неподалеку от пруда находится печь для обжига извести?

— Боже мой! — воскликнул я. — Вы хотите сказать, что известь, которая уничтожила бы тело, не в состоянии уничтожить металлическое кольцо?

— Совершенно точно.

— Мне думается, — произнес я, — все ясно. Какое ужасное преступление!

По обоюдному побуждению мы с инспектором взглянули на Пуаро. Казалось, он погрузился в размышления, наморщив брови словно от мучительного напряжения мысли. Что он скажет? Ждать пришлось недолго. Пуаро вдруг повернулся к Джеппу и спросил:

— Интересно, в одной комнате спали супруги или в разных?

Вопрос показался нам столь странным, что мгновение мы молча смотрели на Пуаро. Затем Джепп рассмеялся.

— Я-то думал, вы нам сейчас сообщите что-нибудь ужасное. Право, не знаю, мосье Пуаро. Но могу узнать.

— Merci, mon ami.[1] Буду вам очень благодарен за эти сведения.

Джепп не сводил взгляда с именитого сыщика, но казалось, что Пуаро забыл о нашем существовании. Инспектор печально покачал головой и, прошептав: «Бедняга! Война слишком сильно отразилась на нем!» — на цыпочках вышел из комнаты.

Пуаро тотчас же сбросил всю свою задумчивость и весело усмехнулся.

— Que faites vous la, mon ami?[2] Наконец-то вы поняли, что в нашем деле главное — точность и методичность, — похвалил меня Пуаро.

Признаться, я был польщен, но постарался этого не выдать и небрежно спросил:

— Я записываю кое-какие мысли по поводу этого дела. Прочесть?

— Обязательно.

Я откашлялся.

— Первое: все говорит за то, что взломал сейф Ловен. Второе: у него были счеты с Давенхеймом. Третье: если верить Келлету, Ловен, безусловно, замешан в деле.

Я остановился, полагая, что самое важное уже зафиксировано.

— Mon pauvre ami![3] Вы упустили самые важные детали. И доводы ваши неубедительны. — Во взгляде Пуаро промелькнула откровенная жалость.

---

[1] Спасибо, мой друг (фр.)

[2] Что вы там делаете, мой друг? (фр.)

[3] Мой бедный друг! (фр.)

— Почему?

— Разрешите, я разберу все ваши пункты. Первое: мистер Ловен не был уверен в том, что ему представится возможность вскрыть сейф. Он пришел для делового свидания и не мог знать заранее, что Давенхейма дома не будет.

— Но он мог бы воспользоваться представившимся случаем, — протестовал я.

— А инструменты? Джентльмены не имеют обыкновения носить с собой инструменты взломщика — «на всякий случай». А вскрыть сейф перочинным ножом невозможно.

— Ладно. Что скажете относительно второго пункта?

— Предположим, что у Ловена были счеты с Давенхеймом. Известно, что Ловен один или два раза обыграл его на бирже. Если кто и был озлоблен, так не Ловен, а Давенхейм.

— Ну, а третий пункт?

— В этом вы правы. Если рассказ Келлета соответствует действительности, Ловен безусловно замешан в этом деле.

— Значит, я все-таки уловил кое-что?

— Возможно, но вы проглядели два наиболее важных пункта.

— Какие же?

— Первый: страсть Давенхейма к покупке драгоценностей. Второй: его поездка в Буэнос-Айрес прошлой осенью.

— Пуаро, вы смеетесь надо мной!

— Я совершенно серьезен. Надеюсь, что Джепп не забудет моей просьбы.

Но инспектор, хотя и считал все это шуткой, не забыл о просьбе Пуаро, так как наутро мы получили телеграмму:

«С ПРОШЛОЙ ЗИМЫ У СУПРУГОВ БЫЛИ РАЗНЫЕ СПАЛЬНИ».

— Ага! — воскликнул Пуаро. — А сейчас уже середина июня. Теперь все ясно!

Я удивленно взглянул на него.

— Надеюсь, у вас нет сбережений в банке Давенхейма и Салмона, mon ami?

— Нет. А в чем дело?

— Я бы посоветовал забрать их оттуда как можно скорее.

— А что вы ожидаете?

— Большое банкротство в ближайшие дни, а может быть, и раньше. Я думаю, надо поблагодарить Джеппа за его любезную телеграмму. Прошу вас, карандаш и бумагу. Вот: «Советую вам немедленно забрать деньги, вложенные в банк мистера Давенхейма». Это заинтересует милого Джеппа!

Я оставался хладнокровно-скептическим, но следующий же день вынудил меня отдать должное поразительной проницательности моего друга. Во всех газетах, под огромными заголовками, были сообщения о сенсационном банкротстве банкира Давенхейма.

Не успели мы закончить завтрак, как дверь отворилась и в столовую ворвался Джепп.

— Как вы узнали об этом, Пуаро?

Пуаро безмятежно улыбнулся.

— После вашей телеграммы это было совершенно очевидно. С самого начала меня поразило странное ограбление сейфа. Бриллианты, деньги, акции на предъявителя — все это как будто было подготовлено заранее. Для кого? Мистер Давенхейм был тем, кого вы на вашем полицейском языке называете «Номером первым». Очевидно, все это было приготовлено для него самого. Затем его страсть к покупке драгоценностей. Как просто! Деньги, которые он растрачивал, он вкладывал в бриллианты, которые, в свою очередь, заменял поддельными, и таким образом перевел на другое имя значительное состояние, которым и должен был наслаждаться в то время, когда все будут его искать. Закончив с этим, он назначает деловое свидание с Ловеном (который однажды имел неосторожность сильно его рассердить), взламывает сейф, оставляет распоряжение, чтобы гостя проводили в кабинет, и уходит из дома. Куда?

Мы молчали.

— Ясно куда. Он отправился в свое убежище. Возможно, он и допустил кое-какие промахи, и все же серые клеточки у него работают превосходно.

— Да не мучьте вы нас, Пуаро. Говорите же!

Пуаро улыбнулся, явно наслаждаясь нашим нетерпением.

— Ну-с, друзья мои, вы оба люди умные. Задайте себе вопрос, который я задавал себе: «Если бы я был на месте этого человека, где бы я захотел спрятаться?» Что скажете, Гастингс?

— Я лично никуда бы не бежал, — отвечал я, — я остался бы в Лондоне, ездил бы на автобусах и в метро, в толчее меня точно не нашли бы.

Пуаро вопросительно взглянул на Джеппа.

— Я не согласен. Немедленно убраться прочь, вот единственный шанс не попасться. Конечно, нужно заранее все подготовить. На яхту — и в какое-нибудь забытое Богом место, пока не стихнет шум.

Мы оба взглянули на Пуаро.

— А что делали бы вы, мосье?

Пуаро помолчал, потом хитрая улыбка появилась на его губах.

— Друзья, если бы я хотел спрятаться от полиции, знаете ли, где бы я пытался это сделать? В тюрьме!

— Что?!

— Вы ищете Давенхейма, чтобы посадить его в тюрьму, так вам и в голову не придет мысль о том, что он может быть уже там.

— Что вы хотите этим сказать?

— Вы говорили, что мадам Давенхейм не очень умная женщина, но, несмотря на это, я думаю, если вы привезете ее на Боу-стрит и покажете Билли Келлета, она тут же узнает его! Несмотря на то что он сбрил бороду, усы и коротко подстригся. Женщина почти всегда узнает своего мужа, даже если ему удалось провести всех и вся!

— Билли Келлет? Но он был и раньше известен полиции!

— Разве я не сказал, что Давенхейм умный человек? Он давно подготовил себе алиби. Он не был прошлой осенью в Буэнос-Айресе —

он создавал персонаж под именем Билли Келлет. Он «отсидел» три месяца, чтобы у полиции не возникло никаких подозрений, когда настанет ответственный момент. Не забывайте, что он затеял крупную игру. А такая игра стоит свеч. Только…

— Ну?

— Только носить фальшивую бороду и парик — после того как он снова стал самим собой — и спать с фальшивой бородой… это создает массу трудностей. Давенхейм опасался, что супруга может обнаружить, что его волосы какие-то неестественные. Вот почему, после его предполагаемого возвращения из Буэнос-Айреса, он и миссис Давенхейм спали в разных комнатах. Садовник, которому показалось, что он видел своего хозяина идущим вдоль дома, был совершенно прав. Давенхейм зашел в лодочный домик, надел потрепанную одежку, приличествующую бродяге, которая, можете не сомневаться, была там тщательно спрятана, свой костюм бросил в пруд и приступил к выполнению задуманного плана. А дальше все яснее ясного: и кольцо, и скандал на улице, и арест. Он знал, что в тюрьме его не будут искать…

— Невероятно… — пробормотал Джепп.

— Побеседуйте с мадам, — с улыбкой порекомендовал Пуаро.

На следующее утро Пуаро получил заказное письмо. Он вскрыл его, и из конверта выпала пятифунтовая бумажка.

Пуаро нахмурился.

— Ah, sacre![1] Что же мне теперь с этим делать? Мне, право, неловко. Ce pauvre Japp![2] О, придумал! Мы устроим небольшой обед. Втроем! А то мне действительно как-то неловко. Дело-то оказалось пустяковым. Нет, это не в моих правилах… Mon ami, а что вас, собственно, так развеселило?

---

[1] Черт побери! (фр.)

[2] Бедный Джепп! (фр.)

Случай с итальянским вельможей

У нас с Пуаро было много друзей и знакомых, с которыми сложились довольно непринужденные отношения. Среди них можно назвать и доктора Хокера, нашего соседа, врача по профессии. Доктор, очень общительный человек, имел обыкновение заглядывать к нам по вечерам, чтобы поговорить с Пуаро, удивительные способности которого вызывали у него искреннее восхищение. Нужно отметить, что благодаря открытому характеру врача нам было известно, что он вообще неравнодушен к талантливым профессионалам, далеким от его специальности.

Однажды в начале июня он появился у нас примерно в половине девятого вечера и затеял серьезную дискуссию на «веселую» тему: о том, что заметно возросло число жертв, умерших в результате отравления мышьяком. Примерно через полчаса после прихода доктора дверь нашей гостиной вдруг распахнулась, и в комнату влетела встревоженная дама.

— О доктор, требуют вас! Какой-то ужасный голос. Я просто не в себе, я так разволновалась.

В нашей посетительнице я узнал мисс Райдер, экономку доктора Хокера. Он был холост и жил в старом мрачном доме в нескольких кварталах от нас. Обычно спокойная, уравновешенная, мисс Райдер была почти в невменяемом состоянии.

— Что это за ужасный голос? Кого вы имеете в виду и что вообще произошло?

— Ах, доктор, зазвонил телефон. Я сняла трубку... и услышала чей-то голос. «Помогите, — говорили в трубке. — Доктор... помогите. Они убили меня!» Голос постепенно замирал. «Кто это говорит?» Мне ответили шепотом: «Фоскатинэ» — или что-то в этом роде. «Риджентс-Корт».[1]

[1] Риджентс-Корт — одна из главных торговых улиц Лондона.

— Граф Фоскатини! — воскликнул доктор. — Он снимает квартиру на Риджентс-Корт. Я должен немедленно ехать. Что там могло случиться?

— Это ваш пациент? — спросил Пуаро.

— Недели три тому назад я посетил его в связи с легким недомоганием. Он итальянец, но английским владеет в совершенстве. Что ж, я вынужден пожелать вам доброй ночи, мосье Пуаро. Но если...

Он смущенно умолк.

— Я уловил вашу мысль, — улыбнулся Пуаро. — Рад буду сопровождать вас. Гастингс, спуститесь и попытайтесь поймать такси.

Когда время особенно поджимает, все такси как будто проваливаются сквозь землю. В конце концов мне все-таки удалось найти машину, и мы покатили в сторону Риджентс-Корт. Это был новый многоэтажный дом, выстроенный сразу же за Сент-Джейнсвуд-роуд.

В вестибюле не было ни души. Доктор яростно жал на кнопку вызова лифта и, когда тот спустился, резко скомандовал служителю в униформе:

— Квартира одиннадцать. Граф Фоскатини. Как я понял, там что-то случилось.

Лифтер удивленно взглянул на него:

— Впервые слышу. Мистер Грейвз — слуга графа Фоскатини, ушел примерно полчаса тому назад и ничего не сообщил.

— Граф в квартире один?

— Нет, сэр. Он пригласил двух джентльменов с ним пообедать.

— Как они выглядят? — нетерпеливо спросил я.

— Я их не видел, сэр. Но как я понял, они иностранцы. Когда мы поднялись на третий этаж, лифтер толкнул железную дверь, и мы вышли на лестничную площадку. Квартира № 11 находилась прямо перед нами.

Доктор позвонил. Ответа не последовало. Доктор снова и снова нажимал на кнопку. Мы слышали, как в квартире надрывается звонок, однако там никто не подавал никаких признаков жизни.

— Дело серьезное, — пробормотал доктор и обратился к лифтеру:

— К этой двери есть запасной ключ?

— Есть. Внизу у портье.

— Принесите его. И знаете, что я думаю, пора послать за полицией.

Пуаро энергично закивал, подтверждая необходимость этой меры.

Лифтер вскоре возвратился. Вместе с ним прибыл владелец дома.

— Джентльмены, что все это значит?

— Я получил по телефону сообщение от графа Фоскатини о том, что на него совершено нападение, и он в тяжелом состоянии. Надеюсь, вы понимаете, что мы не можем терять ни минуты. Если мы уже не опоздали…

Домовладелец достал ключ, и все вошли в квартиру. Сначала мы попали в гостиную. Из нее в следующую комнату вела слегка приоткрытая дверь. Владелец дома указал на нее:

— Столовая.

Доктор Хокер направился к двери. Мы за ним. Когда я вошел в комнату, то невольно ахнул. Круглый стол в центре столовой был накрыт — здесь, видимо, только совсем недавно пили кофе; три стула отодвинуты, словно сидевшие на них только что встали из-за стола. В углу же, справа от камина, стоял большой письменный стол, а за ним сидел человек. Правая рука его лежала на телефонном аппарате и все еще сжимала трубку, а сам он лежал лицом на столе, поверженный страшным ударом по затылку. Орудие убийства долго искать не пришлось: мраморная статуэтка лежала там, где ее в спешке обронили, основание статуэтки было запачкано кровью.

Доктор осматривал графа не более минуты.

— Он мертв. Скончался почти мгновенно. Поражаюсь, как это он вообще смог позвонить.

По просьбе домовладельца мы осмотрели квартиру, но результат можно было предвидеть заранее. Вряд ли убийцам пришло бы в голову прятаться здесь, все, что им оставалось, — это как можно скорее скрыться.

Мы возвратились в столовую. Пуаро в осмотре квартиры участия не принял. Я застал его за тщательным осмотром обеденного стола и присоединился к нему. Стол был из прекрасно отполированного красного дерева. Центр его украшала ваза с розами; на сверкающей поверхности были разложены кружевные салфетки. Стояло еще блюдо с фруктами, однако десертными тарелками никто так и не воспользовался. Здесь же были три чашки с остатками недопитого кофе — из двух пили черный кофе, из одной — кофе с молоком. Все трое пили портвейн: наполовину опорожненный графин стоял рядом с тарелкой, располагавшейся посередине. Один из обедавших мужчин курил сигару, двое других — сигареты. На столе стоял раскрытый черепаховый ящик для сигар, инкрустированный серебром, с сигаретами и сигарами. Все эти факты я отметил для себя, но одновременно вынужден был констатировать, что они не проливают ни капли света на происшедшую трагедию. Меня удивило столь пристальное внимание Пуаро к предметам, стоящим на столе. Я спросил, что он, собственно говоря, высматривает.

— Mon ami, — ответил он, — вы не учитываете главного. Я пытаюсь высмотреть то, что не должен был бы увидеть.

— Что же это?

— Ошибку, пусть самую незначительную. Разумеется, со стороны убийцы.

Он быстро прошел в небольшую кухоньку, примыкающую к столовой, осмотрел ее внимательно и покачал головой.

— Мосье, — обратился он к домовладельцу, — объясните мне, пожалуйста, вашу систему подачи пищи в квартиры. Домовладелец подошел к небольшому окошку в стене.

— Здесь, — объяснил он, — специальный подъемник, который движется к верхнему этажу, где размещаются кухни. Вы передаете по телефону заказ, и блюда на подъемнике спускаются к вам. Этим же путем грязная посуда отправляется обратно. Понимаете, никаких лишних хлопот с уборкой, и одновременно жильцы избавлены от утомительной необходимости ежедневно спускаться в ресторан.

Пуаро кивнул и тут же задал вопрос:

— Значит, тарелки и блюда, которые использовались здесь сегодня вечером, сейчас находятся наверху в кухне. Вы позволите мне наведаться туда?

— Да, конечно! Роберте, лифтер, проводит вас и даст необходимые пояснения. Однако боюсь, что вы там не найдете для себя ничего полезного. Там скапливаются сотни тарелок и блюд, и все это складывается на один стол.

Тем не менее Пуаро свое намерение не изменил, и мы все вместе отправились в кухонные комнаты и опросили человека, принявшего заказ из квартиры № 11.

— Заказывали на троих, — пояснил он. — Суп жюльен, филе из морского языка по-нормандски, говяжьи биточки и рисовое суфле. В какое время? Было примерно около восьми. Нет, боюсь, что к настоящему моменту все тарелки и блюда уже вымыты. К несчастью. Полагаю, вас интересуют отпечатки пальцев?

— Не совсем так, — с загадочной улыбкой ответил Пуаро. — Меня больше интересовал аппетит графа Фоскатини. Отведал ли он каждое блюдо?

— Да, но я, конечно, не могу вам сообщить, сколько чего он съел. Все тарелки были грязные, а блюда пустые — вот что я могу вам сказать. Исключение составило рисовое суфле: большая часть его осталась нетронутой.

— Ага! — отметил Пуаро, и было видно, что этот факт ему далеко не безразличен.

Когда мы снова спускались в квартиру, он тихо произнес:

— Мы имеем дело с очень предусмотрительным человеком.

— Вы имеете в виду убийцу или графа Фоскатини?

— Граф был безусловно аккуратнейшим джентльменом. После того как он воззвал о помощи и известил о своей приближающейся кончине, он не забыл положить на место телефонную трубку.

Я пристально посмотрел на Пуаро. Его последние слова и недавние расспросы подсказали мне, что у него на уме.

— Вы подозреваете отравление? — выдохнул я. — Значит, удар по голове был сделан для отвода глаз?

Пуаро только улыбнулся.

Когда мы снова вошли в квартиру, там уже находился местный инспектор полиции и два констебля. Инспектор готов был возмутиться по поводу нашего появления, но Пуаро успокоил его, упомянув нашего друга из Скотленд-Ярда, инспектора Джеппа, после чего нам с некоторой неохотой разрешили остаться. И в этом отношении нам весьма повезло, поскольку не прошло и пяти минут, как в комнату стремительно влетел взволнованный мужчина средних лет. На лице его были написаны величайшая тревога и печаль.

Это был Грейвз, слуга покойного графа Фоскатини. Рассказанная им история была просто поразительна.

Накануне утром явились два джентльмена, пожелавшие видеть его хозяина. Оба были итальянцами, и старший из них, мужчина лет сорока, назвал себя синьором Асканио. Второй был отлично одет, и ему можно было дать не больше двадцати четырех.

Граф Фоскатини был, по-видимому, предупрежден об их визите и тотчас же отослал Грейвза прочь — под пустячным предлогом. В этом месте своего рассказа Грейвз сделал паузу, явно не решаясь продолжать. Однако в конце концов признался, что поскольку его разбирало любопытство, то он не бросился выполнять поручение тотчас же, а задержался, пытаясь подслушать, о чем пойдет речь.

Разговор велся так тихо, что его надеждам не суждено было сбыться, хотя из отрывочных фраз ему стало ясно, что обсуждается какое-то финансовое предложение, какие-то сложности, связанные с этим предложением, и что от кого-то исходит некая угроза. Беседа велась далеко не в дружеских тонах. В конце граф Фоскатини несколько повысил голос, и слуга четко расслышал слова:

«Джентльмены, у меня нет времени для споров. Если вы не против, давайте соберемся здесь же завтра вечером часов в восемь, пообедаем и завершим наш разговор».

Боясь быть обнаруженным, Грейвз тут же бросился выполнять задание хозяина. Вечером следующего дня вчерашние посетители явились ровно в восемь. За обедом разговор шел сначала на отвлеченные темы — о политике, о погоде, о театре. Когда Грейвз поставил на стол портвейн и принес кофе, хозяин сказал ему, что этим вечером больше в его услугах не нуждается.

— Он поступал так всегда, когда принимал гостей? — спросил инспектор.

— Нет, сэр, ни в коем случае. Это натолкнуло меня на мысль, что дело, которое он собирался обсудить с этими джентльменами, носит весьма необычный характер.

На этом Грейвз закончил свой рассказ о графе и его гостях. Ушел он примерно в восемь тридцать и, встретив приятеля, отправился с ним на Эдвард-роуд в Метрополитен Мюзик-холл.

Никто не видел, как двое мужчин покидали дом, хотя время совершения убийства было зафиксировано довольно точно — было восемь сорок семь. Небольшие настольные часы, которые Фоскатини, падая, задел рукой и уронил на пол, остановились именно в это время, что соответствовало времени, когда раздался телефонный звонок у мисс Райдер.

Сержант полиции завершил обследование тела, и покойника положили на кушетку. Я впервые смог его разглядеть — оливковый цвет лица, длинный нос, пышные черные усы, между полураскрытыми полными красными губами виднелись ослепительно белые зубы.

— Ну что ж, — подвел итог инспектор, закрывая свой блокнот. — Все предельно ясно. Трудность теперь в том, чтобы разыскать этого синьора Асканио. Не обнаружим ли мы его адрес в записной книжке убитого?

Как это уже определил Пуаро, покойный Фоскатини был очень аккуратным человеком. В его записной книжке мы нашли запись мелким, но четким почерком: «Синьор Паоло Асканио, гостиница „Гросвенор-отель“. Инспектор уселся за телефон. Окончив разговор, он обернулся в нашу сторону:

— Успел вовремя. Наш почтенный синьор выехал из гостиницы с намерением сесть в поезд, расписание которого согласуется с отплытием парохода на континент. Джентльмены, пожалуй, мы сделали все, что следовало. Случай скверный, но довольно простой. По всей вероятности, мы здесь имеем дело с вендеттой.

Не вдаваясь в дальнейшие рассуждения, мы вышли на лестничную площадку и начали спускаться по лестнице. Доктор Хокер был до предела возбужден.

— Все как в романе, а? Прямо захватывающая история. Если бы мне об этом пришлось где-то прочитать, я бы в это ни за что не поверил.

Пуаро молчал. Вид у него был задумчивый. За весь вечер он произнес всего несколько фраз.

— Что нам скажет великий детектив, а? — спросил Хокер, похлопывая Пуаро по спине. — На этот раз для ваших серых клеточек работы не нашлось.

— Вы так думаете?

— Что же привлекло ваше внимание?

— Ну, хотя бы, например, окно.

— Окно? Но оно ведь заперто. Никто не мог бы ни забраться, ни выбраться через него. Я специально обратил на это внимание.

— А как вам удалось определить, что оно заперто?

Доктор озадаченно глядел на Пуаро. Тот поспешил сам дать объяснение:

— Все дело в шторах. Они не были задернуты. Довольно странно, правда? Еще кофе. Он был очень крепким.

— Ну и что же?

— Очень крепким, — повторил Пуаро. — В связи с этим давайте вспомним, что рисового суфле было съедено совсем немного, и мы обнаружим — что?

— Вздор! — рассмеялся доктор. — Вы меня разыгрываете.

— Я никогда никого не разыгрываю. Здесь присутствует мой друг Гастингс, который может подтвердить, что я очень серьезный человек.

— Но я тоже не понимаю, какой вы могли из этого сделать вывод, — признался я. — Не подозреваете же вы слугу? Правда, он мог быть в сговоре с преступниками и подмешать в кофе наркотик. Я полагаю, его алиби будет тщательно проверено?

— Можете в этом не сомневаться, друг мой. Но меня в большей степени интересует алиби синьора Асканио.

— Вы думаете, у него есть алиби?

— Это как раз то, что меня заботит. Не сомневаюсь, что мы вскоре все будем знать точно.

Газета «Дейли ньюсмангер» предоставила нам возможность войти в курс последующих событий.

Синьор Асканио был арестован, и ему предъявили обвинение в убийстве графа Фоскатини. Он категорически отрицал, что знаком с графом, и утверждал, что не находился вблизи Риджентс-Корт ни в тот вечер, когда было совершено убийство, ни в предыдущее утро. Синьор Асканио прибыл с континента один и остановился в гостинице «Гросвенор-отель» за два дня до убийства.

Тот, кто был помоложе, бесследно исчез. Все попытки обнаружить его следы оказались тщетны.

В конечном итоге Асканио избежал суда. Не кто иной, как итальянский посол собственной персоной засвидетельствовал в полицейском участке, что в тот вечер Асканио находился у него на приеме в посольстве с восьми до девяти часов вечера. Задержанного освободили из-под стражи. Естественно, многие сочли, что преступление имело под собой политическую подоплеку, и дело умышленно замяли.

Ко всем этим перипетиям Пуаро проявлял самый живой интерес. Однажды утром он известил меня, что к одиннадцати часам ждет посетителя и что этим посетителем будет (кто бы вы думали?) — сам Асканио.

— Он хочет воспользоваться вашим советом?

— Напротив, Гастингс. Это я с ним хочу посоветоваться.

— По какому вопросу?

— По поводу убийства в Риджентс-Корт.

— Вы собираетесь доказать, что именно он совершил убийство?

— Нельзя человека дважды привлекать к суду за убийство, Гастингс. Где же здравый смысл? Ага, он уже звонит.

Через несколько минут в комнату вошел синьор Асканио — невысокий, худой мужчина, в глазах которого таились хитрость и скрытность. Продолжая еще какое-то время стоять у порога, он бросал на каждого из нас недоверчивые взгляды.

— Мосье Пуаро?

Мой маленький друг постучал себя пальцем в грудь.

— Присаживайтесь, синьор. Вижу, вы получили мою записку. Я решил до конца разобраться в этой таинственной истории. В какой-то мере вы можете мне в этом помочь. Итак, начнем. Во вторник утром девятого числа вы вместе со своим другом нанесли визит покойному графу Фоскатини…

Итальянец сделал сердитый жест рукой:

— Ничего подобного. Я дал в полиции показания под присягой…

— Precise ment. [1] Но я подозреваю, что вы дали ложные показания.

— Вы что, угрожаете мне? Ба! Мне вас нечего бояться. Ведь я оправдан.

— Безусловно. Но я не так глуп, чтобы угрожать вам виселицей — я просто привлеку к вам общественное внимание. Публичная огласка!

---

[1] Вот именно (фр.)

Вижу, вам это не по душе. Так я и думал. Послушайте, синьор, у вас единственный шанс — это быть со мной вполне откровенным. Я не собираюсь спрашивать вас о том, чей неблаговидный поступок вы должны были прикрыть, прибыв в Англию. Я отлично понимаю, что вы приехали с определенной целью — встретиться с графом Фоскатини.

— Вовсе он не граф, — буркнул итальянец.

— Я уже отметил для себя этот факт — его имени нет и справочнике «Кто есть кто». Но не в этом суть дела — профессиональные шантажисты часто пользуются графским титулом.

— Я вижу, с вами можно быть вполне откровенным. Судя по всему, вам уже многое известно.

— Стараюсь с пользой применять свои серые клеточки. Итак, синьор Асканио, вы нанесли визит погибшему во вторник утром, не правда ли?

— Да, но у меня и в мыслях не было вновь появиться у него на следующий вечер. В этом не было никакой нужды. Я вам все объясню. К этому негодяю попали некоторые сведения, касающиеся человека, занимающего в Италии высокий пост. Мерзавец предложил возвратить компрометирующие документы за крупную сумму денег. Я прибыл в Англию, чтобы уладить это дело, и договорился с ним о встрече в то утро. Меня сопровождал молодой секретарь посольства. «Граф» оказался более сговорчивым, чем я ожидал. И все же сумма, которую мне пришлось у него оставить, была очень большая. Он отдал мне компрометирующие документы. Больше я его не видел.

— Почему же вы все это не рассказали при аресте?

— В моем деликатном положении я вынужден был отрицать какую-либо связь с этим человеком.

— А как же вы объясните события, которые произошли на следующий день?

— Могу только предположить, что кто-то выдал себя за меня.

Пуаро глядел на него и качал головой.

— Странно, — пробормотал он. — Все мы имеем маленькие серые клеточки, но только очень немногие из нас умеют ими правильно пользоваться. Прощайте, синьор Асканио. Я верю тому, что вы рассказали. В основном я все так себе и представлял. Но мне нужны были подтверждения.

Проводив гостя и возвратившись обратно, Пуаро сел в кресло и улыбнулся мне:

— А что думает по этому поводу капитан Гастингс, а?

— Ну, собственно, я считаю, что Асканио прав — кто-то действовал под его именем.

— Когда же вы научитесь пользоваться тем, что вложил в вас Всевышний? Вспомните, на что я обращал ваше внимание в тот вечер, когда мы покидали апартаменты Фоскатини? На то, что не были задернуты оконные шторы. На дворе середина июня. В восемь еще светло. Темнеть начинает в половине девятого. Что вы можете сказать по этому поводу? Судя по тому, как напряженно работает ваша мысль, в ближайшие дни вы сделаете правильное заключение. Но давайте продолжим. Как я ранее отметил, кофе был очень крепким. Зубы Фоскатини были поразительной белизны. Кофе окрашивает зубы. Отсюда мы делаем вывод, что Фоскатини вообще в тот вечер кофе не пил. Но кофе наливали во все три чашки. Почему кому-то нужно было представить дело именно таким образом, как будто Фоскатини пил кофе, в то время как он его не пил? Я в полном недоумении покачал головой.

— Давайте я вам помогу. Какие у нас есть свидетельства того, что Асканио и его друг или те двое, которые себя за них выдавали, вообще приходили в тот вечер к Фоскатини? Никто не видел, как они входили; никто не видел, как они выходили. Об этом свидетельствует лишь один только человек и множество неодушевленных предметов.

— О чем вы говорите?

— Я имею в виду ножи и вилки, тарелки и опорожненные блюда. Нет, воистину это была неординарная идея! Грейвз — вор и негодяй, но у него, безусловно, имеется голова на плечах и он умеет действовать методически! Утром ему удается подслушать лишь часть разговора, но этого оказалось достаточно, чтобы понять, что Асканио попадет в сложное положение и ему будет очень трудно доказать свое алиби. На следующий день, примерно в восемь часов вечера, он сообщает хозяину, что его якобы просят к телефону. Фоскатини садится за стол, протягивает руку к телефонной трубке, и в это время Грейвз наносит ему по голове удар мраморной статуэткой. Затем он бросается к внутреннему телефону — обед на троих. Подъемником спускают обед, он накрывает стол, приводит тарелки, ножи и вилки и прочее в такой вид, чтобы создалось впечатление, что здесь обедали. Далее он должен был избавиться от еды... кстати, у него не только хорошая голова, но еще и работоспособный, вместительный желудок! Однако после трех съеденных бифштексов рисовое суфле даже ему одолеть уже невозможно! Чтобы создать полную иллюзию, он даже выкуривает сигару и две сигареты. Затем устанавливает стрелки часов на восемь часов сорок семь минут и бросает часы на пол. Единственное, чего он не забыл сделать, — так это не задернул шторы. А если бы званый обед состоялся в действительности, то шторы обязательно задернули бы, как только начало смеркаться. Затем он торопится убраться, не забыв как бы между прочим упомянуть лифтеру о гостях. Заходит в телефонную будку в восемь сорок семь, звонит доктору, имитируя голос умирающего хозяина. Его идея сработала настолько убедительно, что ни у кого даже не возникло сомнения в том, что, звонили именно из квартиры графа.

— Исключение, как я полагаю, составил Эркюль Пуаро? — спросил я не без сарказма.

— Не исключая даже Эркюля Пуаро, — с улыбкой признался мой друг. — Это сомнение возникло у меня только сейчас. И я решил на вас опробовать эту мою последнюю версию. У вас еще будет возможность убедиться в том, что я прав. А инспектору Джеппу, которому я уже кое на что намекнул, останется только арестовать самонадеянного слугу. Интересно, сколько он уже успел истратить денег?

Пуаро оказался прав. Как всегда, черт возьми!

Загадочное завещание

Задача, поставленная перед нами мисс Вайолет Марш, внесла приятное разнообразие в довольно-таки прискучившие нам повседневные труды. Получив от означенной леди краткое и деловитое письмо с просьбой о встрече, Пуаро написал ответ, предлагая ей зайти к нему наутро в одиннадцать часов.

Ровно в одиннадцать она и явилась, высокая, интересная молодая женщина, одетая аккуратно, без претензий, этакая деловая и уверенная в себе особа, которая намерена найти свою дорогу в жизни. Я не большой поклонник так называемых эмансипированных женщин и, несмотря на все ее внешние достоинства, не почувствовал к ней расположения.

— Мое дело несколько необычного свойства, мосье Пуаро, — начала она, усаживаясь в предложенное кресло. — Лучше я начну с самого начала и расскажу вам все по порядку.

— Как вам будет угодно, мадемуазель.

— Я сирота. Отец был младшим сыном скромного фермера из Девоншира. Дела на ферме шли из рук вон плохо, и его старший брат, Эндрю, эмигрировал в Австралию, где вскоре преуспел и, в результате удачных спекуляций землей, превратился в очень богатого человека. Роджера (моего отца) сельская жизнь не привлекала. Он сумел кое-чему подучиться и добился места клерка в небольшой фирме. Моя мать была дочерью бедного художника, так что брак нельзя назвать мезальянсом. Отец умер, когда мне было шесть лет... Мать пережила его на восемь лет. Из родственников у меня остался только дядя Эндрю, вернувшийся к тому времени из Австралии и купивший небольшое поместье под названием «Дикая яблоня» в своем родном графстве. Он взял меня на воспитание и всегда обращался со мной так, словно я была его собственной дочерью.

«Дикая яблоня» хоть и считалась поместьем, представляла собой всего-навсего старый фермерский дом. Фермерство было у дяди в крови — он неизменно интересовался всевозможными сельскохозяйственными новшествами и экспериментами. При всей своей доброте он обладал несколько необычными, но при этом прочно укоренившимися взглядами на женское образование. Природа щедро наделила его умом, и, не имея — или почти не имея — образования, он был очень невысокого мнения о «книжных премудростях». Особое раздражение у него вызывали образованные женщины. Он был твердо убежден, что девочки должны учиться хозяйничать в доме и на ферме, трудиться не покладая рук и, по возможности, меньше тратить время на «всякие там книжки». Не могу описать, как разочарована я была, когда выяснилось, что именно в таком духе он собирался воспитывать и меня. Я взбунтовалась. У меня довольно цепкий ум и ни малейшей склонности к домашней работе. Поскольку своенравие у нас в крови, даже искренняя привязанность друг к другу не уберегла нас от длительных ожесточенных споров. К счастью, мне удалось получить в школе стипендию, и, до известного момента, казалось, я смогу настоять на своем. Кризис наступил, когда я решила пойти в Гертон.[1] У меня было немного своих денег, доставшихся от матери, и я твердо намеревалась наилучшим способом распорядиться талантами, которыми меня наградил Господь. Состоялся последний решительный разговор с дядей. Он говорил прямо. Он одинок, у него никого, кроме меня, нет — мне-то он и собирался оставить все свое состояние. А как я уже сказала, он был очень богат… Однако если я и дальше буду упорствовать в своих «новомодных капризах», то могу быть уверена, что не получу от него ни пенса. Я очень вежливо, но твердо ответила, что навсегда сохраню к нему глубочайшую привязанность, но свою жизнь намерена устраивать самостоятельно. На том мы и расстались.

«Ты переоцениваешь свой ум, девочка, — сказал он на прощание, — Я вот никогда по книжкам не учился и, однако, дам тебе сто очков вперед. Время покажет, кто из нас прав».

---

[1] Гертон — известный женский колледж Кембриджского университета, основан в 1869 году.

С тех пор прошло девять лет. Время от времени я проводила у него выходные, и наши отношения были совершенно дружескими, хотя от своих взглядов ни он, ни я так и не отступились. Он ни словом не обмолвился ни когда я поступила в университет, ни даже когда получила степень бакалавра. В последние три года его здоровье все ухудшалось, и месяц назад он умер.

Теперь я подхожу к цели моего визита. Дядя оставил довольно необычное завещание. Согласно его условиям, «Дикая яблоня» со всем содержимым находится в полном моем распоряжении в течение года с момента его смерти — «срока вполне достаточного, чтобы моя умная племянница доказала на деле свою мудрость» — так слово в слово сказано в завещании. И дальше: «Если же по истечении означенного срока выяснится, что мой ум все же вернее, дом со всем имуществом отходит в собственность различных благотворительных организаций».

— Несколько жестоко по отношению к вам, мадемуазель, учитывая, что вы единственная его родственница.

— Я смотрю на это иначе. Дядя Эндрю честно предупреждал меня, и все же я выбрала свой путь. Поскольку я отказалась выполнять его волю, он был совершенно вправе, оставить деньги любому, кому хотел.

— Завещание составлял юрист?

— Нет. Оно написано на стандартном бланке и засвидетельствовано семейной парой, живущей при доме и прислуживавшей дяде.

— Вы не думали о возможности опротестовать подобное завещание?

— Мне противна сама мысль об этом.

— Следовательно, вы рассматриваете его как своего рода вызов со стороны дяди и хотели бы доказать вашу правоту?

— Ну в общем, да.

— Вполне возможно… вполне, — задумчиво произнес Пуаро. — Что где-то в этом старом доме ваш дядя спрятал большую сумму наличными или же второе завещание, дав вам год на то, чтобы вы проявили свою сообразительность и нашли его.

— Совершенно верно, мосье Пуаро, но — не примите это за пустой комплимент — на вашу сообразительность я рассчитываю куда больше, чем на свою.

— О! Как это мило с вашей стороны! Мои серые клеточки в полном вашем распоряжении. Вы пробовали искать сами?

— Так, по верхам. Я слишком уважаю дядин ум, чтобы надеяться на успех собственных поисков.

— Завещание или его копия у вас с собой?

Мисс Марш достала бумагу. Кивая своим мыслям, Пуаро прочел ее.

— Составлено три года назад. Датировано двадцать пятым марта. Даже время указано — одиннадцать утра. Это очень важно. Помогает определить, что именно следует искать… Несомненно, речь идет о другом завещании. Заверенное хотя бы получасом позже, оно зачеркнет предыдущее. Eh bien,[1] мадемуазель, вы предложили мне совершенно очаровательную задачку. Для меня будет величайшим удовольствием решить ее ради вас. При всех способностях вашего дяди нельзя предположить, чтобы его серые клеточки работали лучше, чем у самого Эркюля Пуаро! (Тщеславие моего друга иногда просто шокирует!) К счастью, сейчас у меня нет никаких неотложных дел. Мы с Гастингсом отправимся в «Дикую яблоню» сегодня же. Чета, прислуживавшая вашему дяде, полагаю, все еще там?

— Да, их фамилия Бэйкеры.

Следующее утро застало нас уже за работой. Мы действительно выехали вчера из Лондона — тотчас же после визита мисс Марш — и до места добрались лишь поздним вечером. Бэйкеры, предупрежденные телеграммой мисс Марш, уже ждали нас. Они оказались приятными людьми; он — румяный и сморщенный, как

---

[1] Вот именно (фр.)

печеное яблоко, она — прямо-таки необъятных размеров и истинно девонширского спокойствия.

Устав от путешествия, завершившегося восьмимильной поездкой от станции, мы улеглись сразу же после ужина, состоявшего из жареного цыпленка, яблочного пирога и девонширского крема. А наутро, управившись со столь же превосходным завтраком, мы поднялись в маленькую, обшитую деревом комнату, служившую покойному мистеру Маршу и кабинетом, и спальней одновременно. Там было бюро с выдвижным ящиком, доверху забитое папками для бумаг (все до единой — с аккуратно наклеенными ярлычками), большое кожаное кресло, очевидно, служившее хозяину излюбленным пристанищем, и большой диван у стены, покрытый блеклым ситцем несколько старомодной расцветки. Тем же материалом были обтянуты и низкие глубокие кресла в оконных нишах.

— Eh bien, mon ami, — начал Пуаро, зажигая одну их своих тоненьких сигарет, — нам нужно наметить план кампании. Я уже наскоро осмотрел дом, но мне кажется, что ключ к разгадке мы найдем именно в этой комнате. Нам придется тщательно просмотреть все бумаги. Разумеется, я не жду, что мы найдем среди них само завещание — скорее всего, какой-нибудь невинный с виду документ содержит в себе намек на то, где его следует искать. Позвоните в колокольчик, сделайте одолжение.

Я позвонил. Пока мы ждали, Пуаро прогуливался по комнате, одобрительно посматривая по сторонам.

— А методичный человек был этот мистер Марш! Посмотрите, как аккуратно помечены все папки, какой милый ярлычок на каждом ключе, даже от буфета. А как тщательно расставлен фарфор! Положительно радует сердце. Ничто здесь не оскорбляет взгляда…

Как раз в этот момент его взгляд наткнулся на торчащий из бюро ключ, к которому был прикреплен грязный мятый конверт, и Пуаро запнулся. Нахмурившись, он повертел находку в руках. На бирке ключа от руки было не слишком разборчиво нацарапано: «ключ от бюро». Надпись разительно отличалась от других, тщательно выведенных.

— Какая гадость, — морщась, пробормотал Пуаро. — Готов поклясться, что это сотворил кто-то другой, а не мистер Марш. Но кто еще был в доме? Только его племянница, а эта юная леди, если не ошибаюсь, тоже на редкость методичная и аккуратная особа.

На звонок явился мистер Бэйкер.

— Не позовете ли вы мадам супругу, чтобы вместе с ней ответить на несколько наших вопросов? — предложил ему Пуаро.

Бэйкер удалился и скоро появился с женой, которая, благожелательно на нас поглядывая, вытирала о передник мокрые руки.

В нескольких словах Пуаро четко изложил цель нашего приезда. Бэйкеры пришли в восторг.

— Глаза бы наши такого не видели — чтобы мисс Марш осталась без единого пенса, — заявила женщина. — Больно жирно будет этим больницам все заграбастать.

Пуаро приступил к вопросам. Да, мистер и миссис Бэйкеры прекрасно помнили, как подписывали завещание. Его ведь сначала послали в город за бланками.

— За бланками? — живо переспросил Пуаро.

— Да, сэр, за двумя. На случай, если хозяин испортит один, я думаю. Что он, к слову сказать, и сделал. Мы подписали уже…

— В котором часу это примерно было?

Пока Бэйкер чесал голову, вмешалась его жена.

— Ну, помнишь, я как раз поставила молоко для какао. В одиннадцать. Оно еще выкипело, когда мы вернулись на кухню.

— А дальше?

— Это будет где-то с час, наверное… Нас опять позвали наверх.

«Я тут ошибку сделал, — сказал хозяин. — Пришлось все порвать. Уж подпишите заново».

Ну, мы и подписали. А потом хозяин дал нам по кругленькой сумме — каждому дал. «Я вам в завещании ничего не оставил, —

сказал он, — но, пока жив, вы будете получать столько же каждый год и откладывать, как курица яйца. На будущее».

— И будьте уверены, обещание свое он выполнял.

Пуаро подумал.

— А что делал мистер Марш после того, как вы подписали завещание во второй раз? Не знаете?

— Уехал в деревню платить по счетам лавочнику.

Это был явный тупик. Пуаро попробовал другой путь.

— Это почерк мистера Марша? — спросил он, показывая ключ от бюро. Возможно, у меня просто разыгралось воображение, но мне показалось, что Бэйкер секунду-другую помедлил с ответом.

— Да, сэр, его, — ответил он. «Лжет, — подумал я. — Но почему?»

— А мистер Марш сдавал дом? Я имею в виду, жил ли здесь кто-нибудь посторонний за последние три года?

— Нет, сэр.

— А гости?

— Только мисс Вайолет.

— Стало быть, никого посторонних в этой комнате не бывало?

— Нет, сэр, никого.

— Ты забыл про мастеров, Джим, — неожиданно напомнила мужу миссис Бэйкер.

— Мастеров? — обернулся к ней Пуаро — Каких мастеров? Миссис Бэйкер объяснила, что около двух с половиной лет назад в дом приглашали работников — чинить что-то. Не уверена, что именно… Причуда хозяина, на ее взгляд, и совершенно притом излишняя. Да, какое-то время они работали в кабинете, но вот чем они там занимались, сказать трудно, поскольку хозяин никого туда не пускал, пока шел ремонт. Нет, к сожалению, они не помнят фирмы, приславшей мастера. Но из местных, из плимутских.

— Мы продвигаемся, Гастингс, — заявил Пуаро, потирая руки, когда Бэйкеры вышли. — Несомненно, он сделал второе завещание и пригласил мастеров из Плимута сделать для него надежный тайник. Вместо того чтобы тратить время на простукивание стен и снятие полов, мы двинемся прямиком в Плимут.

Без особых усилий мы получили нужную нам информацию. Всего несколько попыток — и мы нашли фирму, которую мистер Марш подряжал для выполнения работ.

Все служащие работали там уже много лет, и оказалось совсем несложно найти тех двух, которые выполняли заказ мистера Марша. Они прекрасно помнили, что им тогда пришлось делать. Помимо прочих мелких работ, они вынули из старинного очага кирпич, сделали под ним углубление и сделали все таким образом, чтобы снаружи ничего не было заметно. Открыть же тайник можно было, нажав на край соседнего кирпича.

«Довольно тонкая работа, и пожилой джентльмен очень волновался, чтобы все вышло как надо».

Нашего собеседника звали Хоган. Он был крупным костлявым мужчиной с седыми усами и казался довольно толковым.

В «Дикую яблоню» мы вернулись в приподнятом настроении и, заперев двери кабинета, поспешили воспользоваться полученной информацией. Разглядеть какие-нибудь отметины на кирпичах было действительно невозможно, но, нажав, где было указано, мы тут же увидели, как открывается глубокое углубление.

Пуаро нетерпеливо сунул туда руку. Самодовольное оживление на его лице сменилось недоумением и, наконец, испугом. То, что он выудил, оказалось обугленным клочком плотной бумаги. И все. Больше в тайнике ничего не было.

— Sacre![1] — рассерженно вскрикнул Пуаро. — Кто-то побывал здесь до нас.

Мы поспешно осмотрели добытый клочок. Несомненно, это был фрагмент искомого нами документа. Осталась даже часть подписи Бэйкера. И ни единого намека на содержание самого завещания.

---

[1] Проклятье! (фр.)

Пуаро присел на корточки. Выражение его лица показалось бы очень смешным, не будь мы так подавлены.

— Не понимаю, — простонал он. — Кто это сделал? И зачем?

— Может, Бэйкеры? — предположил я.

— Pourquoi?[1] Они не фигурируют ни в одном из завещаний, а вероятность, что им не придется срываться с насиженного места при мисс Марш куда больше, чем если дом отойдет к больницам. Но кому вообще помешало это завещание? Больницам? Пожалуй. Но не можем же мы подозревать их.

— Может, старик просто передумал и сжег его сам, — заметил я.

Пуаро поднялся на ноги, с обычной тщательностью отряхивая брюки.

— Вполне вероятно, — признал он. — Одно из самых ваших разумных наблюдений, Гастингс. Что ж, больше нам здесь делать нечего. Все, что было в наших силах, мы сделали. В этой борьбе умов мы победили. К несчастью, для нашей клиентки эта победа — пустой звук.

Немедленно выехав на станцию, мы все же не успели на экспресс, но как раз перехватили пассажирский до Лондона. Пуаро был расстроен и раздражен. Я, в свою очередь, чувствовал себя уставшим и прикорнул у окна. Едва поезд тронулся, Пуаро издал пронзительный вопль.

— Vite,[2] Гастингс! Просыпайтесь! Мы выходим. Прыгайте, я вам говорю!

Прежде чем я успел что-либо сообразить, мы уже стояли на платформе, а поезд быстро исчез во мраке со всеми нашими вещами. Я был в ярости, но Пуаро не обращал на это ни малейшего внимания.

— Каким же глупцом я был! — бушевал он. — Трижды глупцом! В жизни больше не буду хвалиться своими серыми клеточками!

---

[1] Почему? (фр.)

[2] Быстро (фр.)

— Все же не зря сюда приехали, — сварливо отозвался я. — Но в чем дело?

Пуаро, похоже, меня не слышал. Впрочем, как всегда, когда его посещало озарение.

— Счета лавочника! Совершенно вылетело из головы! Да, но где же? Где? — бормотал он. — Спокойно, ошибки быть не может. Нам нужно немедленно возвращаться.

Это было проще сказать, чем сделать. В конце концов, мы добрались до Эксетера почтовым, а там наняли машину. Когда мы снова очутились в «Дикой яблоне», до рассвета оставались считанные часы. И пытаться не буду описать изумление с трудом разбуженных Бэйкеров. Не обращая на них внимания, Пуаро бросился в кабинет.

— Я был не трижды глупцом, — воскликнул он. — Я был трижды глупцом в квадрате! Смотрите!

Подойдя к бюро, он вытащил из замочка ключ и снял с него замусоленный конверт. Я внимательно и тупо наблюдал за ним. Неужели он не понимает, что бланк завещания в этот маленький конверт втиснуть невозможно? Невозможно, и все тут! Тем временем Пуаро бережно вскрыл конверт и, вывернув его наизнанку, тщательно расправил. Потом зажег свечу и начал осторожно прогревать ею бумагу. Через несколько минут на пустой внутренней поверхности начали проявляться блеклые буквы.

— Видите, mon ami! — победно вскричал Пуаро. Я увидел. Три бледных строчки гласили, что все свое достояние он оставляет племяннице, Вайолет Марш. Подписано Эндрю Маршем 25 марта в двенадцать часов тридцать минут пополудни. Засвидетельствовано Альбертом Пайком, кондитером, и Джесси Пайк, домохозяйкой.

— А оно действительно? — выдохнул я.

— Насколько мне известно, не существует закона, запрещающего писать завещания симпатическими чернилами. Намерение завещателя очевидно, наследница — его единственная кровная родственница. Но как умно! Он предвидел каждый шаг, который предпримет ищущий — которые я и предпринял, жалкий тупица. Смотрите: он берет два бланка, просит слуг подписать оба завещания, а затем отправляется в город, прихватив третье, написанное на изнанке грязного конверта, и обычную перьевую авторучку, заполненную совсем не обычными чернилами. Под каким-то предлогом просит кондитера с женой расписаться на бумажке с его подписью, снова складывает из нее конверт и, повесив его на ключ, посмеивается в свое удовольствие. Если племянница разгадает его маленькую хитрость — что ж, этим она подтвердит свое право на самостоятельность и высшее образование, и, думаю, он был бы только рад, случись все именно так.

— Но она ведь не разгадала ее, эту хитрость, ведь нет же? — медленно произнес я. — Пуаро, все это как-то... нечестно. Не правильно, что ли. Победил-то старик.

— Да нет же, Гастингс. Что-то не то у вас с логикой. Мисс Марш доказала свою сообразительность и пользу полученного образования тем, что немедленно передала дело в мои руки. Всегда обращайтесь к специалисту, Гастингс. Я считаю, она полностью подтвердила свое право на эти деньги.

Интересно, что сказал бы на это сам Эндрю Марш? Хотел бы я знать!

ОГЛАВЛЕНИЕ

www.ingramcontent.com/pod-product-compliance
Lightning Source LLC
Chambersburg PA
CBHW070612310726
48982CB00001B/58

9781763795631